인
사랑

§ 오선 §

2010년 7월 12일 초판 1쇄 인쇄
2010년 7월 15일 초판 1쇄 발행

지은이 § 공호
발행인 § 곽중열
기획&편집디자인 § 신연제, 곽은옥
발행처 § (주)조은세상

등록 § 2002-23호(1998년 01월 20일)
주소 § 경기도 고양시 일산동구 장항동 558번지 6호
Tel § 영업부(031)906-0890 편집부(02)587-2966
e-mail romance@comics21c.co.kr
값 9,000원

ISBN 978-89-6159-501-8

GOODWORLD ROMANCE STORY

OCEAN

공호 장편소설

㈜조은세상

contents

프롤로그

수평선 너머 노을이 진다.

푸르렀던 평행선이 빨갛게 타오르더니 어느새 붉은 덩어리를 잠식한 어둠이 거뭇거뭇하게 내려앉았다.

매서운 겨울바람에도 아랑곳없이 한나절 동안이나 멍하니 바다를 쳐다보던 지우는 머리에 꽂았던 자그마한 흰색 리본을 빼냈다. 탈상을 하면서도 지금까지 빼지 않았던 리본이었다.

"엄마는 바보야. 세상에 다시없을 바보."

씁쓸하게 입술을 비트는 지우의 입술 사이로 자조 섞인 쉰 음성이 새어나왔다. 그녀의 중얼거림에 맞장구라도 치듯 파도가 철 썩철썩 박수를 쳐댔다.

49재가 끝나기도 전에 부친은 어머니를 기나긴 고통 속으로 몰아넣었던 여자를 집으로 데려왔다. 병을 얻은 아내가 아무리 아파도 거의 들어오지 않던 집을, 마치 안주인이 죽기를 바랐던 것처럼 딸린 자식들까지 줄줄이 데리고 들어섰다.

무엇이 그리 급했을까. 49일을 기다리지 못할 만큼이나 급한 게 뭐였을까.

잠시라 할지라도, 한때나마 사랑의 감정을 가졌던 이에게 최소한의 배려도 없었다. 세간의 눈초리도 따갑지 않은 철면피……. 임종조차 지켜주지 않았으니, 애초에 사람이 아니었다.

49재를 마지막으로 완전히 어머니를 보내고 나자 공허함이 찾아들었다. 이날을 위해 겨우 견뎠던 버팀목이 오늘로서 완벽하게 허물어지고 말았다. 인적 없는 겨울 바다의 모습처럼이나 가슴이 시렸다.

지우는 문득 바다를 걸어보고 싶다는 생각이 들었다. 땅에서처럼 두 발로 지탱해 걷다 보면, 바다 속을 걸을 수도 있지 않을까 라는 허무맹랑한 생각을.

그러다 죽게 되더라도 괜찮을 듯싶었다. 남은 거라고는 지독한 외로움과 버려졌다는 상실감뿐이니 말이다.

어쩌면 어머니가 조금은 나무랄지도 모르겠다. 마지막 유언을 지키지 못한 질책이 이어질지도.

지우는 몇 시간 내내 망부석처럼 앉아 있던 자리에서 일어섰다. 파도가 너울대는, 어느새 암흑천지로 변해 버린 검은 바다로 천천히 걸음을 내디뎠다.

〔휴가라는 녀석이 왜 아직까지 얼굴을 비치지 않는 거냐!〕

수화기 너머, 노인의 노성이 짙어졌다.

2년 전부터 유일무이한 혈육이 된 할아버지의 불편한 심기가 회선을 통해 고스란히 전해졌지만 치해는 무표정한 얼굴로 바다를 응시했다.

9박 10일의 정기휴가를 받은 그는 군복무지인 태안에서 그다지 멀지 않은 인천의 외가를 찾을 참이었다.

"외가로 갈까 합니다."

〔외가?〕

"네."

〔쓸데없는 소리 말고 당장 올라와.〕

시답지 않은 말이라는 듯 노인의 노기가 더욱 진해졌다.

치해는 무심코 미간을 찌푸렸다. 무 자르듯 댕강 잘려나간 의사가 무시되어서가 아닌, 하얀 물체의 무언가가 검푸른 물결 사이로 서서히 잠겨가는 것이 그의 시야를 채운 탓이다.

"뭐지?"

〔뭐야?〕

바다를 향한 치해의 의문 섞인 물음에 수화기에서도 똑같은 의문이 흘러나왔다.

치해는 하얀 물체가 이내 눈앞에서 모습을 감추자 더욱 미간을 좁혔다. 부표가 떠내려 왔던 게 아닌가 싶었던 추측이 잠시 흔들렸다. 검은 물속을 주시하면서 그는 할아버지와의 통화를 이어나갔다.

"아닙니다. 기다리지 마십시오. 이번 휴가는 이곳에서 지내겠습니다."

〔이놈이! ……후우, 좋다. 마지막 날이라도 잠시 올라와. 얼굴이나 보자.〕

"그냥 복귀하게 될……!"

일정에 대한 답을 마저 하려던 치해의 눈동자가 일순 화등잔만 하게 커졌다.

보일 듯 말듯 자그마한 얼굴과 자맥질하듯 휘저어대는 손!

어둠과 분간이 가지 않았던 머리가 물에 젖어 뒤로 젖혀지자 달빛에 비친 얼굴과 팔이 물에 잠겼다 떠오르기를 반복하고 있었다.

공중전화기를 붙잡고 할아버지에게 무미건조한 대답을 하던 내내 눈길을 끌었던 물체가, 실은 부표가 아닌 사람이었다는 것을 확인하고 나자 그는 말을 마치지 못하고 그대로 수화기를 내려놓았다.

곧장 바다를 향해 뛰어가려다 멈칫한 치해는 다급하게 내려놓았던 수화기를 다시 집어 들고 군복무지인 태안해양경찰서로 곧바로 연락을 취했다. 그가 동동거리며 인천해양청의 전화번호를 찾아내는 수고를 덜어줄 것이었다.

"상경, 최치해. 20시 38분, 응급상황 발생입니다. 휴가 중 구조자가 발생했습니다. 신원이 불명확한 사람 일인입니다. 인천 궁평리 해수욕장으로 긴급출동 요청합니다."

통화가 연결되자 치해는 시급을 다투는 일인 만큼 배운 대로 간결하고도 정확한 구조요청을 남기고 전화를 끊었다. 수화기를 똑바로 놓지도 못한 채 바다를 향해 뛰어가면서 그는 손목에 찬 시계로 시간을 체크했다.

호흡정지 훈련을 받지 않은 사람이 물에 빠져 실신하기까지는 보통 2분.

물에 빠지고 구조요청을 하기까지 대략 1분의 시간이 흘렀을 테다. 뛰어가 구조자에게 닿기까지 30초의 시간을 허비한다면 실신에 이르기까지는 약 30초 여분밖에 남지 않는다.

해경전투경찰로 복무하면서 그에 맞는 상황에 대한 여러 훈련을 쌓았지만, 실제로 사람을 구조해 본 적은 없었다. 모두 모의된 훈련이었을 뿐.

그 점이 달려가는 동안 머릿속을 불안스럽게 지배했지만, 설사 실신을 한다 해도 곧바로 인공호흡을 실시해 소생조치를 취하면 괜찮으리라.

치해는 반드시 구조해내리라는 생각으로 차가운 바다 속으로 뛰어들었다.

1장
12년의 시간은 많은 것을 변화시킨다.

또깍또깍.

복도를 거칠게 울리는 하이힐 소리가, 높은 구두를 신은 여자의 심기가 불편하다는 것을 내포하고 있었다. 정갈하다 못해 차가워 보일 만큼 말끔한 정장을 입은 그녀의 늘씬한 몸이, 마주해야 할 현실이 짜증스럽다는 듯 신경질적으로 움직였다.

회장실의 문을 확 열어젖히자마자 여자는 일어서는 비서를 본체만체하고 두터운 문 하나를 더 열어 최종 목적지로 들어섰다.

애초에 상냥한 미소를 기대하지는 않았지만, 비서는 막무가내로 들이닥쳐 회사 총수가 자리한 방을 열고 들어서는 여자를 향해 미간을 찌푸렸다.

하지만 마주한 부녀가 모락모락 피어오르는 열기를 공중에서 맞부딪치자, 그녀는 곧 여자가 들어선 문을 조용히 닫고 하던 일에 집중했다.

"제가 왜 대한을 물려받을 수 없는지, 그 이유를 듣고 싶습니다."

흐르는 정적 사이에서 열기만 더해지자, 지우는 새빨간 립스틱이 칠해진 입술을 벌려 찾아온 이유를 밝혔다.

정기적으로 열리던 이사회에서 부친이 내심 후계자로 아들인 효석을 거론했다는 소식에 그녀는 이를 악물고 찾아온 참이었다.

대한해양리조트.

대한민국을 대표하는 수많은 리조트업체 중 '바다개발'과 더불어 양대 산맥이라 공인할 만큼 큰 회사가 지우의 생부인 연호용과 12년 전 병으로 돌아가신 김미숙 여사의 회사였다.

외할아버지가 작게 시작했던 사업을 사위로서 물려받았던 아버지가 이처럼 회사를 크게 키운 건 사실이었지만, 누가 뭐래도 어머니의 도움이 없었다면 불가능한 일이었다. 대한해양은 선박임대와 민박을 겸했던 할아버지의 사업으로 일어선 것이나 다름없는 곳이었다.

그런 대한해양리조트를 물려받아야 하는 것도 당연히 그들의 친딸인 지우의 몫이었다. 하지만 부친은 최고 경영자의 권리를 이복동생인 효석과 그녀를 저울질하고 있었다.

아니, 저울질은 틀린 표현이다. 그녀가 눈을 부릅뜨고 덤벼 그나마 결론을 내리지 못한 것뿐, 생부는 당연히 지우에게로 향해야 할 정당한 권리를 그녀와 모친의 행복을 앗아간 여자의 아들

에게 넘겨주고픈 눈치였다. 마음은 이미 본처가 아닌 첩에게서
낳아온 아들에게로 기운 것이다.

"여자니까."

허공을 뚫고 도달한 간결한 대답에 지우는 입술을 비틀었다.

"성별이 문제가 되는지는 몰랐네요."

"말본새가 듣기 거북하구나."

"경영학 석사만으로는 부족하십니까?"

Y대 경영학과를 전공하고 기획과장으로 3년간 근무하다 실무
능력을 키우기 위해 미국 미시간으로 건너가 MBA과정을 밟고
왔는데도 최고 경영권은 그녀를 스치듯 지나가려 한다.

그것도 지방대를 겨우 졸업한 이복동생에게 밀려서 말이다.
고작 남자라는 이유 하나만으로도 억울할 판에, 그 말도 안 되는
원인에 아버지가 한몫했다는 것에 지우는 심히 화가 치밀었다.

이대로 눈 뜨고 당할 수는 없었다. 애초에 모든 것이 그녀의 것
이었다. 물려받아야 할 상속도, 어머니와 그녀의 곁을 지켜야 했
을 아버지의 옆자리마저도.

"욕심이 너무 커서는 안 되는 거다. 도대체 뭐가 문제인 거냐?
원하는 대로 회사에 자리도 마련해 줬고, 공부도 할 만큼 시켜줬
다."

"욕심이요? 제 것을 갖기 위한 정당한 노력이, 아버지에게는
욕심으로 비치십니까?"

"이 회사가 네 것이라 누가 그러더냐?"

"아버지 혼자 일으킨 회사는 아니셨습니다. 어머니와 함

께……."

"크흐흠. 흠."

듣기 거북한 사람이 거론됐다는 듯, 호용이 억지로 생기침을 흘려댔다.

그 모습에 지우의 입술 끝이 잠시 파르르 떨렸다. 부글거리는 화가 더욱 뜨겁게 치솟았지만 그녀는 치미는 부아의 떨림을 곧장 잠재우고 침착하게 입을 열었다.

"어머니가 물려주신 지분 역시 작지 않습니다. 아버지만 물려주시면 회사는 온전히 제 것이 되지요. 아버지의 지분을 굳이 효석이에게 주셔서 괜한 분란을 만들지 않으셨으면 좋겠습니다."

절대로 이대로 물러서지 않겠다는 지우의 결연한 의지에 호용은 또다시 미간을 찌푸렸다.

"분란은 네가 만들고 있는 거다. 얌전히 가라는 시집이나 갔으면 이렇게 골치 아플 일도 없어."

골칫거리를 만든 건 처음부터 아버지였다. 어머니를 배신하고 다른 여자를 만든 것도, 그 여자에게서 배다른 아들과 딸을 만든 것도.

힐난이 목구멍까지 차올랐지만 지우는 겨우 격한 감정을 삼켜내렸다. 이미 눈 밖에 난 딸이겠지만, 자극하는 말을 퍼부어 이보다 더 밀려날 수는 없었다.

아직은 웅크릴 테다. 대한해양을 거머쥐는 날이 올 때까지 부친이 저지른 잘못은 잠시 접어둘 테다.

"효석이가 네 머리에 뒤처지는 건 사실이다만, 너보다는 많은 걸 해낼 수 있는 남자임을 명심해."

"남자라고 해서 많은 걸 해내진 못합니다. 학생의 본분이던 공부조차 등한시하던 녀석이 회사를 꾸려나갈 수 있을 거라 믿으십니까?"

지우의 예리한 지적에 호용이 야트막한 한숨을 내쉬었다. 그역시 무시하고 싶지만 절대 간과할 수 없는 문젯거리인 것은 틀림없는 사실이었다.

"적어도 몸으로 부딪치고는 있다. 해양리조트의 후계자답게 인명구조 자격증도 땄고, 직접 현장에서 지시를 내리고 있어. 그것만으로도……."

"그런 자격증 따위가 그리도 중요하십니까? 경영자는 인명구조를 할 만한 사람을 등용하면 되는 거지, 직접 구조를 하지 않습니다."

수상레저사업장이 반드시 갖추어야 할 요인 중에 하나가, 인명구조 자격증을 딴 사람을 사업 크기에 맞게 확보해야 한다는 것이다. 리조트를 운영하면서 뒤따르는 위험에 충분히 안전장치를 해두어야 하기 때문이기도 했지만 무엇보다도 인명구조자 없이는 사업장 허가가 나지 않기 때문이다.

하지만 경영자에게는 필요 없는 자격증이었다. 멍청한 녀석이 나름대로 발악한 모양이지만 그것으로 회사를 경영할 수는 없는 법이다. 그것을 수뇌부들 또한 잘 알고 있을 것이다.

"쯧쯧쯧, 하나는 알고 둘은 모르는구나. 효석인 머리가 떨어지는 반면, 대한해양을 가지기 위해 직접 몸으로 뛰고 있다는 뜻이다. 인명구조 자격증을 따는 열의로 이미 이사진들에게 눈도장을 찍었어. 맡긴 영업 또한 잘해내고 있고."

"열의라? 훗, 회사를 경영하는데 필요치 않은, 고작 그런 자격증으로 말이죠?"

지우의 말이 결코 틀리지 않음을 잘 아는 호용은 이렇다 할 말을 찾지 못하고 인상만 찌푸렸다.

여식인 지우의 명석한 두뇌와 결단력을 아들이 물려받았어야 하는 거였다. 밀어붙이는 추진력 또한 지우가 아닌 효석에게 필요한 부분이었다. 이리저리 밀어줘도 늘 지우에게 뒤처지기만 하니, 호용은 아들을 향한 답답함이 가실 날이 없었다.

"그따위 것 얼마든지 따드리죠. 몸도 머리도 내가 앞선다는 걸, 육체도 정신도 내가 더 강인하다는 걸 보여드리죠."

부친의 얼굴을 쳐다보던 지우는 입술을 비틀었다. MBA과정이 인명구조 자격증보다 못하다는 건, 여자와 남자를 차별하기만 한다는 뜻과 다를 바가 없었다.

보여줄 테다. 뭐든 할 수 있다는 것을 보여주고 말 테다.

※

동해해양경찰서 122구조대실에서는, 열어둔 창문 틈으로 빠끔히 제 몸을 들이민 나뭇가지를 흔들어버릴 만큼 격앙된 목소리가 세차게 흘러나왔다.

"아니 파견도 황당할 판에, 우리가 그런 교육까지 맡았단 말입니까?"

평소 일사불란했던 움직임과는 달리 황당함이 잔뜩 서린 음성이 상대가 얼마나 화가 났는지를 일깨워줬지만, 짜증 섞인 석호의 물음에 동해지방청 정책홍보관리과 팀장인 수천이 부드럽게 웃으며 대답했다.

"122구조대의 최고니까요."

칭송과 같은 칭찬에도 석호의 미간은 평평하게 펴지질 않았다. 13개 해양서에 있는 122구조대를 통틀어서, 왜 하필 이곳인가 싶어 억울함만 차오를 뿐이었다. 더구나 새내기도 아닌 자신들더러 직접 가라지 않는가.

"칭찬은 고맙지만 사양하겠습니다. 다른 해양서를 알아보시든가, 아니면 새로 들어온 대원 보내시죠."

칭찬을 해 줘도 고민 한번 없이 딱 자르는 석호의 거절에 수천이 웃던 입매를 굳히고 미간을 찌푸렸다.

"강 경사. 내가 지금 경사의 허락을 구하는 것처럼 보이나?"

돌변한 수천의 강압적인 태도에 불끈 쥔 석호의 주먹이 부르르 떨렸다. 빌어먹을. 또 직급체계로 밀어붙인다.

무궁화 대 잎사귀의 입씨름이 어김없이 시작되자, 곁에서 우두커니 자리를 지키던 치해는 작게 한숨을 내쉬었다.

보나 마나 어느 쪽으로 승패가 기울지 뻔한 싸움이었지만, 이들은 서로를 잡아먹지 못해 안달이 난 사람처럼 만나기만 하면 으르렁댔다. 덕분에 일주일이 멀다 하고 구조대실이 시끄러웠다.

"강 경사는 직속상관에게도 이리 대드나? 하라면 하는 거야.

말로만 시민들과 함께하는 해양경찰이지 말고 이참에 민간인과 함께 해보라는데, 그게 그렇게 어려워?"

"시민과 가까운 경찰? 그게 해경 정책이지, 제 뜻입니까? 차라리 인명구조 아카데미나 바다체험캠프에 참석하라면 이의 없이 가겠단 말입니다. 그냥 해경도 아닌 122구조대원인 우리가 왜 그런 일까지 도맡아야 한다는 겁니까!"

"지금 정책홍보과 결정을 무시해? 아니지, 이건 해양경찰청 전체를 무시하는 행위지. 좋아, 지금 당장 이런 정책 따위는 따를 수 없다고 전해 주지."

"하……!"

금방이라도 쪼르르 달려가 고자질이라도 할 듯한 수천의 억지에 석호는 할 말을 잃은 듯 헛숨을 내뱉고 멍하니 입술을 벌렸다.

"자부심 높은 122구조대라 할지라도, 강 경사는 해경이다. 해양경찰청에서 내려온 정책이면 군말 없이 따라야 하는 거야. 다시는 이런 언쟁 없길 바란다."

싸늘한 눈초리와 더불어 딱딱하게 할 말을 마친 수천이 휑하니 싸늘한 바람을 일으키며 밖으로 나가자, 분개한 석호가 물 밖을 나온 물개처럼 온몸을 부르르 떨었다.

"쿡. 크크크크."

이윽고 치해가 상체를 흔들며 킥킥거리자 석호의 분노한 눈동자가 곧장 그에게로 박혔다.

"아주 재밌어 죽겠지?"

치해는 억지로 웃음을 그치고 친구의 어깨를 위로하듯 툭 쳤다.

"그러게 이기지도 못할 싸움을 왜 해."

"저 여자는 분명 악마일 거야. 아, 완전 짜증나. 진급시험을 보든지 해야지, 더럽고 치사해서 원."

"능력 있는 여자잖아. 존중해 줘."

말문이 막힌다 싶으면 시시때때로 직급을 들먹이는 수천에게 이골이 날 법도 한데, 석호는 그때마다 분개함을 떨치지 못하고 주먹을 꽉 쥐었다.

이 경위가 여자라는 이유만으로 무시하는 석호의 지극히 남성적인 성향도 한몫을 하고 있는 것도 사실인지라, 치해는 그런 보수적인 성향을 때때로 나무랐다.

하지만 33년을 그렇게 살아온 터라 쉬이 바꿀 수 없는 모양이었다. 때문에 잎사귀 4개인 경사와 작은 무궁화 1개인 경위의 싸움이 끊이질 않았다.

"야, 여자라고 하지 마. 어딜 봐서 여자냐? 이름도 딱 남자잖아. 이수천."

"그럼 남자로 보면 되겠네. 여자라고 무시부터 하지 말고, 짜증 부릴 시간에 장비나 손봐 둬."

치해는 바닥에 내려놓았던 레귤레이터를 집어 들고 굽이굽이 잡힌 주름마다 이물질이 끼진 않았는지 살폈지만, 사실 오늘 보인 석호의 짜증을 이해하지 못하는 건 아니었다.

블루 씨(Blue Sea).

일명 '122구조대'로 불리는 해양인명구조대는 해양경찰청에서 내놓은 정책 중 하나로, 시민과 함께하는 해경으로 거듭나려는 도약이자 노력의 산물로 2007년 7월 1일에 발족했다.

　해경은 싫든 좋든 피서철 바다를 찾는 일반 시민들과 몸을 부대껴야 하는 처지인 터라, 해역 사고예방 및 인명구조율 향상을 위해 해양 SOS프로젝트를 시행해 좀 더 친숙한 이미지를 어필하기 위해 외국의 본보기를 그대로 도입했다.

　더불어 인명구조의 신뢰를 위해 민간자율구조대와 협력하고 사고예방 홍보라든지 구조아카데미를 설립해 교육을 맡은 것까지도 좋았지만, 문제는 이후의 행보였다.

　발족한 지 10개월밖에 되지 않아 122회선으로 구조요청이 많지 않은 점을 빌어 정책과는 브랜드 홍보차원으로 지금처럼 하지 않아도 될 일을 가끔씩 떠안겼고, 그로 인해 자긍심으로 똘똘 뭉친 대원들의 심기는 나날이 불편해져만 갔다.

　122구조대원들은 일반 해경들이 아닌, 모두가 특수부대 출신들로만 이뤄진 집단이었다. 대장을 포함한 8명의 대원이 UDT(해군특수전부대)나 해병대 소속이었고, 치해와 석호 역시 SSU(해군해난구조대) 출신이었다. 도합 8명이 122구조대 발족 당시 각 특수부대에서 우수한 인재들로만 차출되어 온 터라 자부심이 둘째가라면 서러운 이들이었다.

　사력을 다해도 어쩔 수 없이 구하지 못하는 인명이 생겨나는 곳이, 검푸른 바다다. 그 누구도 생과 사를 예측할 수 없는 곳. 거친 해일 속에서 손을 잡으려 노력하면 더 멀어지고, 찾으려 안간힘을 써도 눈앞이 제대로 보이지 않는 곳. 구조자를 구하려다 구조하는 이들이 종종 목숨을 잃게 되기도 하는 곳이, 바로 바다였다.

그런 곳을 떠나 한 명의 인명이라도 더 구해야 할 판에 파견근무를 가라니, 석호가 펄쩍 뛰고도 남을 만한 일이었다. 거기다 민간인의 교육을 맡기엔, 이수천 경위가 말한 대로 석호와 그는 구조대의 최고 베테랑이었다.

시민과 함께하는 정책인 것은 좋다. 출렁이는 바다에서 어떤 문제로든 죽음의 경계를 넘나드는 이들에게 해경의 구원자들을 각인시킬 수만 있다면야 무엇이 문제일까.

하지만 군이 대한적십자로까지 파견근무를 갈만한 이유가 있을까 싶어, 치해 역시 이번 일이 마음에 들지 않았다. 윗선에서 결정한 사항이니 이해할 수 없어도 가야 하는 입장이겠지만, 2주 뿐이라는 기한만 아니었다면 그 역시 석호의 거센 반항 속에서 함께 목소리를 높였을 것이다.

"지가 얼마나 잘났다고…… 정책지원도 지원 나름이지, 어디서 그딴 걸……."

여전히 옆에서 비 맞은 중처럼 중얼거리는 석호를 향해 치해는 미간을 찌푸렸다.

"아, 그만 좀 구시렁거려. 사내자식이 돼서는 무슨 말이 그리도 많아? 머리가 다 아프다."

"대장님한테 말해서 빼달라고 하자. 신입도 아니고 왜 우리가 가야 하는 건데? 넌 억울하지도 않아?"

굵직한 저음의 목소리인 치해의 음량이 다소 성량이 풍부한 사람들의 것처럼 격앙되게 흘러나왔지만, 석호는 아랑곳없이 구조대의 책임자까지 들먹였다.

"좌천되기라도 했어? 무슨 억울하기까지 해. 그냥 좋은 게 좋은 거다 생각해. 대장님이라고 빼줄 수 있는 거 아니잖아. 괜히 입장 곤란하게 만들지 말고, 2주 동안 휴가 받았다 생각해."

"그래, 최치해. 마음이 바다처럼 넓어서 좋겠다. 달리 이름이 바다를 평정하는……."

수천에게 국한됐던 구시렁거림이 이제 그를 향해 넘어오려고 하자, 치해는 조용히 일어서 손질을 마쳐야 할 에어탱크와 장비들을 한아름 안고는 몇 시간 동안 계속 징징거릴 석호와 조금씩 멀어져갔다.

한번 시작하면 반나절이나 지나서야 멈추는 석호의 찡얼거림은, 버디(2인 1조의 파트너)만 아니라면 저 멀리 바다 한가운데로 내다버리고 싶어지게 만드는 묘한 능력을 지녔다. 치해는 격한 충동질에 우정을 잃을세라 신속하게 잔소리에서 벗어났다.

※

"오늘로써 이론은 모두 끝났습니다."

강사의 말에 강의실을 채웠던 남자들의 입술 사이로 탄식이 흘러나왔다. 이론을 미처 다 깨우치지 못한 아쉬움과 가장 중요한 실습만이 남았다는 설렘이 뒤섞인 소음이었지만, 그 속에서도 지우는 평소와 다를 바 없는 무표정으로 일관했다.

하지만 그녀 역시 속으로는 따분하기 이를 데 없는 이론 강의가 오늘로써 끝났다는 사실에 안도했다. 같은 피가 섞였다고 인

23

정하고 싶지도 않은 효석보다 뭐든 우월하다는 것을 보여주기 위해 제 발로 찾아온 곳이었지만, 일주일간 이곳에서 무엇을 하고 있는지 그녀 자신도 납득하기 어려웠다.

애초에 이곳에 온 것 자체가 쓸모없는 짓이었다. 괜한 에너지를 낭비하고 있다는 생각에 마음이 불편했지만, 무엇으로든 아버지와 경영진들의 저울질에 무게를 더해야 하는 것은 피할 수 없는 숙제와도 같았다.

이제 2주간의 실습훈련만 끝내고 나면 다시 회사로 돌아갈 수 있을 터…… 배다른 남동생이 딴 자격증이 얼마나 하찮은 것인지 직접 보여주고 본연의 역할로 돌아가면 될 것이다.

"여러분들은 정말 운이 좋으신 겁니다. 이번 실습훈련의 강사로 현 해경이시자 122구조대원분들이 맡아주셨거든요."

"와아."

해경을 직접 초빙했다는 것에 자부심이 일었는지 강사가 어깨를 활짝 펴고 싱글거렸다. 그런 자부심에 호응하듯 탄식을 흘리던 교육생들이 놀란 환호를 터트렸다.

수상인명구조 자격증을 필요로 하는 이들에게 있어 해경은 별과도 같은 존재일 것이다. 경찰이 되지 못한 이들도 섞여 있는 곳에서는 더욱 빛을 발할 것이겠지만, 지우는 누구든 상관없다는 듯 시니컬하게 입술을 비틀었다.

"하루에도 수차례 인명구조를 하시는 분들이니, 여러분에게 정말 큰 도움이 될 겁니다. 실습은 내일부터 시작이지만 일단은 소개해 드리려고 모셨습니다. 동해해양 122구조대의 두 경사님을 모시겠습니다."

문가로 다가간 강사가 문을 열자, 복도에서 제복을 입은 두 명의 남자가 곧 강의실 안으로 들어섰다.

20명의 교육생이 자리한 곳으로 들어서는 두 남자의 모습에 비틀렸던 지우의 입매가 원위치로 돌아왔다. 뚜벅뚜벅 단상으로 올라서는 남자들 중 유독 한 명이 걸을 때마다 그녀의 신경을 미묘하게 자극하고 있어서였다.

제복 때문일까?

날카로운 바늘로 찔러대도 꿈쩍하지 않을 것 같은 남자의 단단함이 지우의 시야를 사로잡았다. 쫙 뻗은 어깨가 사람을 몇이나 감싸도 남을 것처럼 넓고, 머리에서부터 발끝까지 감싸인 제복이 태어날 때부터 입고 나온 사람처럼 일체를 이뤘다.

하지만 지우의 신경이 묘하게 뒤틀어지고 있는 것은 그가 남자임을 과시하듯 입은 제복 때문이 아니었다.

함께 들어선 턱 선이 가느스름한 남자와 대비를 이룰 듯, 그녀의 시선을 붙잡은 또 다른 남자의 턱 선은 커다란 야수의 굵직한 뼈대로 이뤄진 것처럼 강인해 보였다. 귀에서부터 턱까지 도드라진 굵은 선이 강렬한 압도감을 풍기고, 그것도 부족한지 몸에서부터 뿜어낸 위압감을 스멀스멀 공기 중으로 흘려보내고 있었다.

태어나 단 한 번도 이런 위압감을 받아본 적이 없어 지우의 머릿속을 차지한 혈관이 기분 나쁘게 꿈틀거렸다.

마치 그가 보이지 않는 손을 뻗어 그녀의 전신을 옴짝달싹 못하게 그러쥐고 있는 것만 같아 심장이 못마땅하게 뛰느라 제 페이스를 잃었지만, 지우는 불편함으로 저절로 찡그려지려는 얼굴을 억지로 이완시켰다. 상대를 향한 표정의 변화는 곧 그녀의 본심을 드러내는 것과 같았기 때문이었다.

"경사, 강석호입니다."

"경사, 최치해입니다."

곧이어 두 사내가 한 손을 이마에 대고 거수경례하자, 교육생들은 열화와 같은 반응으로 박수를 쳐대고 환호성을 내질렀다.

그 순간, 웬만한 일이 아니고서는 얼굴에 표정을 드리우지 않던 지우의 미간이 끝내 움찔거렸다.

어디선가 들어본 이름이다. 분명 흔하지 않은 이름인데, 잘 기억나질 않는다.

최치해. 최치해…….

지우가 어딘가 익숙하게 느껴지는 이름을 머릿속으로 되뇌던 그때, 허공을 뚫고 박혀 든 치해의 눈동자와 그녀의 눈동자가 얽혀들었다.

좌중을 압도하던 열기가 고스란히 그녀의 눈을 파고들어 척추로 흘러들었다. 위협적이리만큼 커다란 위압감이 등골 사이사이로 스며든다 싶을 만큼 서늘한 기운이 지우의 내부를 감돌았다.

그녀를 제외한 19명의 교육생들도, 그와 함께 들어왔던 또 다른 남자와 강사마저도 일순 사라져버린 느낌에 지우의 눈가가 파르르 경련을 일으켰다.

2장
이끌리는 시선 속, 불편한 기류.

"실패."

수영장을 쩌렁쩌렁 울리는 치해의 단호한 한마디에 로프를 매
느라 바쁘게 움직이던 지우의 손이 움찔거리다 공중에서 멈췄다.
그의 옆에서 초를 재며 결과를 체크하던 석호의 손놀림만이 바빠
졌다.

"구조는 재빨리 몸을 움직여야 하는 민첩함과 그런 재빠름 속
에서 실수가 없어야 할 정확함이 우선이다. 거기다 최소의 인명
손실을 막아야 하는 칼 같은 판단력이 있어야만 가능해. 물에 빠
져 촌각을 다투는 이들이 내 서툰 손길 그 몇 초의 순간에 영영
눈을 뜨지 못할 수도 있음을 늘 자각하도록."

그녀와 마찬가지로 실패한 이들을 훑어보던 치해의 눈길이 마

지막으로 지우에게 머물렀다.

"좀 더 많은 연습이 필요하겠군."

다른 이들이 눈치를 채지 못하도록 그가 재빨리 시선을 다른 곳으로 돌렸지만, 지우는 치해의 마지막 말이 자신을 향한 것임을 알아챘다.

굴욕감이 머릿속을 휘저었다. 남들이 눈치채지 못하도록 은연중에 충고를 전하는 그의 시선과 말이 자존심에 생채기를 남겼지만, 부정하지 못할 자괴감이 보드라운 입술만 질끈 깨물게 만들었다.

실습훈련을 시작한 지 벌써 5일째를 훌쩍 넘기고 있었지만 지우는 제자리를 맴도는 물레방아처럼 앞으로 나아가지를 못했다.

이론으로 배웠던 기재 취급에 대한 법을 시간 안에 빠르게 준비를 맞춰야 하는 실습 첫날부터 난생처음 실패라는 말을 들었고, 그 이후로도 매일 아침 똑같이 반복되는 실습 속에서 거듭되는 실패를 쏠쏠치 않게 맛보았다.

그밖에도 호흡정지 훈련에서 지우는 또다시 치해의 목소리로 머리털 나고 처음으로 '꼴찌'라는 타이틀을 언도 받았다.

그나마 섬세함을 필요로 하는 인공호흡법이나 응급처세술에서 높은 평가를 받긴 했지만 직접 몸으로 부딪치는 훈련에서는 마치 그녀에게 국한된 것처럼 실패와 꼴찌가 그녀의 몫이 되어버렸다.

"여러분이 심해 깊은 곳까지 잠수할 일은 그다지 없겠지만, 잠수사에게 있어 로프는 생명줄과도 같다. 어두컴컴한 물속에서 밝은 세상 밖으로 인도해 줄 단 하나의 매개체가 바로 이 로프다.

더구나 롤링히치법은 물에 빠진 사람에게 던져주는 구조용 로프로 사용되기 때문에 재빠르면서도 단단하게 맬 수 있도록 늘 연습하도록."

"넵!."

치해가 배 출입구에 묶어 물 밖으로 탈출하기 위한 로프에 대한 중요성을 강조하자 훈련생들이 수영장을 채운 물이 들썩일 만큼 힘차게 대답했다.

"한 시간 정도 남았지만 오늘 훈련은 이것으로 마친다. 해산!"

치해와 석호가 해산을 명하고 나가자, 실습이 모처럼 일찍 끝났다는 것에 기쁜 이들이 재빨리 로프를 원래의 위치로 가져다 놓고는 바쁘게 수영장을 빠져나갔다.

지우는 그런 이들과 한데 몸을 섞으려다 말고 로프를 가져다 뒀던 정리대를 서성거렸다. 무거운 몸을 샤워로 달래고 싶었지만 그보다 오늘 역시도 굴욕감을 느끼게 만들었던 로프 매기를 연습하는 게 나을 것 같아서였다.

매 순간 굴욕감을 전하는 치해의 존재가 짜증이 나도록 얄미웠지만, 정작 화가 치밀게 하는 장본인은 무능력한 자신이라는 것을 그녀 역시 잘 알고 있었다.

인내심이라면 얼마든지 참아낼 자신이 있었는데도, 꾸역꾸역 밀어 넣었던 화가 언제쯤 폭발할지 점점 자신이 없어졌다. 발전이 없는 자신의 한계점을 대면한다는 건, 속상함을 뛰어넘어 심장이 터질 만큼 신경질이 치밀게 했다.

계속 이 상태를 지속하다가는 실습생의 기록을 체크하는 서류를 발기발기 찢어낼지도 몰라, 지우는 가느다란 손으로 두꺼운 줄을 이리저리 돌려가며 로프 매기에 열중했다.

남은 시간은 겨우 열흘……, 어떻게든 그 안에 지금까지 까먹은 점수를 만회해야만 했다.

로프를 묶는 방법에는 크게 노트(knot), 밴드(bend), 히치(hitch), 스플라이스(splice)가 있지만 세분화하면 수를 헤아릴 수 없을 만큼 많았다. 그 많은 방법 중 자주 쓰는 방법이라 해서 배운 게 총 16개의 방법이었고, 그것을 숙지하며 연결매듭을 만들고 탄탄하게 매어졌는지 팽팽히 잡아당겨보며 연습에 연습을 거듭해 봐도 시간을 단축하는 데에는 여전히 쉽지가 않았다.

30분이 넘게 손가락을 꼼지락거리자니 이곳에서 줄이나 묶고 있는 현실이 그녀의 신경을 못마땅하게 긁어댔다. 거기다 일명 8자 묶기라 불리는 오버핸드 법은 자꾸만 쉽게 풀려버려 그녀의 짜증을 극대화시켰다. 서전트노트 법은 꼬임이 많아 어떻게 맸는지 기억조차 가물거렸다.

마음속 심상을 나타내지 않으려고 안간힘을 쓰며 살았던 지우가 결국 참지 못하고 악을 지르려던 그때, 그녀의 곁으로 다가온 이가 수영장을 낮게 울렸다.

"틀렸어."

굳이 고개를 돌리지 않아도 옆에서부터 뻗어 나온 목소리가 치해임을 단박에 알아챈 지우의 미간이 중앙으로 몰려들었다.

"알아요."

실수를 인정하면서도 주눅이 들지 않는 지우의 퉁명스런 대꾸에 치해는 입꼬리를 슬며시 들어 올렸다.

누구에게든 절제된 모습만을 내보이는 그녀의 행동은 처음 마주친 동공에서 느꼈던 그대로다. 두려움을 지우기 위해 독해 보이리만치 눈에 힘을 주고, 약한 마음을 감추려는 듯 드러내도 상관없는 감정의 표현을 무조건적으로 제한한다.

5일 동안 보아온 그녀는 단 한 번도 실패를 맛보지 않은 사람인 듯, 남자들과의 체력싸움에서 밀린 스스로를 못 견뎌 하고는 이를 악물고 밤늦게까지 연습을 거듭했다. 그녀는 연습에 열중하느라 몰랐겠지만, 치해는 그런 지우를 흥미로운 시선으로 주시했다.

사실 체력적으로 우월한 남자들조차도 쉽사리 따라오지 못할 고된 훈련이 인명구조에서 없어서는 안 될 잠수관련 훈련이었다.

20kg이 넘는 만만치 않은 에어탱크를 등에 업고 움직인다는 것은 받쳐줄 체력 없이는 오랜 시간을 버틸 수가 없는 것이었고, 여자보다 남자의 심폐력이 우수한 까닭으로 잠수 역시 금녀의 구역이나 다름없는 곳이었다. 때문에 여자들이 다루기 힘든 직업 중 하나가 인명구조임은 틀림없는 사실이었다.

특수부대나 구조대 역시 여자들을 받지 않는 이유가 이런 데에 있었지만 그녀는 실패를 할망정 중도에 탈락되지는 않았다. 그것만으로도 대단한 성과였지만 그녀는 그 사실 자체를 모르는 것 같았다.

아니, 인정하지 않는 듯했다. '도 아니면 모'를 외치기라도 할 것처럼 오로지 성공 아니면 일등만이 중요한 것처럼 행동했다.

악으로 똘똘 뭉친 그녀에게서는 흡사 야수의 냄새가 난다.

자존심 하나로만 버티는 상처 입은 맹수와도 같은 그녀는, 약함은 곧 다른 맹수에게 일격을 당하고 마는 길임을 깨우친 약육강식의 적자생존의 삶을 사는 듯 조금의 여유도 없어 보인다. 당장 쓰러져 죽을망정 숲의 최강자이기를 자청하고 억지로 우뚝 서려 이를 악무는 제왕처럼.

그 점이 자꾸만 눈을 떼지 못하게 만들었다. 가냘픈 외모 속에서 무섭게 뿜겨져 나오는 강단이 재차 그의 시선을 이끌어 잡아두고는, 그 속을 채운 사정이 무엇일까 싶어 다른 곳으로 돌리지 못하게 만든다.

치해는 그런 스스로가 이해되지 않으면서도 좀처럼 지우에게서 눈을 뗄 수가 없었다. 어쩌면 악바리와도 같은 근성이 예전의 자신을 연상시켰기 때문인지도 몰랐다.

"단 한 번뿐이니까, 잘 봐둬."

치해가 정리되어 있는 로프를 잡고 그녀가 끙끙댔던 고민거리를 해결해 주려 하자, 지우는 재빨리 차가운 음성으로 그의 행동을 제지했다.

"괜찮습니다. 진도를 따라잡지 못한 나머지 공부는 제 몫이지만, 차별되는 과외는 바라지 않습니다."

여자라 해서 특별히 대해 주는 예우는 바라지 않는다. 여태껏 누구의 도움 없이 살아온 인생이기도 했지만, 최치해란 남자에게서 받는 배려는 무엇이든 사양하고 싶었다.

첫 만남부터 자신을 향하던 그의 눈길 속에 담긴 알지 못할 빛이 마음을 불편하게 만들었다. 이 남자의 시선은 사람의 기분을 불쾌하게 만드는 묘한 힘을 지녔다. 어디선가 본 적이 있는 듯한 갈색 눈동자가 마치 그녀의 마음을 꿰뚫어보고 있는 것처럼 원인 모를 불안을 가져오고 심장을 두근거리게 만든다.

가슴을 무겁게 만들던 존재감 속에 스민 의문스런 치해의 시선이 꼭 알몸으로 서 있는 듯한 기분을 불러일으켜 지우는 그를 쳐다보기조차 싫었다.

어쩌면 조금은 두려운 것일지도 몰랐다. 그의 동공에 스민 열기와 투명함에 그녀 자신이 어떤 모습으로 비쳐지고 있을지 대면하기 무서운 것일지도.

"좋을 대로."

일말의 틈도 주지 않겠다는 그녀의 의도대로 치해는 순순히 물러났다. 로프를 제자리에 가져다 놓고 수영장을 벗어날 때까지 단 한 번도 뒤를 돌아보지 않았지만 입술이 슬며시 벌어지는 것까지는 막지 못했다.

생각했던 것보다 훨씬 날카로웠다. 그녀가 온몸으로 세운 가시는 고슴도치의 것처럼 억세고 날카로워 생각 없이 덤벼들면 그대로 찔려 몸에 구멍이라도 날 것만 같았다.

예상했던 것보다 훨씬 더 굵은 가시를 곤추세운 여자……

하지만 그럴수록 그녀에 대한 흥미가 더욱 거세게 그의 가슴속을 파고들었다. 어쩌면 그녀의 가시 하나가 그도 모르는 새에 벌써 가슴속을 파고들었는지도 몰랐다.

볼수록 흥미로운 여자다. 의도했든 의도하지 않았든, 제법 관심을 이끌어낼 줄 아는 여자다.

"후우."

치해가 별다른 말없이 그대로 나가자 지우는 낮게 안도의 숨을 내쉬었다. 어쩐지 그의 앞에서는 좀처럼 마음의 심상을 감출 수가 없었다. 긴장으로 손이 떨리고 불편함으로 이마에 식은땀이 맺혔다.

그에게서 흘러나오는 목소리는 꽁꽁 감춰뒀던 가슴 속 심연의 한 자락을 들치는 기분이다. 실습훈련 중 곁에 다가오기만 해도 그의 존재감이 가시가 되어 온몸으로 박혀 드는 느낌.

왜 그런 느낌이 드는지 알 수가 없었다. 처음 그의 이름을 듣고 나서부터 머리와 가슴을 휘젓던 낯익은 느낌의 원인이 대체 무엇인지 이해할 수가 없었다. 자꾸만 뒷목을 쭈뼛거리게 만드는 이유가 뭘까 싶어, 오히려 그의 존재를 지나치게 의식하게만 된다.

1분도 채 되지 않는 간결한 대화만으로 불편한 기류가 내부를 휘젓자 지우는 꼼지락거리던 로프를 신경질적으로 내려놓고 수영장을 나섰다.

샤워라도 해야겠다. 그에게서 뿜어져 나와 살갗에 닿은 불편함 따위를 말끔히 씻어내야겠다.

샤워로 몸과 마음을 정갈하게 씻어낸 지우가 식당에서 그릇에 담긴 국물을 막 떠먹을 찰나, 두 명의 남자가 그녀 앞에 식판을 소리 나게 내려놓았다.

의식해 주기를 바라는 다분한 의도였지만 지우는 마저 수저에 국물을 채우고 입 안으로 밀어 넣었다.

알게 모르게 박혀 들던 시선이 한두 번이던가. 교육생 중 유일하게 여자인 그녀에게 남자들은 공공연하게 추파를 던지기도 하고 힐끔힐끔 훔쳐보기도 했다. 수상인명구조의 특성상 여자가 많지 않은 탓일 테지만, 지우는 그동안 그런 시선을 말끔히 무시했었다.

지금 역시도 멀지 않은 곳에서 식사를 즐기던 교육생들이 힐끗거리며 두 남자의 행태를 지켜보고 있었지만, 지우는 그런 주시마저도 무시했다.

"그동안 낯은 익혔으니 교육생들끼리 통성명은 하고 지냅시다. 이쪽은 김주진이고, 난 박유식. 그쪽은?"

"……"

남자 하나가 제법 쿨한 말투를 흘렸지만, 지우는 대꾸할 의사가 없다는 듯 조용히 밥을 떠먹었다. 그런 그녀의 태도에 머쓱해졌는지 남자는 금세 다른 말로 화제를 돌렸다.

"모처럼 일찍 끝났는데, 친목도모 차원에서 저녁에 맥주 한 잔 어때요?"

뻔한 수작에 지우는 입 안을 채운 밥알을 오물오물 씹다가 식판을 들고 일어섰다. 화장기 없이 머리를 질끈 동여매니 같은 또래로 보이는 모양이었다.

"쳇, 더럽게 도도하시네."

그녀의 무시에 남자는 얄팍한 치졸함이 실린 말투를 내뱉었다.

지우는 걸음을 떼려다 말고 천천히 뒤를 돌아 시선조차 주지 않았던 두 명의 남자들을 차갑게 응시했다.

"도도한 게 아니라 현명한 겁니다. 시시껄렁한 농담으로 몇 분을 낭비하고, 알아야 할 가치도 없는 사람한테 목 아프게 얘기할 필요가 없으니까요. 그 단 몇 분이라 할지라도 책을 읽는 게 낫죠. 아니면 잠을 자든가. 아, 1분을 정말 쓸데없이 허비해 버렸군요."

차분하게 흘러나온 목소리와는 달리, 지우의 입에서 토해져 나온 말은 얌전한 사람조차 얼굴을 붉히게 만들기에 충분할 정도로 야멸친 무시가 담겼다. 그 무시무시한 독기에 멀지 않은 곳에서 입 안으로 밥을 떠 넣던 이들이 먹어야 할 식사 대신 훅, 하고 숨을 들이마셨다.

"그럼 그냥 가시지 뭐 하러 그 시간을 낭비합니까?"

친구의 재잘거림에 침묵을 지키던 다른 남자가 그제야 불쾌하다는 듯 입을 열었다.

"다음을 위한 허비죠. 또다시 귀찮음을 겪지 않으려는 방비라고 할까요? 다음부터는 제 몇 초의 시간을 이토록 허비하지 않도록 해주세요."

돌아서려고 비스듬히 몸을 돌리던 그녀는 할 말이 생각났다는 듯 다시 몸을 돌려 황당해하는 남자들을 쳐다보았다.

"아, 혹시나 해서 말해두지만 제가 그쪽들보다 훨씬 연상이거든요. 적어도 5년 정도는 차이가 날 것 같지만, 어리게 봐줘서 고맙다는 마음은 들지 않네요. 그럼."

지우는 입꼬리를 올린 채 그대로 뒤를 돌아섰다. 성깔 있는 여자임을 제대로 보여줬으니 이후부터는 귀찮게 하는 일은 없을 것이다. 저들끼리 쑥덕거리며 인상을 찌푸리더라도 직접적으로 치근덕대지만 않는다면 수군대는 것쯤은 상관없는 일이었다.

하지만 멀지 않은 자리에서 가슴 위로 팔짱을 낀 채 여유롭게 쳐다보고 있던 치해와 눈을 마주치자, 추켜올렸던 그녀의 입꼬리가 곧 볼썽사납게 뒤틀렸다.

지극히 관찰자적인 시선이었지만, 늘어진 입매는 분명 그가 웃고 있음을 뜻했다.

그런 치해의 표정에 왠지 모를 화가 치솟았다. 대체 자신이 뭐라고 재미난 구경거리라도 보듯 여유롭게 이 상황을 즐기고 있는 것일까.

지우가 신경질적으로 그를 쏘아보았지만 그는 여전히 눈을 돌리지도 않고 빤히 그녀를 쳐다보았다.

흥미가 인다는 듯 그가 한쪽 눈썹을 미세하게 꿈틀거리자, 지우는 노려보던 시선마저 거두고 식당을 나가버렸다.

"어휴, 대단한 성깔이시네. 하긴 예쁜 값을 하시긴 해야지. 갑자기 누군가와 겹쳐 보이네."

지우의 꽁무니가 완전히 모습을 감추자, 석호는 그녀의 모습에서 수천을 떠올렸다.

"왜, 매력적인데."

치해의 입술 사이로 웃음기 서린 즐거운 음성이 흘러나오자, 밥을 한 수저 가득 뜬 석호는 막 입 안으로 밀어 넣으려던 동작을 멈추고 놀란 눈으로 그를 쳐다봤다.

SSU시절부터 버디가 되어 동고동락한 지 7년째였지만, 단 한 번도 치해의 입에서 여자 얘기가 나온 적이 없어서였다.

거기다 매력적이기까지 한다는 말은 그나마 밥을 입 안으로 넣지 않은 걸 다행스럽게 여기게 만들었다. 하마터면 귀한 밥알을 공중으로 뿜어낼 뻔하지 않았던가.

"드센 여자가 네 타입이냐?"

"도도한 것과 드센 것은 전혀 다른 거야."

"참, 취향이 독특해요."

석호가 이해할 수 없다는 표정을 지으며 고개를 흔들었다. 치해는 피식 웃으며 그녀가 이미 자취를 감춘 식당 입구를 다시 응시했다.

조금 전 지우에게 다가선 두 명의 남자는 치해의 심장을 일순 격하게 휘몰아치는 파도처럼 일렁이게 만들었다. 꽃을 향해 꼬여드는 벌레는 어디든 있기 마련이었지만 그가 눈을 떼지 못하고 주시했던 그녀의 주위를 날아다니는 해충의 존재는 안광에 불쾌한 불길이 일게 했다.

여차하면 달려가 밤새 이어질지도 모를 기분 나쁜 행보에 제동을 걸려 했지만 곧 그녀가 보여준 기지에 그의 입술 사이로 만족스러운 웃음이 비어져 나왔다.

참 여러모로 신경 쓰이는 여자였다. 한 시간 전까지는 흥미를 유발하더니, 일순이나마 불쾌함으로 주먹을 꽉 쥐게 만들었던 것도 모자라 이제는 기분 좋은 미소를 자아내게 하고 있었다.

누군가로 인해 감정의 변화를 시시각각으로 변해본 적은 해난현장을 빼고는 단 한 번도 없었다. 그 스스로도 이해하지 못할 감

정이었지만 치해는 허파에 바람이라도 든 사람처럼 자꾸만 피식
피식 웃어댔다.

※

거울에 서린 수증기를 손바닥으로 쓸어 지운 지우는 비치는 자
신의 얼굴을 응시하다 입술을 꽉 깨물었다.

뭐든 누구에게도 지지 않을 자신이 있다고 여기며 살았고 실제
로 그녀는 어떠한 일이든 뒤처진 적이 한 번도 없었다.

하지만 생각보다 몸이 따라주지 않았다. 수영 역시도 자신했었
지만 찰랑거리는 물속에서 남자들에게 뒤처지기만 할 뿐 마음대
로 앞설 수가 없어 화가 솟구쳤다.

파도가 이는 설비시스템에서는 몇몇 남자들과 더불어 낙오자
가 되고 말았고, 오늘도 어김없이 이어진 에어탱크 없이 잠수해
숨을 참는 호흡정지 훈련에서도 남자들의 심폐력을 이기지 못하
고 먼저 물 위로 뛰어오르고 말았다.

이를 악물고 무던히도 참아봤지만 어쩐 일인지 턱까지 차오르
는 숨을 참을 수가 없었다.

그런 자신의 나약함에 지우는 견딜 수 없이 화가 치밀었다. 체
력적으로 남자들에게 뒤지고 있다는 사실보다, 성별을 막론하고
누군가에게 뒤처지고 있다는 사실을 참을 수도, 인정할 수도 없
었다.

"연지우, 똑바로 해. 이래서 이길 수 있겠어? 이래서 원하는 걸

가질 수 있겠냐고!"

지우는 거울에 비친 스스로 자조 섞인 비웃음을 머금고 힐난했다.

아프다고 느끼면 정말 아프고 만다. 힘들다고, 그만두고 싶다고 생각하면 정말로 그러고 싶은 마음이 짙어진다. 그래서 나약한 생각 따위는 하지 않는다. 마음을 흔드는 상념들은 이를 악물고 머리를 흔들어 없애버리면 그만이다.

주저앉는 건 더 이상 하지 않는다. 소녀가 나이를 먹어 여자가 됐듯, 오래전 나약했던 소녀는 이제 존재치 않는다.

원하는 걸 가질 테다. 바보처럼 내 몫을 넘겨주진 않을 테다. 어머니에 대한 배신의 대가를 꼭 챙기고 말 것이다. 누구에게도 주지 않을 것이다.

이후로도 몇 분 동안이나 계속 스스로를 질책하고 채찍질했던 지우는 샤워를 마치고 나오다 복도에서 치해와 마주쳤다.

눈인사조차 없이 조용히 피해가려고 그녀가 오른쪽과 왼쪽을 번갈아 몸을 움직였지만, 그 역시 그녀와 똑같은 방향으로 움직이는 통에 둘 다 피해가지 못하는 어정쩡한 상황이 연출되고 말았다.

불편한 전류가 흐른다. 같은 방향으로 몸을 움직이는 그 찰나의 순간에 미묘하게 일었던 전류는 빠지직 정전기를 일으키는 것만 같았다.

수영장에서의 짧은 대화 이후 이틀이라는 시간이 지났지만, 그를 무시하자고 다잡았던 결의는 어정쩡한 몸짓에 와르르 무너진 것처럼 또다시 무겁도록 존재를 의식하고 있었다.

"먼저 가지."

치해가 더 이상 움직이지 않고 그녀가 먼저 갈 수 있도록 배려했다. 지우는 짧게 목을 끄덕이고는 그를 지나쳤다.

"연지우 씨."

몇 발자국 걷지 않은 그녀의 어깨가 미세하게 움찔거렸다. 지우는 말없이 몸을 돌려 치해를 응시했다.

자신의 이름을 부르는 그의 목소리가 무척이나 이상한 감정을 불러일으켰다. 공기 중에 낮게 실린 목소리는 그윽하면서도 폐부를 찌를 듯한 묘한 느낌이었다.

"생각을 너무 많이 해."

"네?"

별안간 무슨 소리인가 싶어 지우의 고개가 살짝 옆으로 기울었다.

"잠수 중에 너무 많은 생각을 한다고. 생각이 많고 조급하게 굴수록 뇌가 산소를 써버리거든. 그래서 남들에게 뒤질 수밖에 없는 거야. 그냥 마음을 비워야 2분대를 돌파할 수 있어."

치해의 조언에 알았다는 듯 지우는 또다시 짧게 목례하고 몸을 돌렸다.

그와는 가능한 한 오래 대화하고 싶지가 않았다. 자꾸만 이상한 감정이 든다. 그를 신경 쓰고 있는 자신이 이상해 보이리만치 최치해란 남자의 존재감이 껄끄럽고 무거워 견딜 수가 없었다.

"연지우 씨."

그의 대한 지나친 의식을 잘라내고 싶은 만큼이나 차갑게 돌아선 지우가 막 걸음을 내딛으려 할 때, 치해가 또다시 그녀를 불러세웠다.

그의 입술 사이로 또다시 흘러나오는 자신의 이름에 지우는 머리카락 한 올이 공중으로 바짝 일어선 것 같아 기분 나쁜 듯 획하니 몸을 돌렸다.

"충고가 더 남았나요?"

"내일 버디 블리딩을 할 거야. 이론을 배웠으니, 그게 뭔지는 알지?"

지우의 입가가 불편함을 머금고 꿈틀거렸다. 버디 블리딩이라면 버디로 짝을 이룬 두 명이 하나의 에어탱크만으로 잠수해 산소를 나누어 쓰는 방법이었다.

이곳에서 여자라면 자신 혼자뿐. 누구인지도 모를 남자 하나와 레귤레이터를 번갈아 써야 한다는 사실이 지극히 짜증스러웠다.

여자도 아닌 남자와 타액이 묻은 호흡기를 잠시나마 함께 써야 한다는 사실에 지우가 못마땅함으로 입술을 뒤트는 사이, 치해가 거리를 좁혀 그녀에게로 다가왔다.

"나와 짝을 이룰 거다."

그윽함이 서린 치해의 목소리가 그녀의 귓가를 낮게 울렸다. 지우가 퍼뜩 고개를 치켜들어 그를 응시했지만, 이내 치해와 레귤레이터를 번갈아 쓰는 영상이 머릿속을 파고들자 그녀의 동공이 사냥꾼을 발견한 어린 사슴의 눈망울처럼 크게 확장됐다.

"됐습니다. 그냥 다른 실습생과 버디를 이루……."

"결정은 내 몫이다. 그렇게만 알고 있으면 돼."

귓속을 간질일 만큼 그윽했던 치해의 목소리가 어느새 강압적
으로 변했다. 지우는 잠시나마 동공에 서렸던 떨림을 지우고 그
를 노려보았다. 그의 강제적인 말투와 태도가 누구에게도 억압
적인 억눌림을 당해본 적 없던 지우의 신경을 곤두세우게 만들
었다.

"그런 결정을 왜 따라야 하죠?"

"그럼 다른 남자의 침이 섞인 레귤레이터를 물고 싶나?"

"마치 경사님은 예외인 듯 말하네요."

"적어도 조금은 그렇다고 느끼는데."

치해의 피식 웃는 입매와 다소 늘어지는 말투에 지우의 눈매가
가늘어졌다.

"무슨 뜻이죠?"

"날 의식하고 있잖아. 그건 조금이라도 내가 다른 이들과 다르
다는 걸 뜻하지 않나?"

"허!"

"내일 보자고."

윙크라도 할 것처럼 살짝 한쪽 눈을 가늘게 감았다 뜬 치해가
어이없는 헛숨을 몰아 내쉰 그녀를 등지고 돌아섰다.

지우는 아무런 일도 없었다는 듯 저벅저벅 태연히 걸어가는 치
해의 등을 멍하니 노려보다 이내 주먹을 꽉 말아 쥐었다.

그를 의식하고 있었다는 말에 부정할 수조차 없던 자신의 못난
심경에 짜증이 치밀었다. 다른 이도 아닌, 그가 이미 그것을 눈치

채고 있었다는 사실에 부아가 폭발을 일으킬 것처럼 머릿속을 긁어댔다.

마치 놀림감이 된듯하다. 그동안 자신을 향해 피식피식 웃어댔던 그의 늘어진 입매는 단순한 비소가 아니었던 것이다. 심경을 파악 당해 버렸다는 사실에 지우는 치해가 모퉁이를 돌아 이미 사라지고 없는 빈 복도에서 움켜쥔 주먹을 부르르 떨었다.

3장

인정과 경고 사이.

"왜죠?"

새벽 6시 무렵, 치해가 머물고 있는 방문을 두들긴 지우는 그가 문을 열기 무섭게 반문했다. 잠을 이룰 수 없게 만든 남자의 존재가 그녀의 다급한 성미를 자극한 탓이었다.

하지만 마치 그녀의 방문을 예상하기라도 한 것처럼 치해에게서는 당황의 기색이 엿보이지 않았다. 여유롭게 가슴 위로 팔짱을 낀 그는 몸마저 문가에 살짝 기울여 기댄 채 느긋한 표정으로 그녀를 맞았다.

"왜냐고 물었어요."

지우는 덤덤한 듯 재차 침착하게 물었지만 조바심으로 방 안을 왔다 갔다를 반복했던 자신과는 달리 치해가 너무도 여유로운 모습이라 그것마저도 신경질이 치밀었다.

"글쎄, 왜일까?"

촉촉이 젖은 새벽공기처럼 치해의 풍성한 음색이 은은하게 그녀의 귀를 파고들었다.

그 순간 뜨거운 폐부 속에서부터 솟아오른 열기가 그녀의 입과 코를 통과해 후덥지근한 숨결로 흘러나오자 지우는 음성 한번으로 흔들리는 자신을 발견하곤 어금니를 꽉 깨물었다.

정확히 뭘 묻고 싶었는지는 몰랐다. 그저 당신이란 사람, 누구냐고. 왜 자꾸만 기분 나쁘도록 눈앞에서 알짱거리는 거냐고. 신경쇠약에라도 걸린 사람처럼 악을 질러대고 싶었다.

그녀에게 있어 남자의 존재란 인정할 수도, 허락할 수도 없는 감정의 낭비였다. 그런데도 이 남자는 자꾸만 묵묵히 있지 못하도록 뒤흔든다. 겨우 억누르고 모른 척해도 시선 한번으로 불편함을 남기고 그녀의 내부를 속속들이 알고 있다는 듯 웃는 입매로 신경을 뒤틀리게 한다.

"당신을 의식한 건 단순히 내 점수를 쥐고 있는 사람이기 때문이었지, 남자로서가 아니었어요. 그걸 관심이라고 착각한 모양이지만 아쉽게도 판단이 어긋났다고 말해 주고 싶어서 찾아왔어요."

지우는 더는 오해의 소지를 남기고 싶지 않아 거짓말을 매몰차게 토했다. 그에게로 향했던 의식이 그녀마저도 이해하지 못할 오묘한 감정의 결정체였지만 굳이 사실을 토해 괜한 웃음거리를 제공하고 싶지는 않았다.

"의식이 곧 관심이지. 굳이 이 새벽까지 찾아와 행로가 다르다고 우길 필요는 없지 않을까?"

여전히 여유로운 표정 그대로 치해는 그녀가 부정한 감정의 척도를 바로잡아주었다.

연지우, 그녀는 방패를 두른 여자다. 두께를 가늠할 수도 없이 보이지 않는 철편을 겹겹이 둘렀다. 지극히 표정을 제한해 감정을 드러내지 않는다. 움직이는 것마저도 스스로 절제해 계산된 로봇처럼 움직인다.

그 누구에게도, 심지어 그녀 자신에게도 제약을 두고 구속하고는 지금 역시도 거짓말을 내뱉고 있었다. 감정을 내비치지 않기 위해 스스로를 지극히 구속하는 여자.

치해는 그런 그녀의 거짓말마저도 꿰뚫어 본 것처럼 단박에 부정을 올바로 정정해 주고 물끄러미 그녀를 응시했다.

끈덕진 시선과 담담한 그의 대꾸에 지우 역시 치해를 빤하게 쳐다보다 이내 입술을 비틀었다.

"혹 나한테 관심 있어요? 그래서 당신과 짝을 이루도록 한 건가요?"

"없다고 하면 거짓말이지."

치해는 부정하지 않았다. 교육생 중 유일한 여자라 신경이 쏠리는 것이 아닌 인간적인 냄새가 풍기지 않는 점이 묘하게도 그의 신경을 자극하더니만, 이제는 그 선을 넘어가고픈 욕구를 난생처음 느끼게 만든 여자였다.

자꾸만 시선을 떼지 못하게 만들던 그녀의 존재를 부정하는 건, 처음 여자에게 관심을 가진 스스로를 이해하지 못한다 하더라도 못난 짓이었다.

"홋, 그런 관심은 사양할 테니 좀 꺼주세요. 난 당신 같은 남자한테 털끝만큼도 관심 없으니까."

잠시의 망설임도 없이 단박에 인정해 버린 치해의 대답에 뒷목이 쭈뼛거렸으면서도 지우는 차가운 음성을 흘렸다. 그가 관심이 있든 없든 자신과는 상관없는 일이라 애써 마음을 다독였지만 심장은 그녀의 가녀린 체구 전체를 울려댈 만큼 거세게 뛰어댔다.

"당신 같은 남자라. 정확히 어떤?"

"나와는 다른 세계에 사는 사람. 명령을 내리는데 익숙한 사람. 혼자서 한 착각에 막무가내로 밀어붙이는 사람. ……이유가 필요하다면 얼마든지 더 대줄 수 있는데, 더할까요?"

보통 사람이라면 학을 뗄 만큼 시리게 흘러나온 말들이었지만 치해의 얼굴은 조금의 변화도 일지 않았다. 오히려 흰자위가 청명하리만치 맑은 시선으로 묵묵히 그녀를 쳐다볼 뿐이었다.

짙은 호박색처럼 보이는 그의 갈색 눈동자가 또다시 거슬린 지우는 비웃느라 틀어 올렸던 입매를 바로 하고 앙다물었다.

그의 눈동자는 두 다리의 힘을 맥없이 풀리게 만드는 힘을 가졌다. 나풀거리는 풀잎을 꺾어버리듯 그를 무시하자는 의지를 꺾어버리고, 가슴이 조여들도록 조바심이 일게 한다.

"그런 눈으로 쳐다보지 말아요."

일자로 굳힌 그녀의 입매가 조금씩 균열을 일으켜 파르르 떨린다 싶더니 독기를 품은 악녀처럼 독소 깊은 음성을 흘렸다.

악문 잇새로 흘러나온 지우의 억눌린 목소리에 치해는 한쪽 눈

섭을 추커세우는 것으로도 모자라 입가마저 세웠다.

"어떤 눈?"

뭐든 다 알고 있다는 듯, 마치 그녀의 발버둥이 우습다는 듯, 치해의 표정이 또다시 지우를 자극했다. 그의 표정이 겹겹이 둘러싼 그녀의 내부를 파헤치는 것만 같아 격한 음성이 지우의 입술을 뚫었다.

"그런 표정도 짓지 마!"

"훗. 내가 당신을 흔들고 있나 보군. 이쯤이면 그만 인정해."

흡족한 미소와 함께 나른하리만치 푸근한 음색이 치해의 입술 사이로 흘러나왔다. 그 조차도 모를 그 어떠한 것이, 절제로 똘똘 뭉친 그녀를 흔들고 있다는 사실이 더없이 흡족했다.

그런 그와는 달리 지우는 씩씩대던 얼굴을 굳히고 몸마저 뻣뻣하게 경직시켰다. 자신을 흔들고 있다는 그의 자부심이 자존심을 상하게 만들었다는 사실보다 더 충격적인 건, 결코 그의 말을 부정할 수 없을 만큼 머릿속을 가득 채운 자각 때문이었다.

"젠장."

지우의 입술 사이로 태어나 처음으로 욕설이 낮게 튀어나왔다. 고고한 학처럼 예의로 무장해 어느 누구도 쉬이 범접할 수 없을 만큼 벽을 쌓아 감정의 그늘을 드리우지 않았던 그녀는 만난 지 고작 일주일 만에 이성을 뒤흔들고만 남자 때문에 머리털 나고 처음으로 욕설을 스스럼없이 내뱉었다.

하지만 욕설의 상대는 다름 아닌 자신이었다. 멍청하게도 스스로 이성을 제대로 아우르지 못한 못난 그녀 자신.

치해는 낮게 흘러나온 자조 섞인 욕설에 잔잔한 미소를 머금었다. 혼란스러움으로 곤혹스런 모양이었지만 곧 그녀 역시도 감정을 인정하게 되리라는 것을 깨달아서였다.

"처음부터 서로에게 이끌리고 있었다는 걸 굳이 부정하지는 마. 난 인정했다. 네게서 시선을 뗄 수가 없어."

끼고 있던 팔짱에서 스르르 팔을 풀어낸 치해가 여전히 얼굴을 붉힌 채 씩씩대는 지우에게로 손을 뻗었다. 그녀의 목덜미를 스치고 올라간 손이 빨갛게 익은 얼굴을 쓰다듬자 지우는 흠칫 몸을 떨다 그의 손을 매섭게 쳐냈다.

"당신 시선은! 당신이 책임져야 할 몫이죠."

그의 손바닥에서부터 전해진 온기가 뜨거운 불길을 만들어 걷잡을 수 없이 온몸으로 퍼져 들었지만 지우는 열기가 짙어질수록 일부러 냉랭한 음성을 토했다.

"그래, 당신을 의식하고 있었다는 거 부정하진 않겠어. 불쾌함이든 뭐든 내 신경을 긁어대고 있었던 건 사실이니까. 하지만 뭐? 그런다고 뭐가 달라지나요? 내가 당신을 모르듯, 당신 역시 나를 몰라. 여기까지야. 더는 다가오지 마."

누구에게 향한 경고인지 정확히 모를 모호한 주의였다. 서슴없이 다가서려는 그인지, 무턱대고 기피하고 싶은 그녀 스스로인지.

하지만 누구라 할지라도 상관없었다. 지우는 서슬 퍼렇도록 차가운 경계를 남긴 채 그대로 뒤를 돌았다.

아무것도 모르는 순진한 남자는 자신이 어떤 여자인지 모른다. 독하기가 둘째가라면 서러워 부친을 비롯한 모두가 고개를 절레

절레 흔드는 여자라는 걸 모르고 자극한다. 계속되는 자극에 어떤 상처를 남길지 그녀 스스로도 알 수가 없는 미지의 앞날을 두고, 그는 겁 없이 덤벼들고 있었다.

"버디 블리딩은 에어탱크에 산소 잔량이 없을 때에 대비한 훈련이다. 하나의 탱크만이 존재할 때, 두 사람이 공기를 나누어 마시며 호흡하는 방법이지. 서로의 호흡 리듬을 철저히 체크하며 레귤레이터를 번갈아 사용해야 하는 과정이므로 잘 보아두기 바란다."

설명을 마친 치해가 석호와 눈길을 주고받더니 훈련과정을 볼 수 있도록 도안한 투명한 수조 안으로 잠수했다. 일류 잠수사답게 10m 수조 풀 밑바닥까지 눈 깜짝할 새에 당도한 그가 손짓으로 버디인 석호에게 수신호를 하며 천천히 버디 블리딩 시범을 보였다.

수십 초의 숨을 참아가며 번갈아 레귤레이터를 무는 그들의 행동에 훈련생 모두의 눈이 경이롭게 뒤바뀌었지만, 지우는 치해를 응시하며 아랫입술을 지그시 깨물었다.

깊은 긴밀함과 유대감이 만들어낸 친숙한 모습을 곧 그와 함께 물속에서 나눠야 한다는 점이 심장을 꽉 쪼이게 만들고 있기 때문이었다.

새벽 나절 치해에게 경고를 남기고 매몰차게 돌아섰지만 정작 단둘이서만 들어갈 수 있는 수조 안에서 그의 존재가 더욱 불거질까 봐 못내 애가 탔다. 그의 입속을 채웠던 호흡기를 물어야 하는 것만으로도 조금 전 수중유영으로 몸을 푸느라 차가워졌던 몸이 급속도로 뜨거워졌다.

지우는 그가 마음을 돌렸기를 간절히 바랐다. 버디 블리딩을 실습할 상대로 자신을 지목했던 것을 번복하고, 경고대로 멀찍이 물러나주기를 바랐다.

하지만 마음속 불안이 그는 쉽사리 물러설 남자가 아니라고 속삭였다. 그 속삭임이 현실이 될까 봐, 조바심이 일었다.

"구조대의 잠수사는 2인 1조로 움직이는 것이 철칙이다. 지금부터 짝을 이룬 파트너와 버디 블리딩 연습을 하고, 정확히 두 시간 후 바닥 밑 부분까지 잠수해 로프로 매듭을 묶고 나오는 것으로 오전 훈련을 마친다."

지우가 이런저런 걱정으로 복잡한 사이 어느새 물 밖으로 나온 치해가 오전 일정을 간략하게 설명했다.

"모두 두 명씩 짝을 이룬다. 아, 연지우 씨는 나와 한다."

놀란 시선들이 그에게로 박혀 드는 동시에 지우의 날카로운 눈길 역시 치해에게로 향했다.

역시나 그는 물러서지 않겠다는 의지를 몸소 밝혔다. 그토록 경고했는데도 다가서겠다는 뜻을 꺾지 않았다.

"석호야, 다른 남은 한 명과 짝을 이뤄."

박혀 드는 시선들을 차례로 무시한 치해는 석호의 황당해하는 표정마저 턱짓으로 마무리했다.

지우를 다른 남자와 짝을 이루게 할 수 없는 소유욕으로 졸지에 석호가 다른 이와 짝을 이뤄 두 시간 동안 연습을 해야 하는 것이 미안하긴 했지만 그녀의 입속으로 다른 놈의 타액이 섞여들게 할 수는 없었다.

거기다 웨트슈트(wet suit)를 입어 아찔한 굴곡이 드러나는 지우의 몸에 다른 남자의 손길이 닿는 것조차 허락할 수가 없었다.

"구비장비 안 하나!"

훈련생들이 치해와 지우를 홀낏거리느라 멍하니 손을 놓고 있자 그가 풀장을 울릴 만큼 커다란 목소리로 일갈했다. 쩌렁쩌렁한 울림 속에 훈련생들이 후다닥 핀(fin)과 웨이트 벨트(weight belt)등을 착용하자, 그 속을 슬그머니 뚫고 다가온 석호가 치해의 귓속으로 조용히 으르렁거렸다.

"네 사심에 나만 죽어나야 하는 거냐?"

"다른 남자의 침, 섞이게 하고 싶지 않아."

이어진 치해의 단호한 말에 석호의 눈동자가 똥그래졌다. 믿을 수 없다는 듯 좀처럼 눈이 원래의 모습을 찾지 못했지만, 석호는 이내 여자에게 한 번도 그런 관심을 가진 적 없던 치해의 진심을 알아채고 어깨를 으쓱거렸다.

"너 진짜 취향 독특하구나?"

그러면서도 석호는 치해를 격려하듯 어깨를 툭 치고 멀어졌다.

"남은 떨거지 한 명. 누구?"

석호가 남은 한 명을 찾아 이리저리 배회하는 사이, 치해는 고개를 돌려 찢어질 듯 노려보는 지우의 시선과 눈을 마주쳤다.

'난 분명히 경고했어.'

공중으로 섞여든 공기가 그녀의 속내를 전했다.

'그만 인정해.'

그 역시 허공 사이로 진심을 전했다.

무려 두 시간 이상이나 그의 존재감을 온몸으로 마음껏 느꼈던 지우는 오전 실습이 끝나자마자 식당이 아닌 샤워실로 직행했다.

치약을 양껏 묻힌 칫솔로 벅벅 이를 닦아내면서도 그녀는 치해의 손길이 수없이 닿았던 어깨와 등으로 쏟아지는 물줄기를 쉼없이 흘려보냈다.

세차게 닦아내던 손길에 칫솔이 어긋나 잇몸을 아프게 찔렀다. 치약을 뱉어내자 피가 새하얀 거품과 한데 섞여 나왔다. 짜증이 솟구쳐 지우는 입을 크게 벌리고 샤워기에서 쏟아 나오는 물줄기를 입 안으로 들이부었다.

차라리 찝찝하기라도 했더라면. 더러움에 진저리를 칠 수만 있었더라면 잇몸에서 피가 나도록 닦아내지는 않아도 됐을 것이다.

그와 레귤레이터를 번갈아 무는 동안 미처 물에 씻기지 않은 그의 타액이 고스란히 입속으로 스며들었다. 아니, 솔직히 타액이 스며드는 느낌은 느낄 수가 없었다. 그저 그의 입속을 채웠던 호흡기가 그녀의 입속으로 들어온다는 사실 자체가 중요했을 뿐.

그가 물었던 레귤레이터를 번갈아 물 때마다 물속에서 진동이 일었다. 마치 해일이 일어나는 전초처럼 물결이 부르르 떨림을 머금었고 그의 보조를 맞추듯 그녀의 몸 역시 반복적으로 떨렸다.

어깨와 등을 부드럽게 감싸고 때론 힘을 가해 짓누르던 그의 손길은, 수만 개의 작은 기포입자로 된 부드러운 합성고무의 거품으로 만들어졌다던 웨트슈트의 보호막마저 뚫어버렸다. 체온

의 손실을 최소한으로 줄이고 몸을 보호할 목적으로 착용하는 의
복이 제 역할을 제대로 못 할 만큼 수차례 닿는 그의 손길에 열기
와 한기가 치맛자락을 들치듯 재빠르게 들락거렸다.

신경질적인 손놀림으로 샤워를 마친 지우는 박박 문질러대 벌
게진 어깨를 거울로 비춰 보고는 인상을 찌푸렸다.

앞으로 일주일. 이대로라면 아마도 일주일 안에 살갗이 찢겨
피가 흘러나오지 않을까 싶은 멍청한 걱정까지 들었다.

더 한심스러운 것은 그를 떨쳐내지 못하는 머리와 가슴이었다.
머릿속 가득하게 그의 모습을 그려내고 심장은 치해의 모습을 떠
올리는 것만으로도 쿵쿵 제 박자를 잊고 불규칙적으로 뛰어댔다.

가슴속을 채운 상반된 양상에 지우는 입술이 부풀어 오르도록
꽉 깨물었다.

그에게로 향하는 관심 따위…… 무조건 참는다. 인내로 억압된
삶을 살기를 자청했던 계획에 남자는 존재치 않았다.

최치해, 그는 그녀가 계산한 인생의 테두리 밖에 선 자였다.

✳

하얀 포말을 끊임없이 만들어내는 바다를 쳐다보면서 지우는
마른침을 삼켰다.

수영장 물은 괜찮았는데, 막상 끝을 알 수 없는 바닷물을 응시
하자니 손끝이 미세하게 떨렸다. 17살에 바다 속으로 걸어가 죽
음을 경험한 이후로 바다에 대한 두려움을 완전히 떨치지 못한

55

탓이었다.

지우는 크게 심호흡하며 두려움을 밀어냈다. 죽기를 각오하고 들어선 곳에서 살아난 이유는 분명 남은 일이 있기 때문이다. 그러니 움츠러들게 만드는 두려움 따위는 일어서지 못하도록 만들어야만 한다. 움츠러들어 머뭇거리기엔 점수가 턱없이 모자라지 않던가.

지우는 호흡을 가다듬으며 곧장 바다로 뛰어들어야 할 훈련생들을 훑었다.

바다에서 그동안 배운 것들을 실습한다는 것에 대한 긴장감이 그들의 얼굴에도 잔상처럼 남아있었지만, 무엇보다도 지우처럼 점수가 부족한 이들의 얼굴은 경련이라도 일으킨 듯 뒤틀려 꼭 뱃멀미라도 할 것처럼 보였다.

실습점수가 부족한 이들은 최종테스트 자격을 부여받을 수가 없다는 방침에, 그녀를 비롯한 하위 점수자들은 무조건 사흘 안에 상위 점수를 채워야 하는 부담감 때문이었다.

최종테스트까지 남은 시간은 고작 사흘뿐. 인명구조 자격증을 거머쥐기까지는 정확히 사흘의 시간만이 남았다.

더구나 오늘은 체력을 요구하는 릴레이수영을 실습차 바다로 나왔다. 최대한 빠른 시간 안에 400m를 왕복해야만 하는 실습에서, 지우는 반드시 해내리란 각오를 불태웠다.

실제 구조 상황을 대비해 파도가 넘실대는 곳에서 기록을 세우기란 쉽지 않은 일이겠지만 더 이상의 실수는 용납할 수가 없었다. 자신이 없는 호흡정지 훈련에서의 실점을 미리 예상해 놓으

려면 릴레이수영을 비롯한 다른 실습에서 무조건 좋은 점수를 내
야만 했다.

"1조 준비."

치해의 단호한 구령에 맞춰 지우를 포함한 네 명의 인원이 바다
속으로 뛰어들었다. 차가운 물이 수경을 비롯한 그녀의 얼굴을 흠
뻑 적시고 짭조름한 짠기가 입매를 타고 입속으로 스며들었다.

지우는 천천히 레귤레이터를 입에 물면서 잠시 치해를 응시
했다.

사흘 전 버디 블리딩 이후로 그는 이렇다 할 액션을 취하지 않
았다. 거침없이 달려들 것 같았던 기세와는 달리 그는 의외로 고
요한 수면처럼이나 잠잠했다.

마치 그녀의 경고를 받아들이기라도 한 것 같은 모양새였지만,
지우는 그가 기다릴 줄 아는 인내심 깊은 남자라는 것을 이내 깨
달았다.

복도나 식당에서 마주쳐 스쳐가는 순간에도 그는 열기로 일렁
이는 눈동자를 서슴없이 내보였고, 이어진 실습에서도 계속 눈을
떼지 않고 주시했기 때문이었다.

더불어 어쩌다 눈이라도 마주치면 치해는 미소를 머금었다. 남
들이 볼 새라 재빨리 고개를 돌리면서도 스쳐가는 그 순간에도
눈을 찡긋거렸다.

그런 치해를 지우는 며칠 전 각오 그대로 무시했다. 욕망이 스
민 노골적인 시선을 그저 치근덕대는 추파일 뿐이라고 치부하고,
그가 보여주는 미소 역시 비웃음이라고 머릿속으로 되뇌기를 반

복했다.

"행여 쥐가 나거나 더는 전진할 수 없을 상황이 닥치면, 그 자리에 멈춰 한 손을 높이 들어 올리도록."

이곳으로 오는 내내 유의사항을 읊어대던 치해가 바다라는 경각심을 불러일으킬 듯 또다시 주의를 남기자, 바다에 뜬 부표를 기점으로 지우가 속한 1조가 그의 구령에 맞춰 출발할 준비를 마쳤다.

"출발."

이윽고 출발을 알리는 치해의 구령이 시작되자 지우는 손과 발로 힘차게 물살을 갈랐다. 수경 너머로 시야를 확보하면서 다른 이들에게 뒤처지지 않기 위해 사력을 다했다. 모두가 잠든 늦은 밤까지 수영장 물살을 가르기를 수없이 연습했던 결실을 드디어 발할 차례였다.

100m를 지나고 150m로 접어들 때쯤 출발에서 다소 뒤처졌던 지우는 천천히 다른 남자들과 어깨를 나란히 하기 시작했다. 바로 옆에서 헤엄치는 남자들의 몸이 곁눈질 사이로 보일수록 그녀는 어금니를 꽉 깨물었다.

이들과 동 시간대에 들어가는 것만으로도 일단은 노력의 성과를 볼 수 있는 것이었지만 그보다 각 조의 일등으로 들어오는 사람에게는 가점이 부여된다는 것에 그녀는 일등이 되기를 희망했다. 가점을 얻게 된다면 파도설비시스템에서 깎아 먹었던 점수를 만회할 수도 있을 터였다.

하지만 200m였던 부표를 찍고 턴을 한 그녀가 계속되는 견제로 죽기 살기로 헤엄쳐 250m를 돌파했을 때, 생각지도 않게 오른쪽 다리가 뻐근하더니 곧 쥐가 날것처럼 뻣뻣해지기 시작했다.

차오르는 숨이 작은 폐를 압박하고 있는지 가슴이 금방이라도 터질 것처럼 화끈거렸다. 점차 가슴 부근 전체가 강하게 조여들더니 이내 팔과 왼쪽 다리마저 경직되기 시작했다.

급격하게 저하되는 체력 속에서 지우는 다른 훈련생을 곁눈질로 훑었다. 양옆으로 그녀를 에워싸듯 헤엄치고 있는 두 명의 남자가 그녀보다 조금 더 앞섰는지 다리 부분만 시야를 채우고 있었다.

아깝게 지는 건 더 억울하다. 조금만 더 힘을 내면, 어쩌면 일등이 가능할 수도 있다.

이윽고 지우는 격심하게 굳어져 서서히 오그라드는 손과 발이 떨어져 나갈 줄 모른다는 허황된 상상을 하기에 이르렀지만 죽기를 각오한 사람처럼 헤엄쳤다.

이를 악문 까닭에 안 그래도 힘겨웠던 호흡이 더욱 거세져 급기야 숨이 막히기까지 했다. 머릿속이 찌르르 울렸다. 깨질 것처럼 아픈 격통이 머리와 가슴, 팔다리에 머물렀다.

그러나 사력을 다한 탓에 드디어 다리만 보이던 한 명을 제치자, 곧 죽을 것 같던 고통도 점차 사라져갔다. 머릿속이 핑 돌아 어지럽긴 했지만 이제 다른 한 명만 더 제치고 들어서면 가점은 그녀의 몫이었다.

남은 거리를 가늠한 지우의 시야로 50m 안에 부표가 보였다. 그 안에 결판을 내야 했지만 머리가 떨어져 나갔는지 목 위로 느낌이 둔해졌다. 이내 사지가 분리된 느낌마저 들었다. 창으로 온

몸을 찔러대고 있는 것 같은 격통은 감소됐지만 어쩐지 몸이 그녀의 몸 같지가 않았다.

지우는 그런 몸 상태에 오히려 감사했다. 턴을 돌아오던 그때의 고통이 그대로 이어졌더라면 아마도 중도에 포기하는 사태가 벌어질지도 몰랐다. 어쩐 일인지 의식이 가물거리고 시야가 불분명해졌지만 지우는 막무가내로 물살을 갈랐다.

곁에 선 남자가 체력이 바닥났는지 빠르게 헤엄치던 몸짓이 다소 느려졌다. 어쩌면 그렇게 느끼고 있는지도 모를 만큼 정신이 없었지만 지우는 그 틈을 타 더욱 이를 악물었다.

드디어 남은 10m 안에 일등으로 유영하던 남자와 어깨를 나란히 하게 되자 지우는 점차 아득해지는 의식 속에서 오래전 그녀의 곁을 떠나버린 모친을 떠올리며 박차를 가했다. 아무리 고통스러워도 이겨내야만 하는 목적을 재차 곱씹으며 지우는 옆에선 남자보다 더 나아갔다.

드디어 부표가 눈앞으로 다가왔지만 일렁이는 파도 때문인지, 초점을 맞출 수 없는 시야 때문인지 하얀 부표가 사정없이 흔들렸다. 제대로 잡을 수 있을지조차 의문인 그때, 지우의 손바닥에 플라스틱 부표가 착 닿았다.

가느다란 손이 제일 먼저 닿아있는 것을 보며 지우는 스르르 눈을 감았다.

'일등인가? 그럼 가점을 얻을 수 있는……'

생각조차 끝을 맺지 못하고 지우의 의식은 끊어진 영상만큼이나 픽 사라져버렸다.

"일착, 연지우."

지우의 이름을 일등으로 호명하면서 치해는 벌어지는 입을 다물 수가 없어 고개를 내려 발끝을 쳐다보았다. 다른 이들의 시간대는 곁에 있는 석호가 체크할 테니, 잠시 이대로 웃을 수 있을 터였다.

정말 대단한 여자다. 놀라움을 금치 못하겠다. 남자들과의 체력싸움에서 번번이 꼴찌를 도맡더니 이를 악물고 밤늦게까지 연습한 결실을 단시간 만에 최고로 끌어올렸다.

"야!"

흡족함으로 벌어진 입술을 다물지 못하던 치해의 옆구리를 석호가 쿡 찔렀다. 그가 퍼뜩 고개를 치켜들자 석호가 인상을 찌푸린 채 부표 쪽을 향해 턱짓했다.

"뭔가 이상하지 않냐, 치해야?"

석호의 눈길을 따라 고개를 돌리던 치해의 얼굴이 급격하게 굳었다.

"저거 혹시 러너즈……."

풍덩.

석호의 말이 끝나기도 전에 치해가 곧장 바다 속으로 뛰어들었다.

제길, 연지우!

지우에게로 가는 동안, 치해의 심장이 심해 깊은 곳으로 가라앉았다. 부표에 겨우 얼굴만을 기댄 지우는 이미 의식을 잃은 상태였다.

4장
거부할 수 없는 유혹.

"누구의 결정인가요?"

이론을 맡았던 강사가 미안한 얼굴로 전한 말에 지우는 거칠게 벌떡 일어섰다. 그 바람에 사무실 책상 앞에 놓인 의자가 뒤로 벌러덩 넘어갔다.

"지우 씨, 다음 달에도 강습 있으니까 천천히……."

"다음 달이요? 지금 저한테 또다시 한 달을 허비하라는 말씀이세요?"

강사의 말을 잘라버린 지우의 목소리가 쇳소리처럼 갈라져 나왔다. 도저히 침착할 수가 없었다. 이곳에서 허비한 시간이 얼마인데 다음을 기약하란 말인가.

"최치해 강사의 뜻인가요?"

"그게……."

불같이 화를 내는 지우 앞에서 강사는 제대로 말을 잇지 못하고 어물거렸다.

지우는 곧 치해가 이런 결정을 내렸다는 것을 깨닫고 그대로 자리를 박차고 나갔다. 실습훈련에 대한 결정은 치해의 몫이니, 그를 만나 담판을 짓는 수밖에 없었다.

오전 나절에 있었던 릴레이수영에서 의식을 잃은 건 그저 몸 상태가 좋지 않아서일 뿐이다. 병원에서 눈을 뜨자마자 숙소로 돌아와 오후 나절을 쉬고 나니 컨디션은 이전 상태로 돌아왔다. 그런데도 그가 이런 결정을 내렸다는 게 믿기지 않았다.

쿵쿵쿵.

거침없는 발길로 단숨에 치해의 숙소 앞에 당도한 지우는 불길이 인 속내만큼이나 문을 거칠게 두드렸다.

열린 문틈으로 치해가 모습을 드러내자 그녀는 솟구치는 화로 빨갛게 익은 얼굴을 그에게 들이밀었다.

"당신이 무슨 자격으로 나한테 다음 기회를 운운하죠? 내가 장난질하는 걸로 보여요? 그저 과자 속에든 '꽝'으로 마냥 다음 기회를 바라보는 멍청이로 보이느냐고!"

"들어와."

지우가 복도를 울릴 만큼 고함을 질러대자 치해는 그녀가 안으로 들어설 수 있도록 문 옆으로 비켜섰다.

하지만 지우는 그의 방 안으로 발을 들여놓지 않았다. 독기어린 화가 머리끝까지 치솟아 올라도 사방이 막힌 조그마한 공간은

63

치해의 존재감만을 더욱 부각시킬 터였다.

"난 이번에 반드시 수료증을 거머쥐어야만 해. 당신 말 한마디에 허비할 시간이 없단 말이야!"

"왜 의식을 잃었는지 아나?"

"잠시 몸 상태가 좋지 않았을 뿐이야. 누구나 늘 최상의 컨디션을 유지하진 못……."

"러너즈 하이라는 거다. 대부분 장거리 달리기를 하면서 숨이 차고 근육이 피로한 데서 오는 고통을 완화하려고 대뇌에서 통증을 감소시키는 작용을 하는 엔도르핀이 다량 분비되는 데서 오는 고양 상태를 말하지만, 우리처럼 단시간에 많은 체력을 요하는 사람에게 종종 나타나지. 여차하면 사망에 이르기도 해."

SSU 잠수사 초보시절, 치해 역시 한번 겪었던 일이었다. 극심한 육체의 피로에서 오는 러너즈 하이(Runner's High)는 이겨내지 못할 통증을 최소화하기 위해 대뇌에서 마약과도 같은 성분인 엔도르핀이 분비되어 일순 쾌감을 느끼게 만드는 것이지만, 최악의 경우 호흡 마비로 사망하기까지 할 만큼 무시무시한 것이었다.

그나마 이번엔 지우가 실신하는 것에만 그쳤지만 다음번에도 그것으로 그칠 거라고 단정 지을 수 없었다. 그토록 독한 여자라는 것을 새삼 깨달았기 때문이었다.

"그렇다 해서 뭐가 달라지죠?"

인정하지 못하는 지우의 물음에 치해는 방 안으로 들어서 책상위에 놓인 그녀의 훈련파일을 들고 와 넘겨줬다.

"최종테스트까지 총 3점이 부족해. 이 점수를 채우기 위해, 넌 남은 삼 일간 어쩔 거지? 아마도 오늘처럼 죽기 살기로 덤벼들겠지. 체력의 한계점을 넘기 위해 사력을 다할 거야, 그렇지?"

치해는 지우가 모자란 점수를 메우기 위해 러너즈 하이를 겪을 만큼 이를 악물었다는 사실에 화가 났다. 그녀가 그런 성격의 소유자라는 것도, 바보처럼 몸을 혹사시킬 만큼 독하다는 데에도 화가 치밀었다.

너무 미련하다. 앞으로만 향하는데 거침없는 그녀의 행보가 너무 바보스러웠다.

"그게 당신과 무슨 상관인데요? 내가 하고자 하는 일을 왜 당신이 가로막는데?"

"지금이 아니라도 기회는 얼마든지 있어. 일단 몸부터 추스른 다음에 도전해도 늦지 않아."

이번이 아니면 다음에 해도 늦지 않는다. 강습은 매달 이어지고 있고 한 달 정도 늦는다고 해서 커다란 변화가 일어나는 것도 아니었다.

물론 지우의 최종테스트까지 지켜보고 싶은 마음은 굴뚝같았지만 그보다 그녀의 몸이 우선이었다.

"내 몸 상태는 내가 알아서 결정해요. 정정해 주세요."

치해의 설득에도 지우는 물러서지 않겠다는 듯 고개를 치켜들었다.

"내 얘기 끝났어. 가봐."

더는 말할 것도 없다는 듯 강경하게 뜻을 밝힌 치해는 그녀의 면전 앞에서 그대로 문을 닫고 사라졌다.

눈앞에서 닫힌 문을 바라보면서 지우는 아랫입술을 지그시 깨물었다.

이곳에 메어 있는 동안, 이복동생은 그녀가 이루지 못한 것을 행하고 있었을 것이다. 3주라는 시간은 결코 작은 시간이 아니었다. 프로젝트 하나를 계획할 수도 있는 어마어마한 시간이었다.

더구나 이대로 돌아간다는 건, 효석에게 미려하게나마 밀렸다는 것을 뜻하고 만다.

지우는 손을 들어 가슴을 매만졌다. 심장이라도 짓밟힌 것처럼 욱신거리는 통증이 밀려들었다.

이대로 갈 수 없었다. 낙오자처럼 돌아가는 건 자존심이 허락지 않는다. 이죽거릴 효석의 얼굴과 그것 보라는 듯 입꼬리를 틀어 올릴 부친의 얼굴이 바로 눈앞에 펼쳐진 듯 생생하게 머릿속을 채우자 그녀는 그 영상을 지워버릴 만큼 세차게 머리를 가로저었다.

누구에게도 고개를 숙여본 적 없지만, 지우는 치해의 도움이 절실하다는 것을 깨달았다. 어떻게든 그를 회유해 최종테스트를 받을 수 있도록 해야 했다.

결심이 선 지우의 시선이 둥그런 금속으로 박혀 들었다. 문고리를 비틀어 여는 순간, 이제껏 억눌렀던 감정이 그의 방 안으로 넘실거릴지도 몰랐다.

미약하게나마 떨림이 찾아들었다. 그 떨림을 억지로 잠재울 듯 지우는 숨을 크게 내쉬고 문고리를 비틀어 문을 열었다.

옷을 갈아입으려던 참이었는지 치해가 상의를 벗으려다 말고 미간을 찌푸린 채 그녀와 눈을 마주쳤다.

"애기는 끝난 것으로 아는데?"

목 밖으로 셔츠를 벗어낸 치해가 눈을 가늘게 떴다. 지우는 아무런 대꾸 없이 그의 방 안으로 발을 들여놓고는 손을 뒤로 뻗어 문을 잠갔다.

"무슨 짓인지 알고 한 행동이길 바라."

지우의 행동을 지켜보던 치해의 목소리가 허스키하게 흘러나왔다. 들어서지 않으려던 공간으로 넘어온 것도 모자라, 그녀는 문까지 잠갔다. 대화나 하자고 문을 잠글 사람은 아무도 없다. 지우의 행동에 그의 단전에서 묵직한 소용돌이가 서서히 일었다.

"나한테 관심 있다고 했죠?"

"그래서?"

"그 관심 받아준다면, 당신의 결정을 번복할 수 있을까요?"

무턱대고 들어서 거래를 논하는 지우의 기막힌 발언에 치해의 얼굴이 확 일그러졌다.

"그다지 유쾌한 흥정이 아니니, 나가."

"아니. 나가지 않아요. 나를 향했던 열망을 잘 아니까."

대답을 토한 그대로 지우는 서서히 치해에게로 다가섰다.

문고리를 비튼 순간, 방 안으로 들어서는 순간, 이미 걷잡을 수 없는 상황 속으로 발을 들여놓은 것과 다름없었다.

이제는 물러서지도 못한다. 기분 나빠 할망정 그에게 흥정을 요구했고 그녀는 거래에서 한 번도 져본 적이 없었다.

질 싸움은 애초에 하지 않는 게 지우의 방식이었다.

"훗, 유혹이라도 해 보겠다는 거야? 원하는 걸 갖기 위해?"

애써 입꼬리를 추켜세웠지만 치해는 가슴속에 인 불길로 폭발을 일으키기 직전이었다.

이렇게까지 하는 그녀를 이해하기 어려웠다. 욕망이 불러일으킨 열망도 아니고, 순간적인 이끌림이 스며든 욕정도 아니다. 단지 원하는 것을 얻기 위한 유혹일 뿐.

"맞아요. 나 지금 당신 유혹 중이에요. 그리고 당신한테서 원하는 대답을 얻기 위함이라는 것도 부정하지는 않겠어요. 내 시간을 틀어쥐고 있는 건 당신이니까."

사업상 상대가 거부하지 못할 달콤한 유혹을 쏟아내기는 했지만 남자를 유혹해본 적은 처음이었다.

그런데도 지우는 치해와 마주한 시선을 조금도 피하지 않았다. 자신을 향했던 그의 열망. 사내의 욕망을 쥐어서라도 원하는 대답을 얻어낼 것이다.

"어이가 없군."

치해의 입술이 더욱 사납게 비틀렸다. 기가 막혔다. 호감을 담은 사람의 마음을 이용하는 것도 모자라 수컷의 심리마저 이용하려 들다니.

차라리 서로에게 강하게 이끌리고 있다는 것을 시인하고 들어선 거였다면 이토록 입 안이 쓰지는 않았을 것이다.

"나란 여자 원래 이래요. 그래도 안고 싶잖아. 거부할 수 없잖아. 그렇죠?"

"나가."

치해의 단호한 거부에 지우는 손을 들어 그의 가슴을 쓸었다. 거부와는 달리 그의 근육이 일순 긴장한 듯 바짝 움츠러들자 지우는 좀 더 대담하게 손을 움직여 치해의 젖꼭지를 쓰다듬었다.

"내가 가기를 바라나요? 정말 이 문을 열고 정말 나가기를 바라나요? 당신이 도와줄 수 있어요. 내가 더는 이곳에서 시간을 낭비하지 않게 해 줄 수 있잖아요."

가슴에 닿은 그녀의 손길에 치해는 부르르 이는 떨림을 가까스로 억눌렀다. 바지 속에서 살아난 남성이 불룩불룩 용솟음치다 못해 페니스 아래 위치한 음낭까지 바짝 조여들었다.

욕정이 지우를 안으라고 속삭였다. 당장 침대로 눕히고 그녀의 유혹을 받아들이라고 이성을 쑤셔댔다.

치해는 마주한 눈을 피하지도, 고개를 숙이지도 않는 불도저 같은 지우의 모습에 상실할 뻔한 이성의 끝자락을 겨우 붙잡았다. 그녀를 지켜보는 동안 수없이 안는 상상을 해 왔지만 결코 이런 식으로 안고 싶지는 않았다.

"제길, 왜 이렇게까지 하지?"

남자와 여자의 관념이 다르다고는 해도 사람의 이성은 누구나 같다. 생각하는 것도, 살아가는 방식도 별반 다를 게 없었다.

하지만 그녀는 보통사람과는 다르게 행동한다. 대체 이렇게까지 해야 하는 이유가 무엇일까.

"꼭 필요하니까."

어조에 서린 결심. 단념이란 모르는 듯 단호한 말투.

간결하지만 그녀의 음색엔 많은 뜻을 내포하고 있었다. 그저 고집만이 아닌, 알지 못할 염원이 담겼다.

그런 지우의 대답에 치해는 되레 포기를 머금었다. 어쩌면 더는 이곳에 두기 두려운 것일지도 몰랐다.

"사흘. 그 사흘간 내 지도 아래 연습하겠다면 생각해 보지."

"고마워요."

그와 함께 해야 한다는 전제가 붙긴 했지만, 그가 한발 물러서 결정을 번복해 준 것만으로도 지우는 더없이 만족했다.

이제 그 값을 지불할 차례였다.

지우가 까치발을 들어 그의 입술에 입을 맞추려 하자 치해가 고개를 돌렸다. 지우가 살짝 당황한 사이, 그는 그녀의 손목을 움켜쥐고 잠긴 문고리를 비틀어 문밖으로 내몰았다.

"원하는 대답 얻었으니 이제 그만 가."

쾅.

치해가 문을 거세게 닫고 모습을 감추자 지우는 멍하니 입술을 벌린 채 눈을 깜빡였다. 닫힌 문을, 아니 순순히 자신을 밖으로 쫓아낸 치해를 이해할 수가 없었다.

이글거리는 눈동자에 스민 욕정을 분명 읽었는데도 그는 믿지 못할 놀라울 자제력을 보였다. 실망감이 급류를 탄 것처럼 가슴 전체로 흘러들었다. 그가 신사적인 행동을 보였는데도 왠지 모를 허무함에 조금도 기쁘지가 않았다.

지우는 그 자리를 떠나지도 못하고 계속 자리를 지켰다.

허탈함이 밀려드는 건 왜인지 모르겠다. 몸을 부딪쳐서라도 원하는 것을 쟁취하려던 굳은 각오가 생각지도 않게 순조롭게 풀려서인지, 그의 방 안에 들어선 순간 걷잡을 수 없이 밀려들 거라 믿었던 열기가 그저 혼자만의 것이었다는 착각 때문인지, 발을 움직일 수가 없었다. 그저 어리둥절하리만큼 당황스러울 뿐이었다.

지우가 황당함으로 물든 아쉬움을 접고 몸을 돌려 한 발을 떼려던 순간, 치해의 방문이 벌컥 열렸다.

거칠게 열린 문소리에 뒤를 돌아보려던 그녀의 몸이 강하게 움켜쥔 완력으로 한순간 휘청거리더니, 그대로 그의 방 안으로 이끌려 들어갔다.

"왜 아직까지 안 가고 서성여!"

막다른 골목으로 내몰듯, 거칠게 닫은 방문으로 지우를 세차게 밀쳐낸 치해가 나직하게 으르렁댔다. 윽박지르듯 흘러나온 음성처럼이나 그의 눈빛이 격하게 일렁였다.

겨우 내보냈다. 제 발로 들어선 그녀를 가지라고 속삭이는 악마의 유혹을 가까스로 제어했다.

커다랗게 부풀어 씰룩이는 남성의 안달마저도 무시하기 위해 안간힘을 썼지만, 그녀를 내보낸 수십 초의 시간은 그가 지내온 인고의 시간보다도 더 길고 견디지 못할 만큼 버거운 시간이었다.

"그런 당신은 왜 또 문을 열었는데요?"

그의 동공에 피어오르는 열정만큼이나 지우의 목소리에도 열기가 스몄다.

그가 문을 닫아버린 순간에 찬물이 확 끼얹어진 것 같았던 몸이 문을 열고 거칠게 잡아당긴 완력을 느끼자마자 삽시간에 달아올랐다. 코앞까지 들이민 치해의 얼굴에 제어할 수 없는 욕망의 그림자가 길게 늘어질수록 그녀의 몸에선 불꽃이 타닥타닥 튀어 올랐다.

"망설이지 말고 갔어야 했어."

나무라듯 흘러나온 치해의 질책에 그녀를 향한 갈망이 스몄다.

"도망치는 성격, 아니에요."

도전하듯 흘러나온 지우의 대꾸 역시 그를 향한 열망이 어렸다.

숨길 수 없이 드러나는 서로를 향한 욕망. 뜨거움으로 달궈진 눈동자들이 허공으로 얽혀들수록 그들은 서로를 갈구하는 욕정을 고스란히 읽어냈다.

마주친 시선이 점차 가까워진다 싶더니 이내 치해와 지우는 강렬한 욕구로 누가 먼저라 할 것도 없이 서로에게 입술을 맞부딪쳤다.

단번에 뒤엉킨 입술 사이로 격한 호흡이 드나들었다. 혓바닥에 불이라도 붙은 것처럼 밀어 넣고 옭아내며 서로에게 향하던 열기를 숨김없이 드러냈다.

뜨거움과 싸늘함이 뒤섞여 공존하던 몸이 갈팡질팡하던 마음을 이긴 순간, 그들의 몸이 삽시간에 불타올랐다. 입술을 가르고 들어선 두 혀가 스미는 열기만큼이나 묵직하게 엉켜 타액을 교환하고 거세게 들이대는 남녀의 욕정으로 치아가 딱딱 부딪치는 소리가 간간이 입속을 울렸다.

입 안 그득하게 채운 그의 혀를 쪽쪽 빨아들이는 지우의 뇌가 비명을 질러댔다. 무엇인지 모를 묘한 것이 조금씩 머릿속으로 스며들더니 어느새 어지러울 정도로 띵하게 채웠다. 그득하게 채운 정체가 그가 불어넣은 숨결이라는 것을 느낄 찰나, 그녀의 발가락이 흥분으로 오므라들었다.

그를 왜 피하려고 했었는지, 왜 그토록 그의 존재가 마음을 언짢게 했었는지 자체도 떠오르지 않았다. 차오르는 숨결에 내부 속 장기들이 파닥거리고 질식을 호소하는 뇌가 비명을 질러대는데도, 지우는 맹목적으로 갈망하던 목적이 그의 입 안에 있는 것처럼 들어선 혀를 세차게 빨아댔다.

빈틈없이 입 안을 막아버린 키스로 그녀의 폐가 차오르는 숨을 조절하기 위해 바쁘게 움직여댈 때, 지우의 티셔츠 안으로 손을 밀어 넣은 치해가 맨살을 더듬었다.

커다랗고도 묵직한 완력이 그녀의 등과 허리를 반복적으로 움켜쥐듯 쓰다듬자 지우의 폐가 더욱 요동쳤다. 혈액을 고르게 뿜어내던 심장은 이미 미친 듯이 뛰어댄 지 오래였다.

치해가 이로 짓이기듯 빨아대는 지우의 입술이 부풀어 오르는 흥분만큼이나 원래의 모양을 잃고 두툼해졌다.

서로를 향한 욕정에 흥분까지 가미되자 그는 곧장 그녀의 옷을 위로 끌어올렸다. 지우 역시 손바닥으로 그의 등과 가슴을 어루만지다 곧장 치해의 반바지를 아래로 끌어내렸다. 떨어지지 않을 것처럼 격하게 맞부딪치던 입술이 떨어짐과 동시에 그들은 서로의 옷을 벗겨 내리는 데에만 열중했다.

브래지어 후크를 풀어 내린 치해의 격한 손길에 그녀의 가슴이 공중에서 물결치듯 출렁거리고 반바지와 팬티를 한꺼번에 잡아

당겨 벗겨 내린 지우의 손길에 그의 거대한 남성이 허공 위에서 빳빳이 고개를 들고 꿈틀거렸다.

태초의 인류처럼 알몸이 된 그들이 또다시 서로를 부둥켜안고 격렬하게 입술을 빨아들였다. 치해의 굵직한 남성이 그녀의 보드라운 뱃살을 뚫을 것처럼 강하게 파고들고 지우의 말캉한 젖가슴이 그의 딴딴한 가슴을 녹일 것처럼 맞닿았다. 흥분으로 일어선 유두 역시 근육으로 다져진 그의 가슴을 바늘로 찌르듯 파고들었다.

서로를 거칠게 밀고 당기며 침대로 이동하는 동안에도 그들의 입술은 잠시도 떨어지지 않았다. 서로의 몸을 쥐어뜯듯 훑어대는 격렬한 손길 역시 끊임없이 이어졌다.

쿵. 쿵. 와장창.

지우의 몸이 벽에 걸린 작은 거울을 때리고 치해의 몸이 책상에 부딪쳤다. 의자가 넘어지고 책상 위에 있던 필기구들이 바닥으로 떨어질 만큼 격한 갈구에 방 안이 온통 요란한 소리로 가득해졌다.

짧은 동선을 이리저리 배회하며 침대에 다다른 두 나신이 마침내 침대 위로 풀썩 뒤엉켜 떨어졌다. 스프링이 협소한 침대의 작은 요동이 잦아들기도 전에 치해가 지우의 몸을 올라탔다.

그의 몸이 올라오자 지우는 일순 몸을 움찔거렸다.

치해의 체중 때문이 아닌 음부를 짓누르는 단단하고 커다란 남성이 남긴 압박감 때문이었다. 묵직한 남성이 당장이라도 살을 뚫고 들어올 것처럼 강렬해, 진저리 처질만한 흥분이 그녀의 내부를 휘저었다.

흑백의 대조를 이룰 듯, 진한 구릿빛 피부와 우윳빛 하얀 살결이 겹쳐졌다. 색만큼이나 부드러운 지우의 살결이 뜨겁게 달아올라 맞닿은 그의 피부들을 예민하게 자극했다.

치해는 누워있는 그녀의 머리를 손으로 받쳐 들고 침대로 나뒹구느라 떨어졌던 입술을 또다시 세차게 빨아들였다. 입 안으로 혀를 깊게 집어넣고는 다른 한 손으로는 지우의 풍만한 가슴을 그러쥐었다.

"흡!"

찌릿한 전율이 머릿속을 강타하자 지우는 숨을 들이마시고 상체를 들썩였다.

가슴이 뜨겁다. 부풀어 오른 입술의 화끈거림과는 비교되지 않을 열기가 가슴을 통해 온몸으로 퍼져나가고 있었다. 치해에게 사로잡힌 가슴이 호소하는 야릇함은 이제껏 살아오면서 경험해보지 못한 생경한 느낌이었다.

흠칫, 흠칫.

지우의 들썩임을 시작으로 치해는 게걸스럽게 빨던 입술을 놓아주는 대신 서서히 그녀의 몸을 타고 밑으로 내려갔다.

도드라진 두 개의 쇄골을 지나 풍만한 가슴 골짜기에 이르자 아찔하도록 새하얀 유방 위로 도도하게 솟아있는 선홍색의 유두가 그의 시야를 어지럽혔다.

둔덕에 솟아있는 한 떨기 꽃처럼 고아한 녀석이 요염하기 이를 데 없었다. 치해는 그 여린 꽃을 덥석 베어 물었다.

"끄으윽."

탄성이 터져 나오지 않은 것조차 기적이리만큼 다급하게 깨문 지우의 입술 사이로 이상한 소리가 흘러나왔다.

격하게 요동치는 욕정으로 넘지 못할 선을 넘어버렸지만 감정의 표현을 입 밖으로 내뱉는다는 건 쉽지 않은 일이었다.

연약한 가슴을 물린 그녀가 가까스로 신음을 삼키는 새에도 치해는 손가락 사이를 비집고 나오는 말캉한 살덩이를 거세게 움켜쥐고 빨아댔다. 지우가 신음을 흘리지 않으려고 수차례 몸을 들썩이는 순간에도 그는 말캉한 살점으로 입 안을 채우고 유두가 목젖에 닿을 때까지 깊숙이 빨아들였다.

모조리 빨려나가는 듯한 자극에 지우는 더욱 아프게 입술을 깨물고 손으로는 시트를 움켜쥐었다. 어처구니없게도 치해가 괴물처럼 느껴졌다. 마치 그녀의 체온을 흡입하고 음기를 뺏는 괴물처럼.

결국 그녀의 가슴에 빨간 꽃잎이 여러 개 새겨지고 나서야 그는 잃었던 이성이 조금은 돌아온 듯 부드럽게 움직였다.

"신음, 참지 마. 좋으면 좋은 그대로를 표현하면 되는 거야."

"흐으읏."

끝내 지우가 미처 삼키지 못한 신음을 터트렸다. 치해의 요구에 맞춰주려던 것이 아닌, 가슴을 입에 문 채로 말을 내뱉는 그로 인해 전율이 솟구쳐서다.

치해가 말을 토하는 동안 따스한 숨결이 타액으로 젖은 가슴을 간질이는 것으로도 모자라 팽팽하게 솟은 유두를 살짝살짝 깨물 듯 치아가 닿자 온몸이 부들부들 떨릴 만큼 강렬한 자극이 그녀의 내부 속에서 일어나버렸다.

치해는 지우의 신음을 이끌어낸 유두를 만족스럽게 쳐다보다 혀끝으로 톡톡 건드렸다.

"으으."

또다시 흘러나온 신음에 그는 화가 난 듯 단단해진 그녀의 유두를 혀끝으로 튕겨대고는 젖꽃판에 펼쳐진 작은 돌기들을 따뜻하게 핥아댔다.

솟아오른 유두가 치해의 혀끝에서 집요하게 튕겨지자 지우는 고개를 뒤로 젖히며 가냘픈 신음을 연신 흘려보냈다.

시트를 움켜잡은 지우의 손이 부들거리는 것을 본 치해는 그녀의 민감한 성감대가 유두라는 것을 알아채고 더욱 혀를 빠르게 놀렸다. 허기로 우유를 할짝거리는 고양이의 혀처럼 날렵하고도 정확하게 유두를 건드렸다.

"홋, 아아. 하아아."

젠장.

"하앗, 하앗."

망할 놈의 분신.

지우의 신음이 농염해질수록 치해는 씰룩씰룩 정염을 토해내는 자신의 남성에게 욕설을 토했다.

참기가 어렵다. 그녀의 내부를 꿰뚫고 싶은 욕구가 미친 듯이 날뛴다.

"크."

뜨겁게 달아오른 분신을 조금이나마 진정시켜보려고 팽팽해진 페니스를 그녀의 음부에 문질렀지만, 오히려 심한 역효과가 일어나 치해의 입술 사이로 거친 탄성이 흘러나왔다.

무성하게 자라있는 그녀의 음모에 쓸려진 그의 남성이 그대로 터지기라도 할 것처럼 반응을 보이며 아랫배 전체를 뻐근하게 만들었다.

어지러웠다. 산소를 들이마시지 못한 것처럼이나 머리가 혼미했다. 정액이 언제 푸욱, 터질지 모를 만큼 제어하기 힘겨울 듯해 그는 지우의 음부로 손을 내렸다. 어서 들어가고 싶다. 그녀의 내부 깊은 곳으로 분신을 인도하고만 싶어졌다.

치해가 윤기 있는 그녀의 숲을 헤쳐 조금씩 깊은 계곡을 따라 내려갈수록 그의 손가락이 촉촉해졌다. 화사하게 펼쳐 있는 그녀의 여성이 이미 맑은 샘물로 흥건하게 젖은 탓이었다.

치해가 손가락으로 음부를 꾹꾹 눌러가며 꽃잎들을 문질러대자 좁았던 계곡이 점차 넓어져 양쪽으로 퍼져 있던 꽃잎들이 그의 손바닥 아래서 이곳저곳으로 끌려다녔다. 그의 손이 계곡 속에 숨겨 있던 꽃잎들을 집요하게 찾아낼수록 지우의 음부가 여성의 샘물로 질펀하게 젖어들었다.

"으! 흐으……."

아픈 듯 흘러나온 신음처럼이나 지우는 몸을 떨었다. 그의 손이 은밀한 여성을 쓸어대자 마치 전기가 합선되어 스파크가 일듯 온몸이 찌릿거렸다. 여성을 지그시 찾아든 그의 손길에 집중됐던 모든 감각이 폭발을 일으킬 것처럼 바짝 조여들었다.

급기야 짜릿한 전율이 머릿속을 끊임없이 파고들자 지우의 몸이 돌처럼 경직됐다. 앙다문 입술은 피가 고여 들고 꽉 쥔 주먹이 하얗게 변해갔다. 그가 여성의 민감한 계곡을 손바닥으로 길게 쓸어 올리자 지우의 얼굴이 강한 쾌감을 받아들이며 심하게 일그러졌다.

꽃잎들을 훑으며 계곡 위쪽으로 손길을 옮긴 치해가 도톰하게 솟아오른 그녀의 성기가 손끝에 닿자 중지 손가락으로 툭 하고 튕겨댔다.

"하악!"

불에 덴 것처럼 놀란 탄성을 내지른 지우가 상체를 튕겨 올리자 치해는 더욱 빠르게 작은 성기를 농락해댔다. 팽팽해져 가는 돌기를 나무라듯 손가락으로 까딱까딱 움직여 튕겨대더니, 그녀가 그 느낌에 익숙할 새도 없이 엄지와 검지로 꼬집듯 잡고 뱅뱅 돌려댔다.

"하아! 흐으응. 흐응."

희열이 정수리 끝으로 몰려들었다. 머리카락 한 올을 타고 빠져나가는 전율에 지우는 몸을 뒤틀며 이성을 잃게 하는 자극적인 교성을 줄기차게 터트렸다.

제어는 쉽다고 여겼다. 이를 악무는 것으로, 손을 꽉 그러쥐는 것으로 대신할 수 있다고 생각했지만, 벌어지는 입술과 그 사이로 흘러나오는 교성은 이제껏 어금니를 깨물었던 것과는 다른 별개의 것이었다. 근육으로 다져진 그의 팔이 빠르게 움직일수록 통제 못 할 제어는 몸에 서린 쾌감을 따라 울부짖었다.

"그, 그만! 어떻게 좀 해 줘요. 미, 미칠 것 같아."

태어나 난생처음으로 내뱉은 애원이라는 것조차도 상기하지 못한 채 지우는 오뚝이처럼 튕겨 올라 치해의 어깨를 힘껏 끌어 당겼다.

그의 손길을 더는 참아낼 수가 없다. 끈덕지게 온몸 덕지덕지 붙어대는 야릇함에 이대로라면 심장이 터져버릴 것만 같았다. 아니 심장이 터지기 전에 먼저 그의 손길이 머무는 중요한 부위 어딘가가 잘못될 것만 같았다.

"끄읏."

애원하듯 매달리는 그녀의 모습에 더 이상의 인내심을 발휘할 수 없는 치해가 억눌린 신음을 흘렸다.

숨을 몰아쉬는 그녀를 거칠게 밀쳐 제자리에 다시 눕힌 치해는 지우의 매끄러운 허벅지를 벌려 들어 올리고는 우뚝 솟아있는 남성을 여성 앞에 붙였다.

좁다. 들어서지 못할 곳에 들이밀고 있는 듯, 그녀의 여성이 흥건하게 꽃물로 젖어 있는데도 빳빳하게 힘이 들어간 남성은 입구에 막혀 휘어지기라도 할 것 같았다.

허리를 달싹거려 페니스로 그녀의 질구를 자극하던 그는 누워 있는 그녀의 몸을 덮으며 서서히 여성 안으로 남성을 들이밀었다. 분신 전체를 뜨거운 열기가 휘감는가 싶더니 빳빳한 살점들이 먹잇감을 발견한 듯 야수처럼 페니스를 향해 맹렬히 달려들었다.

"하악!"

그 순간, 지우가 비명을 내질렀다.

여성 안을 가득 채우며 밀고 들어온 묵직한 남성이 숨 쉴 수조차 없는 아득한 곳으로 그녀를 이끌었다. 딴딴한 그가 몸속 어디까지 밀고 들어올지 몰라 막연한 두려움이 밀려들었다.

그런데도 솟아오른 소름의 결정은 다른 것이었다. 그가 거친 숨결을 내뱉으며 몸을 움직일수록, 뒤따르는 쾌감으로 돋아난 소름의 알맹이가 툭툭 터졌다.

치해는 심하게 조여 대는 속살들을 안정시켜주기 위해 음부 주위를 부드럽게 주물러댈 틈도 없이 지우 안에서 이성을 잃었다. 뜨거운 열기와 남성을 조여 대는 속살들로 벅찬 상태인데도, 치해는 몸에 자리한 근육이 도드라질 만큼 힘을 세우고 거칠게 허리를 흔들었다.

제 몸인데도 제어를 할 수가 없었다. 허리가 자동으로 움직일수록 들썩이는 엉덩이의 가속마저도 빨라졌다. 그녀의 보드라운 살들이 남성에 빠짐없이 들러붙고 있는 것을 눈으로 직접 확인할수록 몸은 미친 듯이 저절로 움직였다.

"홋, 홋, 홋."

여성의 꽃물로 젖어든 남성이 깊숙이 박혀 들수록, 터지는 알갱이와 박자를 맞추듯 쾌감 섞인 지우의 신음이 점차 빨라졌다.

속이 너무 뜨겁다. 그가 휩쓸고 지나가는 그곳이 화염 더미라도 된 것처럼 뜨거워 미칠 것만 같았다.

그런데도 그가 깊숙이 들어올 것을 갈구하듯, 지우는 허리를 들어 올렸다. 그의 남성이 여린 속살들을 쓸고 다닐 때마다 머릿속에서 별이 반짝였다. 쾌감이 번져가는 몸이 하늘을 나는 새처럼 붕 떠올라 가벼워졌다. 긴장했던 속살들이 그의 움직임에 익숙해지다 못해 탄성을 내지르며 반겨 들수록, 쾌락과 환희라는 큰 선물이 다가오고 있었다.

지우의 미간이 쾌락으로 일그러질수록, 치해는 그녀의 속을 더욱 깊이 파고들었다. 귀두로 닿은 내부 깊은 곳을 강하게 찔러대고는 다시 내벽을 훑어 질구까지 빠져나왔다.

자동차의 액셀러레이터를 밟는 것처럼 가속된 움직임으로 시트에 닿은 그의 무릎에서 열이 올랐다. 까슬까슬한 시트에 마찰을 일으켜 무릎에 불을 일으키기라도 할 것처럼, 그는 세차게 밀어치고 빠지는 피스톤운동에 열을 올렸다.

"하, 하아, 하, 하아……."

그런 치해의 반복운동이 더는 빨라질 수 없을 만큼 세차지자, 무르익은 신음을 흘려대던 지우가 손으로 그의 머리카락을 꽉 움켜쥐고 허리를 들썩거렸다. 그의 격렬함에 허리에서 둔통이 일었다. 그가 움켜쥔 엉덩이에 멍 자국이 남았을지도 모를 만큼 얼얼하고 여린 곳 깊숙이 파고들었던 세찬 몸짓에 뱃속이 온통 욱신거렸다.

치해가 사나운 맹수라면 지우 역시 길들여지지 않은 거친 야수다. 마치 영역싸움을 하듯, 서로를 향해 달려들어서는 쉼 없이 물어뜯고 할퀴는 그들의 욕정은 격렬했다. 본성만 남은 동물처럼 격한 몸짓에 방 안은 온통 소성으로 가득했다.

치해의 이마에서 땀 한 방울이 드르륵 떨어져 내릴 때쯤, 그의 강한 몸짓에 의해 격하게 흔들리던 지우가 일순 몸을 경직시켰다. 절정의 경계에 들어섰는지 벙긋거리는 입술 사이로 신음을 내뱉지도 못하고 있었다.

다가온 쾌락의 절정이 아쉬워 치해는 강하게 허리를 밀어붙였다. 강한 전율이 여성 안의 속살들을 무섭게 울리자, 겨우 전율의 끄트머리 한 가닥을 아슬아슬하게 붙잡고 있던 지우가 마지막 교성을 내지르며 허리를 뒤틀었다.

"하아아악!"

그가 빠져나오지도 못할 만큼 바짝 조여든 지우의 질이 수축을 일으킴과 동시에 꽃물들이 주룩주룩 흘러내렸다.

"으…… 윽!"

치해의 미간 역시 심하게 좁혀들었다. 조여든 속살로 인해 사정의 순간을 참아내지도 못할 만큼 몸속 모든 인대들이 경직되는가 싶더니 끝내 남성을 어르듯 흘러나온 따스한 물마저 페니스를 적시자 그 역시 절정의 흔적을 쏟아내고 말았다.

두 나신이 수 초간 함께 움찔거렸다. 꽃물로 젖어든 살들이 맞붙었다 떨어질 때마다 질퍽한 소리로 채우던 좁은 방 안에서 그들의 나른한 신음이 길게 이어졌다.

이내 떨림이 잠잠해지자 치해가 그녀의 몸을 덮듯 포갰다. 그녀의 목덜미에 자잘한 키스를 남기며 만족스러운 절정을 갈무리했다.

"흐음."

세차게 빨려 두툼해진 지우의 입술 사이로 또다시 한숨과도 같은 신음이 흘러나왔다. 여운이 남은 야릇함으로 몸과 머리가 나른했다. 수면제라도 먹은 사람처럼 손가락 하나도 까딱할 수가 없는데도, 이상하게 몸이 또다시 뜨거워졌다.

"이런. 또다시 살아나는데?"

웃는 듯 난감한 듯 미묘하게 벌어진 입술 사이로 흘러나온 치해의 말이 무슨 뜻인지 알아차리기도 전에 지우는 살짝 콧등을 찌푸렸다.

격렬하게 들락거리느라 찌릇찌릇해진 질 속에서부터 느껴지는 꿈틀거림. 그게 무엇을 뜻하는지 이미 알아버린 그녀는 혹하고 불어 닥친 열기에 찡그림을 펼 수가 없었다.

그가 주는 열락은 이상한 감정을 불러일으켰다. 하늘을 비상하는 새처럼이나 자유로워지는 기분이 결코 나쁘지 않았다.

골을 뒤흔들던 무거움. 두 어깨를 짓누르던 집념. 가슴을 헤집던 원통한 한(恨). 일순이나마 그 모든 것을 훌훌 던져버린 채 날아다니는 해방감……

육체의 희열이 넘쳐흐르는 끝자락에서 지우가 성애의 절정보다 더한 만족과 흥미를 가슴으로 머금는 순간, 치해의 허리가 또다시 서서히 움직이기 시작했다.

좁은 방 안에 울리는 신음이 오랫동안 이어졌다.

5장
시간이 지운 이름.

새벽 5시에 샤워를 끝내고 방으로 들어선 지우는 수건으로 젖은 머리를 마저 닦아내다 '톡톡' 거리는 소리에 귀를 기울였다.

이내 창문에서 나는 소리라는 것을 깨닫고 창문가로 다가서자 치해가 작은 돌멩이를 던지려다 말고 드러난 지우의 모습에 손을 흔들었다.

"풋."

로미오 흉내라도 내려는 듯한 그의 행동에서 지우는 웃음이 새어나와 피식 웃어버렸다.

방 안에 불이 켜지기를 기다린 모양이지만 그녀는 치해를 향해 들어가라고 가볍게 손짓하고는 그가 돌아서기도 전에 창문가에서 모습을 감춰버렸다.

그의 감독 아래, 다른 훈련생들의 눈을 피해 실습을 연습한 지 이틀이 지났다. 모두가 잠든 새벽녘 도둑고양이처럼 슬그머니 나와 치해와 수조와 수영장을 넘나들며 훈련한 덕분에 그녀는 까먹었던 3점을 겨우 만회했다.

치해의 조언대로 생각을 비우고 그의 손을 잡아 훈련한 끝에 호흡정지마저 2분대를 돌파했고 그 밖에 잠수유영이나 거친 파도를 헤쳐 나가야 하는 자신 없었던 부분에서도 좋은 점수를 받았다.

물론 12시부터 새벽 5시까지 이어진 연습에서 1시간가량은 키스와 서로의 몸을 열렬히 더듬는 애무로 허비했었지만 말이다.

드디어 최종테스트가 내일로 다가왔다. 오늘의 실습을 마지막으로 내일 이뤄지는 테스트에 합격하고 나면 그녀의 이름이 박힌 수료증을 발급받을 수 있게 된다.

내일이 지나면 이곳과도 안녕을 고하고 본연의 그녀로 돌아갈 수 있다는 것에 흥분이 뒤따랐다.

곧 치해와도 헤어지게 된다는 사실이 머릿속을 파고들자 지우의 가슴을 물들였던 흥분이 자취를 감췄다.

참 이해하지 못할 기분이다. 그저 육체의 이끌림에 의해 서로의 욕정을 채우고 있는 것에 불과한데도 어쩐 일인지 그와의 헤어짐을 떠올리면 가슴 한구석이 순식간에 먹먹해지고 말았다.

지우는 머리를 흔들어 복잡해지려는 상념에서 훌쩍 빠져나와 침대로 향했다.

생각하기 싫다. 어차피 그는 이번 일이 끝나는 대로 동해로 갈 사람이었고 그녀에게 있어 남자란 계획에 없는 쓸모없는 존재였다.

그저 한순간 지나고 마는 열기일 뿐이다. 멀어지고 나면 언제 그랬냐는 듯이 곧 서로의 몸 역시 차갑게 식을 것이다.

지우가 몇 시간 자지 못할 수면을 이루기 위해 막 침대에서 잠을 청하려던 그때, 머리맡에 두었던 휴대전화가 지이잉 울려댔다.

더듬은 손으로 휴대전화를 쥔 지우는 발신자가 부친임을 확인하고는 엷게 미간을 찌푸렸다. 새벽 6시도 안 된 시각에 안부를 전하기 위해 걸었을 리는 없었다.

"네."

〔모레면 끝난다지?〕

"네."

전화를 받은 처음과 마찬가지로 지우는 간결한 대꾸만을 토했다.

〔좋아. 그럼 끝나는 대로 당장 출근해라.〕

"회사에 일이 생긴 건가요?"

어차피 끝나는 대로 곧장 회사로 향할 생각이었지만 지우는 굳이 이 시각에 전화를 건 부친의 심사를 곧장 회사일로 직결시켰다. 부녀 사이라 할지라도 단순히 출근 여부만을 묻기 위해 전화를 걸 만큼 달가운 사이가 아니기 때문이었다.

〔이번 동해 개발 건 최적지가 곧 매각될 예정이야. 네 능력을 시험해 보기에 아주 좋은 기회겠지.〕

"개발권을 따내라는 말씀인가요?"

〔동해는 절대 손해 볼 수 없는 황금지다. 바다개발이 제주도 개발로 바쁘니 무조건 우리가 따내야 한다. 로비자금이 얼마가 들

어가든 상관없어. 무조건 매각을 낙찰 받아.]

지우의 눈이 단박에 가늘어졌다. 업체 중 최고 경쟁사인 바다개발이 손을 뗐는데도 부친이 효석 대신 그녀를 찾는다는 것은 이번 일이 그만큼 중요한 사안이라는 것을 뜻했다.

더구나 동해다. 동해라면 치해가 근무하는 곳과 멀지 않은 곳일 테다. 능력으로 회사의 입지를 굳힐 수도 있고 더불어 치해와 헤어지지 않을 수도 있었다.

"말씀대로 무조건 낙찰을 받아오죠. 대신 조건이 있습니다."

[조건?]

두 마리의 토끼를 쫓아 모두 다 거머쥘 기회에 가늘어졌던 지우의 눈이 어둠 속에서도 표표히 빛을 발했다.

"그 프로젝트, 저 주세요."

※

"푸아. 하, 하……."

물 밖으로 불쑥 고개를 내민 지우는 거칠게 숨을 몰아 내쉬었다. 이윽고 그녀의 뒤를 따라 치해마저 물 밖으로 고개를 내밀자 지우는 씩씩거리며 그를 노려보았다.

"죽일 작정이에요?"

몇 시간 후에 있을 최종테스트에 맞춰 호흡정지 훈련을 하던 중, 치해가 갑작스레 입을 맞춰오자 지우는 물 밖으로 고개를 내밀지도 못하고 그대로 사로잡혀 혀와 입술을 격렬하게 맞부딪쳤다.

하지만 모락모락 피어오르는 열기를 강하게 제어할 만큼 숨이 급격하게 막혀오자 그녀는 그의 입술을 깨물어버리고는 물 밖으로 고개를 내밀어 공기 중에 섞인 산소를 들이마셔야만 했다.

"호흡정지 훈련이라니까."

여전히 거친 숨을 내쉬기를 반복하는 지우와는 달리 치해는 조금도 호흡이 흐트러지지 않은 평온한 상태로 어깨를 으쓱거렸다.

그런 모습이 얄미워 지우는 노려보는 눈에 더욱 힘을 줬다. 도대체 폐활량이 얼마나 방대하기에 저리 평안해 보일까.

"아아, 물속에서 나누는 키스가 호흡정지 훈련의 한 부분이었군요? 그럼 왜 이제야 그걸 알려줘요? 다른 훈련생들과도 하지?"

"훌륭한 구조대원을 양성하기 위함이라 할지라도, 그건 사양하겠어."

어깨를 으쓱거린 치해가 너스레를 떨며 그의 손목에 채워진 다이버워치를 가리켰다.

"오늘 테스트에 지금 일을 기억하면서 참으라고. 당신 기록을 20초나 초과했거든."

"뇌가 산소를 끌어다 쓴다고 아무 생각도 말라면서요? 더구나 키스를 떠올리느라 열기가 몰아닥치면, 그땐 10초도 못 견디고 뛰쳐나오고 말걸요?"

"흠, 그럴 수도 있겠군."

몰랐던 사실을 깨닫기라도 한 것처럼 치해가 과장된 손짓으로 턱 근처를 쓸었다.

"몰랐던 것처럼 말하기는! 그냥 키스하고 싶다고 말해요. 남자답지 못하게 시리."

"좋아, 그럼 남자답게 말하지. 키스 말고 다른 거 하고 싶어."

치해의 눈동자에 서린 열기와 말뜻을 곧장 파악한 지우가 눈을 가늘게 뜨고 그를 흘겼다.

"힘 빼면 안 돼요. 난 몇 시간 후에 테스트에 참가할 몸이라고요."

"적당한 운동은 근육을 긴장시켜서 괜찮아."

"왠지 억지처럼, 하아…… 들리는데요."

바짝 다가온 치해가 그녀의 복부에 부푼 남성을 비벼대자 지우는 말하는 중간 탄성을 흘렸다.

"억지라니. 난 매일 아침 타이어를 매달고 모래사장을 뛰어다니는데. 근육은 갑자기 쓰면 원래의 힘을 쓰지 못하는 법이거든."

"풉, 타이어? 후훗, 거짓말까지 하는 노력이 가상해서 허락, 하웃……."

웃으며 허락을 뱉으려던 지우의 끝말은 끝내 거친 신음으로 변했다. 치해가 그녀의 다리 사이로 손을 뻗어 음부를 꼬집듯 움켜잡았기 때문이었다.

그가 가슴을 그러쥐고 애무하던 것처럼 도톰한 중심부의 살집을 잡고 주물러대자 지우의 고개가 습기로 물방울이 맺힌 천장을 향했다.

치해는 이미 한차례 물속에서 맛보았던 도톰한 입술을 또다시 맛보기 위해 천장을 향한 지우의 얼굴로 고개를 내렸다.

"하아……."

입술이 미처 닫기도 전에 열기를 내뿜은 그녀의 숨결이 치해의 입속을 먼저 채웠다. 몸 전체를 허공으로 띄울 듯이 감미로운 바람결에 그는 맞닿은 그녀의 입술 속으로 혀를 깊숙이 밀어 넣었다.

열기 가득한 치해의 혀가 지우의 입 안을 크게 한 바퀴 돌고는 입천장을 비롯해 고르게 자라난 치아의 구석까지 빠짐없이 훑어댔다. 능숙하게 물살을 가르는 이의 동작처럼이나 여유롭게 입 안을 유영했다.

야들야들한 입 안의 속살을 음미하듯 그의 혀가 그녀의 입속에서 부드럽게 움직이자 깊이를 알 수 없는 아득함에 지우는 치해의 어깨를 강하게 움켜쥐었다. 키스가 이어질수록 목구멍을 들락거리는 진한 숨결이 더욱 짙어져 지우의 정신을 순식간에 몽롱하게 만들었다.

이상하게도 그 앞에선 무방비 상태가 되어버리고 만다. 곳곳을 만지는 그의 손길에 몸만 잔뜩 긴장할 뿐, 마음은 푸르르 풀어버린 저고리처럼이나 단단히 메어놓질 못한다.

지우의 손이 어깨에 올라오는 것을 신호로 치해가 음부를 더욱 강하게 그러쥐었다. 열매의 즙을 쥐어짜듯 움켜쥔 완력에 그녀가 탄성을 터트렸다.

"하앗!"

웨트슈트를 뚫고 몰려든 열기에 지우는 허벅지를 옹그리고 몸을 비틀었다. 몸이 타들어가는 것처럼 후끈거리고 그녀의 중심부가 풀을 채운 물이 아닌 또 다른 물기로 흥건해졌다.

치해가 지우의 목 뒤로 손을 뻗어 웨트슈트의 지퍼를 끌어내렸다. 찌지직, 지퍼 내려가는 소리가 수영장을 잔잔하게 울리기 무섭게 그는 매끄러운 재질의 옷을 종아리까지 끌어내리기 위해 잠깐 동안 물속으로 잠수했다.

하지만 일렁이는 물속에서 드러난 날씬한 허벅지가 물 밖으로 고개를 내밀지도 못하게 그의 시선을 사로잡았다. 바다 속의 수초인 듯 지우의 음모가 물살에 휩쓸려 하늘하늘 춤을 추자 치해는 호흡을 정지한 채로 그녀의 삼각지로 손을 뻗었다.

그의 손가락이 여린 속을 훑듯 찔러오자 지우는 오랜 시간 물속에서 체온을 뺏긴 사람처럼 몸을 떨었다. 지그시 파고드는 손가락이 점점 깊은 질 속을 거슬러 들어오자 그녀는 미간을 한껏 찌푸리고 물속에 잠긴 거뭇거뭇한 그의 머리카락을 움켜쥐었다.

"치……해 씨."

미역처럼 흐늘흐늘 감겨드는 그의 머리카락처럼이나 치해의 이름을 토해내는 지우의 음성이 흐드러졌다. 달뜬 신음성이 뒤섞인 음색이 물속에 던진 돌인 듯 무겁게 가라앉았다.

그러자 마치 커다란 돌덩이가 풍덩 소리를 내고 빠진 듯 물 위가 거칠게 일렁였다. 물속에 가라앉은 그의 요란한 동작에 파동이 점차 세차지고 성난 바다의 파도처럼이나 물살이 크게 일었다.

"아아핫. 아훗."

언뜻 보면 혼자서만 존재한 푸른 공간.

그 적막한 곳에서 지우의 신음이 거칠게 흘러나왔다. 홍조를 띤 그녀의 얼굴이 솟아난 희열로 잔뜩 일그러지고 물 위의 파동이 점차 거세져 물보라라도 일듯 요란해질수록 지우의 신음이 수영장을 시끄럽게 울렸다.

질 속을 리드미컬하게 드나드는 그의 손가락에 지우는 찡해오는 머리를 좌우로 흔들었다. 치해가 또 다른 한 손으로 수초를 걷어내고 조개가 품은 진주알을 발견해 톡톡거리는 순간, 지우는 발이 닿지 않는 곳에 서 있는 것처럼 몸을 휘청거렸다.

충격을 마주한 사람처럼 얼굴을 일그러뜨린 채 몸을 떨어댔지만 그녀의 정신은 그 어느 때보다 만족스러운 자유를 품었다.

지친 생활의 활력소처럼 그와의 섹스는 잠시나마 피곤한 상념들을 잊게 해 준다. 쾌락의 여운이 몸을 아우르는 동안만큼은 머리 아프도록 치열한 고단함을 잊게 해 준다.

강한 중독성…… . 육체가 붕하고 떠오르는 느낌에 지우는 벗어나지 못할 선을 이미 넘어버렸음을 온몸으로 깨달았다. 치해가 전해 주는 육체의 쾌락은 방종을 일삼는 자의 유유자적함처럼 홀가분함을 낳았다. 속박으로 얽어매던 끈을 툭 끊어버린 듯, 절제하려던 감정과 행동들도 봄날의 춘곤증처럼 나른해졌다.

"후우."

지우의 두 다리가 후들거릴 무렵에야 물 밖으로 얼굴을 내민 치해가 턱까지 차오른 숨을 공기 중으로 거칠게 내뿜었다.

손가락을 조여 대는 그녀의 질 속은 차가운 물과 대비를 이룰 듯 뜨거웠다. 그 열기가 손끝을 통해 고스란히 그의 남성을 쥐고 흔들자 호흡이 모자랐다. 미친 듯 날뛰는 흥분이 폐부의 숨을 야금야금 먹어치운 탓이었다.

호흡정지 훈련으로 다져진 그가 평소보다 모자랐던 호흡을 채우고자 공중 사이로 섞여든 신선한 산소를 들이마시던 찰나, 치해의 두 눈이 안광을 내뿜으며 마시려던 호흡을 정지했다.

뽀얀 살결과 잘록한 허리선. 아찔하게 시야를 채우는 그녀의 나신에 숨을 들이마시려던 것조차 잊은 치해는 목울대가 울렁이는 소리가 나도록 마른침을 삼켜 내렸다.

손바닥을 그녀의 몸으로 밀착시킨 치해가 부드럽게 선을 따라 훑었다. 허벅지까지 쓸어내리고는 예술품을 감상하듯 서서히 가슴까지 훑어 올렸다. 도드라진 젖꼭지가 손끝을 스치고 빠져나가자 지우의 가슴이 공중에서 풀썩거렸다.

"너무 유혹적이야."

속삭이듯 흘러나온 치해의 목소리가 허스키하게 흘러나왔다. 잔잔한 울림이 수영장 내벽을 맞고 돌아올 때쯤, 차가운 물기로 체온이 떨어졌던 지우의 가슴을 뜨거운 혀로 할짝거렸다.

가슴에 서렸던 물방울을 따라 날름거린 그의 혀가 닿는 곳마다 지우의 몸으로 온기가 쿡 박혀 들었다. 봉침을 맞는 것처럼이나 피부에 뜨거움이 서며 따끔거렸다.

"흐으음."

파고드는 따스함이 몸 전체를 데울 때까지 둥그런 가슴 선을 따르던 그가 혓바닥을 길게 내밀어 유두마저 쓸어 올리자 그녀의 입술 사이로 나른한 신음이 터져 나왔다.

치해가 물속에 잠긴 발을 움직여 발목까지 끌어내린 지우의 웨트슈트를 밟았다. 동시에 탄탄한 허벅지를 그녀의 사타구니 사이로 들이밀고 수초로 뒤덮인 음부를 압박하듯 눌렀다.

풀 벽에 몸을 기댔던 지우의 몸이 흥분으로 그에게 쏠려들자 치해는 재빨리 발목에 힘을 주고 거추장스러울 웨트슈트를 발끝으로 밀어냈다.

가벼운 소재의 옷이 물에 둥둥 뜨기도 전에 그는 재빨리 반바지를 내려 그동안의 훈련조차도 무용지물로 만들어버리고 숨을 헐떡이게 만들었던 분신을 꺼냈다.

"풋."

마른침을 삼킬 만큼 긴장이 자리하던 공간에 지우가 난데없이 웃음을 흘리자 달려들려던 치해가 움직임을 멈추고 눈썹을 구부렸다.

"미안해요. 그냥 좀 우스워서."

"우스워?"

"그거요. 물고기 같아요."

지우가 손가락을 들어 가리킨 것이 다름 아닌 페니스라는 사실에 치해의 구부러진 눈썹이 활처럼 휘었다.

"음, 그 부분은 마치 물고기 입 같네요. 뻐끔뻐끔."

정액의 분출구마저 졸지에 물고기 주둥이로 비하 당해 버린 그의 눈매가 가늘어진다 싶더니, 이내 음흉한 미소를 지었다.

"물고기라…… 낚시해 본 적 있어?"

지우가 고개를 가로젓자 치해는 그녀의 다리 한쪽을 붙잡아 팔로 옭아맸다.

"낚시에선 커다란 물고기를 대물이라고 하거든. 대물의 팔딱임이 어떤지 몸소 가르쳐주지."

"하웃."

벌어진 사타구니 사이를 단숨에 파고들어 하복부 안까지 꿰뚫고 들어선 남성으로 지우는 쾌감 서린 신음을 흘렸다.

그가 손가락으로 질 속을 간질이던 때부터 간지러움으로 배배 꼬이던 몸이, 세차게 밀고 들어온 몸짓 한번으로 시원해진 기분이었다. 마치 가려운 곳을 정확히 집어 긁어준 듯한 느낌에 그녀는 치해의 어깨를 단단히 부여잡고 본능적으로 다리를 벌렸다.

더욱 깊숙이 받아들이려는 지우의 행위를 비웃듯 치해는 들어설 때와 마찬가지로 시원하게 내벽을 긁으며 또다시 질구 밖으로 빠져나왔다. 그러더니 또다시 순식간에 깊이 남성을 들이박았다.

"우훗."

강렬한 자극. 완전히 빠져나갔다 깊이 들어서기를 반복하는 그의 행위에 지우의 눈썹이 일자로 붙을 것처럼 좁혀들었다. 좁아진 그 미간 사이로 쾌감이 서렸다.

철퍽.

그들의 주위를 에워쌌던 물들이 요란하게 튀어댔다. 그의 팔에 걸쳐진 다리의 둥그런 무릎이 그녀의 시야를 불쑥 크게 들어섰다가 멀어지기를 반복할수록, 풀을 채운 물방울이 올올이 떠올라 지우의 가슴과 얼굴을 적셨다.

철푸덕.

빠져나가는 남성을 놓치지 않으려는 듯 따라나선 지우의 몸이 돌진해온 그의 완력에 떠밀려 벽에 거세게 부딪쳤다. 척추 뼈가 기다랗게 이어진 등이 벽면에 칠해진 푸른색이 옮겨들 것처럼 쿵

쿵 찍어댔지만 질 속을 채운 희열이 너무도 강렬해 지우는 등뼈의 아픔을 깨닫지도 못했다.

그의 말대로 커다란 물고기가 그녀 안에서 팔딱거렸다. 살아있음을 알리듯 생동감 넘치는 힘으로 그녀의 그물망을 뚫어버릴 듯 맹렬히 머리를 들이밀었다. 뻐끔거리던 입으로 그물을 야금야금 씹어대고 있는 것처럼이나 알알하다.

치해가 겨우 버티고 서 있던 그녀의 다리 한쪽마저도 들어 올리자 알큰하던 짜릿함이 점점 거세져 짜릿함이 온몸으로 퍼져 든다 싶었던 지우의 몸이 붕하고 떠올랐다. 그가 부력을 이용해 한껏 치솟은 지우의 여린 속살을 대물의 먹이로 던져주었다.

"아……, 흐읏."

균형을 잃은 그녀가 놀란 탄성을 토하기도 전에, 커다랗게 입술을 벌린 대물에게로 내리꽂혀진 그녀가 격렬한 쾌감으로 아찔한 신음을 터트렸다.

수위를 책정하는 눈금인 듯 지우의 배꼽이 물 위로 드러났다가 다시 사라지기를 반복했다. 그때마다 지우의 입술 사이로 흘러나오는 신음이 절정의 꼬리를 붙잡고 자지러질 듯 흘러나왔다.

"아직 일러. 먼저 가지마."

희열이 머무른 그녀의 육체가 이미 절정을 붙잡았음을 아는 치해가 달래듯 속삭였다. 부드럽게 흘러나온 말과는 달리 차가운 물을 온천의 물로 뒤바꿀 만큼 과열된 열기로 세차게 몰아치면서도 그는 지우가 먼저 도착하기를 원하지 않았다.

하지만 어르던 그의 바람과는 달리 그녀는 이미 절정을 집어삼

컸다. 잘근잘근 씹어 삼켜 내부 깊은 곳까지 환희라는 영양분을
흡수해 버렸다.

"하, 하아악."

결국, 지우의 입술 사이로 흘러나온 절명이 수영장의 네 귀퉁
이를 시끄럽게 울렸다.

고개를 한껏 젖힌 그녀가 부들거리는 사이에도 그의 움직임이
끊임없이 이어졌다. 먼저 도달해 버린 지우를 나무라듯 엉덩이를
꽉 움켜잡은 그가 첨벙이는 물 아래로 계속 그녀를 찍어 내렸다.

활어의 생생함이 늘어진 그녀의 안에서 오랫동안 요동치는 동
안, 지우는 간헐적인 신음으로 성난 대물의 무서움을 대변했다.

요동치는 물결에 떠밀려 풀 한가운데로 밀려난 웨트슈트를 물
속에서 꼬물거리며 입은 지우는 곧바로 치해의 곁으로 다가와 단
단한 어깨에 머리를 기댔다.

자연스럽게 감싸 안는 그의 팔이 든든했다. 파묻은 고개는 더
없이 편안해 이대로 잠을 청할 수도 있을 만큼 안락했다.

"테스트 잘해낼 거야. 걱정하지 말고 연습한 그대로만 해."

"그럴 거예요. 반드시 수료증 가질 거니까."

치해의 응원에 지우는 고개를 끄덕이며 야무지게 대답했다.

"어디서 일할 생각이야? 수상업체?"

"왜 구조대원이 됐나요?"

지극히 개인적인 치해의 물음에 지우는 퍼뜩 그의 몸에서 빠져
나와 재빨리 화제를 돌렸다. 몸을 나눴다고 해서 여타의 다른 것

까지 나눌 생각은 없었다. 생각도, 아픔도, 심지어 미래조차도 함께 나눌 누군가를 계산해 보지 않았다.

"심장이 뛰거든."

"심장?"

풀 벽면에 몸을 기대면서 지우는 심드렁하게 되물었다.

"사람의 생명을 다루니까. 그들에게 제2의 인생을 선사할 수 있다는 사실이 내 심장을 뛰게 해."

"아아."

그의 벅찬 목소리에 지우는 이해한다는 듯 고개를 주억거렸다. 값진 생명을 구해 보지 않았으니 정확히 어떤 기분인지 완벽히 이해할 수는 없지만, 막연하게나마 벅찬 감동일 거라는 것쯤은 짐작할 수 있었다.

"12년쯤 됐나? 해상병으로 군복무를 한 적이 있어. 휴가차 인천에 있는 외가를 찾았는데, 우연치 않게 여학생을 구했지. 그때 내가 어떤 삶을 살아야 할지 명확해지더군."

"훗, 좋은 일을 한 계기로 이곳에 있는 거네요."

"그렇긴 하지만, 가끔은 그런 생각이 들어. 그때 그 소녀는 원망 없이 내가 준 제2의 인생을 잘 살아가고 있을까, 하고 말이야."

어떤 이들은 생과 사의 경계 앞에서 간절히 살기를 바라지만, 어떤 이는 지친 삶에 숨이 붙어 있는 것을 원망했다. 가끔 구조를 하다 보면 구해 준 것에 대한 원망을 들어 맥을 풀리게 만들기도 했고, 그런 이는 결국 또다시 다른 방법으로 생과의 인연을 끊었다.

치해는 12년 전의 소녀 역시 그런 전철을 밟진 않았는지 가끔씩 궁금했다. 곧바로 복귀하는 통에 더는 소녀와 관련된 소식을 들을 수 없었지만, 잘 살고 있는지, 살고 있다면 어떠한 모습으로 다시 얻은 인생을 살아가고 있는지 문득문득 궁금해지곤 했다.

"원망?"

"칠흑 같은 밤, 겨울 바다에 뛰어들었어. 자살을 시도한 거였거든."

치해의 나직한 대꾸에 지우는 일순 둔기로 머리를 맞은 것처럼 아득해졌다.

12년 전. 인천. 여학생. 겨울 바다. 자살.

지우가 그때의 일과 연관된 단어를 떠올릴수록 그녀의 두개골이 둘로 쪼개지기라도 할 것처럼 급격한 통증을 호소했다.

이윽고.

경찰?

선명하지 않은 영상으로나마 경찰제복쯤으로 보이는 복장이 그녀의 혼미한 시야를 채웠다.

(자네가 구했나?)

(상경. 최치해. 예, 그렇습니다.)

(응급처치를 잘해 주었다.)

(감사합니다.)

지우가 들것에 실려 어딘가로 옮겨지는 동안, 귓가를 파고든 남자의 이름이 그녀의 머릿속을 맴돌았다.

지독한 삶을 다시 안겨준 남자가, 최치해란 사람인가……?

그 이름을 다시 되뇌는 것을 끝으로 지우의 무거운 눈꺼풀이 스르륵 감겨 내렸다.

최치해!

그의 이름이 왜 낯익었는지 이제야 기억나고 말았다. 더불어 그의 존재감이 왜 그토록 껄끄럽고 무거웠는지, 왜 자꾸만 신경이 쓰였는지도.

지우는 바들바들 떠는 손을 치해에게 들킬세라 걸쳤던 팔을 내려 물속으로 감췄다.

어리석었던 짓 따위는 상기하고 싶지 않아 억지로 미뤄냈던 기억 속에, 그의 존재가 미약하게나마 남아있었던 모양이다.

아니, 다시는 떠올리고 싶지 않은 나약한 치부를 알고 있는 사람이기 때문이었는지도 모른다. 인지하지 못한 자각이 그것을 먼저 상기하고 그토록 그를 불편해했는지도.

"무슨 생각하지?"

"네?"

"왜 그래?"

치해의 의아한 물음이 더해지자 지우는 놀람으로 물든 얼굴을 곧장 물 위로 비춰보았다. 좁아지다 못해 거의 붙을 정도로 모여든 눈썹이 혼란스러운 심상을 대변하고 있었다.

지우는 그가 더 의아해하기 전에 억지로 미간을 폈지만 행여 치해가 이미 자신이 그때의 소녀라는 것을 알았던 건 아닌가 싶어 심장이 내려앉았다.

"얼굴…… 기억하나요?"

강산이 변하는 시기다. 소녀가 여자가 되고, 앳되던 얼굴은 풍만해진 몸만큼이나 성숙해졌다. 그러니 기억할 리 없을 거라고 여기면서도 지우는 조심스럽게 물었다.

"아니, 제대로 볼 틈도 없었지. 상황이 워낙 다급했으니까."

치해가 고개를 젓자 지우의 폐부가 안도의 한숨을 내쉬었다. 후욱, 불어낸 안심이 가슴을 가득 채울 만큼 긴 숨이었다.

그럼에도 금세 몇 초도 지나지 않아 모래알을 씹은 듯 입 안이 짜글거렸다. 심장이 서걱거리듯 불편하게 뛰어 급기야 견딜 수조차 없게 되자 그녀는 곧장 몸을 돌려 풀 밖 바닥에 손을 짚었다.

"벌써 5시네요. 테스트까지 얼마 안 남았으니 들어가서 좀 쉴게요."

"그래."

치해가 고개를 끄덕이며 그녀의 허리를 움켜잡았다. 풀 밖으로 쉬이 나갈 수 있도록 도와주려는 손길이었지만 지우는 일순 움찔거리다 몸을 비틀었다.

"됐어요. 괜찮아요."

목소리가 차갑게 흘러나왔다는 것에도 신경 쓰지 못할 만큼 지우는 재빨리 풀 밖으로 올라섰다. 방금 전까지 뜨겁게 열락을 교환했는데도 그의 손길이 마치 질타의 화살을 쥔 것처럼 따갑게 느껴졌다.

누가 뒤에서 쫓아오기라도 한 듯 황급히 치해와 멀어지던 지우가 수영장 입구를 막 빠져나가기 전 그를 향해 몸을 돌렸다.

"아마 그 소녀는 고마워하고 있을 거예요."

"무슨 근거로?"

"어리석은 치기에 저지른 섣부른 행동이었을 테니까. 지금쯤 목적을 이루기 위해 맹렬히 달려가고 있을 거예요."

"그러기를 바라."

그의 입가가 부드럽게 벌어졌다. 지우의 행동과 말투가 다소 차갑게 느껴지는 게 이상했지만, 치해는 그저 테스트를 앞둔 교육생의 예민한 신경 탓이라 치부하며 애써 의아함을 떨쳐냈다.

6장
이별이 남긴 서늘함.

"무슨 뜻이지? 알아듣게 설명해."

테스트에 합격해 그토록 원하던 수료증을 거머쥐게 된 지우를 축하하기 위해 찾아온 치해의 목소리가 서늘함을 머금었다.

드디어 이곳을 벗어나게 됐다며 술 한잔하자던 석호마저 뿌리친 채 샴페인을 들고 찾아왔지만 난데없는 이별 통보에 그의 손 안에서 녹색 병은 깨질 것처럼 부글거렸다.

"우리 관계가 지속할 거라 생각했나요?"

입술 끝에 묻어난 치해의 짧은 경련을 보면서도 지우는 여전히 싸한 바람을 흩날렸다. 끊어내야 할 사람에게 들러붙을 미련 따위는 남기지 말아야 한다. 성애의 흔적이 남은 풀장의 물을 갈기도 전에, 치해는 그녀에게 그런 존재가 돼버렸다.

그가 12년 전의 그 남자라는 걸, 그녀의 치부를 알고 있는 사람이라는 사실을 지우는 견딜 수가 없었다.

테스트가 시작되는 순간까지도 머리가 둘로 쪼개지는 충격 속에서 헤어 나올 수가 없었고, 그동안의 성과가 점수로 매겨지는 내내 따라붙는 그의 시선이 걱정과 응원이 아닌 그날의 과오를 캐묻는 것 같아 집중할 수조차 없었다.

하마터면 이곳에 온 목적을 달성하지도 못할 만큼 집중력은 엉망이었다. 가까스로 테스트에 합격하면서 그녀는 곧 치해와 함께할 수 없음을 깨달았다.

그는 그녀를 조바심 나게 만들어 결국 나약한 자신을 대면해야 하는 결점이었다. 그날의 일을 인정하고 싶지 않은 자존심을 일깨우는 남자. 곁에 있는 내내 12년 전의 나약한 소녀를 조우해야만 하는 사람.

"당신과 난 맞지 않아요. 잠시 무료했던 차에 만난 즐거운 놀이였을 뿐이죠. 난 욕심이 많은 여자예요. 내 계획에 당신이 포함되어 있지는 않아요."

일그러지는 치해의 얼굴을 보기가 껄끄러우면서도 지우는 냉혹한 표정을 감추지 않았다.

어차피 그는 계획에 없던 사람이었다. 자신의 계획 어디에도 존재치 않았던 남자. 그저 감기처럼 불현듯 찾아든 바이러스 같은 존재일 뿐이다.

그로 인해 잠시나마 얻었던 위안은, 열병이 머무르는 동안 투약한 항생제와도 같을 뿐.

"놀이? 열정적으로 부둥켜안고 나눴던 그 모든 게 그저 놀이였다?"

"남자만 성욕이 있다고 생각하지 말아요. 여자들에겐 제복을 입은 남자의 환상이 있는 법이니까."

파삭, 쨍.

위태하게 부들거리던 샴페인 병이 끝내 치해의 손에서 깨져버렸다. 순식간에 지우의 방바닥을 적신 샴페인 위로 깨진 병조각이 박혀 든 그의 손에서 굵은 핏방울이 뚝뚝 떨어져 내렸다.

자글거리는 파편들이 살 속으로 박히는데도 치해는 주먹을 꽉 움켜쥐었다. 난생처음 심장이 비척거렸다. 말문이 막혀 버릴 만큼 어이없는 상황에 가슴이 얼어버린 느낌이었다.

차가운 동공에 스민 그녀의 열정이 좋았다.

냉정하리만치 독한 표정에 묻어버린 외로움이 신경 쓰였다.

누구에게도 지지 않으려고 꽉 깨물던 입술을 어루만져주고 싶었다.

그랬는데…… 그 모든 것이, 혼자만의 섣부른 착각이었노라고 잔인한 이성이 머릿속에서 뇌까렸다.

처마 끝에 달린 낙숫물처럼 방울져 내리는 핏방울을 보던 지우는 잠시 눈을 감았다 떴다. 의무실로 가라는 말이 혀끝을 맴돌았지만 그녀는 하고픈 말 대신 더욱 신랄한 말을 토했다.

"경고했었죠? 더는 다가오지 말라고 주의를 줬던 건 불같은 내 성격을 잘 알아서예요. 가지고 싶은 건 가져야지만 직성이 풀리고, 눈앞에 이로운 이득 앞에 도덕적 관념 따위는 얼마든지 무시할 수도 있는 악녀라는 것을 스스로 잘 알아서죠. 그런데도 무시한 건 당신 탓이에요. 겁 없이 도전하듯 다가온 건 내가 아닌 바로 당신이야."

길게 그어져 내리는 상처를 감춘 채 지우는 싸하게 박혀 드는 치해의 동공을 뚜렷이 응시했다. 그의 눈빛이 스산한 바람처럼 불어와 온기를 빼앗아가고 있는데도 상처의 값마저 자신의 탓이 아니라는 듯 억지로 입술을 비틀었다.

쉼 없이 달려오는 동안 얼굴도 모를 누군가에 수없이 상처를 남겼을 테다. 하지만 이번엔 그녀의 가슴에 상흔이 남은 것 같았다.

"우리 둘 사이에 파고드는 감정을 인정하라는 경고는 나 역시 했어. 놀이였다고? 훗, 웃기지 마. 그저 몸을 나눈 것만 아니라는 건 너도 알고 나도 알아. 대체 왜 도망치려고 하지?"

지우에게 바짝 다가선 치해가 성난 야수의 포효를 품고 으르렁거렸다. 내부에서 솟구친 불길이 그대로 뿜어져 나와 그녀의 얼굴로 무섭게 쏟아졌다.

"둘 사이에 스몄던 게 욕정 말고 다른 게 있었던가요? 기껏해야 눈을 마주친 지 2주야. 당신이 나에 대해 뭘 알아? 당신을 유혹했던 건 내 계획이 틀어졌기 때문이었어."

"여자 하나가 눈앞에서 나풀댄다고 쉽게 유혹당할 머저리처럼 보이나? 이렇게 보낼 거라면 애초에 시작도……."

"질척거리지 좀 말아요!"

날카롭게 뻗어 나온 목소리만큼이나 짜증 서린 지우의 숨결이 치해의 얼굴을 덮었다. 진득하게 늘어지는 거추장스런 모양새를 비유한 말에, 그의 얼굴이 말라붙은 찰흙덩어리처럼 굳어질 때까지 지우는 거칠게 말을 이었다.

"당신이 머저리든 아니든 관심 없어. 나를 향한 당신 마음이 어떤지조차도 관심 없다고! 그냥 즐겼으면 된 거 아니야? 유혹해야 할 필요성이든 안고 싶은 욕정이든, 서로 원하던 것을 충족시켰으면 된 거 아니냐고!"

그의 갈색 눈동자가 점차 짙어지는 것을 보면서 지우는 씩씩거림을 멈추지 않았다.

그냥 알았다고 고개를 끄덕여주었더라면 좋았을 것을. 그녀 역시 처음으로 열정을 품었던 남자에게 던지는 상처가 메아리처럼 되돌아오는 것만 같아 속이 쓰렸다.

"몸으로 일깨워준 경고, 고맙군."

빈정대는 말을 끝으로 치해는 잠시 서늘하게 웃었다.

그녀가 단단히 걸어놓았던 빗장을 열었던 것이 그저 욕정의 출로였다는 사실이 기막혔다. 그녀가 몇 겹으로 둘렀던 철갑을 벗어 내렸다는 착각은 어디서부터 나온 것일까.

쩍쩍 갈라진 남자의 자존심이 후드득 바닥으로 쏟아지기 전에 그는 등을 돌려 그녀의 방을 나섰다.

※

"가을바람은 참 그래. 뭐랄까…… 자꾸만 이곳이 저릿해지는 느낌이랄까?"

취기에 어눌해진 발음을 토한 석호가 제 가슴을 어루만졌다.

모처럼의 휴일, 심심하단 핑계로 갑작스레 들이닥친 석호의 방문이 벌써 몇 시간째 술자리로 이어지고 있었다.

"술이나 마셔."

치해는 방 안에 열어둔 창문으로 문득 시선을 돌렸다. 서 있는 것만으로도 땀을 내던 무더운 여름이 지나더니 어느새 스산한 바람이 창문 새로 불어 닥쳤다.

그 역시 가슴 어딘가가 이상한 기분이었다. 원인 모를 묵직함이 둥둥 떠다니는 느낌. 그 느낌이 과히 기분 좋지 않아 치해는 빈 술잔에 소주를 채웠다.

"우리 나갈래? 프리스타일, 거기 물 좋다더라."

올여름 피서철을 겨냥해 생겼던 클럽을 떠올린 석호가 언제 쓸쓸한 표정을 지었냐는 듯 반색해 물었다. 치해는 시답지 않은 말을 한다는 듯 눈썹을 까딱거리고 채운 술잔을 입 안으로 가져갔다.

"너 설마 아직까지 못 잊은 건 아니지?"

맑은 소주를 완전히 털어 넣기도 전에 치해는 술을 마시던 동작을 멈추고 석호를 무섭게 노려보았다.

지우와의 마지막 날, 그가 손에 홍건한 피를 묻힌 채 그녀의 방에서 나오는 모습을 들키지만 않았어도 이런 물음을 받을 필요는 없었을 것이다.

귀찮으리만치 꼬치꼬치 캐물어대는 석호에게 지우와 잠시나마 좋은 감정을 나눴다는 사실을 토로한 것이 실수였다. 이후로 녀석이 건넨 위로의 술을 거부하지 않았던 것 역시 시간을 되돌리고 싶었다.

석호는 조금 전처럼 한 달에 한 번씩 그의 감정변화를 체크하듯 확인하고 있었지만, 사실 그것만 아니라면 적어도 지우를 덜 기억하리라는 것은 모르는 것 같았다.

치해의 동공이 더욱 서늘해지자 석호가 어깨를 으쓱거리며 박혀 든 눈동자를 외면했다. 술잔에 남은 술을 마저 털어 넣던 치해가 또다시 소주를 채워 연거푸 비워냈다. 언제 돌아왔는지 모를 석호의 시선이 치해의 손을 쫓을수록 무거운 한숨이 방 안을 채웠다.

"후우, 그래. 술이나 마시자. 외로운 늑대 두 마리가 오징어 씹어대는 것 말고 할 일이 더 있겠냐?"

바닥에 흩어놓은 오징어 다리 하나를 집어든 석호가 질겅질겅 씹어대는 동안에도 치해는 안주도 없이 묵묵히 술만 들이켰다.

파견근무를 마치고 동해로 복귀한 지 벌써 4개월. 그는 여전히 지독한 열병을 앓는 중이었다.

동해에서 불어오는 해류풍이 그의 방 안을 쓸쓸히 채울 무렵, 서울 역시 쌀쌀한 바람으로 긴 소매 옷을 입은 지우가 젓가락으로 밥알을 세듯 떠먹었다.

"아버지는요?"

주방으로 들어선 효석이 의자에 앉으며 미리에게 물었지만 대답은 효주에게서 흘러나왔다.

"골프 치신다고 새벽같이 나가셨다니까 늦겠지."

"와, 해물탕이네요."

"네가 좋아하잖아. 많이 먹으렴."

"칫, 엄마는 오빠밖에 몰라? 내가 좋아하는 것도 좀 해 줘."

효주가 볼멘소리를 흘리자, 미리와 효석이 눈빛을 교환하며 킥킥거렸다.

참 단란해 보이는 가족이다. 일요일 저녁, 세 식구가 좋아 죽어라 웃고 떠들어댔다.

그 가운데 꾸어다 놓은 보릿자루처럼 지우가 속해 있지만 않았어도, 그림은 더없이 환상적일 것이다.

가운데 놓인 전골냄비에서 미리가 국자로 해물탕 건더기들을 듬뿍 퍼 효석과 효주의 그릇에 담아주었다. 따지자면 지우가 장녀인데도 제 새끼들이 먼저였다.

하지만 그마저도 끝이었다. 국자는 이미 식탁 한 귀퉁이로 밀려나버렸고, 지우의 그릇엔 아무것도 담기지 않았다.

그 반복적인 일상에 지우는 아무렇지 않은 듯 다른 반찬으로 손을 뻗었다. 굳이 전골냄비를 훑지 않아도 건더기는 이미 조금도 남겨 있지 않을 것이다. 기껏해야 파와 무만이 멀건 국물을 채웠을 것이다.

"엄마, 이번 가족여행 어디로 가?"

"글쎄. 어디로 갈까? 효석인 어디로 가고 싶니?"

"매번 똑같지 뭐. 아무 데나 가요."

효주의 물음에 미리가 아들의 의사를 물었다. 효석은 상관없다는 듯 어깨를 으쓱거렸지만, 지우에게로 향하는 물음은 없었다.

이 집에서의 암묵적인 규칙이었다. 투명인간. 지우는 그들에게 투명인간이었다. 함께 살고 밥을 먹지만 그녀는 보이지 않는 존재였다.

지우 역시 그런 그들에게 익숙해져 아무렇지도 않았다. 십 대 때나 서러웠지, 이제는 그런 그들의 유치함이 우스웠다. 하지만 곧 의사가 아닌 다른 물음이 쏟아질 것이다.

"지우, 너도 갈 건 아니지?"

역시나. 가족여행에 지우가 함께 갈까 봐 염려스러운 목소리가 미리에게서 흘러나왔다.

"아니요."

지우는 미리를 쳐다보지도 않은 채 짧게 대꾸했다. 기대에 부응해 줘야겠지.

"다행이네."

다행이란 말에 지우는 피식 입매를 추켜올렸다. 추측한 그대로 행하는 미리의 행동이 이제 새삼 물린다.

"너 지금 엄마 말에 비웃은 거야?"

효주가 성형수술로 부기가 가라앉지도 않은 두툼한 눈매로 지우를 째려봤다. 그러자 가만히 반찬을 집어먹던 지우의 시선이 서서히 그녀를 향했다.

"너?"

"그래, 너."

나이가 무려 8살이나 차이 나는데도 효주는 빳빳이 고개를 치켜세웠다. 시끄럽다고 일갈할 부친이 없으니 오늘따라 기세가 등등한 모양이었다. 그런 이복동생을 향해 지우는 슬며시 웃어 보였다.

"재수술하고 싶지 않으면 눈깔아."

"뭐?"

구겨지는 효주의 얼굴과 마찬가지로 미리와 효석의 얼굴도 해감 하지 않은 조개 속의 모래를 씹은 듯 일그러졌다.

"너 지금 이게 무슨 짓이니! 밥상머리에서……."

"놔두세요. 저 혼자 고고한 척하는 게 하루 이틀인가."

짝 갈라져 나온 미리의 목소리에 비아냥거리는 효석의 음성이 더해졌다. 그런데도 계모는 그치지 않고 서슬 퍼런 눈길로 죽일 듯이 지우를 노려보았다.

"버르장머리 없이!"

더는 먹을 수 없을 것 같아 지우는 손에 쥔 젓가락을 식탁으로 내려놓았다.

"훗. 버르장머리는 효주한테나 운운하시죠. 자기보다 나이 많은 사람에겐 어떻게 대해야 하는지 모를 만큼 멍청한 것 같으니까. 하긴 타고난 머리가 그래서 어쩔 수 없긴 하겠네요."

"너 거기 안 서!"

차갑게 말을 토한 지우는 악악대는 미리를 무시한 채 그대로 주방을 빠져나왔다.

2층에 위치한 제 방으로 들어선 그녀는 서랍 속에 넣어둔 소화제를 꺼내 침과 함께 삼켰다. 몇 숟가락 뜨지도 않았는데 속이 더

부룩했다. 집에서 밥을 먹으면 늘 겪는 소화불량이 오늘도 어김 없이 그녀를 불편하게 만들었다. 17살 때부터 먹은 소화제 양만 보자면 모르긴 해도 동네약국에서 팔려고 쌓아놓은 수량보다 더 많지 않을까 싶었다.

여지없이 가슴이 쓰다. 쓰디쓴 약초를 우려낸 물을 들이켜기라 도 한 것처럼 혀끝에서부터 시작된 아릿함이 온몸으로 퍼져 들어 경련을 일으킬 정도다.

지우는 문득 고개를 돌려 창밖을 바라보았다. 또 하루 날이 저 물어 간다. 석양이 지고 밤이 그녀를 덮쳐오면 지독한 고독마저 뒤따라온다. 어둠만큼이나 캄캄한 외로움 속에 수반된 아픔 역시 수차례 그녀를 괴롭힌다.

외롭다. 미치게 외로워서 수없이 몸이 떨렸다. 그 속에서 떠오 른 얼굴 하나가 더욱 가슴을 사무치게 만든다.

이렇게 마음이 쓸 때면 어김없이 그가 떠오른다. 생각지도 않 게 자상한 배려가 끊이지 않았던 남자. 격렬하리만치 열정적인 육체를 탐닉하면서도 몸과는 다르게 마음이 세심했던 사람.

문득, 지우는 그를 떨쳐낸 것이 아까워졌다. 아무것도 기억해 내지 못한 눈치인 그를 모질게 떨쳐낼 필요가 있었을까? 덕분에 작게나마 위안을 얻을 수 있는 곳을 잃었다.

그에게 어떤 안배를 받았는지 까마득히 긴 시간이 지났는데도 불쑥 떠오른 기억은 질척하리만치 그녀의 가슴 한 자락을 붙잡고 늘어졌다.

7장
휘어지는 대나무 속에 스민 열정.

6월의 싱그러움이 동해해양경찰서 곳곳에 드리워졌다. 무성하게 자라난 실록이 보는 이들의 시선을 따스하게 붙잡았지만 불어 대는 바람만큼은 다가선 여름을 비웃듯 사납게 나뭇잎들을 흔들어댔다.

그 속에서 휴대전화를 귓가에 댄 치해의 표정이 바람처럼 사나워졌다. 수화기를 통해 다짜고짜 들려오는 노기가 그의 속을 불편하게 만들어서다.

〔그만 돌아와.〕

"하실 말씀이 그거라면 이만 끊겠습니다. 미팅이 있습니다."

〔더 이상의 방황은 보기 싫다. 참을 만큼 참았다.〕

"늘 그렇게 보이는 겁니까? 방황일 뿐이라고? 끊겠습니다."

반복되는 실랑이가 귀찮다는 듯 그는 불손하게 할아버지와의 통화를 먼저 끝냈다. 돌아오라는 노인의 채근이 근래 들어 부쩍 심해졌지만 치해는 그 말을 들을 생각이 없었다.

한때는 할아버지의 기대와 아버지의 자부심을 등에 얹고 살긴 했지만 바다를 제2의 생활의 터전으로 살아온 지 벌써 13년째였다. 사업은 체질에 맞지도, 그의 가슴속에 들어찬 열망을 해결해주지도 않았다.

치해는 한때 하고 싶은 일을 고집하는 방황일 뿐이라고 치부하는 할아버지와의 언쟁을 뒤로 접고 미팅을 위해 구조대 사무실 안으로 들어섰다.

이목을 집중시키지 않으려고 그가 조용히 안으로 들어섰을 때는 구조업무에 대한 지시사항이 한창 진행 중이었다.

122구조대의 책임자이자 대장인 장춘호 경감이 상석에 앉아 몰아칠 태풍에 대비해 팀원들에게 대비사항을 철저히 상기시키고 있었고, 태풍의 위력을 익히 아는 대원들은 얼차려라도 받는 듯 잔뜩 긴장한 표정으로 진중한 말들을 머리에 새기고 있었다.

석호가 미리 맡아놓은 자리에 치해가 앉을 무렵, 말을 끝마친 장춘호 대장이 작은 한숨을 내쉬며 그들을 응시했다.

"최 경사와 강 경사는 지금부터 오프인가?"

"네."

치해의 나직한 대답과 함께 석호가 짧게 고개를 끄덕였다. 태풍으로 별안간 이뤄진 미팅만 아니었다면 당직을 섰던 그들은 벌써 퇴근했을 터였다.

"미안하지만 점심나절에 간단한 일 하나만 해결해 주고 퇴근했으면 하는데. 알다시피 태풍대비로 인원이 부족해서 말이야."

더위가 시작되면서 기상변화가 시시각각으로 변했다. 때문에 일주일 안에 태풍이 올 거라는 기상청 예보에 치해의 근무지인 동해해양경찰서를 비롯한 동해지방청 소속인 속초, 포항, 울산 등이 어제부터 눈코 뜰 새 없이 바쁜 상태였다.

배를 띄워서는 안 된다는 경계령을 내려야 했고, 높은 파도와 거친 해수로 항구에 정박한 선박들이 피해가 가지 않도록 방비해야 하는 비상체제였다.

"무슨 일이십니까?"

122구조대라고 해서 예외는 아니었다. 때가 때이니만큼 치해는 늦은 퇴근을 결심하고 장 대장을 바라보았다. 그런 그의 눈길이 부담스러웠는지 장 경감은 또다시 한숨을 내쉬었다.

"후우, 대한해양이 망상해수욕장에 리조트를 짓는 건 알고 있지? 수상레저도 겸한다는군. 해역 안내요청이 들어왔어."

장 대장이 왜 한숨을 쉬었는지 이해가 가면서도 치해는 해역검사도 아닌 민간 기업의 사업 개발차 단정을 이끌어야 한다는 것을 납득할 수가 없어 인상을 찌푸렸다. 그런 그의 표정에 장 대장이 난처하다는 듯 말을 이었다.

"윗선에서 지시했어. 돈이 많이 들어가는 사업이니 아무래도 강원도 전체에서 주시하는 것 같아. 아니면 윗줄에서 뭔가 받아먹었나보지. 우리야 시키면 시키는 대로 하는 거지 별수 있나. 시민과 함께하는 '블루 씨' 잖아. 브랜드 관리팀장이 정책지원상 물어온 일인가 봐."

"그럴 줄 알았습니다."

장 대장의 말에 치해와 더불어 미간을 찌푸렸던 석호의 인상이 조금 전보다 더 험상궂게 일그러졌다. 앙숙과도 같은 수천이 물어온 일이니 더욱 마음에 들어차지 않은 탓이리라.

고개를 절레절레 흔드는 석호를 잠시 쳐다본 치해는 다시 대장에게로 시선을 돌렸다.

"정책지원이라 할지라도 그런 안내라면 저희 담당이 아닙니다. 수상레저과가 따로 있지 않습니까."

"그 과는 원래 인원이 적잖아. 해역검열 때문에 정신이 없는 모양이야. 다른 부서 역시 태풍 때문에 노는 인원이 없어. 바쁠 땐 역할 분담도 해 줘야 하는 거잖아. 이런 일이 매번 있는 것도 아닌데 뭘. 원래는 내가 대신하려고 했는데, 이번 태풍 때문에 조금 전 청장님 호출을 받았어."

진땀을 흘리기라도 할 듯한 대장의 태도에 치해는 마음에 들지 않으면서도 더 이상 반발하지 못했다. 대장임에도 불구하고 대신 처리하려고 했다는 건, 그 역시 대원들에게 맡기기 미안스러웠다는 뜻이었다.

그런 장 대장의 마음을 헤아린 치해는 더는 토를 달지 않고 석호를 쳐다보았다. 그가 움직인다는 것은, 곧 버디인 석호 역시 함께 일을 맡아야 함을 뜻하기 때문이었다. 뾰족하게 입술을 내민 석호 역시 마음에 들지는 않은 모양이었지만 이내 치해에게 마지못해 고개를 끄덕였다.

"언제 온답니까?"

치해의 물음에 곤혹스러워하던 장 대장의 얼굴이 다소 편안하게 풀어졌다.

"곧 당도할 거야. 해역조사차 요청했으니까, 이수천 경위와 함께 항구로 가면 될 거야."

이후 몇 가지 사항이 더 곁들어진 후에 미팅이 끝나자, 치해와 석호는 곧장 사무실을 나서 해양경찰 전용부두로 이동했다.

다가올 태풍 때문인지 바다에서 육지로 불어온 해륙풍이 치해의 짧은 머리카락도 나부낄 만큼 다소 세차졌다.

3,000톤급의 경비정 옆으로 500톤급의 작은 구조정이 파도에 출렁이는 것을 바라보고 있자니, 동해지방청 소속인 수천이 인상을 찌푸리며 다가왔다. 그녀 역시 석호의 등장이 마음에 들지 않은 모양이었다.

'충성'을 내뱉으며 서로에게 거수경례를 붙인 그들은 잠시 침묵했지만 서울에서 내려올 이들을 기다리는 동안 누가 먼저라 할 것 없이 수천과 석호가 서서히 언쟁의 더듬이를 세우기 시작했다. 그런 싸움에 끼고 싶지 않은 치해가 그들과 몇 걸음 멀어졌다.

항구에 정박한 경비정과 단정들을 보면서 이번 태풍이 남기고 갈 해난을 걱정하는 치해와는 달리, 이내 다급한 성질인 석호는 얼굴에 도드라진 핏대의 흔적을 수천에게 보란 듯이 내세웠다.

"경위님은 경찰입니까, 장사꾼입니까?"

"무슨 뜻이지?"

손목에 찬 시계로 시간을 체크하던 수천이 불퉁스러운 음성을 내뱉은 석호에게로 고개를 돌렸다.

"아무리 시민과 함께하는 정책이 중요해도 말입니다. 어떻게 대한민국 해경이 안내까지 맡아야 합니까?"

"대한민국 해경이 뭐 별거야?"

석호의 꼬투리를 이미 예상했다는 듯 수천이 말 속에 피식 웃음을 섞었지만 수상레저과의 불참이 아쉬운 순간이었다.

하필이면 많고 많은 사람들 중에 대타로 나온 이가 왜 강석호란 말인가. 차라리 최치해 경사 혼자만 나왔으면 좋았을 것을. 그랬다면 이런 실랑이는 조금도 걱정하지 않아도 됐을 것이다.

"네?"

"경사 월급, 시민이 주는 거야. 그런 시민들에게 투철한 봉사정신을 발휘해야 하는 거 아닌가?"

수천이 당연하다는 말투를 흘릴 무렵, 서울번호판을 단 검은 세단 한 대가 그들의 곁으로 매끄럽게 다가와 섰다. 수천은 쫑알대던 석호에게 시선을 거두고 진한 선팅이 드리운 뒷좌석을 응시했다. 안내를 약속받은 사람이 맞는다면 아마도 뒷좌석은 여자가 타고 있을 것이었다.

"지금 이게 말이 된다고 생각해요? 그 봉사정신 생각해서 투철하게 구조하고 있는 겁니다. 제 말은 일개 회사의 간부 나부랭이나 태우고……"

그 와중에도 석호는 쫑알쫑알 분을 토해내고 있었지만 수천은 자동차에서 시선을 떼지 않았다.

예상과는 다르게 여자는 뒷좌석이 아닌 운전석에서 내렸다. 짙은 회색 바지 정장을 입고 보브 스타일의 짧은 단발인 여자는 조금 전 미용실에서 매직스트레이트를 한 것처럼 머리카락이 찰랑거렸다. 화장 또한 예쁜 외모를 부각시킬 만큼만 옅게 칠한 모습에서 수천은 멋깨나 부리는 여자의 본능으로 그녀가 서울에서 온 이번 책임자인 것을 한눈에 알아챘다.

"경사의 의견은 필요 없다."

수천이 그녀에게 다가가기 위해 몸을 획 돌려 사라지자 일순 몸을 굳히던 석호는 입술을 크게 벌려 소리 없는 고함을 외치며 절규했다. 우악스런 손가락 사이에 그의 짧은 머리카락이 뽑히든지 말든지, 수천은 서울에서 온 손님에게로 천천히 다가갔다.

하지만 차에서 막 내린 여자의 시선은 수천이 아닌 다른 곳에 머물러 있었다. 정확히 말하자면 항구를 훑느라 여념이 없는 치해에게로 박혀 있었다.

'아는 사이인가?'

동공을 확장한 채 미간에 힘을 세운 여자의 모습에서 수천은 고개를 갸우뚱거렸다. 치해를 돌아보려다 눈을 마주친 석호 역시 머리카락을 움켜쥔 자세 그대로 놀란 듯 멍하니 입을 벌린 채였다.

수천은 이내 이들이 구면이라는 것을 알아챘다.

더불어 여자의 직감을 품은 더듬이가 치해와 묘연의 관계일지도 모른다는 추측을 뿜어냈다. 그렇지 않고서야 서울에서 온 여자가 동공을 확장할 리도, 석호가 놀란 듯 몸을 굳힐 일도 없을 테니 말이다.

오늘의 안내가 불편할지도 모른다는 생각에 수천은 수상레저과의 사람과 나오지 못한 게 더욱 아쉬워졌다.

이번 개발 건은 강원도 전체의 중요 사안이었다. 이번 휴양지 개발로 인해 수년 후 강원도 자체가 얼마나 큰 이익을 남길 수 있을지를 도지사를 비롯한 지역 전체가 기대와 흥분으로 구름 위를 밟고 있다 해도 과언이 아니었다.

지역의 이익이 곧 지방의 발전과 직결되기 때문이기도 했지만, 더불어 동해해양청 역시 주시하는 일이었다. 보는 눈이 많다는 건 절대 조그마한 실수조차 용납할 수 없다는 것을 뜻했다.

"대한해양리조트에서 오신 분이신가요?"

안타까움이 가슴속으로 스며들었지만 수천은 밝게 입매를 늘이며 여자에게로 손을 내밀었다. 그제야 찰랑거리는 머리카락이 작게 흔들리며 여자의 고개가 수천에게로 향했다.

"네. 이수천 경위님 되시나요?"

수천이 고개를 끄덕이자 여자가 팔을 뻗어 그녀의 손을 마주 잡았다.

"연지우입니다."

불어오는 해류풍에 지우의 목소리가 실려 치해에게로 뻗어나갔다. 생각지도 못했던 목소리와 이름에, 항구를 향했던 그의 어깨가 미세하게 꿈틀거렸다.

이윽고 치해는 서서히 몸을 돌렸다. 목소리의 주인공을 찾는 치해의 눈동자에 어색하게나마 친구의 눈치를 살피던 석호를 지나쳐 지우를 발견하자 그의 심장이 바닥으로 쿵 내려앉았다.

치해는 시야를 채운 영상을 한순간 의심했다.

그녀가 자신을 바라보고 있었다. 일 년 전 열정이 강타했던 열기가 식기도 전에 안녕을 고하고 가버렸던 여자. 사랑일지도 모른다고 여겼던 그의 마음을 웃음 한번으로 짓밟고 가버린 냉혹한 여자.

그런 그녀가 멀리서 자신을 발견한 채 시선을 맞추더니 서서히 두 다리를 움직여 조금씩 거리를 좁혀왔다.

거리가 좁혀들수록 그녀가 남기고 간 비웃음이 폐부를 찌르고, 무료함 속에 스민 열정뿐이었다는 말이 잠잠했던 심장을 들쑤셨다.

지우는 똑바로 걷기 위해 허리를 곧추세우고 두 다리에 힘을 줬다.

밝은 갈색이었던 치해의 눈동자가 스멀스멀 짙은 어둠을 드러낼수록 또다시 주위의 사물이 느려진다. 처음 그와 눈동자를 마주친 순간에 느꼈던 정지된 영상들이 재차 그녀를 중심으로 서서히 정지했다.

시간이 멈춘 것 같은 아릿함과 함께 그를 통해서 느꼈던 일 년 전의 전율이 등줄기를 훑고 지나가자 지우는 가방을 들고 있는 두 손에 꾹 힘을 가했다.

차에 둔 채 내릴까 했던 가방을 들고 내린 건 탁월한 선택이었다. 그에게 손을 내밀지 않아도 되니 말이다.

그와 시선을 맞춘 채 다가서고 있지만 친근한 듯 손을 내밀기는 쉽지 않은 일이었다. 솔직히 말하자면 그의 손을 잡는 순간, 손바닥을 통해 오는 열기에 몸을 휘청거릴지도 몰라서 두렵기까지 했다.

"오랜만이네요."

바짝 다가선 지우의 인사에 치해는 미간을 찌푸렸다. 그저 안면이 있던 사람을 어쩌다 만난 것 같은 간결함에 그녀가 나타나고서부터 부글거리던 화가 단숨에 끓어올랐다. 커다란 돌덩이로 눌러놓았던 화가 단단한 암석을 부수고 그 위로 불쑥 솟아오르더니, 온몸을 뜨끈하게 데워 딱딱한 두개골마저 깨부수고 위로 솟구치려 했다.

"가시죠."

간결한 인사말에 어울리듯, 치해는 지우보다 더 짧은 단어를 무겁게 토해내고는 등을 돌렸다.

바다 위를 미끄러지듯 타고 달리는 순찰정에서 느끼는 해륙풍은 가슴속을 뻥 뚫어버릴 만큼 시원했다. 짭조름한 바다내음이 도시의 매연으로 찌든 콧속을 정화해 주기라도 할 것처럼 상쾌하게 물들어 숨을 들이마시는 폐가 깨끗해진 기분이었다.

몸 상태는 이루 말할 수 없이 청하고 개운했지만 정작 지우의 머릿속은 복잡했다. 한 시간 전, 그녀의 인사를 무시한 채 등을 돌려버린 치해로 인해 다소 화가 났기 때문이었다.

반갑게 맞아줄 거라는 예상은 애당초 하지 않았지만 조금은 섭섭했다. 일 년 전 그에게 비웃음을 전한 입장이 당당하게 반가움을 요구할 입장이 아니라 해도, 그의 마음속 어느 곳에도 자신이 존재하지 않은 것 같아 마음이 불편했다.

지금까지 그를 떠올리면 심장이 두근거렸다. 치해가 새겼던 열정에 몸에선 열이 났다. 기억하지 않으려고 머릿속에 떠오른 그의 영상을 억지로 밀어내고, 뜨겁게 안아주던 그의 촉감이 되살아나 한겨울에도 땀방울이 매치던 것을 억지로 닦아내기도 했다.

• 그를 떠났던 건…… 기억하기 싫은 오래전 일을 떠올리게 만들기 때문이었다.

그런데도 그를 머릿속에서 밀어내지 못했다. 쉽게 떨쳐낼 수 있을 거라 여겼던 심상을 비웃듯, 날이 갈수록 치해의 존재가 그녀의 머리와 가슴에 터를 잡더니 어느새 보고 싶은 그리움이 생겨날 만큼 깊이 박혀 들었다.

참 우스웠다. 고작 2주였을 뿐인데……, 그저 감기처럼 스쳤던 욕정이 다였다고 믿었을 뿐인데……, 그가 그립다니.

그는 자신이 어떠한 마음으로 이곳에 왔는지 모를 것이다. 이번 프로젝트의 책임자로 지명되어 동해에 내려오는 날까지 하루라도 그를 떠올리지 않은 적이 없었다는 것을 그는 모를 것이다.

프로젝트의 책임자로 결정 난 것은 반가운 일이었지만, 곧 그것은 동해에서 치해와 대면하게 될 것을 뜻했다. 수상사업상 동해서를 수없이 들락거려야 할 테고 그러다 보면 그를 우연치 않게 만날 수도 있을 터였다.

설렘이 무섭게 일면서도 그를 만나면 어떻게 대해야 할지 막막했던 것도 사실이었다. 하지만 이번일은 절대로 포기할 수 없는 일이었다.

그녀를 뒤흔드는 단 한 사람의 존재……. 최치해란 남자가 몇날 며칠을 지우의 머릿속을 복잡하게 휘저어댔지만, 이번 일의 성공이 그녀의 앞날을 좌우할 것이었다. 회사의 주인이 정확히 누구인지가 결정 날 만큼 회사 전체의 사활이 걸린 일.

설사 책임자로 효석이 결정 났더라 해도 그녀는 어떻게든 그가 있는 이곳으로 왔을 것이다. 뺏기고 싶지 않은 프로젝트이기도 했지만, 그가 전해 줬던 열정을 다시 한 번 맛보고 싶어서였다.

그의 웃음소리. 귓가를 파고들어 온몸을 나른하게 만들던 목소리까지.

일 년간이나 지우지 못해 환영처럼 머리와 몸을 지배하던 그의 존재를 직접 확인하고 싶다. 고작 2주 동안 나눴던 시간이, 일 년의 시간이 지나도록 잊지 못하게 만드는 원인을 말이다.

"연 실장님, 이곳은 어민들의 양업장과 가까워서 레저지로는 적합하지 않네요. 행여나 곤란한 문제가 발생하면……"

레저 활동 허가 수역에 대한 수천의 설명을 들으며 지우는 치해를 힐끗거렸다. 순찰정의 운전을 맡은 그는 앞만 쳐다볼 뿐, 한 번도 뒤를 돌아보지 않았다. 수천이 해역의 지명을 말하면 묵묵히 그쪽으로 향하기를 반복할 뿐이었다.

속으로 나직하게 한숨을 쉬던 지우는 치해를 힐끗거리던 시선을 거두고 수천을 응시했다. 일단은 일이 우선이었다.

"저 역시 어민들의 양업장과는 되도록 멀었으면 싶습니다. 말씀대로 곤란한 일에 휘말리는 걸 원치 않으니까요."

수천의 말이 끝남과 동시에 지우 역시 긍정으로 고개를 끄덕이며 말했지만, 끝없는 바다를 응시하던 치해는 일자로 다문 입술 끝을 비틀어 올렸다.

지우를 부르는 수천의 '연 실장'이라는 호칭이 어색했다. 아니, 대한해양리조트의 실장이라는 직함 자체에 화가 치밀었다.

어울리지 않다고 단언하던 게 이 때문이었을까? 젊은 나이에 실장을 더불어 어마어마한 관광개발의 책임자로 올 정도라면, 회사 내 그녀의 위치가 어느 정도인지 쉽게 짐작할 수 있었다.

그녀는 심장이 없는 사람처럼 군다. 분명 자신의 근무지를 알고 있었으면서도 그녀는 아무렇지 않게 나타나 웃었다.

자신에게 상처를 던졌다는 사실 자체도 까맣게 잊은 것만 같았다. 단단한 방어벽으로 몸과 마음을 감쌌다고 여겼지만, 방어벽이 아닌 원래가 그랬는지도 몰랐다.

지우가 사람을 위치나 지위로 가늠하는 여자라는 사실이 지독해 치해는 핸들을 잡은 손에 힘을 가했다. 쇠붙이를 꽉 움켜쥘수록 그의 손등에 바다를 품은 듯 굵은 핏대가 푸르스름하게 도드라졌다.

하지만 그보다도 이해할 수 없는 건 그의 몸 상태였다.

신경질이 혈관을 가득 채운 것처럼 짜증이 폭발을 일으키기 직전인데도, 그녀의 목소리가 바닷바람에 실려 귓가를 파고들 때마다 바지 속에 감춰둔 남성이 서서히 발기하더니 이제는 미세하게 닿는 해류풍에도 자극을 받아 꿈틀거렸다.

옆 좌석에 앉은 석호가 졸고 있기에 망정이지, 정말 누가 볼까 도 우세스러운 일이었다.

하루에도 몇 번씩 불쑥 떠올라 머리를 흔들게 만들던 미운 얼굴. 수없이 되뇌며 때때로 가슴을 괴롭히던 야속한 말.

그 모두를 고스란히 잊어버린 듯, 그녀의 목소리에 열기만 솟아올라 치해는 분신을 부러뜨리고 싶을 만큼 화가 치밀었다.

"수심이 굉장히 깊습니다. 평균 1,530m 정도니까요. 수상레저를 더불어 하기에는 조금 전 보신 곳보다는 아마도 이곳이 낫지 않을까 싶네요. 이곳은 그나마 900m 정도거든요."

해안선으로 가까워질수록 당연히 더 낮아질 수심이라 지우는 수천의 설명에 고개를 끄덕이며 들고 있던 서류에 둘러본 지역을 꼼꼼히 체크했다. 수심이 깊을수록 물이 더욱 차가워지는지라 오랜 시간 즐기려면 물이 몸을 시리게 만들어서는 안 되기 때문이었다.

"부탁한 대로 무인도를 볼 수 있을까요? 작아도 괜찮습니다."

무인도 역시 국가의 국유지다. 돈을 주고 매입하면 얼마든지 개발을 할 수 있는 곳. 때문에 그녀는 비서를 통해 전화로 미리 수천에게 따로 언질을 해둔 상태였다.

이번 프로젝트에는 포함되어 있지 않지만 지우는 회사의 결정과는 달리 사람이 살지 않는 괜찮은 곳이 있다면 함께 개발을 추진하고 싶었다. 외국처럼 해안에서 보트로 이동하는 섬에 따로 관광 프로그램을 짠다면 아마도 그녀가 계획한 리조트는 대한민국 최고의 관광지가 될 것이다.

"동해안은 융기해안이라 서해와는 달리 해안선이 단조로워 섬이 많지가 않아요. 그 중 무인도라면 두 곳이 있긴 하지만, 개발지로 적합하기에는 대나무섬이 괜찮을 듯싶네요. 그곳으로 갈까요?"

지우의 끄덕임에 수천이 치해에게 대나무섬으로 가기를 희망하자, 정확히 10분 후 그들은 왜 섬 이름이 그랬는지 절로 고개를 끄덕일 수밖에 없는 곳에 도착했다. 거짓말처럼 바다 한가운데가 대나무로 이뤄졌다 해도 과장이 아닐 만큼, 섬은 대나무로 일색이었다.

무인도라 사람의 손길이 닿지 않아서인지 울창한 대나무 숲으로 뒤덮인 섬이 그야말로 절경을 이루고 있자 지우는 그 비경에 감탄해 나지막하게 탄성을 내뱉었다.

"아!"

그 탄성에 치해의 두 다리가 저절로 후들거렸다.

빌어먹을.

벌써 일 년이나 지났는데도, 그녀의 입술에서부터 흘러나온 탄성은 마치 어제 들은 것처럼 생생했다. 그는 생각을 밀어낼 미련한 틈조차 주지 않는 지우를 향해 튀어나오려던 욕설을 겨우 삼켰다.

그때, 섬 주위를 둘러보던 지우가 따라 내린 수천에게 돌아서 입을 열었다.

"섬 안내는 최 경사님께 부탁해도 될까요?"

내내 미소 짓던 수천의 미소가 한순간에 굳어짐과 동시에 균열을 일으킬 듯 일그러진 치해의 얼굴 역시 지우를 향했다.

"무인도라지만 아무래도 남자가 든든할 것 같아서요."

"네, 그러세요."

수천이 어정쩡하게 고개를 끄덕이자 그동안 한 번도 쏘아본 적 없었던 치해의 매서운 눈길이 곧장 그녀에게로 박혀 들었다. 석

129

호와는 달리 필요한 말 외에는 섞어본 적 없을 만큼 무뚝뚝하고 위에서 내려온 지시사항에 토를 달지 않는 그였지만 이번만큼은 예외인 모양이었다.

그런 치해의 표정에 일순 주눅이 든 수천은 어색하게 입술을 늘이며 살짝 어깨를 으쓱거렸지만 이내 은근히 화가 솟았다.

졸고 있다고는 해도 석호도 있는 마당에 지우가 콕 집어 치해를 지명한 건 따로 조용히 할 말이 있다는 뜻과 다를 바가 없지 않은가.

거기다 자신은 따라오지 말라는 암묵적인 요청이었다. 둘이 어떤 관계였는지 확신할 수는 없지만 괜히 둘 사이에 끼어 자신이 이런 질타를 받을 필요는 없었다.

"최 경사가 좀 맡아줘요."

얼굴을 뚫을 것처럼 매섭게 박혀 드는 치해의 눈길을 무시하며 수천은 다시 순찰정으로 올라탔다. 애꿎게 앞에서 병든 닭처럼 꾸벅꾸벅 졸고 있는 석호만 쪄려볼 때, 치해가 가기 싫은 것처럼 느리게 경비정에서 내려 지우에게로 다가갔다.

곧 그들이 약속이라도 한 것처럼 조용히 침묵을 지키며 대나무 사이로 멀어져갔다. 수천은 작게 한숨을 내쉬다 석호를 향해 버럭 소리를 질렀다.

"강 경사는 여기 자러 왔나!"

수천의 큰소리에 석호가 부스스하게 눈을 떴다.

"저 어제 당직이었거든요?"

"체력 약한 게 무슨 자랑이라고. 최 경사는 멀쩡하거든?"

"아니, 왜 또 시비를 겁니까?"

"둘, 무슨 사이야?"

"뭘 말입니까?"

"최치해 경사랑 연지우 실장 말이야."

"알아서 뭐하시게요?"

"상사가 물으면 제때 대답해. 둘이 사귀었던 사이기라도 해?"

수천이 석호를 닦달하며 멀어진 이들의 관계를 캐묻는 동안, 치해와 지우는 계속 침묵만을 지켰다.

정적에 참 익숙한데도 지우는 고요함 속에 그가 있다는 사실이 어색했다.

그는 먼저 말을 걸고, 먼저 손을 잡은 사람이었다. 그녀가 회피하는 시선 속에서도 아랑곳없이 또렷이 시선을 맞췄던 사람. 그런 그가 아무도 존재치 않은 것처럼 침묵하는 이 순간이 지우는 못 견디게 불편했다.

사그락. 사그락.

바람결에 대나무 잎이 부딪치는 소성이 귓가를 파고든지 한참. 크지 않은 섬의 반 정도를 걸었다 싶었을 때 지우가 정적을 깼다.

"잘 있었나요?"

구름 한 점 없는 맑은 날씨의 새들의 지저귐처럼이나 청아한 지우의 물음에 앞에 뭐가 있는지도 모른 채 멍하니 걷기만 하던 치해의 눈썹이 낚시꾼들의 미끼인 갯지렁이처럼 꿈틀거렸다.

오랜만이라는 짧은 인사에 이은 간단한 안부에 머릿속 혈관이 터지기 직전처럼 부풀어 오르는 느낌이었다.

"해수욕장에서부터 보트로 40분 정도 떨어진 거리입니다. 면적 0.05㎢에 해안선 길이는 1.8㎞ 정도죠. 이곳 대나무섬은……."

치해는 그녀의 질문을 보란 듯이 무시하고 섬을 팔기 위한 중개업자처럼 설명만 늘어놓았다.

뭐든 참 간결한 여자다. 작별도 시원하더니, 해후조차 불어대는 해륙풍만큼이나 쿨하다. 신경 쓰고 있는 건 자신 혼자일 뿐.

"달리 질문 있습니까?"

설명이 끝나고 공손하게 던진 치해의 물음은 더는 개인적인 물음은 자제하라는 뜻이었다.

처음, 무례함에 인상을 찌푸리게 만들던 반말도 없다. 귓가에 낮게 속삭이던 은은한 음성이 그를 마주 대하던 그때의 그녀만큼이나 딱딱하고 무미건조했다.

지우는 그의 반말이 친근함의 표시였다는 것을, 그의 속삭임이 몸을 울리게 만들었다는 것을 새삼 깨닫고 지그시 입술을 말았다.

그의 존재감이 얼마만큼인지는 그녀 스스로도 확실히 알 수가 없었다. 앞으로 자신이 행해야 할 미래에, 계획에도 없던 그와 무엇을 하고 싶은 건지도.

하지만 이루어진 대면 속에 그의 차가운 외면을 겪고 나자 불쑥 치해가 가지고 싶어졌다. 이곳에 오기 전까지만 해도 가슴속에 들어찬 그의 존재감을 그저 확인하고 싶었을 뿐, 치해가 자신의 남자가 되거나 그녀 자신이 그의 여자가 된다는 건 전혀 예측하지 못했던 결과였다.

그런데도 그 예측을 무시하고 싶어졌다. 뜨거운 열망 하나만 염원했던 그에게 더 많은 것을 요구하고 싶어졌다.

어쩌면 쉬이 손안에 들어오지 않는 것을 갈망하는 못된 심보일 지도 모르겠다. 졸라대는 어린아이처럼이나 어리석은 심정일지도.

"아직…… 혼자인가요?"

무엇인가를 가지기를 지독히 열망해본 건 대한해양뿐이었다. 지독한 소유욕을 느낀 것조차 오로지 회사 하나뿐이었다.

그것 외에는 아무것도 중요치 않았던 스스로의 삶에 우습게도 남자 하나를 원하고 있다. 뇌를 빽빽하게 채운 신경 하나하나가 서로에게 거미줄처럼 얽혀 있던 열망과 갈망을 전부 기억하고 있 었다.

"질문의 척도가 어긋났어."

걸음을 우뚝 멈춘 치해가 기분 나쁘다는 듯 낮게 으르렁거렸다.

지우는 웃었다. 그나마도 화가 난 표정이 무표정일 때보다 나 은 것 같다. 무관심을 대변하는 무표정은 그에게서는 보기 싫은 얼굴이었다.

"반말하니까 예전 생각이 나네요."

"굳이 예전의 일을 일깨워주려고 온 건 아닐 테니, 일이나 해."

사그락거리는 댓잎 사이로 치해의 노성이 섞여들었지만 지우 는 똑바로 그의 눈을 응시했다. 좀처럼 화를 내지 않는 치해라 할 지라도 한번 화가 나면 상사조차도 똑바로 쳐다보지 않는 그의 눈을, 지우는 조금의 흔들림 없이 동공에 담았다.

"당신, 탐이 나. 갖고 싶어."

지우의 당당한 고백에 치해는 우습다는 듯이 실소를 흘리다 섬 전체가 울릴 만큼 커다랗게 웃음을 터트렸다.

"훗, 후후후……. 하하하."

웃으며 떠나는 그녀를 더는 붙잡지 않은 건, 경찰이라는 신분으로 얼마든지 그녀의 위치를 알아내고 찾아갈 수도 있었던 시간을 억지로 참아낸 건, 그들의 사이에 분명히 잔재한다고 믿었던 열망이 억울해서였다.

여자에 관심도 없었던 삶에 악다구니 하나만으로 살아가는 사람처럼 악문 여자에게 매료된 자신을 탓했을 뿐, 떠난 그녀를 미워하지 않으려고 무던한 애를 썼다.

하지만 떠날 때와 마찬가지로 불쑥 나타난 그녀는 세상의 무서움이란 없는 것처럼 겁 없이 덤벼들고 있었다. 사랑의 설렘 따위는 배제한 채, 욕정의 화신처럼 원초적인 욕구만을 앞세우고 남자에게 원한다는 말을 뱉어내는 여자.

치해는 어깨를 들썩거리며 웃어댔다.

그래, 한번 웃고 나면 말겠지. 비웃음이 담긴 행동이 거리를 좁히지 못하게 만들 것이다. 그녀는 그런 여자다. 남에게 산 비웃음을 그저 무심히 지나치지 못할.

하지만 추측과는 달리 지우가 앞으로 바짝 다가서자 웃느라 들썩이던 치해의 어깨가 잠잠해졌다. 그녀가 손을 뻗어 탄탄한 가슴을 쓸자 이내 그의 입가에서 웃음기마저 사라져버렸다.

"기억나요. 처음도 이랬었어."

일 년 전 기억을 더듬는 지우의 음색이 무척이나 맑게 흘러나왔다.

정확히 꼬집자면, 굳이 기억해내려고 신경을 곤두세울 필요도 없었다. 머릿속이 저절로 그때의 영상을 떠올리더니 그에게 안겨 있는 동안 견딜 수 없었던 전율이 되살아난 듯 몸을 떨게 만들었다.

몸을 쓸어내는 그녀의 행동에 팽팽하게 부풀어 올랐던 치해의 머릿속 혈관이 끝내 펑 터지고 말았다. 입 밖으로 내뱉는 숨이 한여름 태양빛처럼이나 뜨겁게 흘러나왔다.

그의 뜨거운 숨결이 얼굴에 닿을수록 지우의 몸이 고열을 앓는 이의 것처럼 점차 뜨거워졌다. 그 뜨거움이 곧 확신을 안겨주었다.

그는 아직도 자신을 원하고 있다는 것이다. 쏟아지듯 흘러나오는 불규칙한 숨결 속에 자신을 향한 욕망이 깃들어져 있다.

"나한테 와요. 그 누구도 가질 수 없게."

"나를 가지고 싶다?"

양끝으로 벌어진 입매와 다르게 치해의 눈이 사납게 번뜩였다. 불을 뿜어내듯 번쩍이는 동공으로 그는 지우의 흐트러짐 없는 도도한 눈동자와 향긋한 과일을 연상케 하는 도톰한 입술을 훑었다.

저 눈동자에 노골적인 유혹이 스미고 입술 사이로는 뿌리치지 못할 남자의 성욕을 심히 자극하는 달콤한 말이 쏟아져 나왔다.

꼿꼿하게 선 모습만큼이나 당당한 요구를 쉽게 내뱉는 여자를 어찌해야 할까. 욕정뿐이었다며 질척거리지 말라던 그때의 일을 까맣게 지워버린 듯, 탐이 난다는 말로 겨우 잠재웠던 열병을 들쑤셔대는 이 여자를 어찌해야 할까!

솟구치는 화를 주체하지 못한 치해의 동공이 흰자위에서 부르르 흔들리는데도, 지우가 물음에 긍정을 뜻하듯 고개를 끄덕였다.

갑작스레 그녀의 머리를 잡아채듯 쥔 그가 거칠게 입술을 집어삼켰다. 아프게 맞부딪친 입술을 부드럽게 달랠 틈도 없이 아릴 만큼 빨아들이면서 몰아붙였다. 그녀의 발이 지탱하던 균형을 잃고 뒤로 밀려났다.

툭.

밀어붙이는 그의 완력에 속수무책으로 계속 떠밀려나던 지우의 등 뒤로 곧게 뻗은 대나무 두 그루가 닿았다.

흔들의자처럼 흔들리기를 반복했지만, 그나마 정확히 두 어깻죽지에 맞닿은 대나무로 더는 떠밀리지 않고 의지할 곳이 생긴 지우는 치해의 넓은 어깨에 양손을 얹고 입 안을 채운 숨을 깊게 들이켰다.

그의 입술은 기억했던 것보다 더 뜨거웠다. 입 안을 헤집는 촉촉한 혀조차도 기억력을 비웃듯 지독히 격렬했다.

하지만.

"음……."

지우의 입술 사이로 선잠 속에 흘러나온 칭얼거림처럼 신음이 흘렀다. 온몸을 나른하게 만들던 기억 속 그의 숨결. 그것만큼은 그대로였다.

그의 뜨거운 숨결에 꿈이라도 꾸듯 정신이 몽롱해졌다. 기억 속의 황홀함보다 더욱 진한 자극.

온몸에 퍼진 뜨거운 열기와 진득하게 섞인 타액이 목으로 넘어

올수록 지우는 다리가 풀려 그대로 주저앉을 것만 같았다.

순식간에 몰려오는 아득함으로 그녀는 눈을 감았다. 그의 입술, 혀, 숨결…… 어느 것 하나도 놓치고 싶지 않은 마음으로 두 눈을 감고 입 안을 채운 감각에만 집중했다.

치해는 굶주린 아귀처럼 그녀의 입술과 혀를 빨고 핥았다. 아프리만치 입술을 자근자근 깨물고 혀를 뽑아버릴 듯 깊숙이 흡입했다.

그런데도 굴뚝 주위를 배회하는 연기처럼이나 몰려든 짜증이 그의 머릿속에서 모락거렸다. 그녀의 말캉한 입술과 혀를 빨아댈수록 날카로운 신경질이 뾰족하게 솟아오르더니 목구멍을 넘고 폐부로 흘러들어간 그녀의 숨결이 숨죽이던 욕정을 툭툭 건드리자 날이 선 신경이 정수리를 뚫을 듯 몸을 세웠다.

그저 경고만 하려던 의도였다. 아니, 가라앉힌 열병을 자극하는 그녀의 입을 물어뜯고 싶었던 것뿐이다.

정확히 그뿐이었는데 잠자던 욕망은 서서히 몸을 세웠다. 그녀가 뱉어낸 탐욕만큼이나 주체 못할 욕정이 그가 그어놓은 경계를 넘보고 있었다. 마주한 순간부터 끓어넘치기 시작한 욕정이 이성의 눈치를 보며 머릿속으로 조금씩 발을 들이밀었다.

젠장.

치해가 결국 손을 옮겨 풍만하게 솟아있는 지우의 가슴을 아프게 움켜잡았다. 말랑한 봉우리가 손안을 풍족하게 채운 순간, 그의 머릿속을 점령한 욕정이 이대로 그녀를 가지라고 속삭였다. 그 속삭임을 짓이기듯 그는 그러쥔 손아귀에 더욱 힘을 가했다.

"으으읏."

맞물린 입술 새로 아픈 신음이 흘러나왔다. 격렬한 키스로 입술이 퉁퉁 부어오르고 가슴은 그의 손아귀에 일그러져 제 모양을 잃은 채 아픔을 호소했지만 지우는 그를 밀어내지 않았다. 오히려 아득한 숨결과 부드러운 입술, 그리고 몸을 녹이듯 쓸어내리는 손길을 놓칠세라 그의 어깨를 세게 움켜잡았다.

발기한 지 한참인 분신이 치해의 바지 속에서 난리를 쳐댔다. 색스러운 신음이 아닌데도 그녀가 흘린 신음 한 번에 진득한 액을 뿜어낼 것처럼 씰룩거렸다.

허리 아래가 바짝 쪼여대기를 반복하는 자극에 그는 탱탱해진 가슴에서 손을 내렸다. 대신 지우의 엉덩이를 힘껏 움켜쥐고는 빳빳하게 솟아오른 분신을 음부에 맞대고 비벼댔다.

"으음."

치해가 미처 삼키지 못한 신음을 흘리느라 게걸스럽게 빨아대던 입술을 놓친 순간, 지우는 차오른 숨을 거칠게 몰아 내쉬었다.

좀처럼 호흡을 조절할 수가 없었다. 그의 커다란 분신이 음부를 눌러대는 긴장감에 호흡이 자꾸만 흐트러졌다. 허리를 들이밀고 잔뜩 화가 난 남성을 원을 그리듯 돌려대는 자극에 숨을 들이마시고 내쉬는 본능마저도 잊어버린 것 같았다.

아랫배를 딴딴하게 만드는 그것의 위압감에 지우가 꼬집듯 움켜잡은 그의 어깨에 손톱마저 박아 넣자, 치해는 둔부에 머물렀던 손을 앞으로 옮겨 그녀의 바지에 채워진 얇은 허리 벨트를 풀어냈다.

그는 느슨해진 공간을 비집고 거침없이 바지 속으로 손을 밀어 넣었다. 매끄러운 아랫배를 훑고 들어간 손으로 얇은 속옷마저 뚫고는 곧장 음부를 문지르며 지그시 눌러댔다. 그러자 지우가 급격하게 몸을 뒤틀었다.

"원하던 거 아니었나?"

그녀의 뒤틀림이 거부를 뜻함이 아닌 것을 알면서도 치해는 입술을 비틀어 확인을 요구했다. 대답을 재촉하듯 젖은 음모 한 가닥을 툭툭 잡아당기더니 이내 부드러운 속살들을 헤치고 동굴 안으로 깊숙이 손가락을 집어넣었다.

"하핫, 원, 원해요."

은밀한 부분을 점령당해 버린 지우의 고개가 하늘을 향했다. 하늘을 채운 뭉실뭉실 구름처럼 그녀의 목소리가 달뜨게 터져 나왔다.

시야가 자꾸만 몽롱해졌다. 댓잎이 구름 사이로 박혀 들었는지, 몰려드는 희열만큼이나 새하얀 덩어리가 푸른 잎사귀를 가린 것인지, 분간할 수 없을 만큼 정신이 멍했다.

그런데도 아찔한 감각들이 치해의 손가락이 침입한 곳으로 몰려들어 진한 쾌감을 낳았다. 그가 여린 속살에 박힌 실핏줄들을 터트릴 듯 건드릴 때마다 진득한 무언가가 통로를 훑듯 흘러내렸다.

치해는 촉촉하게 젖은 동굴 속을 계속 긁어대면서 다른 한 손으로는 그녀의 버클을 끌러 바지와 팬티를 한꺼번에 벗겨 내렸다.

말끔했던 정장 바지가 날씬한 종아리를 스쳐 흘러내려간 반면 속옷은 그녀의 무릎 위에서 돌돌 말린 채 그대로 머물렀다.

그녀의 길게 뻗은 하얀 다리와 바지 속에 집어넣느라 구겨졌던 블라우스 끝자락 사이로 무성한 검은 숲이 시야를 가득 채우자 그의 심장이 불규칙하다 못해 미친 듯이 뛰어댔다.

빠른 손놀림으로 순식간에 우뚝 솟은 분신을 밖으로 내보낸 치해는 터질 듯이 핏대를 세운 페니스를 젖어 있는 질구에 대고 문질렀다.

"흐으으으."

주룩. 흘러나오는 신음만큼이나 지우의 내부 속에서 또다시 애액이 새어나왔다. 뿌리를 단단히 쥔 그가 몇 번의 움직임만으로 귀두 전체가 반질거릴 정도로 흠뻑 젖어들었다.

서로의 액이 뒤엉켜 묻어난 곳에서 남성이 미끄러지기를 반복하자, 치해는 그녀의 동굴 안을 파고들기 위해 무릎을 약간 굽혀 질 입구에 우뚝 솟은 분신을 붙이고는 머뭇거림 없이 강하게 허리를 튕겨 올렸다.

"하, 하웃!"

그의 분신이 순식간에 질 깊은 곳까지 파고들자 지우의 등을 받쳐주던 대나무가 뒤로 젖혀져 흔들거렸다.

아랫배를 가득 채우고 들어선 페니스가 머릿속을 아득하게 만들었다. 대나무를 의지한 채 등을 기댔던 지우의 몸이 뒤로 한껏 휘어졌다 다시금 튕겨 올라온 순간, 그녀의 안에 잠자코 머물던 남성이 그녀의 속을 쿡 찌르고 북북 긁어댔다.

찔러오는 그의 강렬함에 한번, 휘어졌던 대나무가 되돌아오는 탄성에 또다시 한번.

찰나의 순간에 시간차 공격을 퍼부어대듯, 두 번씩이나 치해의 남성이 그녀의 속살을 자극했다.

아아, 이 느낌이다. 온몸을 무섭게 떨게 만들면서도, 몰려드는 쾌감에 맞서 딴딴하게 몸을 경직시키면서도, 정작 모든 걸 잊고 자유롭게 만들던 그때의 그 느낌.

잊고 있던 전율이 다시금 고개를 들기 시작하자 지우는 치해의 어깨에 박아둔 손톱을 세웠다. 머리가 찌릿찌릿 울려댔다. 어둡던 머릿속에 불을 켠 듯 올올이 살아나는 신경들이 반딧불처럼 불을 뿜었다.

"으윽."

분신을 휘감는 뜨거운 열기와 조여드는 질 근육으로 치해가 낮은 신음을 흘렸다. 귀두에서부터 뿌리까지 감겨드는 뻐근함으로 그는 마음껏 움직일 수조차 없었다.

그녀의 질 안은 그가 알고 있던 그대로였다. 지독히도 좁고 불길을 품고 있는 것처럼 뜨거운 동굴.

치해는 잔뜩 힘이 들어가 있는 그녀의 엉덩이를 리드미컬하게 주물러 긴장을 풀어내기에 열중했다. 수축으로 바짝 올라섰던 지우의 근육이 점차 제자리를 찾아가자 서서히 앞뒤로 허리를 움직여 흡착하듯 달려든 살점을 훑어나갔다.

들러붙는 살들을 뿌리치고 깊이 도달했다 빠져나가는 남성에 지우가 땅을 지탱하던 한쪽 발뒤꿈치를 들어올렸다.

등을 받쳐주던 대나무가 한껏 휘어 치해의 허리 짓 강도에 맞춰 앞뒤로 흔들리고, 간신히 까치발을 들어 버티고 있는 지우의 몸도 하늘로 퉁겨지듯 오르락내리락 반복했다.

"아아, 아아……."

그가 질 안을 깊게 들어왔다 나가기를 반복할수록 지우에게서 흘러나오는 신음이 리듬을 탔다. 치해의 묵직한 분신이 질 내벽을 쓸고 다니자 그녀의 머릿속에 쾌락이 차곡차곡 빈틈을 메웠다.

지속적으로 몰려드는 쾌감의 흔적들로 머릿속이 온통 와자지 껄해질 때, 치해가 허리와 엉덩이를 강하게 튕겨 올리며 빠르게 움직였다. 블라우스 속에 감춰진 가슴이 위아래로 춤을 추고 그녀의 고개가 뒤로 젖혀질수록 움직임의 강도가 더욱 세차졌다.

치해는 달뜬 숨과 신음을 한데 뒤섞어 흘리는 지우를 응시했다.

놀이였을 뿐이라며 자신을 쉽게 떠났던 여자. 그런 그녀가 바로 눈앞에서 신음을 흘리고 있다. 기억 속에서 지울 수 없던 여자. 그런 그녀의 속을 휘젓고 있다.

지우는 변함없이 당당한 모습이었다. 지워지지 않던 향기마저 여전했다. 불쑥 돌아온 그녀에게서 풍겨오는 체취는 지독한 열독이 앓게 했던 작년 여름의 흔적이었다.

그런데도 이 속을 빠져나올 수가 없다. 당돌하리만치 욕구를 드러내는 그녀를 어떻게 해야 할지 난감할수록 더욱 깊은 곳으로 돌진할 뿐이다.

연지우, 널 어떻게 해야 하지?

"하읏."

최치해, 그녀를 어찌할 거냐?

"후욱."

가슴속 울음이 깊어질수록 치해의 치받는 속도와 굵직한 남성에 짓눌린 지우가 쾌감의 신음을 공중으로 흩날렸다.

그의 몸짓에 따라 대나무의 휘청거림도 잦아졌다. 힘없이 뒤로 확 젖혀지는가 싶더니 이내 꺾이지 않겠다는 의지로 앞으로 튕기기를 반복했다.

그 요동에 치해는 붙잡고 있던 지우의 엉덩이에서 손을 떼고 팔목을 움켜잡았다. 한껏 기울어졌던 대나무가 그녀의 몸과 함께 튕겨 오를 때, 지우의 손목에 힘을 가함과 동시에 여지없이 분신을 강하게 밀어 넣었다.

"하아악! 치, 치해 씨!"

지우는 그의 목을 감싸며 매달렸다. 휘몰아치는 쾌감에 간신히 지탱하고 있는 다리는 물론 온몸에 쥐가 날 것만 같았다. 머릿속을 꿰뚫는 강한 전율이 온몸을 휘감아 몸서리가 쳐졌다. 허공에 떠 있는 것처럼 몸을 가눌 수가 없었다.

목을 조를 듯 안겨온 지우가 절정에 치달은 것을 느낀 치해는 힘껏 분신을 질 안 깊숙이 박아 넣었다.

빠작.

날카로운 파공음이 허공을 가로지르더니 마침내 대나무 한 그루가 더는 일어서지 못했다. 지우의 몸이 균형을 잃을 아슬아슬한 순간에도 그는 움켜쥔 손목을 끌어당기며 애액으로 번들거리는 미끈한 통로를 가로질렀다.

그 순간, 절정이 강타한 지우가 마지막 신음을 내뱉지도 못하고 몸을 떨어댔다. 음부에서 맑은 애액이 쏟아져 나옴과 동시에 질 근육이 강하게 수축을 일으켰는데도 그녀는 벌린 입술을 벙긋거리기만 할 뿐, 소리를 내지도 못했다.

"으윽!"

질 내벽들이 강하게 압박해 오자 치해 역시 더 이상 참지 못하고 자신의 흔적을 한가득 쏟아냈다.

뇌 속으로 파고든 전율이 섬광을 그어냈다. 머릿속으로 번지던 줄기가 이내 빈틈없이 해답을 퍼트렸다. 쉽게 사라지지 않는 환희에 간헐적으로 몸을 떨어대던 그 역시 지우를 외면할 수 없음을 온몸으로 깨달았다.

지랄 맞을 욕정뿐이었다면 좋았을 것을. 이대로 그녀의 안을 계속 헤집고 싶다는 욕정뿐이었다면 좋았을 것을.

고르지 못한 숨을 내쉬는 지우의 얼굴을 바라보는 치해의 턱가가 경직됐다.

가지고 싶다. 도덕적 관념 따위는 얼마든지 모른 척할 수 있는 여자라고 했던가? 우습게도 그런 그녀를 가지고 싶었다.

하지만 욕정 따위로 머물지는 않을 테다. 그녀를 다시 만난다면, 내민 손을 다시 잡는다면, 그땐 한번 쏟아내면 그뿐인 욕정의 배설물 같은 존재로 머물지는 않을 것이다.

"어때, 가지고 나니 탐욕이 좀 잦아들었나? 이제 그만 안녕을 고할 차렌가?"

늘어지는 지우의 손목을 끌어당겨 일으켜 세운 치해는 바지를 고쳐 입으며 심드렁하고도 싸늘한 음성을 흘렸다. 자신을 원하는 척도가 얼마만큼인지 정확히 알아볼 요량이었다. 나른한 충만감을 안겨줄 놀이 상대는 절대로 사양이다.

"안녕이라는 말, 안 해요. 난 탐이 나는 건 꼭 손에 쥐고 있어야 직성이 풀리니까."

탐이 난다? 탐스러운 물건인 듯 말하는 지우에게 쉽게 잡히진 않겠다는 듯 치해는 입술을 비틀었다.

"네 뜻대로 해 줄 거라고 생각하는 모양이군."

"그럴 거라고 확신해요. 당신 역시도 날 원하니까."

"아니. 난 매섭게 돌아선 여자 따위 흥미 없어."

자신하는 지우를 뒤로한 채, 치해는 그대로 등을 돌려 그녀와 멀어졌다.

그녀가 볼 수 있도록 두 주먹을 불끈 쥔 채였지만, 순찰정으로 돌아가는 내내 그의 입매는 일 년 전 지우를 가졌던 첫날처럼이나 만족스럽게 벌어져 있었다.

그녀가 자신을 원한다면, 그 역시 지우에게 더 많은 것을 요구할 것이었다. 그저 한낱 스쳐지나가고 마는 바람이 아닌 그녀의 심장을 거머쥐는 영원한 주인이 되고 말 것이다.

8장
올가미의 뭇.

수평선 너머, 바다의 *끄트머리*에서 뾰족하게 머리를 들이민 태양으로 미미한 여명이 곳곳에 드리워졌다.

어두운 회색빛의 하늘이 쾌청하게 밝아지려면 아직 두 시간 남짓 남은 시각. 지우는 두 팔로 몸을 감싼 채 해안가를 거닐었다.

12시가 넘어서야 잠이 들었는데도 눈은 고작 잠든 지 3시간 만에 떠지고 말았다. 다시 잠을 이루기에는 틀린 것 같아 투숙한 호텔 방 안을 어슬렁거리던 그녀는 일출을 쳐다보며 각오를 다질 겸 밖으로 나온 참이었지만, 아직은 일교차가 심해서인지 아니면 곧 닥쳐온다는 태풍예보 때문인지 6월의 *끄트머리*에도 새벽바람은 차가웠다.

그제 대나무섬에서 고스란히 남아있던 열기를 재확인한 지우는 어제 저녁 이곳에서 치해를 다시 만났다.

해안선을 따라 거닐며 주위를 둘러보다 우연치 않게 만난 것이었지만 섬에서 매몰차게 돌아섰던 그의 태도를 잊은 것처럼 예정되지 않은 뜻밖의 만남이 반갑기만 했다.

하지만 그는 섬에서와 마찬가지로 또다시 돌아섰다. 발목에 모래주머니를 찬 그대로 그녀를 모른 척 외면하고 돌아서버렸고, 그가 내보인 등에 지우의 심장에 울컥 습기가 차올랐다.

그런 그의 등에 대고 그녀는 '옹졸한 남자'라 소리를 질렀다.

스며든 열기를 무시한 채 입술을 비틀고 떠난 건 사실이었지만 다시 시작하기를 희망하는 자신에게 보이는 그의 외면에 화가 났다. 그런데도 그는 움찔거림 한번 없이 달려왔던 길을 도로 뛰어가 버렸다.

반드시 가질 테다. 등을 보이는 그의 모습과 외면하는 행동은 참을 수 없다.

살면서 원하는 대로 가지지 못하는 건 회사 하나뿐이었다. 그것조차도 곧 손아귀에 움켜질 테지만, 죽었다 믿었던 심장이 살아있음을 느끼게 하는 최치해란 남자 역시도 가지고 말 것이다.

지우가 민둥민둥한 벌거숭이산처럼 살짝 고개를 내민 태양을 바라보며 그렇게 각오를 다질 무렵, 멀리서 모래가 끌리는 인기척이 들렸다.

고개를 돌린 그녀가 이른 아침 조깅으로 하루를 시작하는 이의 모습이 치해를 닮았다 느낀 순간, 서서히 가까워지는 시야가 정말로 그임을 확인시켜줬다.

조깅이 일인 사람처럼 그는 저녁에도 이른 아침에도 뛰는 모양이었다. 그런 치해의 모습을 물끄러미 응시하던 지우의 미간이 모래가 끌리던 물체를 발견하고는 서서히 좁혀들었다. 어제는 모래주머니더니, 그는 오늘은 뒤에 타이어를 단 벨트를 허리에 찬 채 뛰고 있었다.

문득, 일 년 전 근육을 긴장시키기 위해 타이어를 매달고 뛴다고 했던 그의 말이 떠올랐다. 거짓말인 줄 알았는데……. 그는 뭐든 쉽게 말하는 타입이 아닌 모양이다.

조금은 우스꽝스러운 치해의 모습에 지우는 스르르 벌어지려던 입매를 꽉 앙다물었다. 그녀를 발견한 그가 더는 뛰지 않고 우뚝 멈춰서 시선을 마주하고 있었기 때문이었다.

치해는 손목에 찬 5시를 가리키고 시계를 들여다보고는 가늘게 인상을 찌푸렸다.

연지우란 여자는 겁이 없다. 인적이 드문 새벽녘이 위험하다는 자각도 없는 모양이다. 여자 홀로 해안가를 산책하고 있다는 것은, 술 취한 관광객에게 범죄의 빌미를 제공하고 있는 것과 다름없었다. 아무래도 매년 벌어지는 해안가의 강간사건에 대해 단단히 주지를 시켜줘야 할 듯했다.

천천히 거리를 좁혀 지우에게 다가간 치해는 대화를 나눌 수 있는 거리만큼 사이가 좁혀들기 무섭게 화를 냈다.

"당신 멍청해? 해수욕장 한가운데서 당해도 말려줄 사람이 없는 시간이야. 하물며 한가운데도 아니고, 사람을 제대로 식별할 수도 없을 갯바위 근처에서 지금 뭐 하는 거야!"

치해가 다짜고짜 버럭 성을 내자 지우는 두 눈을 끔뻑거렸다. 더구나 당한다는 말이 무슨 뜻인지 몰라 잠시 머릿속이 답을 유추하느라 복잡하게 굴러다녔지만, 곧 그의 화와 뜻을 파악하고는 피식 웃음을 머금었다.

"내 남자가 경찰인데 누가 날 건드려요?"

내 남자.

지우의 당당한 대꾸에 찌푸렸던 치해의 인상이 더욱 험악하게 오그라들었다.

"연지우란 여자가 가진 욕심에 내가 내줄 건 아무것도 없다."

"당신한테 원하는 것 없어요. 그냥 내 곁에 있기만 해요. 흐르듯 내리는 달빛처럼 가끔씩 날 은은하게 감싸줘요. 뜨거운 태양처럼 격하게도 안아주고 바람의 살랑대는 부드러움처럼 잠시 기대서 쉴 수 있도록 어깨를 내줘요. 간질임을 당하는 아이처럼 웃게 해 주기까지 하면 더욱 좋겠죠. 그렇게만 해 줘요. 그것도 어려운가요?"

지우는 스스럼없이 말을 토하면서도 스스로가 우스웠다.

그를 이토록 원하는 건, 어쩌면 13년 전 그날처럼 구조를 받기 위함일지도 모른다. 치부를 들킬까 두려워 후다닥 도망쳤으면서, 우습게도 그때처럼 손을 내밀어 끌어올려주기를 바라다니. 자신도 모르게 조금은 지쳤나보다. 생각보다 장기전으로 접어든 전쟁이 다소 버거운가 보다.

잿빛 하늘을 등진 지우에게서 흘러나오는 물음에 치해는 가만히 그녀를 응시했다.

내뱉은 말이 무엇을 의미하는지 아는 걸까. 곁에서 감싸주고 기댈 어깨를 내주는 건 그저 욕정이 아니다. 격하게 안아주는 건 얼마든 욕망이 깃들 수 있겠지만, 웃게 만들어주는 건 사랑이다.

그것을 자각하고나 말하는 걸까. 열락이 아닌, 사랑을 기대한다면 얼마든지 해 줄 수 있는 일이었다.

"사랑을 아나?"

"아니요."

잠시의 망설임도 없이 지우가 고개를 흔들었다.

"그럼 나를 갖겠다는 게 무엇을 의미하는지 알고 하는 말이야?"

지우가 재차 고개를 흔들었다.

"사랑이야. 연지우가 최치해의 여자가 된다는 건, 다시는 내 곁을 떠날 수 없다는 걸 뜻해. 한번은 원대로 놔줬지만 두 번 다시는 못 놔준다. 뜨겁게 달아오르는 욕정을 해소하려면 다른 남자를 찾아. 난 네 사랑을 원해."

지우는 잠시 두 눈을 감았다 떴다.

그가 전해 주는 열락으로 잠시나마 자유를 얻고 싶었다. 외로움에 지친 몸을 그에게 기대고 위로를 받고 싶었다. 그것뿐인데 그는 너무 많은 것을 요구한다.

사랑……. 그가 말하는 사랑이 어떤 것인지 잘 모른다. 무엇을 해 줘야 하는지, 어떤 마음을 전달해야 하는지, 그와의 끝이 어찌 될지 아무것도 모른다. 그녀 혼자가 아닌 다른 누군가와의 미래를 생각해본 적이 없었다.

사랑을 할 수 있을까? 딴딴한 심장이 부드러워질 수 있을까? 심장을 외면한 지 오래여서 떨 수 있을지조차 의문이었다.

"그게 당신을 갖는데 대한 조건이라면 수렴해야겠지만, 무조건이라고 단정 짓지는 못해요. 그건 당신 몫이니까."

사랑을 논하는 것마저도 사업거래처럼 흘러나왔다.

"내 몫?"

"당신이 말하는 감정, 그게 나를 옭아맬 수 있어야만 가능한 거니까. 사랑으로 나를 단단히 붙잡을 수 있는 건 온전히 당신에게 달렸다는 뜻이에요. 쉬울 것 같진 않은데…… 사랑하게 만들 수 있나요? 날 틀어쥘 수 있어요?"

사랑의 올가미를 만들어 단단히 걸어놓으라는 듯 지우가 새치름하게 웃었다.

마지막까지도 자존심을 흐트러뜨리지 않는 여자. 원한다고, 갖고 싶다고 당당히 요구하면서도 결코 쉽지 않을 거라는 마지막 심지를 꼿꼿하게 세우는 여자.

어쩌다 이런 고집스러운 여자를 마음에 담았을까. 치해가 한쪽 눈썹을 새의 날개처럼 휘었다.

"이를테면 기회라는 건가?"

"서로가 만족할만한 대응이죠. 내가 당신을 갖는 동안, 당신은 나를 옭아맬 기회를 얻는 거니까. 사랑을 원한다고 해서 당장 시작할 수는 없는 거잖아요. 시작과 동시에 느낄 수 있는 쉬운 감정이 아니니까. 당신 역시 사랑을 하고픈 거지, 당장 날 뜨겁게 사랑하는 건 아니잖아요."

사랑은 이미 일 년 전에 시작됐다. 미운 그녀를 그리워하면서 더 깊이 빠져들어 있었다. 치해는 그 사랑을 야기하는 대신 그녀에게로 바짝 다가섰다.

"사랑하게 만들 기회라…… 쿡, 나쁘진 않군."

소리 내 웃은 치해가 손을 들어 지우의 조그만 볼을 어루만지더니 오똑하게 솟은 코와 말캉한 입술을 쓸어내렸다.

기회를 운운하는 앙큼한 여자의 피부는 마치 갓난아기의 살결처럼 보들거렸다. 지우의 체온이 손끝에 스밀수록 그의 갈색 동공이 그녀에 대한 욕정으로 더욱 짙은 호박색을 띠었다.

"흐음."

얼굴을 매만지는 그의 손길에 지우는 나직한 신음을 흘렸다.

가슴이 거친 물결처럼 요동쳤다. 울퉁불퉁 튀어나온 핏줄로 뒤덮인 그의 커다란 손은 보이는 것과 달리 숨이 막힐 정도로 부드럽고 따스했다. 기다란 손가락 사이로 강렬하게 파고드는 깊은 눈빛이 그녀를 순식간에 나른함 속으로 몰아세웠다.

태양에 그을려 초콜릿을 발라놓은 듯한 그의 구릿빛 손이 연신 그녀의 새하얀 얼굴을 쓸어내리자 지우가 그의 손길을 더 느끼려는 듯 두 눈을 살포시 감았다.

감겨진 눈꺼풀마저 엄지로 쓰다듬던 치해는 살짝 벌려진 그녀의 입새 사이로 꼿꼿이 세운 혀를 밀어 넣었다. 그녀의 입술 안으로 훅하고 숨을 불어넣고는 허리를 든든하게 받쳐주었다.

"하……아."

촉촉하게 젖은 그의 뜨거운 혀가 입 안 가득 들어오자 지우가 폐부 깊은 곳에서 올라오는 숨을 길게 내쉬었다.

그녀를 잃어버렸던 시간에 대한 보상을 받듯 그의 혀는 시간이 갈수록 움직임이 강렬해졌다. 이성이 처음부터 존재하지 않았던 사람처럼 오로지 지우의 향기와 숨결에 취해 본능적으로 그녀를 옭아맸다.

서로의 혀가 얽혀들수록 고르게 섞인 타액이 입 안을 채웠다. 조금의 틈도 없이 맞닿은 입술과 좁은 공간을 가득 채운 채 얽혀 있는 혀들로 인해 숨 쉴 수조차 없었지만 그들은 타오르는 욕정을 채우기 위해 더욱 정열적으로 서로의 혀를 휘감았다.

혀가 얼얼할 때까지 격하게 얽혀대던 그때, 지우가 그의 허리를 더듬다 풋, 웃음을 터트리며 입술을 떼어 냈다.

"참 낭만적이네요. 타이어를 매단 남자와의 키스가."

그녀가 꼬리처럼 길게 늘어진 검은 형체를 손가락으로 가리키자, 슬쩍 뒤를 흘낏거린 치해가 계면쩍게 웃었다. 돌아온 그의 미소가 반가워 지우의 귀밑에 있는 맥박이 퉁퉁 울려댔다.

"족쇄치고는 좀 볼품이 없지?"

"족쇄?"

"단단히 묶어둔 거야. 행여나 풀어버리면 언제든 옷을 벗기 수월해지니까."

어제 저녁 해변에서 그녀를 마주했던 치해는 당장이라도 옷을 벗고픈 충동으로 모래주머니 대신 한동안 쓰지 않았던 타이어를 매달았다.

아침저녁으로 하는 조깅을 거를 수는 없는지라 행여나 지우를

대면할 때를 대비해 창고 속에 처박아두었던 고무덩어리를 찾아
냈지만, 먼지를 닦는 동안 그는 스스로를 한심해하는 한숨으로
가슴을 채워야 했다.

"나로 인한 족쇄라 이거죠?"

야릇하게 입술을 벌리며 지우가 곧바로 손을 뻗었다. 그의 허
리에 단단히 묶여 있던 고무벨트의 매듭을 서서히 풀어나가자 치
해가 한쪽 눈을 찡긋거렸다.

"풀어내면 어떤 일이 일어날지 각오는 단단히 해두라고 경고하
겠어."

"그 경고 무시하면 어떻게 되죠?"

"이렇게."

치해가 이를 세우고 지우의 목덜미를 물었다. 간지러운지 물린
목을 재빨리 기울인 그녀가 킥킥거렸지만 이내 열기가 서린 동공
으로 그를 응시했다.

"무시하고 싶어졌는걸."

치해가 노곤하게 풀려 있는 지우의 눈을 마주하다 입술을 내렸
다. 붉어진 그녀의 입술을 머금고 혀를 밀어 넣자, 지우는 다가오
는 그의 혀를 먼저 찾아가 옭아맸다.

인도를 받은 혀가 여린 입속 구석구석을 빠짐없이 헤집었다. 그
의 고개가 혀의 움직임에 따라 이리저리 움직이자 서로의 혀가 얽
히고설켜 누구의 것인지 모를 타액들이 진득하게 입 안을 채웠다.

끊임없이 생겨나는 타액들이 목젖을 타고 타액이 넘어올수록
그들의 혀는 격렬하게 얽혀들었고 서로를 부둥켜안은 채 이곳저

곳을 쓸어댔다.

황홀감을 선사해 주는 치해를 따라 달아오른 혀를 서서히 돌려대던 지우가 키스로 혼미해져 가는 정신이 부르짖는 소리에 그의 허리춤에 묶인 끈을 급하게 풀어댔다. 여명이 밝아오는 새벽에 그녀는 타이어를 매달고 해변에 나타난 남자와의 열정을 확인하기 위해 손을 다급하게 움직였다.

마침내 단단히 묶어놓았던 끈이 풀려나가자 지우는 그의 티셔츠 안으로 손을 밀어 넣었다. 넓은 등과 근육으로 어우러진 살결이 손바닥 전체에서 느껴졌다. 치해의 몸을 일일이 손으로 기억할 듯 그녀는 그의 맨살을 지그시 누르며 훑어댔다.

"음."

나른한 신음을 토하던 치해가 입술을 떼고 재빨리 윗옷을 벗어 모래사장으로 던져버렸다. 태양에 그을린 구릿빛 상체가 여명 아래 모습을 드러냈다.

다부진 근육들과 넓게 벌어진 어깨. 거기다 울룩불룩한 복근이 시야를 채우자 지우는 처음으로 마른침을 삼켰다. 그의 몸은 조각 같았다. 하나의 조각상을 보는 듯 너무도 완벽해 여심을 더욱 혼미하게 뒤흔들었다.

"불공평한데. 왜 이런 걸 입고 나타나서 감상도 못하게 만들지?"

지우의 노골적인 시선을 놀리듯 치해가 원피스 끈을 툭툭 잡아당겼다.

"홋, 벗을까요?"

"됐어. 꼭 벗어야지만 감상할 수 있는 건 아니니까."

음흉한 미소를 짓고는 치해는 재빨리 몸을 굽혀 그녀의 치마를 들췄다. 지우가 놀란 비명을 지르는 순간에도 그는 안으로 고개를 밀어 넣어 단박에 가슴 부근까지 도달했다.

투두둑. 스판덱스 소재인데도 머리 하나가 더 들어온 둘레를 감당하지 못한 원피스가 실밥을 터트리는 소성을 자아냈다.

"풋, 푸후후후."

불룩하게 솟아오른 게 꼭 임신한 여자의 모습 같아 지우는 시선을 내린 채 웃음을 터트렸다. 배가 아닌 가슴으로 품은 모양새가 우스워 몸을 흔들며 웃어댔지만 치해가 그 안에서 젖가슴을 물자 그녀는 곧장 벌렸던 입술을 앙다물었다.

치해는 풍만한 가슴에 비해 작게 느껴지는 브래지어를 양쪽으로 밀어냈다. 벌어진 옷깃 틈으로 여명이 쏟아져 들어오자 꼿꼿하게 선 유두가 눈부신 태양 앞에 선 것처럼 그의 시야를 어지럽혔다.

"후우."

치해에게서 쏟아져 나온 거친 숨결이 그녀의 젖가슴을 덮었다. 자잘하게 돈은 유륜마저 시선을 자극하자, 그의 숨이 난폭한 이의 것처럼 세차졌다. 점점 후덥지근하게 지우의 가슴을 덥힌다 싶더니 훈증보다 더 뜨거운 입속으로 유두를 빨아들였다.

"하아……."

작은 덩어리 하나가 그의 잇새를 거쳐 쪽쪽 빨리는 느낌에 지우는 그의 어깨에 체중을 실었다. 금세 다리가 후들거렸다. 아랫배가 딴딴하게 조여든다 싶더니 넘실대는 물결처럼이나 울렁거렸다.

지우는 고개를 숙여 벌어진 틈새를 응시했다. 섹시하게 늘어진 그의 입술 사이로 먹혀버린 그녀의 정점이 보이지 않았다. 빨려대는 느낌이 강하게 서릴수록 유두 주위를 둘렀던 유륜들조차 점차 그의 입속으로 잠식되어 사라져갔다.

시각적인 자극에 허벅지 사이가 간지러웠다. 그녀의 내부 어딘가가 자꾸만 움찔거리고 있는 것 같아 묘한 감각이 전신에 퍼져들었다.

그때, 시선을 올린 치해의 눈동자가 지우의 동공으로 박혀 들었다. 보고 있었냐는 듯, 눈썹을 활처럼 구부리더니 집어삼킨 유두를 조금씩 토해냈다. 민망한데도 이대로 고개를 돌리거나 눈을 감으면 더 창피할 것 같아 지우는 그런 그를 뚫어지게 응시했다.

그녀의 시선을 의식한 치해가 정점을 다 토해내는가 싶더니 발기한 유두의 끄트머리를 이로 살짝 깨물었다.

"아!"

내지른 탄성에 화답하듯 치해는 문 이를 슬며시 갈았다. 엇갈리는 앞니에 낀 유두가 이리저리 비틀릴수록 그녀의 허리가 뒤틀리고 신음은 흐르듯 터져 나왔다.

치해는 자신의 타액이 흠뻑 배어 있는 가슴을 또다시 혀로 핥으며 손을 밑으로 내려 그녀의 팬티를 끌어내렸다. 허벅지를 스치고 내려온 속옷이 그의 티셔츠처럼 모래사장으로 떨어지자 무성한 숲이 자리한 음부를 향해 서서히 몸을 숙였다.

깊이 팬 배꼽 사이로 혀가 잠시 쑤욱 들어갔다 나올 때까지 혀를 길게 내민 채 그가 몸을 훑고 지나가는 느낌에 지우는 가느다란 신음을 연신 공기 중으로 흩날렸다.

"벌려."

은은한 울림이 원피스를 비집고 흘러나오자, 지우는 그의 말대로 서서히 다리를 벌렸다. 그의 손이 침입하는 느낌을 반기려 했지만, 생각지도 않게 찾아든 이는 그의 입술이었다.

"하지 말아요."

벌린 다리를 웅크리지도 못하게 허벅지 사이에 어깨를 들이민 치해는 밀어내는 지우의 손짓에도 꿈쩍하지 않고 여성에 입을 맞췄다. 이미 촉촉하다 못해 흥건한 습기를 머금은 숲을 그의 혀가 부드럽게 쓸어댔다. 계곡에 숨어 있는 부드럽고 여린 속살을 찾아 깊숙이 파고들자 지우가 부르르 몸을 떨어댔다.

꽃잎을 한 장, 한 장 가르고 싶다. 충혈로 더욱 붉어질 꽃살들을 세차게 빨아대고 싶다. 두 엄지로 지우의 여성을 벌리고 혀를 할짝거리던 치해는 좀 더 깊은 곳을 뭉개듯 흡입하고 싶은 갈구로 속살을 붙잡던 손을 내려 모래사장을 더듬었다.

까끌까끌한 모래가 잡히던 손에 끈이 잡히자 주욱 끌어당겼다. 타이어가 모래와 함께 엉덩이에 닿자 치해는 뒤로 한 걸음 물러나 고무를 깔고 앉아 몸을 기울였다. 지우가 몸을 가눌 틈도 없이 그녀를 다시 끌어당긴 그는 또다시 원피스 자락을 들치고 파들파들 떠는 여체를 눌러 앉혔다.

"하, 아핫."

급격하게 기울어진 상체로 지우는 모래사장에 손을 짚었다. 그런데도 믿을 수 없는 건 그의 머리가 사타구니 안에 틀어박혀 있다는 것이었다. 마치 가랑이 사이로 그를 먹어버린 듯 치해의 머리는 그녀의 허벅지 사이에 끼어 있었다.

"흐웃!"

야릇한 자세의 수치심을 느낄 새도 없이 지우는 또다시 탄성을 내질렀다. 그의 입술이, 그의 혀가 이상한 곳을 빨아댄다. 중요한 부위 전체를 야금야금 먹어치우고 있다.

"치해 씨, 그만!"

견딜 수 없이 몰아닥친 쾌감에 지우가 황급히 일어서려고 두 다리에 힘을 주던 찰나, 그가 지우의 속살을 깨물었다. 또다시 모래사장에 손을 짚은 지우에게서 흐느낌이 새어나왔다.

미칠 것 같다. 온통 무방비상태다. 그의 입속 어디로 끌려간 속살을 들어낼 수도 없을 만큼 다리가 무너져 내렸다. 손안에 그러쥔 모래들을 적실 만큼 땀이 배어 나오는데도 상체를 세울 수가 없었다.

축축한 소리가 원피스 밖으로 흘러나왔다. 통로를 채운 물기가 흘러내린 곳에 그가 빨아대는 소성이 색스럽게 그녀의 귀를 파고들었다.

지우는 저절로 비틀리는 허리를 움직이지 않으려고 무던히 애를 썼다. 허리를 비틀수록, 엉덩이를 꿈틀거릴수록 그의 입술과 혀가 다른 속살을 자극해서다. 온몸의 경련이 일어나는 것 같은 통증이 몸에 서렸다. 전율이 이토록 아팠나 싶을 만큼 너무도 강렬했다.

지독한 희열의 흔적과 맞대응하느라 지우가 이를 악무는 동안 치해는 탱탱해진 속살을 놓치지 않으려고 혈안이 돼 있었다. 빨아대고 핥기를 반복할수록 그녀의 살점들이 더욱 딴딴해져 그의 입속을 빠져나가기를 반복했다.

결국, 지우의 속살들이 바들바들 떨어대며 경련을 일으켰다. 도드라진 돌기가 터질 듯이 부풀어 핏기를 머금었다. 그의 바람대로 꽃잎들이 더는 붉어질 수 없을 만큼 빨갛게 망울졌다. 조금이라도 건드리면 실핏줄들이 줄줄이 터질 것 같은데도 치해는 이를 세워 살점들을 긁어내렸다.

시원한 바다냄새처럼 그녀의 내부에서 꽃향기가 밀려들었다. 부륵부륵 진동이 일어난 것처럼 그녀의 여성이 씰룩거린다 싶더니 전율이 끝내 울음을 터트렸다.

맑은 물기가 치해의 얼굴을 적시자 그나마 손바닥으로 지탱하던 지우가 모래사장에 코를 처박을 것처럼 쓰러졌다.

"그만해. 제발 그만해요."

지우의 애원의 물기가 서렸다. 통로를 하염없이 적시는 물기가 그의 얼굴로 쏟아져 내리고 있음을 느끼고 있는데도, 몸이 마음대로 움직이지 않아 엉덩이를 들 수조차 없었다.

치해가 지우의 허리를 단단히 붙잡고 가랑이 사이를 빠져나왔다. 축 늘어진 지우가 그의 어깨에 기대 있는 동안 엉덩이를 들썩거려 바지를 벗어 내렸다.

또다시 가녀린 허리를 움켜쥐고 그녀의 몸을 들어 올린 치해는 애액을 쏟아낸 질구를 정확히 겨냥하고 있는 남성으로 들린 몸을 내려놓았다.

"하아악!"

팽팽하게 몸을 세운 페니스가 절정을 맞이했던 내벽을 쥐어짜 듯 훑으며 깊숙이 들어서자, 지우는 두 팔로 허공을 휘저었다. 그의 어깨를 찾아가는 지우의 손이 노인의 흔들림처럼 떨림을 머금었다.

겨우 그의 얼굴 사이로 양손을 밀어 넣었지만 손바닥이 지탱할 어깨에 닿기도 전에 그녀의 몸이 공중으로 높이 치솟았다.

"흐으으읏."

울듯 흘려대는 신음과 함께 지우의 몸이 바람결에 펄럭이는 빨래처럼 나풀거렸다. 허리를 튕겨대는 치해의 요동에 그녀의 슬리퍼가 끝내 멀찍하니 날아가 버리고, 발가락이 오므라든 지우의 두 다리가 풀썩거리다 쿵쿵 찍어대는 뒤꿈치에 모래사장 두 곳이 패여 들었다.

고무의 탄성이 그녀를 높이 띄울 때마다 다 되어가는 형광등처럼 머릿속이 환해졌다 어두워졌다를 반복하며 수차례 깜빡였다.

널뛰기처럼 너풀대던 그녀의 몸이 타이어의 탄력으로 더욱 재빨라지자, 이내 오다 가다를 반복하는 파도에 서린 하얀 포말만큼이나 지우의 머리가 새하얘졌다.

멀리서 태양이 반쯤 몸을 들이밀고 잿빛이던 하늘이 점차 제 색을 찾아가는데도 탄성의 도움을 받은 치해의 몸짓은 더욱 격렬해져 갔다.

전용부두로 들어서기 무섭게 치해가 동료 대원들을 향해 해맑게 웃었다.

"좋은 아침."

그 기분 좋은 인사에 석호의 이마에 겹겹이 살이 접혀 들었다.

지우가 나타난 그제부터 지옥 불에 몸을 담근 것처럼 범접하지도 못할 기운을 뿜어대더니, 이틀 새에 치해는 황홀한 천국을 거닐고 온 것처럼 극과 극을 달리고 있었다.

석호는 눈을 가늘게 뜨고 옆자리에 앉은 치해를 심히 의심스럽게 쳐다보았다. 몇 분이 넘도록 곰곰이 머리를 굴린 결과, 결론이 하나에만 도달하고 있었다.

"너 갑자기 왜 그러냐? 혹시 지우 씨랑……."

그때, 오퍼레이션룸에서 전달하는 소리가 스피커를 통해 울려 퍼졌다.

〈해난 사고 알립니다. 어선 한 채 전복사고 발생.〉

장춘호 대장이 벌떡 일어섰다.

"출동."

치해를 더불어 구조대원들이 재빠르게 장비를 챙기고 경비정으로 달려갔다. 시동을 걸고 해난 현장으로 달려가는 동안 대원들은 무전기로 사고 상황을 대강 숙지했다.

〔제1신고는 09시 37분. 선원 전원 3명이 부두로부터 15km 지점에 전복되어 있다는 선장의 연락 이후 연결이 되지 않는 상황입니다. 현재 파도 높이는 2미터. 오후부터 안개경보가 기상청에 내려진 상태입니다.〕

더는 연결이 되지 않는다는 말에 어떠한 상태인지 모두들 숙연한 모습으로 향하는 동안, 석호가 치해의 옆구리를 찌르며 조용히 속삭였다.

"너 설마 다시 시작한 거냐?"

이 상황에 대꾸할만한 대화가 아니었지만, 걱정 어린 석호의 물음에 치해는 고개를 끄덕였다.

"어쩌려고 이 자식아! 지우 씨는 머무는 바람 같은 여자가 아니야. 언제든 훌쩍 떠나버릴 여자라고."

"그러지 않을 거야. 아니, 이번엔 내가 그렇게 만들지 않을 거다. 단단히 매어 놓을 거야. 그녀가 바람이든 뭐든."

격렬했던 정사가 끝나고, 나란히 타이어를 깔고 앉아 머리를 맞댄 채 바다를 쳐다보던 지우의 목소리가 그의 귓전을 울렸다.

〈이곳에 국내 최대 규모의 아쿠아파크를 건설하고 내 염원을 담아 오션블루(Ocean blue)라고 부를 거예요. 이곳에 오면 미처 가보지 못한 대양을 즐긴다는 의미로 말이죠.〉

그녀는 바다다. 드넓고 깊은 수중, 헤어 나오지 못할 대양(大洋)이다.

해류처럼 어디론가 흘러가버리는 바다 자체가 그녀였지만, 시간은 그의 것이다. 책임자로 내려온 지우는 공사가 끝나는 동안 이대로 그의 곁을 머물 것이다. 그동안 다시는 흘러가지 못하게 그녀가 말했던 올가미로 단단히 틀어쥘 것이다. 바람이든, 바다든.

9장
젊은 여우.

"정말 재밌네요!"

돌고래 보트를 타고 나온 지우가 볼을 발그레하게 붉혔다. 상기된 뺨만큼이나 재미있었던 모양이라 치해는 흡족하게 웃었다. 오는 내내 멀다고 툴툴거리더니, 언제 그랬냐는 듯이 활짝 웃는 지우의 모습에 그 역시 즐거웠다.

"이거 매입해야겠어요. 울산까지 온 보람이 있는데요?"

국내 최대 규모의 아쿠아파크 설립을 계획하면서 해수욕장에서 수상레저까지 겸할 생각인 지우는 치해의 조언대로 움직인 것을 다행스럽게 여겼다.

솔직히 시범운행 중인 돌고래 보트를 타겠다고 울산으로까지 이동한 게 마음에 들지 않았지만, 막상 직접 체험하고 나니 특별

한 수상레저의 하나로 각광을 받을 수 있을 거라 확신했다.

　미국 마린사에서 제작한 돌고래 모양을 본뜬 보트는 실제 돌고래가 점프하는 것처럼 물 위를 점프하고 짧게나마 잠수함처럼 물속으로 항해할 수 있도록 설계되었다. 동해의 맑은 물에서 사용한다면 관광객들은 비싼 값을 지불하고서라도 이용할 것이다.

　"얼마나 하는지 알아봐야겠어. 잠시만 기다려요."

　보트를 운전했던 이에게 금방이라도 달려갈 듯한 지우를 치해가 재빨리 붙잡았다.

　"기본가격이 6,000만 원이 넘어."

　"어떻게 알아요?"

　"구조대원은 될 수 있는 한 많은 보트의 구조를 알아야 해. 그래야 재빠른 시간 안에 사람을 구할 수 있으니까. 더구나 침몰하기라도 한다면 심도잠수를 해야 하는데 결코 쉬운 일이 아니거든."

　"심도잠수, 해봤어요?"

　심도잠수라면 지우 역시 일 년 전 수상인명구조 자격증을 따느라 배웠던 이론으로 잘 알고 있었다.

　40m 이상 내려가면 질소가 혈액에 녹아 마치 술에 취한 것처럼 질소에 취한 상태에 놓이게 되는데, 그게 심해지면 사고력이 저하되어 환각을 보거나 의식을 잃게 된다. 최악의 경우 죽을 수도 있을 만큼 위험이 따라 베테랑 잠수사들도 신중을 기한다고 배웠다.

　"물론."

치해가 당연하다는 듯 고개를 끄덕이자 지우는 살짝 미간을 찌푸렸다. 그런 위험한 심도잠수를 그가 했다는 것에 그녀는 왠지 폭발물을 껴안고 사는 남자를 만나고 있는 것 같아 갑작스레 속이 불편해졌다.

"버디가 있어서 괜찮아."

그런 지우의 속내를 알아차렸는지 치해가 걱정 말라는 듯 그녀의 볼을 어루만졌다.

"그만 가죠. 가려면 한참 걸리는데."

잠시나마 얼굴에 어렸던 근심을 지운 지우는 획하니 돌아서 앞을 향해 걸었다.

치해와 다시 재회한 지 벌써 보름이란 시간이 흘렀다. 그녀가 일을 사랑하듯, 그의 일 역시 존중해 줘야 하는 것에는 틀림없는 사실이었지만 치해와 함께하는 시간이 점차 많아질수록 왠지 모를 불안이 서서히 그녀의 심장을 좀먹듯 갉아먹었다.

가는 길에 돌고래 보트를 수입한 민간업체의 명함을 받아든 지우는 동해로 향하는 동안 끊임없는 수다로 불편한 마음을 잠재웠다. 데이트인지, 회의인지 분간할 수 없을 만큼 치해에게 사업계획을 각인시킬 듯 주저리주저리 떠들어댔다.

그러던 그녀가 무언가 골몰히 생각하느라 말을 중단한 지 30분이 지나자 치해가 나직하게 한숨을 내쉬었다. 그의 한숨에 지우의 고개가 퍼뜩 그를 향했다.

"아, 재미없었죠? 데이트도 제대로 못 하는데 이런 대화만 해서 미안스러워지네요."

"괜찮아. 도움이 됐기를 바라."

"큰 도움이 됐죠. 덕분에 돌고래 보트를 구매할 생각이니까."

"다행이군. 근데 무슨 생각을 30분이 넘도록 해?"

"묻지 말아요. 또다시 지루한 얘기를 시작할지도 모르니까."

"해 봐. 지루하면 그냥 이대로 귀를 막을 테니까."

운전대를 잡은 치해가 살짝 손을 떼고 귀를 막는 시늉을 하다 다시 재빨리 핸들을 잡았다.

"난 무시라면 질색하는데? 귀만 막아 봐요, 아주 귀가 떨어져 나가는 고통을 느끼게 해 줄 테니까."

치해가 무섭다는 듯 몸을 과장되게 떨자 지우는 피식 웃었다.

"대나무섬 말이에요. 그곳에서 할 만한 좋은 프로그램 없을까, 생각 중이었어요."

"일에 열정적인 건 좋지만, 조금은 나를 좀 생각해. 함께 있을 땐 나만 바라보기, 어때? 그러겠다고 약속하면 좋은 프로그램을 소개시켜줄 용의가 얼마든지 있거든."

"있어요? 괜찮은 게?"

바랄 걸 바라야지 싶다. 금방까지 자신만 바라보라고 했는데도 지우의 머릿속은 일로 꽉 찬 것만 같아 치해는 피식 웃어버렸다. 그런 열정적인 성격조차도 매력적이라 나무랄 수도 없었다.

"모레 당직이니까, 다음날 시간 비워둬."

"당직을 많이 서나 봐요."

"음. 구조대 직원이 총 8명이라 어쩔 수가 없어."

"당직 선 다음 날인데 쉬지 않아도 되겠어요?"

오늘 역시 어제 선 당직으로 오프를 얻어 울산에 왔던 터라 지우는 계면쩍은 표정을 지었다. 피로를 달래야 할 텐데도 자신과 함께, 그것도 일 때문에 같이 해 주겠다는 게 고마우면서도 은근히 미안해졌기 때문이다.

하지만 곧 치해가 괜찮다는 듯 고개를 끄덕이자 지우의 눈길이 단박에 음흉해졌다. 엉큼하리만치 게슴츠레한 시선으로 핸들을 잡은 그를 위아래로 훑어대더니 이내 허벅지 사이로 도달했다.

"체력이 넘쳐서 좋다니까."

"그런 추파는 남자의 몫이야."

"어머. 여자도 엄연히 성욕이 있는 사람이라는 걸 잊으셨군요!"

"그래서 동하기라도 해? 말만 해. 얼마든지 갓길에 차를 세울 수 있으니까."

쌩쌩 달리는 고속도로에서 그가 차선을 변경하기 위해 방향지시등을 켜자 지우가 씨익 입술을 늘였다.

"그럼 정열을 불태워볼까요?"

욕망을 스스럼없이 내비치는 지우의 말 한마디에, 치해는 3차선이나 되던 도로를 공간이동이라도 한 것처럼 눈 깜짝 새에 갓길로 이동했다. 정차시킨 차에 비상등 스위치를 켜기 무섭게 그는 불처럼 활활 타오르는 정열의 화신인 지우에게로 달려들었다.

깜빡이는 비상등만큼이나 다급한 열기가 금세 차 안으로 몰아닥쳤다.

바다개발 회장실 안에 자리한 노인이 고급스러운 책상을 손가락으로 두들겼다. 간간이 문으로 향하는 시선이 누군가를 기다리듯 초조해 보였다.

그때, 노인의 바람대로 육중한 두께를 자랑하던 문이 벌컥 열렸다.

"회장님."

"그래, 알아봤어?"

비서실장이 회장실 안으로 들어서기 무섭게 성격 급한 성정을 고스란히 담은 규왕의 다그침이 이어졌다.

"대한해양리조트의 연지우 실장이 맞습니다. 동해리조트 책임자로 내려간 지 보름 정도 됐다고 합니다."

확신에 찬 이 실장의 말에 규왕이 새하얀 눈썹을 꿈틀거린다 싶더니 이내 사무실을 울릴 만큼 커다란 웃음소리를 냈다.

"크하하하하!"

1분여 동안이나 재미나 죽겠다는 듯 고개를 흔들며 웃던 규왕이 웃느라 눈물마저 찔끔 흘러나왔는지 두툼한 손으로 눈언저리를 쓸어냈다.

모처럼만에 즐거움이 가슴을 물들였다. 아니, 즐겁다는 말로 표현하지 못할 만큼 뿌듯했다. 죽어도 돌아오기는 싫다고 하더니 결국은 핏줄을 속이지 못하는 게 아니겠는가. 암, 누구의 피를 이어받았는데.

"치해 그놈이 제법 쓸 만한 여자를 물었어. 좋아, 아주 좋아. 조만간 연호용을 만나야겠구먼."

바다를 다스리라는 뜻에서 이름까지 다스릴 치(治), 바다 해(海)를 지어줬다. 그에게 남은 유일한 혈육이었지만, 치해는 물려받아야 할 회사로 바다를 다스리지 않고 그저 바다를 누비며 사람을 구하는 데만 전력하고 있었다.

대한민국 남자라면 당연히 다녀와야 할 군대를 해양전경으로 입대한 것까지는 좋았지만, 어쩐 일인지 치해는 복학해야 할 S대를 자퇴하고 생각지도 않게 소속지휘관의 추천을 받아 해난구조대로 진로를 바꿔 또다시 입대해 버렸다.

제대할 날만 손꼽아 기다렸던 규왕의 노기가 찌르다 못해 하늘에 구멍이라도 낼 듯 치솟았던 것은 당연했다. 인연을 끊어버리겠다고 협박까지 했지만, 결국 하나 남은 핏줄을 저버리지 못하고 계속 돌아오기만을 강요했다.

그런지 벌써 10년이 훌쩍 넘었다. 더는 기다릴 수가 없었다. 점점 쇠약해지는 몸도 그렇지만, 더 늦기 전에 사업가로서 가르칠 것이 많아 이제는 돌아오기만을 잠자코 기다릴 수가 없었다. 언제까지나 맑은 정신으로 있을 자신감이 부쩍 없어진 탓이었다.

마지막으로 전화를 걸어 돌아오기를 종용했던 보름 전 규왕은 더는 참지 못하고 이 실장을 동해로 보냈다.

멱살을 잡아서라도 끌어오라고 명했지만 막상 그곳에 도착한 이 실장이 치해가 여자를 사귀고 있다고 보고하자 규왕은 잠시 상황을 두고 보라는 말로 지시를 정정했다.

여자가 있을 거라는 생각은 하지 못했다. 그래서 그토록 그곳을 떠나기 싫어했던가? 사랑하는 여자가 터 잡은 곳이라 떠날 수가 없었던 것일까?

하지만 어떻게든 끌고 와야 할 후계자였다. 필요하다면 사귀는 여자를 종용해 함께 데려와야만 했다. 때문에 손자 녀석을 당장 끌고 오라는 명령을 철회하고 규왕은 대신 여자의 뒤를 캐라고 지시했다.

딱히 약점을 잡겠다는 생각보다는 달달한 사탕을 쥐어주기 위해서였지만, 며칠 지나지 않아 규왕은 뜻밖에도 더 놀라운 소식을 접하고 말았다.

그녀가 대한해양리조트의 사람인 것 같다는 말을 듣기 전까지는 치해의 고집에 어찌 맞서야 할지 뒷목이 저렸다. 어떻게 설득을 해야 하는지 관자놀이가 지끈거리기까지 했지만 사귀는 여자가 다름 아닌 '대한의 젊은 여우'라면 사정이 달라진다.

경쟁사인 대한해양의 연지우를, 규왕은 젊은 여우라 불렀다.

로비스트 뺨치는 실력으로 그가 40평생 이뤄놓은 바다개발의 부지를 야금야금 먹어치워 버린 젊은 여우 지우는, 자신의 핏줄이 아닌 게 통탄할 만큼 보기 드문 인재였다. 그토록 젊은 나이에 사업가의 기질을 마음껏 드러내는 사람이 어디 있을까 싶어, 연사장의 직계만 아니었더라면 수단 방법을 가리지 않고 스카우트해왔을 만큼 욕심나는 인물이었다.

하지만 경쟁사인 입장에서 보자면 말 그대로 그녀의 실력은 골칫거리에 지나지 않았다. 내 사람이 되지 못할 바에는 어떻게든

171

싹을 잘라내야 하는 어린 여우.

그런 그녀가 곧 손자며느리가 될 것이라는 사실에 규왕의 입가
가 만족스럽게 벌어졌다. 호각지세를 펼치던 경쟁사의 딸이라는
점만을 두고 봤을 때는 그리 얌체같이 미울 수가 없더니, 손자인
치해와 사랑을 나누는 사이라는 사실에 단박에 귀한 존재가 되고
말았다.

그녀는 치해를 곧 원래의 자리로 돌려놓을 것이다. 아니, 설사
그녀가 손자 녀석의 고집을 꺾지는 못하더라도 적어도 회사를 남
의 손에 맡기게 되는 최악의 사태가 벌어지지는 않을 것이다.

"역시 젊은 여우답구만. 회사 내에서만 자리다툼 하는 줄만 알
았더니, 뒷받침해 줄 배경까지 튼튼한 동아줄을 물었군그래."

이 바닥 사람이라면 대한해양의 후계자 싸움이 치열하다는 것
을 모르지 않았다. 멍청한 연 회장이야 아들에게 사업을 물려줄
욕심으로 정작 여식을 모른 척하고 있었지만, 자신이라면 절대
그런 실수를 저지르지 않을 것이었다.

연효석은 가십에 오르내리는 싹수가 노란 놈이었지만, 연지우
는 배다른 동생과는 질적으로 다른 타고난 여걸이었다. 그녀가
실장이라는 직함으로 해낸 일이 얼마인데 요즘 시대에 아들과 딸
을 놓고 저울질한단 말인가.

"암, 모쪼록 사업가라면 그래야지. 그래야 바다개발을 물려받
을 자격이 있지."

젊은 여우의 계획에 새삼 탄복하지 않을 수가 없어 규왕의 눈
에 감탄이 서렸다. 그녀가 자리다툼에 쐐기를 박기 위해 치해에

게 접근한 모양이었지만, 그마저도 경탄스러운 사업수단이 아니 겠는가. 지우가 목적과 수단을 가리지 않고 원하는 것을 쟁취하고 마는 여장부라는 점이 더욱 흡족했다.

"그런데 회장님……."

"뭔가?"

"도련님의 프로필 어느 곳에서도 바다개발의 흔적은 찾아볼 수 없습니다. 회장님의 생신 때도 선물만을 보낼 뿐, 이곳에 발길을 끊은 지도 벌써 10년이 넘어가지 않습니까?"

"그래서?"

"연 실장이 고의적으로 접근한 의도가 아니라, 우연한 만남이 아닐까 싶어서 말입니다."

"뭐어? 설마 그럴 리가!"

믿을 수 없다는 듯 규왕의 한쪽 눈썹이 지나치게 위로 솟구쳤다. 곧 제자리를 찾는다 싶더니, 골몰히 무엇인가를 생각 중인지 중앙으로 모여들었다.

비서실장의 말이 믿기 어려운 것은 사실이었지만 책상 한가운데를 두드리는 규왕의 손짓이 빨라질수록 가슴속에 의혹 역시 빠르게 자리했다.

치해가 SSU인지로 입대한 이후로 찾지 않으니 벌써 그만큼의 세월이 훌쩍 지나버린 건 사실이었다.

더구나 자신은 남들에게 지기 싫은 마음으로 손자가 외국에서 공부 중이라고만 둘러댔다. 대한민국 해경이라는 신분이 창피해서가 아닌, 자연스레 인정하는 꼴이 되면 다시는 회사로 돌아오지 않을까 봐 노파심에서 둘러댄 거짓말이었다.

그런 치해가 해경이라는 것은 회사 내에서도 몇몇 사람만 아는 극비사항. 그렇다면 이 실장의 말대로 그저 우연한 만남이었다는 말인가?

※

활짝 편 지느러미를 나비의 날개처럼 팔랑이기를 반복하며 요리조리 도망치는 오징어를 손으로 거머쥔 지우가 하늘을 향해 번쩍 들어 올렸다.

"이것 봐. 잡았어요, 잡았어!"

번잡한 피서철을 피해 이르게 찾아든 관광객들을 위해 마련한 오징어맨손잡기 체험에서 지우는 꼭 잡겠다는 집념을 불태워 드디어 오징어를 두 손안에 움켜쥐었다. 물론 한 시간이 넘도록 뛰어다닌 덕에 소진된 체력소모가 심했지만, 늘 보아오던 모습이 아닌 투명한 빛깔로 잡힐 듯 말듯 유혹하던 생물을 거머쥐었다는 데 희열이 일었다.

"찍어줄게."

디지털카메라를 들고 있던 치해가 상기된 지우의 모습을 담기 위해 셔터를 누르려하자, 어느새 그녀는 조금 전 모습과는 상반되도록 일자로 몸을 굳혔다.

"편하게 해."

"사업계획서로 올릴 자료라고 누차 말했잖아요."

"일부러 어색하게 굳힐 필요까진 없잖아. 이 프로그램이 관광객들을 얼마나 즐겁게 만드는지, 보여주는 예가 되는 건데."

"그건 관광객들 사진으로 대체하면 되니까, 얼른 찍기나 해요."

지우의 성화에 못 이긴 척 셔터를 누르던 치해는 흘러나오려던 옅은 한숨을 속으로 되삼켰다.

이곳으로 오기 전, 스노클링을 하며 바닥에 있는 성게와 해삼, 조개 등을 줍는 체험행사에서도 지우는 웃다가 금세 저리 몸을 굳혔다. 신기한 표정으로 해산물을 들어 올릴 적마다 반색하던 표정이 카메라만 들이밀면 오간 데 없이 사라졌다.

웃던 얼굴조차도 차갑게 얼려버릴 만큼 그녀를 절제로 꽁꽁 묶어버리는 건 회사 때문일까?

처음 만났던 일 년 전 그때처럼 지우는 간간이 무서운 얼굴을 짓는다. 금방 웃다가도 어느 한순간 섬뜩하리만치 경직된 표정으로 독기를 머금는다.

치해는 지우를 그토록 얽어매는 존재가 회사인지, 자신이 알지 못한 어떠한 상처로 인한 것인지 궁금했다. 무엇이 그녀를 편히 웃지 못하게 만드는 것일까. 무엇이 그녀의 표정을 단단히 틀어쥐고 표현을 잊은 사람처럼 무표정을 짓게 만드는 것일까.

"살아있는 오징어는 생각보다 예쁘네요. 해파리처럼 투명해요."

지우가 손안에 쥔 오징어를 내려다보며 다가오자 치해는 안타깝게 파고들던 심상을 모래를 끌고 물러나는 파도 속으로 던져버렸다.

그녀가 어떠한 표정을 짓든, 그 곁에 자신이 서 있으면 된다.

웃지 못하면 웃을 수 있도록 만들고, 새침한 표정이든 찡그림이든 참지 못할 절정으로 만들어주면 되는 것이다. 그러다 보면 그녀는 점차 생기 있는 표정을 품게 될 것이다. 최치해가 드리운 테안에서 무표정을 지우게 될 것이다.

"스노클링 체험도 상당했는데, 이것 역시도 굉장하네요. 회사에 이 프로그램들을 대나무섬 체험행사로 보고해 봐야겠어요. 좋은 반응을 얻을 것 같아 상상만으로도 흥분되네요."

흥분과 즐거움이 섞인 지우의 목소리가 섹시하게 흘러나와 치해의 귓가를 간질였다. 상기된 그녀의 얼굴이 내리쬐는 햇빛에 반짝이고 뺨으로 튄 물방울은 수정이라도 박힌 것처럼 빛났다.

"도움이 돼서 기쁘긴 하지만, 조금은 질투가 나는데?"

"음?"

가늘어진 치해의 눈매에 지우가 턱을 내밀었다.

"내게 아닌 다른 걸로 지나치게 흥분하고 있으니 말이야."

농담이겠지만, 우쭐하고픈 여자의 심리를 세워준 그의 말이 제법 마음에 들어 지우는 피식 웃었다.

"훗, 그건 당신 역량이 아닐까요?"

"그건 심히 내 아랫도리를 의심하는 발언인데? 왠지 남자의 자존심이 상하는군."

"그럼 보여줄래요? 상처 입은 남자의 자존심이 얼마나 광포한지?"

"상당히 밝혀."

"후후후…… 기대할게요."

이상하게 가슴이 간지럽다. 그와 함께하는 시간이 많을수록 메말랐던 가슴에 따듯한 바람이 불어오는 것만 같다.

한껏 뒤로 물러섰던 치해가 광포해 주길 바라던 지우의 바람대로 여린 속살을 헤치고 돌진했다.

"하아웃."

거친 동작에 출렁이는 가슴만큼이나 그녀의 신음도 세차게 흘러나왔다.

가녀린 지우의 두 다리를 단단하게 움켜잡고 치해는 보드라운 속살을 거침없이 파고들었다. 육욕의 관능이 그의 페니스로 스며들고, 하나로 이뤄진 듯 합쳐진 속살들이 욕정의 흔적을 곳곳에 새겼다.

들어서고 물러서기를 반복하며 그녀의 속을 꽉 채우기를 반복하던 치해의 욕망에 지우는 점차 관능으로 젖은 소성을 리듬감 있게 흘렸다.

벌써 몇 번째인지 모를 절정이 또다시 몰아닥치자 지우는 그의 팔에 더욱 거세게 매달렸다. 더 깊이 파고들고 오기를 염원하는 동작에 치해는 뿌리 끝까지 단단한 남성을 들이밀고 허리를 흔들었다. 가지런하게 정리해두었던 침대시트가 이리저리 구겨질수록 지우의 얼굴 역시 희열로 잔뜩 일그러졌다.

"치해 씨! 나, 나…… 하아악!"

지우의 질구가 단단해졌다. 옥죄듯, 속살마저 남성을 끈덕지게 쥐었다. 끝에 다다른 절정 앞에서 지우는 손을 휘젓다가 치해의 목덜미에 손톱을 박아 넣었다. 그의 목을 파고든 손톱의 깊이가 더욱 날카롭게 박혀 들수록 치해는 그녀의 두 다리를 아프게 쥐고 허리를 튕겨 올렸다.

역동적인 그의 허리 짓에 결국 지우가 거친 탄성을 내지르며 추욱 늘어졌지만, 치해는 계속 그녀의 속을 들락거렸다. 희열로 몸부림치는 지우가 바르작거리며 수차례 몸을 떠는데도 그는 계속 질주했다. 그녀의 질 속에서 흘러나온 물기가 흘러내리는 계곡물만큼이나 졸졸 흘러내리는 것을 흡족하게 바라보며 치해는 격렬하게 지우의 속을 채우고 또 채웠다.

"크."

지우의 터진 꽃물이 열기로 말라갈 때쯤, 마침내 그도 포악한 신음을 내지르며 격하던 몸짓을 멈췄다.

추위에 내몰린 사람의 모습처럼 부르르 떨며 애욕의 결정체를 뿜어낸 치해는 마르지 않는 열정을 지닌 이처럼 지우의 목덜미에 자잘한 키스를 퍼부었다.

"다신 당신의 역량을 의심하는 발언은 안 해야 할까 봐."

호흡이 차차 돌아온 지우가 신음으로 갈라진 음성을 흘렸다.

그를 자극한 대가로 곧장 치해의 손에 이끌려 지우의 집으로 들어서자마자 시작한 섹스가 벌써 세 번째였다. 숨도 돌릴 틈도 없이 사정을 끝내자마자 또다시 움직이는 그로 인해 연속 세 번이나 절정을 맞고 나니, 정말 다시는 그를 자극하지 말아야겠다는 생각이 머릿속을 빈틈없이 채웠다.

"쿡. 이 정도로 벌써 항복이라니 실망인데?"

키스를 퍼붓던 치해가 고개를 치켜들고 오만하게 웃었다.

"때론 재빠른 인정도 필요한 법이죠. 광포함 찾다가는 몸이 남아나지 않을 것 같거든."

"남자의 자존심을 뭉개놓고는 쿨하게 인정하고 몸을 빼겠다? 흠, 인정해도 늦었다면?"

"나 내일 서울 가요. 액셀 밟다가 다리가 후들거리면 어쩌려고 그래요."

서울을 간다는 지우의 말에 치해의 어깨가 작게나마 움찔거렸다. 장난기 가득했던 웃음기마저도 서서히 얼굴에서 사라져갔다.

"걱정돼요? 또 안녕이라고 말할까 봐? 훗, 겁쟁이 아저씨, 걱정 말아요. 사업 보고차 가는 거니까."

지우는 치해의 등을 천천히 쓸어내렸다. 또 상처만 주고 훌쩍 가버릴까 일순 긴장했는지, 그의 근육이 희열로 물들었던 때처럼 도드라져 있었다.

"언제 와?"

"한 이틀 후쯤?"

쓸어내리는 지우의 손길에 경직됐던 근육들이 편안하게 이완되었지만 정작 치해는 굳힌 얼굴을 펴질 않았다. 이내 그는 묵직한 음성으로 그녀의 이름을 싸늘하게 불렀다.

"연지우."

"응?"

"다시 떠나면…… 죽는다."

10장
미쳐라.

"어쩐 일이십니까?"

바다를 바라보는 노인의 뒤에 선 치해의 음성은 나직했지만 말투만은 그 어떠한 말과 종용에도 따를 뜻이 없다는 거절을 품고 단호하게 흘러나왔다. 할아버지가 직접 이곳으로 걸음 했다는 것은 그동안 수차례 전화와 사람을 보내오던 때와는 달리 강경책을 펼칠 것이라는 것을 뜻했다.

치해의 얼굴이 진지했다. 하나밖에 없는 혈육이라는 말로 인정을 호소하든, 아귀가 들어맞지 않는 말로 억지를 부리든, 그의 뜻은 하나뿐이었다.

"10년이 넘어서야 볼 만큼 네놈이 그리 비싼 얼굴이더냐? 괘씸한 놈."

천천히 몸을 틀어 치해를 응시한 규왕의 입에서 나무람이 터져 나왔다. 남보다 못한 존재처럼 어찌 10년이 넘게 혈육을 찾지 않는단 말인가. 아집 하나만은 자신 있다고 자부했었지만 손자 놈은 맨손으로 이만큼 일어선 독종 최규왕보다 더한 독종이었다.

"제 일을 인정해 주셨더라면 진작 왕래하면서 살았을 겁니다."

"돌아올 마음이 죽어도 없다, 이 말이냐? 이 할아비가 죽어도?"

"……."

"나쁜 놈."

독한 말이었지만, 결코 뜻을 접지 않겠다는 치해의 묵언에 규왕의 얼굴에 섭섭함과 쓸쓸함이 드리워졌다.

이렇게 되면 마지막 하나에 걸 수밖에 없었다. 죽어도 사업을 물려받지 않겠다면 손자며느리의 자격으로 젊은 여우가 잇도록 할 수밖에.

"괜찮은 여자를 물었더구나."

어떠한 강요에도 동요하지 않을 자신으로 입매를 꽉 다물었던 치해는 막상 규왕의 입에서 지우가 거론되자 미세하게 미간을 찌푸렸다. 이미 그녀의 존재를 알고 있는 할아버지라면 무슨 말을 할지 대강 짐작할 수 있었기 때문이었다. 같은 동종업계의 사업을 운영하는 사람으로서, 지우의 직업은 할아버지의 욕심에 구미를 당기고도 남았을 것이다.

"마음에 드신다니 다행입니다."

"훗, 다행? 내가 싫다고 해도 무시할 녀석이면서 입바른 소리를 하는구나.”

공손했지만 더는 그 이상을 말하길 원치 않는 치해의 간결함에 규왕은 코웃음을 쳤다. 어릴 적처럼 굳이 하지 않아도 될 말까지 조잘거려주기를 원했지만, 불쑥 커버린 키만큼이나 녀석은 너무도 무뚝뚝해져 버렸다.

하지만 간결한 대꾸 하나만으로도 지우를 향한 치해의 마음은 확실히 확인할 수 있었다. 여자가 있음을 부정하지 않는 건 이미 그녀의 존재를 마음에 품었다는 것을 뜻했고, 간결하게나마 입바른 소리로 끝맺음해 버린 건 그녀와 끝을 함께 하고 싶다는 것을 뜻했다. 이것만으로도 열 일 제치고 일부러 찾아온 걸음에 수확은 얻은 셈이었다.

“그래, 언제까지 이곳에 있을 테냐? 서른이 넘어서 한 연애에 답을 내려야 할 게 아니더냐?”

“답을 내리더라도 이곳에서 내릴 겁니다. 손자며느리를 보시기 위함이십니까, 아님 그녀가 동종업계에 몸담고 있는 사람으로서 할아버지에게 힘을 보태게 만들기 위함이십니까?”

다소 격해진 치해의 말투에 규왕은 또다시 아쉬운 입맛을 다졌다. 단박에 의중을 꿰뚫는 놈. 역시 후계자가 됐어야 했던 것을.

그런 아쉬움을 접고 규왕은 안색을 굳혔다. 치해의 말은, 그의 대답 여하에 따라 지우가 지녀야 할 손자며느리로서의 역할이 달라진다는 뜻을 내포하고 있었기 때문이었다.

“멍청한 놈. 연지우가, 네가 계속 이곳에 남기를 바란다고 생각하는 게야? 그녀도 사업가다. 네가 어느 배경을 가졌는지…….”

"무슨 말씀이십니까! 지우는 그런 여자가 아닙니다. 그녀는 제가 누구의 손자인지 모르고 만났습니다. 그런 추측으로 그녀를 욕되게 하지 마십시오!"

한순간에 지우를 속물로 매도해 버린 규왕에게 화가 치밀어 치해는 버럭 성을 토했다.

지우를 향한 손자 녀석의 마음이 깊다는 것을 새삼 느끼면서도 규왕은 못마땅한 듯 혀를 찼다.

"쯧쯧쯧. 후계자 싸움에 허덕이는 여자다. 네가 진정 그녀를 사랑한다면 힘을 실어주면 되는 거야. 네가 원래 있어야 할 자리로 돌아오면 얼마든지……."

"후계자 싸움? 그게 무슨 뜻입니까?"

눈썹을 움찔한 치해의 되물음에 규왕의 미간이 중앙으로 바짝 모여들었다.

"설마 그녀가 대한해양 연호용의 여식이라는 것도 몰랐던 게냐?"

점점 상기되어가는 치해의 얼굴빛에 규왕은 난감해졌다. 손자 녀석은 연지우가 어떤 배경을 가졌는지 속속들이 모르는 모양이었다. 괜히 긁어 부스럼을 만드는 일이 될까 싶어 규왕은 황급히 말을 이었다.

"지금 제 남동생과 후계자 자리를 놓고 다툼 중이다. 벌써 몇 년째 그런 상태인 것으로 안다. 인정받기 위해 동분서주하는 여자에게, 네가 힘을 실어줄 수 있다는 것을 명심해."

그래서였던가. 문득문득 웃음을 지우고 이를 악물었던 이유가? 이를 앙다물고 앞을 향해 거침없이 전진하던 이유가 사업을 물려받겠다는 욕심 때문이었던가?

그랬던 모양이다. 그녀는 욕심이 많은 여자니, 원하는 것을 쥐기 위해 그렇게 지친 싸움을 하고 있느라 웃지 못했던 모양이다.

불현듯 할아버지의 추측이 맞을지도 모른다는 생각이 밀려들자, 치해는 어금니를 꽉 깨물었다.

아니다. 절대로 아니다. 그녀가 그럴 리가 없다. 자신의 신분을 알고 접근했을 리가 없다.

"걱정하지 않습니다. 그녀가 잘해낼 거라고 믿습니다."

불확실한 추측으로 지우를 의심하기 싫어 치해는 억지로 불안을 떨쳐냈다.

믿는다. 그녀의 역량을 믿고, 그런 목적으로 돌아온 거라고 의심하지 않는다.

"제 여자에게 힘을 실어줄지도 모르는 못난 놈이라니."

"할아버지의 강요로 그 자리에 앉을 수 없다고 몇 번을 말씀드려야 합니까? 그곳은 제 자리가 아닙니다. 제가 하고픈 일을 하면서 살 겁니다. 억지로 얽매여 있던 건, 아버지만으로 충분하지 않았습니까!"

"고얀 놈! 먼저 간 네 아비 얘기는 꺼내지도 말아!"

※

"아기자기한 독채를 여러 채 건설해 대나무섬만 찾길 원하는 사람에게 구색을 맞출 생각입니다. 성인 허리만큼 차오르는 바닷물 아래에서 직접 잡은 해산물을 맛볼 수 있도록 말입니다."

몸소 체험한 사진들을 슬라이드 영사기에 띄워 차례로 보여줬던 지우는 어두운 공간에서 야심찬 포부를 줄줄이 쏟아냈다.

"하지만 아쿠아파크인 오션블루를 찾아든 이용객들에게는 대나무섬의 입장료를 받지 않을 생각입니다. 오션블루에서 섬까지 이동하는 보트 운영비에 다소 손실이 오겠지만, 그건 조금 전 보신 프로그램으로 대체할 방안입니다. 섬에 발을 들인 이상 스노클링이나 오징어잡기 체험을 직접 경험해 보고 싶은 심리를 이용해, 망상해수욕장에 위치한 오션블루까지 함께 이용할 수 있도록 윈윈 전략을 세울 겁니다."

프로젝트였던 오션블루에만 치중하지 않고 더불어 섬까지 매입해 국내 최고의 리조트를 건설할 계획 앞에 그녀는 당찬 음색으로 경영진들의 마음을 사로잡기 위해 안간힘을 썼다.

"대나무섬에 관한 상세 보고서는 앞에 놓은 서류를 더 훑어보시면 됩니다. 이것으로 브리핑을 마치도록 하겠습니다."

회의실이 환하게 점등되자 지우는 만족스러운 미소를 입가에 드리웠다.

효석의 얼굴만 일그러져 있을 뿐, 부친을 비롯을 경영진들 모두가 그녀의 계획을 마음에 들어 한 듯 일제히 흡족하게 고개를 끄덕이며 웃고 있었다.

이로써 한 발짝 앞으로 더 다가간 셈이었다. 머지않아 회사는 곧 자신을 총수로 인정하게 되리란 것을 믿어 의심치 않았다.

지우는 거만한 시선으로 효석과 눈을 마주쳤다. 멀지 않았다. 네가 쫓겨나게 될 날은.

턱을 한껏 치켜들고 입꼬리를 오만하게 늘였지만, 지우는 재무 관리를 총괄하는 윤 부장이 효석에게 다가가 뭐라 귓속말을 속삭이는 광경을 목격하고는 곧장 미소를 지웠다.

윤 부장의 말에 장단을 맞추듯 효석이 씨익 웃으며 그의 손을 맞잡기까지 하자, 지우의 턱이 가늘게 떨렸다. 직접 눈으로 보고 있는데도 믿기 어려운 광경이었다.

재무관리부의 윤정호 부장은 그녀의 외할아버지 때부터 함께해온 이였다. 그런 까닭으로 얼마 전까지만 해도 알게 모르게 그녀를 조용히 지원해 주던 사람이었다. 그런 이가 효석과 악수를 하고 있다는 건, 그녀가 동해에 있는 동안 심상치 않은 변화가 생겨났다는 것을 뜻했다.

그녀의 아버지인 효용을 더불어 경영진들이 회의장을 빠져나가기 시작하자, 지우는 천천히 효석과 윤 부장에게로 다가갔다. 조금 전까지도 승리감에 도취되어 있던 심장이 불안스러운 동요를 머금고 두근거렸다.

"윤 부장님, 홍보 및 마케팅 지원금으로 말씀 좀 나눴으면 하는데요."

다가온 지우를 마주한 윤 부장이 어깨를 움찔거렸다.

"지금 말입니까?"

"곤란하십니까?"

"아, 그게……."

윤 부장이 지우에게 난처하다는 듯 말을 얼버무리자 효석이 냉큼 대화 속으로 끼어들었다.

"그러지 말고 점심식사에 연지우 실장님도 참석하면 되겠군요. 어차피 집안끼리의 식사니까요."

집안끼리의 식사? 그렇다면 윤 부장 집안과 그녀의 집안이 오찬을 함께 하기로 했다는 뜻인가?

즐거워죽겠다는 듯 웃음기를 실은 효석의 말에, 지우는 어리둥절해지는 속내를 감추기 위해 무표정을 드리웠다.

"그, 그러면 되겠군. 그럼 식사 후에 홍보실장과 들면 어떻겠나?"

"저야 괜찮습니다만."

지우는 자못 아무렇지 않은 척 덤덤하게 대꾸했지만, 윤 부장과 그녀 사이에 이상한 기류가 흘렀다. 윤 부장이 계속 눈치를 보고 있다는 것은, 피치 못할 사정이든 어쩌든 간에 그녀에게 미안한 짓을 저질렀다는 것과 진배없는 행동이었다.

하지만 곧 그녀의 추측은 현실이 되고 말았다.

"윤 부장님 딸과 다음 달에 약혼해. 축하해 줄 거지?"

축하를 바라는 말투보다 그녀의 다음 행동이 궁금하다는 듯 효석이 비아냥거림이 스민 말투를 흘렸다.

지우의 턱선이 일순 파르르 경련함과 동시에 차가운 눈초리가 윤 부장에게로 박혀 들었다. 결국은 딸을 팔아 권력에 몸을 담근 배신자라는 듯, 그녀는 모진 힐난을 묵묵히 눈길로만 쏟아냈다.

"흠, 흠…… 그, 그럼 잠시 후에 봄세."

어물거리던 윤 부장이 등골에 흐르는 진땀을 버텨내기 어려웠는지 마른침을 삼키다 어색한 공간을 빠져나가 버렸다.

이윽고 회의장은 이복남매만 덩그러니 남겨졌다.

"축하해 줄 줄 알았는데, 역시 차가운 누이는 찬바람만 휑하니 부네."

"제법 머리를 썼구나."

효석의 노골적인 이죽거림에 지우는 이 정도 따위로 신경 쓰지 않는다는 듯 심드렁하게 대꾸했다.

"나도 머리란 게 있으니까. 왜, 머리를 쓸 줄 모르던 녀석한테 제대로 한 방 먹으니까 속이 뒤틀려?"

"제법 신선하긴 하네. 그래, 인맥을 동원해서라도 쫓아와야지. 하지만 어쩌니? 몸은 한 개뿐이라 결혼으로 이을 인맥은 하나뿐인걸? 그래서야 일에 대한 성과로 인정받는 내 발끝을 따라올 수는 있으려나 모르겠다."

얄밉도록 입가를 올린 지우는 어깨를 으쓱하는 것마저 잊지 않았다.

곧이어 보고서류를 챙기기 위해 브리핑했던 자리로 돌아가는 지우의 하이힐 소리가 경쾌하게 회의장을 울리자, 효석이 금방이라도 주먹을 쥐고 달려들듯 목청을 높였다.

"건방지게 자만하지 마!"

"자만? 자만이라는 뜻을 제대로 알고 쓰는 거니? 자만은 저 혼자서 과시할 때나 쓰는 단어야. 네게나 어울리는 단어지. 나한테는 확신이라는 단어만 쓰는 거고."

"잘난 척 해봤자, 결국 회사는 내 거야."

얼굴을 일그러뜨린 효석이 빈 공간을 쩌렁쩌렁 울릴 만큼 포악하게 소리를 질렀다.

그런 그가 발악을 하든지 말든지 상관없다는 듯, 무심한 표정으로 서류를 탁탁 챙긴 지우는 회의장을 나서기 위해 문가로 걸어가다 부르르 떠는 효석에게 일순 비소를 흘렸다.

"그렇게 믿어봐. 네 엄마 치맛자락 붙잡고 아버지한테 베갯머리송사 좀 더 확실히 해 달라고 졸라보라고."

"미친년!"

효석의 막말에 문 앞을 나서려던 지우의 걸음이 우뚝 멈췄다. 격한 효석의 말투와는 상반되도록 느릿하게 몸을 돌린 지우는, 조금 전 머금었던 비웃음과는 비교할 수 없을 만큼 섬뜩하게 입술을 늘이고 평온하리만치 그윽한 눈으로 효석을 응시했다.

"미치지 않고서야 내가 이만큼 버틸 수 있었을 것 같으니? 그래, 네 말대로 나 미쳤어. 제대로 봐준 값으로 작은 충고 하나 해줄까? 이 미친년에 맞대응하려면 너 역시 미쳐야 할 거야. 확실히 미치지 않고서야 따라올 수도 없을 테니까. 쉬이 미치긴 힘든데, 좀 도와줄까?"

나긋한 목소리와 함께 지우가 만개한 꽃처럼 화사하게 웃었다. 그런 모습이 너무도 소름끼쳐 효석은 반발도 하지 못한 채 몸만 떨었다.

"내가 이 회사를 갖게 되는 날, 너를 비롯한 네 집 식구들이 어떻게 될 것 같으니? 아마도 거리에 맨몸으로 나앉게 될 거야. 명품으로 몸을 휘감는 것만 좋아하는 네 엄마나 여동생은 텅텅 빈 머리로 밥벌이나 할 수 있을지 모르겠다."

씩씩대느라 오르락내리락 거리는 효석의 가슴을 쳐다보며 지우는 더욱 상냥한 음성을 토했다.

"그 생각만 해. 그럼 나처럼은 아니어도, 조금은 미칠 수 있을지 모르니까."

"밥은 잘 챙겨 먹는 거야? 왜 이리 말랐어."

참석해야 할 오찬 대신 고모를 찾아온 지우는 보자마자 얼굴부터 쓸어내리는 호숙의 손길에 왈칵 눈물이 차오르려는 것을 억지로 참아냈다.

같은 할머니 뱃속에서 나왔을 터인데도, 고모와 아버지는 공통점이라고는 눈을 씻고 찾으려야 찾을 수 없을 만큼 달랐다. 부친이 외도로 오랜 세월 밖을 나도는 동안에도, 고모는 울적한 모친을 찾아와 그나마 실컷 제 오라비 욕을 해 주던 사람이었다. 지우에게 고모의 존재는 모친을 잃고 난 후 유일한 가족이었다.

"햇볕에 그을려서 그래 보이는 걸 거야. 고모는 잘 있었지?"

"나야 그냥 그래. 효석이 약혼 소식에 속이 뒤집힌 것만 빼면 아주 평안하다."

손질하던 꽃을 다시 손에 쥐던 고모의 투덜거림에 지우는 힘없이 피식 웃었다.

아버지와 친동기간이면서도 고모는 새 식구들을 인정하지 않았다. 이날까지 솔로이기를 고집하던 올드미스인 고모는 계모와 이복동생들이 들어오자마자, 얼굴 맞대며 살기 싫다며 그대로 함께 살던 집을 나와 버렸다. 지금까지도 종종 지우에게 그 지긋지긋한 소굴을 나와 함께 살자고 하지만, 그녀는 고모의 말에 번번이 고개를 저었다.

그곳은 엄마와의 추억이 고스란히 서린 집이었다. 나가야 할 사람은 그녀가 아닌, 13년 전 보란 듯이 들어앉은 불청객들이었다. 모든 것이 그녀의 것이 되는 날, 기꺼이 환하게 웃으며 내쫓아주기 위해서는 반드시 그 집을 차지하고 있어야만 했다. 굴러온 돌이 박힌 돌을 빼낼 수 없다는 것을 직접 보여주고 말 테다.

"영악한 뱀 같은 것들. 이길 수 없으니까, 뒤에서 꼼수나 쓰고 말이야."

작은 화원을 운영하는 고모의 손에 가느다란 꽃 하나가 끝내 꺾여버리고 말았다. 평소 제 몸처럼 아끼던 꽃이 꺾였다는 사실도 자각하지 못한 채 호숙은 부르르 손을 떨었다.

"그래도 우리 지우, 잘할 수 있지? 그딴 것들한테 절대 안 질 거지?"

"당연하지. 고모가 지분, 나 줄 거잖아."

지금은 일선에서 물러나 식물들의 보호자를 자청하고 있지만, 고모 역시 엄마가 물려준 얼마의 지분으로 소액주주 중 한 사람이었다.

"너 아니면 아무도 안 줘. 에휴, 이참에 너도 결혼하는 건 어떨까? 윤 부장 집보다 더 괜찮은 집안으로 고모가 알아볼게."

"됐어. 그런 수 쓰지 않아도 회사 안 뺏겨. 고모, 점심이나 먹으러 가자. 나 배고파."

신경 쓰이지 않는다면 거짓이다. 애써 태연한 척할 뿐, 쓰린 속을 달래기 위해 위장약을 한 움큼이나 씹어대고 싶을 만큼 속이 아렸다.

하지만 지우는 억지로 불편한 마음을 밀어냈다. 동동거리며 신경을 곤두세워봤자, 이미 떠나간 버스는 다시 돌아오지 않기 때문이다. 윤 부장이라는 버스를 탄 효석에게 정거장을 거쳐 가는 수고가 어떤 것인지 실력으로 보여주고 말 것이다. 계획한 오션 블루가 회사의 막대한 이익을 가져온 그날, 그녀는 택시도 아닌 비행기에 몸을 실었음을 보여주고 말 것이다.

지우가 호숙의 등을 밀며 늦은 점심을 먹기 위해 밖으로 나가던 그때, 회사에서는 이미 오찬을 끝내고 회장실 안으로 들어선 호용이 있는 대로 인상을 구긴 채 아들 효석을 노려보는 중이었다.

"죄송합니다."

잡아먹을 듯 노려보는 눈길이 끊길 기미가 보이지 않자, 효석은 이리저리 눈알을 굴리다 마지못해 고개를 숙였다.

"죄송? 네놈 입에서 나오는 그 소리 더는 지겨워서 못 듣겠다! 왜 너는 네 누이처럼 못하는 게야!"

"저도 하기 싫은 결혼입니다. 아버지께서 하라고 강요하시는 통에 어쩔······."

쾅!

탁자를 내리친 호용의 과격한 행동에 불퉁스럽게 지껄이던 효석이 꾹 입을 다물었다.

"그럼 강간범으로 쇠고랑을 차야만 속이 시원해! 네놈이 술 취해서 건드린 여자, 네가 아니면 누가 책임져? 하필 건드려도 어찌그렇게 머리가 빈 애를 건드렸단 말이야!"

윤 부장의 딸이 머리가 텅텅 비었다는 사실보다도 아들이 하고 많은 여자 중 그런 여자를 건드렸다는 사실에 호용은 부아가 치밀었다.

열흘 전 윤 부장의 생일파티에 효석을 보낸 것 자체가 실수였다. 윤 부장을 비롯한 중역들이 자리한 자리에서 점수나 따라고 보냈더니, 아들은 윤 부장의 무시에 화가 났는지 술에 취해 그의 딸을 겁탈해 버렸다.

한밤중에 걸려온 전화에 아연실색해 뛰어나간 호용이 고소하겠다고 길길이 날뛰는 윤 부장을 겨우 결혼이라는 말로 안정시켰지만, 그야말로 아들의 행태에 진저리가 쳐졌다. 거짓말 하나 보태지 않고 한 달이 멀다 하고 속을 썩이는 효석을 어찌해야 할지 속이 문드러질 지경이었다.

그나마 이번 일로 장인어른 때부터 함께 해왔던 윤 부장이 효석의 편에 돌아선 것이 다행이었지만, 여식은 똑 부러지던 제 아비와는 달리 좀 모자랐다.

처음에는 순수한 것이겠거니, 그저 웃음이 헤픈 것이겠거니 그리 여겼지만, 곧 나사 하나가 빠진 바보였다는 것을 깨닫고 나자 속이 부글거리다 못해 분기로 화상을 입은 것만 같았다. 아들은 기업의 안주인일 수 없는 여자를 고르고 만 것이다. 그것도 치기에 저지른 실수로 말이다.

어찌 하는 것마다 저 모양인지 알 수가 없었다. 밀어주는 것도 한두 번이고, 저지른 일을 아무도 모르게 조용히 처리하는 것에도 이젠 지쳐버렸다.

평생의 염원이던 아들. 젊은 날의 치기로 저지른 실수에서 생겨난 아들로 인해 조강지처를 버렸다. 몸이 약해 지우 하나만을 낳고 더는 아이를 낳을 수 없던 지고지순한 아내를 야멸차게 버린 건, 지금의 안방을 채운 여자에게 눈이 멀어서가 아닌 순전히 고추 달린 효석으로 인함이었다.

하지만 이제는 넌더리가 쳐질 지경이었다. D사의 아들이라는 이름으로 신문에 오르내리는 것도, 밤이면 밤마다 주색에 빠져 돈을 흥청망청 써대는 것도, 성질까지 난폭해 마음에 안 드는 사람들을 패고 다녀 그들의 입을 돈으로 입막음하는 것도, 더는 견뎌내지 못할 짓이었다.

지우로 기울려는 마음을 수없이 다잡았지만 이제는 걷잡을 인내가 사라져 버렸다. 비교를 안 하려야 안 할 수가 없을 만큼 매사가 신중한 지우야말로 기업을 이어받을 자격을 고루 갖춘 인물이었다.

"나도 이제 지쳤다. 네 어미가 아무리 앙알거려도 내 마음이 지우에게로 기울었어. 나가거라! 꼴도 보기 싫다!"

호용이 짜증스럽게 내뱉은 말에 효석의 눈이 동그래지다 못해 눈알이 튀어나올 것처럼 도드라졌다.

"아버지! 그럼 지우 년한테 회사를 물려주겠단 말씀이세요?"

"말조심 못해! 비록 한배를 빌어 태어나지 못했어도 엄연히 네 누나다!"

"우리가 모두 쫓겨나기를 바라세요? 엄마는요, 효주는요?"

"진즉에 잘했으면 이런 일도 없어! 내 손으로 이만큼이나 일궈 낸 회사다. 네 손에 쥐여주면 어찌 될지 생각만 해도 아득하단 말이다!"

금방이라도 지우를 후계로 지목할 것 같은 부친의 단호함에 효석은 냉큼 소파에서 내려와 바닥에 꿇어앉았다. 가지런히 손까지 모으고서는 손바닥에서 열이 나도록 열심히 비벼대며 용서를 구했다.

"한 번만 믿어주세요. 조용히 일만 할게요. 제발, 아버지."

달고나온 고추 값도 못할 만큼 안절부절못하는 모습이 사내인지 계집인지 분간할 수조차 없을 만큼 볼썽사나웠지만, 손바닥이 닳도록 빌어대는 효석의 모습에 호용은 가만히 한숨을 내쉬었다. 젊은 시절, 비열하다고 손가락질을 당할 만큼 야비했던 그였지만 아들에게만은 번번이 나약해졌다.

"한 번만 봐주세요. 정말 열심히 할게요."

"내가 왜 네게 영업실장의 자리를 줬는지 아느냐?"

"……대인관계를 쌓아 자리를 굳건히 하라는 뜻이었죠."

"그걸 아는 놈이 사고만 쳐? 후우…… 마지막이다. 조금만 내 마음에 들지 않으면 넌 그대로 끝이야. 더 이상 봐주지 않을 테니까, 사고를 치려거든 쫓겨날 자리를 먼저 봐두는 게 나을 거다."

결국 호용은 애지중지하던 아들의 애원에 다시 한 번 손을 들고 말았다. 못나도 아들 녀석인 것을 어쩌나 하는 심정이었지만,

효석에게 단단히 주지시킨 만큼 이번이 마지막임을 그 역시 가슴에 새겼다.

※

본격적인 피서철이 되면 선박들의 선체 외부나 프로펠러에 부착된 각종 이물질 제거 등의 요청이 와도 인명구조로 인해 순서가 밀리기 때문에 이맘때쯤 해경을 비롯한 구조대원들은 번갈아 대민 봉사를 나간다.

치해 역시 고유가시대에 어획량 부진으로 경제적 어려움을 겪고 있는 소형선박 266척을 대상으로 무료 선저검사를 시행하고 퇴근하던 차에 혹시나 지우가 있을까 싶어 오션블루 건설현장을 찾았다.

이틀 뒤에 온다던 지우는 사흘째로 접어든 오늘까지 연락이 없었고, 그 역시 선저검사를 하던 틈틈이 구조요청이 들어와 정신없이 바쁜 탓에 연락할 틈이 없었다.

하지만 그녀가 일 년 전 그때처럼 돌아오지 않을 거라는 불안은 없었다. 오션블루 현장이 이곳에 있는 한, 그녀는 늘 이곳으로 돌아올 것이다. 물론 지금은 그것 하나에만 의탁해야겠지만, 지우가 말한 대로 언젠가는 사랑의 올가미를 씌워 어디든 가지 못하게 만들 것이다.

오후 8시. 멀리서 현장 인부들에게 직접 지시를 내리고 있는 지우의 모습이 멀리서 보이자, 치해는 손목에 찬 시계를 들여다보며 미간을 찌푸렸다.

또 야근을 하는 모양이다. 그의 오프 때가 아니면 그녀는 늘 밤 늦게까지 일을 하는 듯했다. 가녀린 체구 어디에서 저런 체력이 나오는지 의심스러울 만큼 지우는 일에 열성적이었다.

"연지우, 힘들면 얼마든지 기대."

불현듯 그녀가 치열한 후계자 싸움을 펼치고 있다는 할아버지의 말이 떠올라 치해는 조용히 혼잣말을 읊조렸다.

기댈 수 있는 든든한 버팀목. 할아버지의 말대로 바다개발을 물려받는다면 얼마든 지우에게 힘을 실어줄 수 있다는 것을 알지만, 치해는 그저 어깨를 내주기만 할 것을 각오했다. 지우를 사랑하지만, 그에게 있어 인명구조 역시 놓을 수 없는 운명의 끈이었다.

비록 실질적인 도움을 줄 수는 없어도, 언제든 그녀와 함께 할 테다. 따스한 손길로 그녀의 지끈한 머리를 쓰다듬어주고, 안락한 품으로 지친 몸을 안아줄 것이다.

"뭐라고 중얼거려요?"

현장 입구에 기대선 치해를 언제 발견했는지 지우가 다가와 불쑥 고개를 들이밀었다. 바짝 다가선 그녀의 얼굴에 치해는 착잡했던 상념에서 훌쩍 빠져나왔다.

"연락조차 없는 연지우 흉봤어. 왔다고 연락도 안 해?"

"바빴어요. 그렇다고 흉까지 봐?"

지우가 콧등을 찡긋거렸다. 그 표정이 너무도 귀여워 치해는 비어져 나오는 미소를 참지 못하고 입가에 웃음을 드리웠다.

괜찮다. 그녀가 말하고 싶을 때, 그때 귀를 열면 될 뿐. 지금 당장 그녀의 속내를 듣기 위해 안달하지는 않을 것이다. 듣고 싶은 귀를 잠시 닫아두고 정작 그녀가 편안히 속을 털어놓을 때만 활짝 열어 그 아픔을 덜어주면 되는 것뿐.

그녀 자신에 대해 아무런 말도 하지 않는 게 서운하긴 했지만 치해는 그런 섭섭함조차도 지워버렸다.

"약속 하나 해 주면 용서해 주지."

"용서라니 너무 거창하다. 정작 자기는 연락 안 될 때도 많으면서."

직업 특성상, 구조대원은 집에서 급한 일이 일어나도 쉽게 연락을 받을 수도, 집으로 향할 수도 없었다. 애를 낳는 부인의 손을 잡아주는 대신 조난자의 손을 잡아야 하고, 아픈 애를 둘러메고 달리는 대신 사경을 헤매는 이를 업고 병원으로 향해야 한다.

치해 역시 그런 대원들과 다를 바 없는 처지인지라, 지우는 종종 연락이 되지 않는 점을 들먹였다.

"연락할 수 있는 입장과 그러지 못한 입장은 엄연히 달라."

지우가 인정하지 않자, 치해는 눈을 가늘게 뜨고 짐짓 화난 척 어두운 목소리를 흘렸다.

"네, 네. 대체 약속이 뭔데요?"

"솔직한 표정 짓기."

"……?"

지우의 표정이 어리둥절해졌다.

"지금처럼 그런 표정 지으란 뜻이야. 웃고 싶으면 웃고, 화가 나면 찡그리고, 마음에 들지 않으면 삐죽이기도 해. 울고 싶으면

서럽게 울기도 하면서."

"난 또 뭐라고. 그리 어려운 부탁도 아니었네 뭐. 괜히 긴장한 거 알죠?"

치해의 말에 일순 지우의 뺨이 가늘게 떨렸지만, 그녀는 곧 아무렇지 않은 듯 어색한 표정을 지웠다.

감정의 표현을 얼굴에 드리우는 건 결코 쉬운 일이 아니다. 그의 말이 무엇을 뜻하는지 알지만, 그녀에겐 절제가 더 쉬운 일이었다. 그나마 치해에게만 솔직한 표정을 허락했을 뿐, 여타의 다른 이에게는 허락할 수 없는 것이 감정의 표출이었다.

지우가 말갛게 웃고 있었지만, 치해는 작게나마 떨리던 그녀의 뺨을 놓치지 않았다. 별것 아니라는 듯 무덤덤하게 대꾸함이 거짓이라는 것도.

하지만 강요한다 해서 단박에 이뤄지는 일이 아님에 치해 역시 지우와 똑같이 말갛게 웃었다. 천천히 하나씩 고쳐 나가면 되는 것이다. 절제로 뭉친 그녀의 심장을 서서히 고쳐주면 되는 것이다.

"연지우가 긴장도 해?"

"영광인 줄 알아요. 유일하게 그럴 권한을 위임해 준 남자니까."

지우의 말에 자부심을 뽐내듯 치해가 가슴을 한껏 내밀었다. 그 모습이 우스꽝스러워 지우는 어린 소녀처럼이나 까르르 웃어댔다.

누군가로 인해 잠시나마 웃을 수 있다는 게 상쾌했다. 복잡하게 엉켜들던 마음 한구석에, 향수를 뿌린 것처럼 향기로운 냄새로 진동하는 느낌이었다. 지우는 일순이나마 짜증스럽던 현실을 내몰고 웃게 해 준 치해가 고마웠다.

※

"그동안 감사했습니다."

술 먹고 헤엄치다 바다에 빠진 동네 어민 한 명을 구해 주고 사무실로 들어서던 치해와 석호는 장 대장에게 고개를 숙이는 수천을 발견했다.

"언제 오는데?"

춘호의 물음에 수천이 고개를 갸웃거렸다.

"모르겠습니다. 적어도 6개월쯤은 소요될 것 같긴 한데, 어쩌면 완전히 발령 나면 영영 눌러앉게 될지도 모르죠."

"섭섭하네. 종종 놀러 와."

"놀러 오기엔 너무 먼데요?"

"남해라, 멀긴 멀군. 몸 잘 챙기라고. 혼자라고 굶고…… 참, 본가가 그쪽이라고 했지 아마?"

"네."

"몸 상할 일은 없겠군 그래. 그러다 정말 그쪽에 눌러앉는 거 아냐?"

대화를 듣고 있자니 수천이 남해로 파견근무를 가는 모양이었다.

까르르 웃어대던 수천이 장 대장과 마지막 작별을 고하자, 석호가 슬며시 자리에서 일어서 사무실 밖으로 나갔다. 어깨가 늘어진 석호의 뒷모습에 비어져 나오는 웃음을 참는 치해의 콧구멍이 사납게 벌렁거렸다.

수천은 치해를 더불어 다른 대원들과도 인사를 나눴다. 그녀를 징그럽게 지겨워했던 대원들 역시 그동안 미운 정이 들었는지 파견근무를 떠나는 수천과의 이별을 아쉬워했다.

이윽고 수천이 구조대실을 나서려던 그때, 그녀는 비어 있는 자리 하나를 발견하고는 미간을 찌푸렸다. 원수 같은 석호가 없었다. 개똥도 약에 쓰려면 없다더니. 그래도 마지막 인사는 하고 싶었건만.

이상한 아쉬움이 가슴에 퍼져 들자 수천의 미간이 더욱 좁혀들었다.

그런 그녀의 표정에 치해는 피식 웃었다. 싸우면서 정든다더니, 비어 있는 석호의 자리 앞에서 그녀는 머뭇거렸다.

"아마도 정문에서 보실 수 있을 겁니다."

"네? ……굳이 안 봐도 돼요. 그럼."

퇴근 준비를 하느라 일지에 시선을 박은 치해가 나직한 음색을 흘렸지만, 수천은 당황한 기색이 역력한 목소리를 뾰족이 흘리고는 후다닥 밖으로 나가버렸다.

치해는 기어이 웃음을 터트렸다. 신기하다. 정문에 있을 이가 누구인지도 알려주지도 않았는데, 그녀는 단박에 누구인지 알아차렸다.

수천이 잰걸음으로 허둥지둥 정문으로 향하자, 치해의 추측대로 석호의 모습이 그녀의 시야로 들어섰다. 이상하게 심장이 뛴다. 자꾸만 벌렁거려 숨이 차다.

바쁘게 왔던 걸음과는 달리 수천은 도도하게 허리를 펴고 천천히 정문을 향해나갔다. 숨이 차는 건 심장이 뛰어서고, 심장이 뛰는 건…… 빠르게 걸어서다. 순전히 그뿐이라고 수천이 이상한 감정의 결정체를 결정짓던 그때, 그녀는 막 석호를 지나쳤다.

이상했다. 부르지 않는다. 그를 지나쳐 정문에서 몇 발자국 멀어지던 그때에도 그녀를 부르는 석호의 목소리는 들려오지 않았다.

화가 솟구쳐 수천은 걷던 걸음을 우뚝 멈췄다. 최소한의 예의도 없는 놈 같으니라고. 지긋지긋하게 얼굴 붉히며 싸웠던 사이라 해도 적어도 잘 다녀오라는 말쯤은 해 줄 수 있지 않던가. 수천은 몸을 획하니 돌려 석호에게로 성큼성큼 다가갔다.

"경사는 왜 그 모양이지?"

다짜고짜 으르렁대는 수천의 말투에 안타까움으로 어찌 말해야 할지 모르던 석호는 당황했다.

"제가 뭘요?"

"최소한의 예의도 모르나? 아무리 직속이 아니라 할지라도, 상관을 봤으면 적어도 인사를 해야 할 거 아냐!"

"아아, 충성!"

마지못해 거수경례한 석호의 입술 사이로 못마땅한 음성이 흘러나왔다. 직급만 운운하는 성질 못된 여자 같으니라고. 한순간이라도 찜찜했던 기분이 한 방에 사그라졌다.

이마에 붙였던 손을 아래로 내린 석호가 먼 산 쳐다보듯 그녀가 아닌 다른 방향으로 고개를 돌리자, 수천의 콧김이 점차 세차졌다.

왜 이런 놈과 작별인사를 나누고 싶었는지 스스로를 이해할 수가 없었다. 꼬박꼬박 말대꾸하는 징그러운 놈. 여자라고 대놓고 무시하는 편협한 놈. 상관 알기를 뭐로 아는 개념 없는 놈. 이 얼굴을 보기 싫어서라도 남해에 눌러앉고 말리라.

그렇게 이를 바득바득 갈며 수천이 몸을 돌렸다. 그때, 억눌린 석호의 음성이 그녀의 발목을 잡았다.

"언제 가십니까?"

"왜? 그건 알아서 뭐하게?"

또다시 몸을 획 돌린 수천에게서는 날이 선 목소리가 짜증스럽게 흘러나왔다. 그 신경질적인 태도에 석호의 이마가 굵은 선을 드리웠다.

"좋게 말해 주시면 어디가 덧납니까? 가는 마당에 꼭 그렇게 짜증을 내셔야 하냐, 이 말입니다."

짜증나게 만든 사람이 누군데, 적반하장일까. 수천은 어이없다는 듯 헛숨을 내뱉고 그를 노려보았다.

"너만 보면 짜증나니까 그렇지!"

"아, 그러십니까. 그럼 이참에 아예 남해에 눌러앉으시면 되겠습니다. 볼 때마다 짜증스런 놈 안 봐도 되고."

누군 볼 때마다 유쾌하고 상쾌한 줄 아나? 석호 역시 기분이 상할 대로 상해 비아냥거렸다.

"그럴 거야. 걱정 마."

"걱정은요? 하긴, 다시 오실까 봐 좀 걱정스럽긴 합니다."

가슴 밑바닥까지 박박 긁어대는 부아 질에 수천이 바짝 다가와 석호의 정강이를 힘껏 걷어찼다.

"윽."

"하극상을 밥 먹듯이 일삼는 경사를 당장 징계위원회에 고발하고 싶지만, 앞날이 구만리 길이라 참아주는 줄 알아!"

정강이를 부여잡고 고통으로 몸부림치는 석호에게 수천은 서슬 퍼런 경고를 남겼다. 그러자 이에 지지 않겠다는 듯 얼굴을 일그러뜨린 석호 역시 수천을 잡아먹을 듯 응시했다.

"저 역시 경위님의 부당한 폭력을 징계위원회에 알리고 싶지만 행여 시집 못 가실까 봐 참겠습니다."

"이!"

수천이 이를 악물었다. 공중에서 퍼런 불길과 시뻘건 불빛이 뒤엉켜 춤을 췄다. 이내 그들은 누가 먼저 등을 돌렸는지도 모르게 서로에게 몸을 돌리고 씩씩대며 멀어졌다.

'누가 저 자식의 여자가 될지, 안 봐도 고생문이 훤하다.'

'누가 저 여자를 데려갈지, 그 미친놈이 불쌍하다.'

서로의 배우자를 걱정하며 멀어지던 그들 사이로 바람이 휑하니 불어댔다.

후끈거리는 정강이를 질질 끌며 본관으로 들어서려던 석호는 그 사이 일지 보고까지 마치고 퇴근하던 치해와 마주쳤다.

"치해야, 술 한 잔 안 할래? 이상하게 술이 고프다."

"미안. 데이트 가야 할 몸이라서."

신경 쓰지 말아야 할 여자와의 설전으로 가슴이 온통 찜찜함 투성인 석호가 친구를 붙잡았지만, 야속하게도 치해는 단박에 거절했다.

"인간이 어쩌면 이렇게 변하냐? 친구가 술이 고프다는데 굳이 그렇게 말해야겠냐? 차라리 다른 핑계를 대던가 하지!"

"보고 싶은 내 여자 만나러 가겠다는데 핑계를 왜 대? 내일 봐."

"우이씨, 그지 같은 시키."

무심하게 스쳐 지나간 친구의 등을 노려보던 석호가 기어이 참지 못하고 거친 말을 쏟아냈다. 멀어져가는 치해는 그저 손을 길게 뻗어 크게 흔들 뿐이었다.

11장
심장이 뛴다.

"요트까지 몰 줄을 몰랐는데?"

망상해수욕장 인근에 위치한 선착장에서 지우를 만난 치해는 놀라운 표정을 숨기지 못했다. 아무 생각 없이 약속장소로 나온 그는 지우가 떡하니 크루즈요트 위로 올라서자 어리둥절했지만, 이내 항해사 없이 항해 준비를 하는 그녀의 행동에 25톤 가까이 되는 호화요트를 직접 몰 생각인 것을 짐작하고 입을 벌렸다.

"미국에 있을 때, ASA요트스쿨 BKB(Basic Keelboat Sailing) 과정을 수료했거든요. 물론 한국은 법이 달라서 한국크루저요트협회를 또 다녀야 했지만."

국제 라이선스 취득과정프로그램인 ASA요트세일링 교육은 수료하면 세계 각 회원국에서 요트를 임대하거나 몰 수 있었다. 요트 유지나 보수조차도 이 기관에서 직접 운영해 주기 때문에 관리가 쉽다는 점에서 미국에 있을 때 틈틈이 공부했지만, 한국은 규정이 다른지라 그녀는 또다시 협회를 들락거리며 요트면허증을 취득해야 했다.

"연지우가 또 날 놀라게 하는군."

"나란 여자에 대해 알아갈수록 매력적이긴 하죠? 그렇다고 너무 그렇게 노골적인 시선으로 보진 마요. 덮칠지도 모르니까."

"처음부터 그럴 작정 아니었을까?"

가늘게 뜬 눈으로 유혹의 눈빛을 보내는 지우의 모습에 치해는 두 팔로 제 몸을 감싸며 심히 의심스럽다는 눈길을 보냈다. 오늘 저녁을 함께 보내자는 지우의 말에, 그 역시 석호를 뿌리치고 달려왔으면서도 그녀가 두렵다는 듯 몸을 떨었다.

"무슨 소리! 이건 순전히 그동안 고마워서 준비한 거라니까. 내 성의를 그런 식으로 왜곡하진 말라고요. 석양 아래서 저녁을 먹고 밤낚시도 즐기자고요. 음, 그러다 쌀쌀해지면 객실로 들어가서 영화도 한 편 보고요."

지우가 구석에 마련된 낚시도구와 요트 중앙 밑 객실로 향하는 계단을 가리켰다. 그러자 10억이 넘어 보이는 호화 요트를 눈으로 훑던 치해가 불쑥 걱정 어린 음성을 흘렸다.

"활동신고는 물론 한 거겠지?"

"넵. 원거리 수상활동 신고서 작성하고 왔습니다."

지우는 그럴 줄 알았다는 듯 일부러 손을 이마에 붙이며 장난을 쳤다. 이에 그가 석양이 드리운 수평선을 쳐다보자 그 역시도 걱정 말라는 듯 그녀가 눈을 찡긋거렸다.

"야간활동까지 신고했으니 걱정 마십시오."

"야간? 그건 어선 말고는 여간해서 허락해 주지 않는데?"

"강원도 전체가 주시하는 사업이에요. 그쯤이야 쉽죠."

별거 아니라는 듯 어깨를 으쓱거리는 지우의 곁으로 다가온 치해가 항해 준비를 돕기 위해 굵은 밧줄을 잡아들었다.

"임대한 거야?"

"회사 거니까, 임대란 말이 틀리진 않네요."

"다행이군."

"뭐가요?"

"한 달 치 월급을 고스란히 배 주인에게 바쳐야 하나 싶어서 내심 마음 졸였거든."

익살스러운 표정으로 치해가 보란 듯이 크게 안도의 한숨을 내쉬자, 지우가 끼룩대는 갈매기처럼 킥킥거렸다.

"하긴 어마어마한 금액이긴 하죠. 이 정도 요트라면, 1인당 한 시간에 8만 원 정도 하니까. 거기다 식사를 하고 각종 이벤트를 하면…… 헉, 내 월급도 받쳤겠는데요?"

항해 준비를 하느라 굵은 밧줄을 끌어올리는 그들의 어깨가 쉼 없이 흔들렸다.

요트의 끝자락에서 어두컴컴한 바다를 바라보는 지우의 알몸이 달빛 아래 반짝였다.

뱃사람을 유혹하던 세이렌처럼 유혹적인 자태에 조금 전 폭발을 일으켰던 치해의 남성이 또다시 서서히 일어섰다.

해질 무렵 바다 한복판에서 시작되었던 뜨거운 정사는 멀리 보이는 육지 속 불빛들이 하나 둘 꺼지고 나서야 끝을 맺었다. 강렬한 오르가즘이 휘몰아쳤던 몸의 열기가 채 가시지도 않았건만 그의 동공이 또다시 강한 욕정으로 이글거렸다.

하지만 오늘만 해도 벌써 세 번이나 그녀 안을 들락거렸던 점을 감안해 잠시 쉴 틈은 줘야 할 것 같았다.

지우의 뒤에선 치해가 객실에서 가져온 담요를 망토처럼 두르고 제 몸과 담요로 한꺼번에 그녀의 몸을 감쌌다.

"바다는 참 이상해요. 편안하고 시원해 보이면서도, 막상 들어서면 무서움의 끝이 보이지 않는 곳이니까."

등을 감싼 치해의 가슴에 몸을 기댄 지우가 머리마저 그의 팔뚝에 기울이며 나직한 음성을 자아냈다.

"고요함을 표면에 내세운 실은 포악한 놈이지."

시시때때로 변덕을 부리는 놈. 둥실둥실 떠 있으면 세상 전부를 가진 것 같은 여유로움을 안겨주면서도 서서히 집어삼킬 무서운 곳으로 인도하는 영악한 놈.

"그런 바다를 사랑하는 거 아니에요?"

"정확히 말하면 바다에 삼켜진 사람을 사랑하는 거지. 홀로 바다 한가운데 떠 있는 게 어떤 기분일까. 가끔씩 그런 생각을 해. 굉장히 잔혹할 거라고, 외쳐도 아무것도 없는 무한한 공간이 무자비한 두려움으로만 가득할 거라고. 그런 곳에서 난 손을 내미는 거다."

"왠지 멋있는데요?"

치해의 말에 수긍하듯 가만히 고개를 끄덕이던 지우가 그를 올려다보며 웃었다.

멋있다는 칭찬에 쉴 틈을 주고 팠던 배려가 싹 달아났다. 그녀의 미소는 너무도 치명적이었다. 활짝 핀 꽃보다도 화려하고, 마치 태양 앞에 도달한 듯 온몸을 후끈거리게 한다.

치해가 곧장 고개를 숙여 지우의 입술을 보드랍게 비벼댔다. 간질임처럼 비비던 압력이 점차 강해진다 싶더니, 울퉁불퉁 구겨져 벌어지는 틈을 비집고 혀를 밀어 넣었다.

지우는 그 정열에 호응하며 입 안을 헤집는 혀를 받아들였다. 그의 애정은 너무 열정적이었다. 숨을 돌릴 틈조차 주지 않고 또다시 성애를 심어댄다. 치열을 고르게 핥고 목구멍을 압박하듯 집어넣은 혀가 입천장을 샅샅이 핥아대는 통에 꺾인 목이 금세 뻐근해졌지만, 그녀 역시 말캉한 혀를 옭아매고 빨아들였다.

끈끈하게 뒤엉킨 혀가 서로의 입속을 유연하게 유영해 야들야들한 살들을 구석구석 자극했다. 제대로 넘어가지 못한 타액이 입술 사이로 흘러나올 만큼 깊은 키스가 이어졌지만, 이내 숨이 턱을 넘어서 혀끝까지 차오르자 겨우 지우의 입술이 떨어졌다.

"숨 막혀요."

"괜찮아."

이미 욕망이 짙게 서린 치해는 거친 숨을 내뿜는 지우의 입을 또다시 막았다.

"후, 음."

지우의 입술 사이로 한숨처럼 토해 나온 신음이 자연스레 그의 입속으로 스며들어 입 안을 울렸다. 치해가 끌어안은 몸을 더욱 바짝 안고 얼굴을 이리저리 돌릴수록 집어삼켜진 그녀의 신음이 그의 목젖을 울렸다.

결국 막혀오는 숨을 어쩌지 못해 지우가 바들거릴 때까지 입 안 가득 뜨거운 열기를 심어 놓은 치해는 입술을 옮겨 보드라운 솜털이 가득한 그녀의 귓불을 잘근잘근 깨물었다. 이내 혀끝을 동그랗게 말아 귓속으로 집어넣고는 약 올리듯 날름거렸다.

사각사각.

그의 혀가 귓속을 파고들 때마다 사각거리는 소리가 그녀의 고막을 울렸다. 솜털을 흔들고 지나가는 뜨거운 숨결에 지우의 몸에 우두둑 소름이 돋았다.

혀끝을 타고 내려온 침이 귓가를 적실수록 다리 사이가 조여들고, 귀 윗부분인 이개를 툭툭 건드릴수록 돋아난 소름이 점점 크기를 더했다. 치해의 혀가 더욱 세차게 파고들어 가느다란 통로인 외이도를 쑤셔댈수록 안면신경이 자극받은 것처럼 그녀의 얼굴이 찡그려졌다.

지우가 파고든 혀를 피하느라 거북이처럼 목을 움츠렸을 때에야 비로소 치해의 고개가 밑을 향했다. 가녀린 몸을 타고 밑으로 내려가면서도 그는 길게 빼낸 혀로 그녀의 가느다란 목을 핥고 고른 치아로 둥그런 어깨를 지그시 깨물었다.

고요한 바다가 쪽쪽 대는 소리로 가득할 무렵 치해가 쥐고 있던 담요를 떨어뜨리고 그녀의 가슴을 움켜쥐었다.

도돌거리는 유두를 엄지와 검지로 리드미컬하게 애무하자 지우가 화들짝 놀란 음성을 흘렸다.

"또 하려고요? 정말 지쳤다고요. 기진맥진해서 쓰러질 지경이라고."

이 남자 아무래도 자신을 죽일 생각인 모양이다. 벌써 몇 번째인지 세기도 힘들었다.

"며칠 뒤부터는 정말 눈코 뜰 새 없이 바빠질 거거든. 후들거리게 만들어놔야, 다른 곳에 눈을 안 돌리지."

장난스럽게 책임을 떠넘긴 치해는 정말 시간 나는 틈틈이 그녀를 마음껏 먹어치우고 싶은 심정이었다.

여름은 그야말로 지옥훈련을 경험하는 것과 다를 바가 없다. 쉬지 않고 밀려드는 해난사고에 잠은커녕 제대로 된 식사조차 할 겨를이 없기 때문이었다. 밤이면 밤대로 치안 보안차 번갈아 당번을 서 돌아다니며 불놀이를 일삼는 이와 저녁낚시를 즐기는 이들로 진을 빼야 한다.

그야말로 지옥과도 같은 바쁜 나날을 경험해야만 하니, 그런 시간 속에 따로 짬을 내 그녀를 만난다는 건 불가능한 일이었다. 지우를 보지 못할 동안 보고픈 갈증에 얼마나 시달릴지, 그 상상만으로도 벌써부터 목이 말랐다.

"의미심장한 말인데? 당신이야말로 다른 여경한테 눈 돌리려는 심산 아니에요?"

특수직업상, 해양경찰은 여경이 많지 않다는 걸 알면서도 지우는 그의 기대에 어긋나지 않게 살짝 질투하는 척을 해줬다.

"이크, 들켜버렸네?"

치해가 눈을 찡긋거리더니 쏟아지는 달빛만큼이나 화사하게 웃었다.

그런 그를 조금은 멍한 시선으로 물끄러미 응시하던 지우가 속삭이듯 입술을 열었다.

"웃는 거…… 예쁘다. 현기증이 날 만큼."

새삼스러울 것도 없이 몇 번이나 보았으면서도, 이를 드러내고 웃는 그의 미소가 심장이 멎을 만큼 매력적이었다. 산을 뒤덮은 설경처럼 화사하고, 그 설경에 드리운 햇살로 눈이 부신 것처럼 눈꺼풀이 저절로 감기려 했다. 나뭇가지에 아슬아슬하게 무게를 지탱하고 있던 소박 눈이 와르르 무너지는 것처럼 아찔하기까지 하다.

지우의 몽환적인 시선과 속삭임에 치해의 입가에서 웃음이 점차 사라졌다. 그의 얼굴로 열기가 몽글몽글 솟아오르더니, 삽시간에 동공을 휘감고 이글거렸다.

그가 가슴에 기대 있던 지우의 몸을 확 밀쳐냈다.

"앗!"

깊이를 알 수 없는 바다를 향해 몸이 반으로 접혀 꺾이자, 지우는 요트 둘레에 둥글게 쳐져 있는 난간을 허겁지겁 움켜잡았다. 고개 아래로 검은 바다가 출렁였다. 요트 또한 파도에 맞춰 위아래로 리듬을 탔다.

치해는 그녀의 굽혀진 허리를 부드럽게 쓸어내리고는 둥그런 골반과 함께 탄력 있는 엉덩이 양쪽을 강하게 그러쥐었다. 보드라운 살덩이가 손바닥에 착착 감겨오자 그는 한쪽 무릎을 굽히고 앉아, 그녀의 엉덩이를 한껏 벌렸다.

그러자 조금 전 그녀가 쏟아냈던 맑은 애액과 함께 자신의 우윳빛 정액을 머금은 선홍색 질구가 모습을 훤하게 드러냈다. 닥쳐올 전율에 몸을 떨듯 고운 꽃잎들과 함께 벌어진 여성이 움찔움찔 벙긋거렸다.

지우의 한쪽 허벅지를 부여잡은 치해는 살짝 벌어진 질 입구를 손가락으로 간질이듯 긁어대고는 안으로 깊숙이 밀어 넣었다. 굵은 손가락이 파고들자 질 안 좁은 공간에 고여 있던 애액과 정액이 머물 곳을 잃고 역류하듯 밖으로 밀려나왔다.

"하아……."

그의 묵직한 남성을 받아들였던 여성이 저릿한 통증을 호소하고 있었지만 지우는 또다시 아득한 심해 속으로 빨려 들어갔다. 방금 전 그와 뜨겁게 사랑을 나눴는데도 몸은 몇 번이고 절정을 맛보고 싶다는 듯 후끈거렸다.

질 안 깊숙이 파고들어간 그의 손가락이 내벽을 긁고 빠져나올수록 진득한 정액이 같이 딸려 나왔다. 하나였던 손가락이 둘로 합쳐져 질 근육들을 옆으로 밀어내고 더욱 깊이 파고들었다.

질 안을 빠르게 왕복하던 그의 손이 깊은 곳에서 멈춰 섰다. 그리고는 손가락을 굽혀 위쪽 내벽을 긁어대기 시작하자 지우는 엉덩이를 실룩거리며 미친 듯이 신음을 터트렸다. 몇 차례나 달아올랐던 몸에 또다시 뜨겁게 불을 지펴댄다. 그의 손길에 불붙은 몸이 숯덩어리처럼 금세 타올라 식을 줄 모르고 빨갛게 불길을 더해갔다.

"하아! 하아! 하아……."

그녀의 농익은 신음이 잔잔한 바다를 깨우기 시작했다. 그의 손은 그녀 자신보다도 몸을 잘 알고 있는 듯 너무도 자연스레 움직였다. 어느 곳을 건드려야 움찔거리는지, 어떻게 하면 신음을 터트리는지, 치해는 교묘하게 그녀의 몸이 반응하는 곳만 집중적으로 공략했다.

"훗."

그의 손가락 끝이 질 안 깊숙이 숨겨 있는 또 하나의 스폿을 자극하자 지우는 다리를 꼬아대며 안절부절못했다. 그 정점을 향해 집요한 공격이 계속 퍼부어지자, 그녀는 이성을 잃은 채 끝도 보이지 않는 어딘가로 한없이 추락했다.

치해의 시선이 그녀의 질 안을 들락날락하는 자신의 손에 박혀들었다. 좁은 통로 속으로 밀어 넣은 손가락이 모습을 감췄다 드러나기를 반복할 때마다 빨간 속살들이 밖으로 살짝살짝 모습을 드러내고 있었다.

눈앞에 펼쳐진 강렬한 자극에 페니스가 확 쪼여들자 그는 질 안을 쉼 없이 왕복하던 손가락을 빼내고는 탱탱하게 부풀어 오른 클리토리스를 찾아 지그시 눌러댔다.

"흐응!"

찌릿한 전율이 머리카락을 쭈뼛 세울 정도로 강하게 몰려들자 지우는 벌려 있던 다리를 옹그리고 부르르 몸을 떨었다. 치해가 순식간에 발기한 클리토리스를 손가락 사이에 끼워 넣고 쭉쭉 잡아당기기까지 하자, 또다시 무언가를 쏟아낼 듯이 질 내부가 꿈틀거렸다. 찌릿한 쾌감이 쉼 없이 머리를 강타하는 순간에도 그의 손은 오히려 아랫배가 저릿할 정도로 클리토리스를 힘껏 눌러 비벼댔다.

"아! 으으흥……."

결국 아찔한 탄성과 함께 봇물처럼 터진 애액이 허벅지를 타고 줄줄 흘러내렸다. 그녀가 오한을 느끼듯 난간을 부여잡은 손과 힘겹게 지탱한 두 다리를 바들바들 떨어대자, 치해는 그녀의 발목까지 흘러내린 꽃물을 정성스레 손으로 쓸어내고는 욕정을 채우기 위해 몸을 일으켰다.

움찔거리는 지우의 등을 부드럽게 훑으면서 먹이를 눈앞에 둔 들개처럼 흥분해 있는 페니스를 단번에 질 안 깊숙이 박아 넣었다.

"하, 하윽흑!"

치해의 굵은 남성이 이미 몇 차례 정사로 부풀 대로 부푼 살점들을 꿰뚫어 한없이 박혀 들자 지우는 늑대가 울부짖듯 몸을 휘며 탄성을 내질렀다. 그 어느 것도 그의 페니스만큼 강렬하진 못할 것 같다. 정신이 아득하다 못해 다른 세상으로 몸이 빨려 들어가는 듯 아찔함이 끝없이 이어지고만 있었다.

"으으음."

생크림을 휘저어대면 이런 기분일까. 귀두부터 뿌리까지 감싸는 부드러움에 그 역시 나른한 신음을 흘렸다.

땀으로 젖어 있는 그녀의 허리를 움켜쥐고 그는 하얀 크림을 슬슬 저어대듯 허리를 뱅글뱅글 돌렸다. 그런 움직임이 한 번, 두 번 이어질수록 지우의 힙이 화난 사람처럼 꿈틀거렸다.

나사를 조이듯 돌려대기를 반복할수록 새하얀 애욕의 흔적들이 맞물린 중심에서부터 크림의 거품처럼 일어났다. 탄력 있는 질 근육들이 단단한 성기를 죽일 듯이 옭아맸다가 다시 나른하게 풀어주자 치해의 육신은 지우가 발산하는 욕정 속으로 깊이 빨려 들어가 이내 툭툭 허리를 끊어냈다.

"아홋! 아! 아."

가녀린 몸이 치해의 세찬 몸짓에 밀려 강하게 앞뒤로 움직이다 점점 바다를 향했다. 그가 박혀 들수록 그녀의 몸은 어린 시절 말뚝박기 놀이에서 말이라도 된 듯 앞으로 튕겨나갔다. 눈앞에 펼쳐진 칠흑같이 어두운 바다가 하얗게 보이기 시작하자 그녀의 몸이 파도의 출렁임에 맞춰 춤을 췄다.

새벽을 맞이하려는 해류의 흔들거림에 요트의 출렁임도 더해졌다. 넘실대는 바다와 흔들리는 요트가 부딪칠 때마다 그녀의 이마로 파도의 파편이 날아들었다. 앞으로 쏠린 몸이 당장이라도 바다에 빠질 듯 아찔한데도, 치해의 몸짓은 끝장이라도 볼 기세로 더욱 강해져만 갔다.

"치해 씨, 너무 훗, 세게 하지…… 아흑!"

"마음대로 되지 않아. 네 속에서 난…… 웃."

서로 끝말을 잇지도 못할 만큼 환희가 그들을 아울렀다.

젖은 몸이 맞붙는 교합의 소리가 거센 파도에 실려 끝없는 바다로 퍼져나갔지만, 그녀의 몸 안에 파고든 쾌감은 퍼져나가지 못하고 그대로 머물렀다. 한 번, 두 번, 짜릿한 희열을 심어 쾌락이 눈덩이처럼 쌓여갔다. 뭐라 표현할 수 없는 황홀감에 지우는 쉴 새 없이 고개를 흔들어댔다. 뱃멀미가 난다. 몰려든 감각이 그녀의 내부를 자꾸만 휘저어 구토를 일으킬 것만 같았다.

"나 더는 못 견뎌요. 더, 더는……."

"네가 그러면 나 역시 견디질 못해. 제발 그만, 크윽."

몸부림치는 지우의 애원은 사정의 순간을 단축시키고 만다. 정염을 요구하는 몸짓보다도 더 견딜 수 없이 극한의 절정으로 끌고 나가는 것은, 희열로 죽어갈 듯 몸서리치는 그녀에게 서린 환락의 아우성이었다.

농익은 신음. 희열 서린 교성. 그리고 절정이 닥친 애원. 지우에게서 흘러나오는 모든 것이 남자의 자존심을 비웃듯 사정의 시간을 단축시키고 만다.

결국, 갑작스러운 절정감이 순식간에 몰려들었다. 그녀 안에 계속 머물고 싶은 바람을 뿌리치고 고환이 움찔거리며 수축을 일으켰다.

"컥."

탁한 신음을 흘린 치해는 정액을 진득하게 뿜어내며 그녀의 속살에 묻혀 부르르 몸을 떨어댔다.

죽일 듯이 흔들어대던 몸짓이 일순간에 멈추자 지우 역시 극한의 한계에 치달았다. 사정하는 순간 그가 단전까지 깊숙이 파고들어 그녀의 스폿을 찔렀기 때문이었다.

"하, 하아아웃."

노랫소리처럼 흘러나온 절정의 교성이 잘 여문 과실처럼 농익게 흘러나왔다. 오르가즘을 반복적으로 느낀 그녀는 또다시 애액을 쏟아내며 난간을 움켜쥔 채 바닥으로 내려앉았다.

더는 두 다리로 설 수가 없을 것 같다. 다리가 없어진 느낌이었다. 마치 지느러미만 있는 인어처럼.

그런 지우에게로 슬며시 다가온 치해가 그녀의 다리 한쪽을 스윽 팔로 걸쳐 맸다. 사타구니 사이로 자리를 잡는 것을 쳐다보며 지우는 울먹였다.

"하지 마. 나 이러다 죽어요."

"그러게 왜 중간에 그런 말을 해. 내 자존심에 금이 가게 만들었잖아. 토끼가 되긴 싫단 말이지."

음흉하게 웃는 치해의 미소가 더는 멋져 보이지 않는 건 왜인지. 지우가 은밀히 정력감퇴제를 수소문해야겠다는 생각을 할 무렵, 자존심 회복을 부르짖는 치해가 그녀의 속을 또다시 꿰뚫었다.

"아으흑."

지우의 비명이 밤새도록 선상 위에 머물렀다.

※

"연효석 실장이 제출하는 사업지출 내역과 실 금액이…… 계속 오차가 나고 있습니다."

이제는 완전히 효석의 편이 되어버린 재무본부 윤 부장의 은밀한 보고에, 호용의 눈동자가 금세 튀어나올 것처럼 불쑥 도드라졌다.

"그 말은 지금 효석이 횡령을 했다는 말인가?"

"설마 그렇게까지 했겠습니까마는……."

호용이 뒤로 넘어갈 듯 입에 거품을 물고 재차 확인을 요하자, 윤 부장은 긍정도 부정도 아닌 모호한 말로 뒤를 흐렸다. 그것은 곧 아니라고 단박에 부정할 수 없는 흔적을 찾아냈다는 뜻이었다.

"언, 언제부터인가?"

"삼 년 전부터 꾸준히 그러긴 했는데, 그게 다달이 몇십만 원 정도의 작은 차이라 그냥 무시했었습니다. 한데, 사이판리조트 계획사업비로 가져간 돈에 좀 많은 차이가 납니다."

"그걸 지금 보고한단 말인가! 이놈이 대체 무슨 생각…… 하, 하 그래 얼마나 차이가 나나?"

치솟는 혈압의 뒷목이 아찔하게 저려 호용은 과도하게 호흡을 가다듬으며 조심스레 금액을 물었다.

"지난주부터 현재까지 2,500만 원입니다. 일주일 사이에 어마한 금액이 차이가 나는지라, 그저 간과하기에는 앞으로가 더 걱정돼서 말입니다."

몇 십만 원 정도야 술값을 탕진하느라고 그랬겠지만, 천 단위가 넘는 금액은 윤 부장의 말대로 무시할 수 없는 돈이었다. 동네 구멍가게도 아니고 엄연히 지분의 몫을 배당받는 주주가 있는 주식회사에서는 절대로 벌어져서는 안 되는 일이었다. 여차하다 가는 자금 횡령으로 쇠고랑을 찰 수도, 나아가서는 대표인 호용 자신에게까지 책임 여부가 쏟아질 수 있는 중대 사안이었다.

아직 새어나간 돈의 출처를 정확히 꼬집어 낼 수는 없겠지만,

액수가 커지다 보면 억 단위가 되는 건 삽시간이었다. 어리석은 놈이 제 누이보다 앞설 생각은 않고, 쫓겨나갈 앞날을 걱정해 먼저 돈을 빼돌리고 있는 것일지도 몰랐다. 마지막 기회라 그리 일렀건만……

"회장님. 어찌할까요? 연지우 실장이 눈치를 채기 전에 어떻게든 해결을 해야 하지 않겠습니까?"

앞일을 도모하느라 나직하리만큼 조용한 윤 부장의 물음에, 호용은 미간을 모으고 한때는 지우의 편에 섰던 자를 물끄러미 응시했다.

권력 앞에서는 세상만사 다 헛것인 모양이다. 제 여식과 짝을 이룰 효석이 먼저인 것을 보면, 그도 어쩔 수 없는 속물임에는 틀림없었다.

하긴 누구 탓을 할 것인가. 멀쩡한 후계자를 방치하고 효석에게 힘을 실어주고자 그리 노력했던 것은 다름 아닌 자신인 것을.

하지만 더는 눈뜬장님 노릇을 할 수가 없었다. 감싸고도는 아들 녀석의 만용을 봐주기에는 젊은 시절부터 지금까지 모든 열정과 노력을 쏟아 부은 회사가 먼저였고, 그의 자리를 굳건히 지키는 게 급선무였다. 혹시나 이사회에서 이 사실을 알게 되면, 명예롭지 못한 퇴진이라는 걷잡을 수 없는 결과만 초래될 것이다.

"일단은 그 누구도 모르게 증거를 모아 내게 가져오게. 효석이에게조차 내색하지 말아야 해. 이번에 아주 혼꾸멍을 확실히 내줘야 다시는 이런 일이 없을 테니. 장차 회사를 다스릴 놈이 횡령이라니!"

"예. 하면 빈 자금은 어떡해……."

"내 개인 돈으로 메워봐야지."

행여나 그가 효석에게 따로 언질 할까 싶어 호용은 안심시키는 말로 끝맺음하고 윤 부장을 내보냈다.

곧바로 안주머니 속에 넣어둔 혈압약을 꺼내 침과 함께 꿀떡 삼켰지만 좀처럼 솟구친 혈압은 떨어질 줄을 몰랐다.

"어떻게 한다?"

호용은 미간을 모은 채 양손으로 머리를 짚고 골몰히 생각에 빠졌다.

윤 부장이 이미 효석과 한배를 타기로 결정했다면 지우에게 힘을 실어줄 이는 회사 내에 얼마 남지 않은 셈이었다. 자신이 그리 되도록 만들었다.

효석이든 제 어미든, 횡령 건을 들먹여 더 이상 이 자리에 욕심 내지 않도록 말끔히 정리할 수 있었지만, 문제는 아비 된 도리를 잊고 그가 운영진들에게 심어놓은 지우에 대한 불신이었다.

효석의 자리가 점점 위태로워지자 그는 일부러 주식시장에 여자인 지우가 회사를 물려받을지도 모른다는 소문을 은밀히 퍼트렸고, 원하던 결과대로 주가가 내림세로 접어들었다. 때문에 임원진들은 지우가 달성해 놓은 그간의 일을 잊고 못마땅한 듯 미간을 찌푸렸었다.

"지우……. 연지우."

딸의 이름을 중얼거리던 호용이 자신의 성까지 붙여 재차 읊조렸다. 딸 역시 보란 듯이 그의 성을 타고 난, 끊을 수 없는 혈육인 것만은 부정할 수 없는 사실이었다.

"결국 막을 수 없던 것인가."

나직한 음색에 깊은 한숨이 섞여 나왔다.

그가 무조건적으로 효석을 지지했던 이유. 그저 여자이기 때문이라는 말도 안 되는 이유를 들먹거리며 이런저런 핑계를 대가며 딸에게 후계를 물려주지 않으려던 이유는, 지우의 가슴속에 박힌 응어리가 무엇인지 잘 알기 때문이었다. 지우가 회사를 물려받는 날, 뻔히 일어날 일을 막아내고픈 이유 하나뿐이었다.

딸은 어릴 적부터 고집이 센 아이긴 했지만 지금처럼 독하진 않았다. 곧잘 웃고 애교도 많은 편이었지만, 철이 들면서부터는 얼굴에 표정을 드리우지 않았다. 제 어미가 왜 우는지를 알았기 때문이리라.

조강지처가 물려받은 회사를 거머쥐고는 그대로 버렸으니 어디 그게 사람이 할 짓일까. 그녀를 보면 목이 더 조여들을까 두려워 병이 들어 죽을 날을 앞둔 시점에도 얼굴 한번 내비치지 않았다.

그러니 지우는 변변한 아비 노릇조차 못하고 조강지처를 버린 아비를 죽도록 원망했을 것이다. 제 어미가 죽은 이후로는 더욱 독기를 품었을 것이다.

"당신을 버린 죗값은 막을 수가 없나 보군."

이제는 얼굴조차 제대로 기억나지 않는 여자를 향해 호용은 후회 섞인 목소리를 흘렸다.

사람이 죄를 지면 어떻게든 그 대가가 응당 따른다고 했던가. 딸의 가슴에 들어찼을 복수심을 어떻게든 막아내고 싶었지만, 순

223

리는 어쩔 수 없는 모양이다.

불명예스러운 퇴진과 더불어 아들로 인해 망해 가는 회사를 볼 것인가. 아니면 지우에게 내몰리더라도 쌓아놓은 것을 지킬 것인가.

하지만 그 역시도 사업가다. 초라한 노후보다도 견딜 수 없는 것이 젊은 시절 그의 모든 것이나 다름없었던 회사가 기우는 것이었다. 그것만은 두고 볼 수가 없다. 굳이 어느 것이 더 무거울까 저울질해 보지 않아도, 그의 결론은 이미 끝에 도달했다.

머리가 지끈거려 호용은 관자놀이를 지그시 눌렀다. 이제는 지우가 회사를 가질 수 있도록 바로 잡아줘야 할 때였지만, 좀처럼 방법이 떠오르질 않았다.

그러다 일순, 그의 머릿속에 전광 하나가 빠르게 스치고 지나갔다. 엊그제 모임에서 만났던 바다개발의 최 회장이 떠오른 것이다.

호용은 곧장 옆에 있던 전화기의 인터폰을 눌러 비서를 호출했다. 비서가 경직된 모습으로 들어섬과 동시에 그는 다급한 음성으로 지시를 내렸다.

"기획실장 불러들여. 내일 당장."

긴박함을 호소하듯 거친 호용의 음성에, 비서는 쪼르르 제 집무 공간으로 돌아가 재빨리 수화기를 들고 지우의 휴대전화 번호가 저장된 단축번호를 힘껏 눌렀다.

12장
행복은 바람처럼 아주 잠시만 머물다 간다.

예정에 없던 부친의 호출에 아침 일찍부터 서둘러 서울로 출발했지만, 지우는 문막 부근의 고속도로를 보수하는 공사로 인해 점심나절이 지나서야 호용을 마주할 수 있었다.

하지만 급하게 찾는다는 전갈에 점심조차 거른 채 달려온 보람도 없이 부친은 물끄러미 바라보기만 할 뿐 30분이 지나도록 아무런 말이 없었다.

회의를 빼고는 이리 오랫동안 말없이 같은 공간에 존재해본 적이 없어 지우는 이 무료함이 빨리 끝나기를 바랐다. 오늘은 무슨 말로 속을 뒤집으려 저리 뜸을 들이는가 싶어, 불안함이 조금씩 가슴을 파고들었다.

"왜 불렀는지 묻지 않는 거냐? 궁금하지도 않아?"

지우의 뒤편에 걸린 벽시계로 정확히 30분이 지났음을 확인한 호용이 그제야 입을 뗐지만, 찾은 용건보다는 되레 물음을 던졌다. 만약 이곳에 들어선 이가 지우가 아닌 효석이었더라면, 아들은 30초도 안 돼서 무슨 일인지 추궁하기 바빴으리란 생각 때문이었다.

"때론 기다릴 줄도 알아야 하는 법이니까요. 아버지께서 이리 오랫동안 말씀이 없으시다는 건, 그만큼 전하기 어려운 말이라는 뜻일 테죠. 그 정도는 짐작할 수 있습니다."

지우가 침착하게 인내할 줄도 아는 법을 이미 배웠다는 점에 호용은 결코 자신의 선택이 그릇되지 않는 것임을 재차 깨달았다. 더불어 한발 앞서 상대의 심리까지도 꿰뚫어 보는 혜안을 가지지 않았는가.

호용은 테이블 위에 올려 있던 서류철 하나를 말없이 지우에게로 밀었다. 들여다보라는 행동에 지우가 눈치 빠르게 서류철을 들어 파일 앞장을 넘기고 그 안을 차지한 내용을 훑었다.

"지난달부터 하향세이긴 하지만, 현재 진행 중인 동해리조트 공사 착수를 언론에 공개하면 이 정도쯤은 단숨에 상승할 겁니다."

동해개발권을 따낸 일 년 전부터 상승세를 보이던 주식이 갑자기 이렇게 떨어진 이유를 좀처럼 헤아릴 수 없었지만, 지우는 아버지가 이 일로 급하게 찾았나 싶어 방안을 내놓았다.

"과연 그럴까?"

"주식시장은 개미소굴과도 같습니다. 단내가 풍기면 곧 새까맣게 몰려들겠죠."

"이게 너 때문인데도?"

무슨 뜻이냐는 듯 지우의 가늘어진 시선이 호용을 향했다.

"네 능력은 익히 봐왔다. 하지만 여기까지야. 네가 내 자리를 이을 거라는 소문이 돌자마자, 주식이 하한가야. 이 세계에서 여자는 보증수표가 아닌 언제 부도가 날지 모르는 백지수표에 불과해."

또다시 물러나라는 말을 하기 위해 몇 시간을 달리게 만들었던가. 뜸을 들인 이유가 이 때문이었어? 가늘어졌던 지우의 눈매가 단박에 싸늘해졌다.

"동해개발권을 따낸 것도 제 역량이었고, 그전부터 계획했던 자잘한 모든 일들이 제 손에서 이뤄졌습니다. 그런데도 제가 백지수표란 말입니까?"

"일반인들이 그것까지 알 거라고 생각하는 건 아니겠지? 네가 하는 모든 일은 곧 내가 하는 일이 되는 게다. 내가 이 자리에 앉아 있는 동안은 대한해양은 바다의 거센 풍랑도 굳건히 버틸 수 있는 원양어선과도 같지만, 일반인들에게 잘 알려지지 않은 넌 작은 파도에도 흔들리다 침몰해 버릴 쪽배보다도 못한 거지."

"아무것도 모르는 이들의 어리석은 관념 따위 무시하겠습니다. 앞으로 회사를 어떻게 운영해나가는지 보란 듯이 보여줄 테니까요. 최상가를 달리던 때보다 더 많은 이익을 창출하고, 주가 역시도 최고로 만들어 놓을 겁니다."

"결혼하거라."

의지를 다지느라 도드라지기 시작했던 지우의 손등에 힘줄이 툭 불거졌다.

"보여주길 원하는 이들에게 네 오기를 여봐란듯이 보여봐. 무수히 쌓아온 노력과 결실보다, 때론 별것 아닌 모습 하나를 보여주는 게 더 큰 결과를 불러오는 법이다."

"싫습니다."

한동안 잠잠하다 싶었더니, 끝내 부친은 또다시 결혼을 들이밀었다. 적당한 짝을 맺어주고 물러나기를 바라는 심산이겠지만 절대 원대로 하지는 않을 것이다.

"모임에서 바다개발의 최 회장을 만났다."

"일흔이 넘은 노인에게 시집가라는 말씀이세요?"

지우의 음성이 경악스럽게 튀어나왔다.

"손자라고 하는구나. 회사를 가지고 싶어 하는 네게 힘을 실어줄 건 자명하겠지. 회사를 갖겠다는 각오가 얼마큼인지 보여봐."

손자라는 말에 아연실색했던 지우의 동공이 일순 혼란스럽게 흔들렸다.

노인이 아닌 그나마 손자였다는 사실에 머리끝까지 뻗치려 했던 화가 잦아들었지만, 바다개발이라면 부친의 말대로 효석에게 기울고 있는 판도를 단박에 뒤집을 수 있는 집안이었다. 떠들기 좋아하는 언론은 두 해양개발사에 결합에 연일 떠들썩할 것이고, 주식시장은 물론 임원진들 역시 그녀를 달리 보는 결정적인 역할을 할 것이다.

하지만 부친은 효석의 편이었다. 그녀가 무엇을 하든 효석보다 앞설세라 조바심을 감추지 않던 사람이었다. 그런 부친이 오기를 보이라고 할 때만 해도 그저 그러려니 하고 넘겼지만, 회사에 힘을 실어줄 바다개발의 손자와의 결혼을 종용함과 함께 후계로서의 각오를 보이라는 것이 쉽사리 이해가 되지 않았다.

"왜 이러세요? 아버지는 늘 효석에게 손을 들어주시던 분이셨습니다. 제가 수많은 결과를 직접 보여드려도 못마땅한 표정으로 무시하셨습니다. 잘난 여식보다, 못난 아들에게 더 많은 기대를 걸었지요. 그런 분이 이제 와 이러는 이유가 뭔지, 저는 아버지의 속내가 더 궁금합니다."

꿍꿍이가 뭐냐는 말이다. 혼란스러웠던 지우의 동공이 의혹을 품고 부친의 속내를 짐작하기 위해 희번덕거리기를 반복했다.

의심의 빛을 지우지 못하는 여식의 노골적인 시선 앞에 호용은 부드럽게 입매를 늘였다. 지우의 말이 사실임을 그 역시 부정할 수는 없었다.

"본격적인 싸움을 붙이는 게다. 내가 아무리 아들에 눈이 멀었다지만, 나 역시 대한해양의 대표다. 수십 년 동안 내 이름이 거론되었던 회사니만큼 퇴진하고서도 그 명성이 계속 이어지길 바란다. 네가 결혼이라는 말만 꺼내도 싫어한다는 걸 잘 안다만, 그렇게 해서라도 회사를 물려받겠다는 의지를 보인다면…… 난 얼마든지 네게 돌아설 용의가 있다."

"거절하겠습니다."

한 번도 들어본 적 없던 지원. 그토록 듣고 싶었던 후원 앞에 지우는 잠시도 망설이지 않고 거부했다.

예전 같았더라면 부친의 입질에 서슴없이 미끼를 물었을 것이다. 계획치 않은 결혼이라 할지라도, 입술을 깨물며 고개를 끄덕였을 것이다. 그녀에게 돌아설 용의가 있다는데, 얼마든 그리했을 테다. 효석보다 우월해질 수 있는 상황 앞에 망설임 없이 내뱉은 건 거절이 아닌 허락이었을 테다.

치해를 다시 재회하기 전이었다면…….

"회사 내 입지를 굳힐 효석의 결혼이 코앞인데 넌 그저 실력으로만 후계의 자리를 받을 수 있을 거라 생각하는 것이냐? 훗, 그렇담 넌 아직 멀었다. 네가 이대로 나가는 대로 난 효석이 회사의 물려받을 거라는 소문을 암암리에 퍼트릴 게야. 그렇게 되면 주가가 어찌 될 것 같으냐? 이보다 더 떨어질까?"

"현명하게 판단하십시오. 효석인 대한해양의 이름값을 지켜내지 못할 위인이니까요. 평생을 사업의 이익을 따지신 분이 정에 이끌려서만 대업을 망치시진 않을 거라 믿습니다. 제 능력이 부족했다면 더 확실한 카드를 내밀어 드리겠습니다. 그러니 시간을 주세요. 섣부른 판단으로 회사를 망치지 마시란 말입니다."

"내가 믿고 안 믿고는 중요하지 않다. 문제는 너로 인해 떨어지는 주가하락이 임원들의 심기를 불편하게 만들고, 대외적으로 너보다는 효석이 더 낫다고 판단한다는 거야. 네 욕심이 여기까지라면 더는 말하지 않겠다."

※

텅 비어 있는 구조대 사무실 앞을 기웃거리던 지우는 지나가던 전경 하나를 붙잡았다.

"최치해 경사를 만나러 왔는데요, 안 계신가요?"

"해난구조 나가셨습니다. 언제 돌아오실지 모릅니다."

그가 보고 싶어서 찾아온 길이었지만, 그는 언제 돌아올지조차 기약이 없는 이 같다. 어제부터 그의 전화는 계속 불통이었다. 본격적인 피서철을 맞아 바쁠 거라던 말처럼 그는 1분의 짬도 없는지 연결이 되지 않았다.

"그럼 돌아오면 연지우…… 후우, 아니에요. 감사합니다."

지우는 전경에게 살짝 고개를 끄덕이고 빠르게 동해서를 빠져나왔다.

바보같이 왜 왔을까. 이곳에서 대체 뭘 하고 있는 것일까.

남자의 꽁무니나 졸졸 쫓아다니는 못난 여자처럼 느껴져 지우는 제 스스로 짜증스러워졌다.

그녀가 신경질적으로 동해서를 나서던 그 사이, 치해는 어민들이 설치해 놓은 그물이 관광보트 모터에 엉켜서 전복된 사고현장에서 인명을 구조하느라 정신이 없었다.

"사, 살려주세요! 어푸, 사람 살려!"

너울대는 파도에 겨우 얼굴만을 빼꼼히 내민 수난구조자 한 명이 무서운 속도로 헤엄쳐오는 치해를 향해 팔을 허우적거렸다.

20대 후반쯤으로 보이는 남자는 급속도로 패닉상태에 빠져가는지 확장된 동공으로 치해를 노려보며 악을 지르기를 반복했다. 소리를 질러대느라 크게 벌린 입 사이로 짠물을 수없이 들이마시는 것조차도 개의치 않은 듯했지만, 잘못하다가는 폐에 물이 찰수도 있는 상황이었다.

"아악! 사, 살려줘!"

"구조합니다. 지금부터 제 지시에 따르십시오."

남자에게 다가서기 전 치해는 잠시 물 위에 떠서 크게 외쳤다. 아무래도 패닉상태에 접어든 구조자의 상태가 불안정해 보여서였다.

물에 빠진 사람을 구조할 때는 정면에서 접근하면 안 되기 때문에 치해가 서서히 남자의 곁으로 다가가 뒤에서 목덜미를 잡으려던 찰나, 본능적으로 몸을 돌린 구조자가 그의 몸에 거칠게 매달렸다. 어깨와 목을 힘껏 잡아챈 남자가 거칠게 발버둥치다 못해 그를 밟고 물 위로 오르기라도 할 것처럼 발과 손으로 치해의 온몸을 부둥켜안고 난리를 쳐댔다.

잠시나마 죽음의 갈림길에 섰던 이들의 힘은 천하장사라 할지라도 감당이 안 될 무시무시한 괴력을 뿜어낸다. 구조자 역시 그런 압력으로 치해의 머리를 물속으로 계속 가라앉혔다.

가라앉은 물속에서의 시야로 수면 대기 중이던 석호가 다가오는 모습에 치해는 있는 힘껏 남자를 잡아채 물 위로 올라 그대로 구조자의 뒷목을 가격했다. 정신을 잃은 남자가 힘없이 픽 고개를 떨어뜨리고 몸을 늘어뜨렸다.

"괜찮아?"

"구조요청자 확보!"

석호의 외침에 치해 역시 큰 목소리로 수난구조자를 확보했음을 알렸다.

정신을 잃어 얌전해진 남자의 뒷덜미를 잡고 치해는 구조정을 향해 또다시 물살을 갈랐다. 원칙적으로 구조자에게 해를 입혀서는 안 되지만, 가끔 패닉상태에 빠져 구조하는 이들의 생명을 위협하게 되면 차라리 이처럼 정신을 잃게 만드는 방법밖에 없었다.

찰나의 순간 빠른 결단력을 내리지 않는다면 모호한 시간 앞에 구조요청자든 구조대원이든 둘 다 목숨을 잃게 되기 때문이었다.

샤워를 마친 지우가 잠잠해진 물줄기 사이로 벨소리가 들린다 싶어 후다닥 나왔을 때는, 이미 시끄럽게 울리던 휴대전화는 잠잠해진 후였다.

발신자가 치해로 찍힌 것에 그녀의 입술이 가느다란 포물선을 그렸다. 통화버튼을 눌러 그의 목소리가 들려오기를 기다리는 동안 설렘이 그녀의 가슴속을 들쑥날쑥 드나들었다. 만나서 저녁을 먹어야겠다. 손을 맞잡고 해안가를 산책하면 답답함이 조금은 가실 테다.

하지만 음성메시지로 넘어가는 기계음에 지우는 미간을 찌푸리다 거칠게 휴대전화를 다시 내려놓았다.

※

〔보고 싶다, 지우야.〕

"5일 만에 이뤄진 통화라는 거 알고 말하는 거예요?"

낯선 번호에 고개를 갸웃거리다 전화를 받은 지우는 5일 만에 들려온 치해의 목소리를 듣자마자 퉁퉁거렸다.

그나마 음성으로 넘어가던 그의 휴대전화는 전원이 꺼졌다는 음성으로 바뀐 지 벌써 3일째였고, 지우는 그와 연락할 방법이 없다는데 신경이 곤두서 있었다. 그만큼 바쁘다는 뜻이겠지만, 서운함이 가슴을 채우는 건 막을 수가 없었다. 잠잘 시간이든 밥 먹을 시간이든, 잠시라도 짬을 내려면 얼마든지 안부를 전할 수 있지 않던가.

〔미안. 잠도 못 잘 만큼 바빴어.〕

"밥은?"

그러다 이내 괜한 트집으로 화를 내고 있다는 생각으로 지우는 퉁퉁거리던 목소리를 애써 지웠다. 그의 일이다. 그녀에게 일이 중요한 만큼, 그에게도 중요한 일이 있는 것이다. 더구나 생명을 다루는 일이지 않던가.

〔김밥으로 대충 때우고 있긴 한데, 한 줄도 제대로 못 먹고 계속 출동이야.〕

"그거 먹으면서 인명구조나 제대로 할 수 있겠어요? 언제 만날……"

〔야, 최치해 출동.〕

지우가 보고픔으로 만남의 기약을 전하려던 그때, 수화기 너머 아득하게 석호의 목소리가 그들의 사이를 방해했다.

아니나 다를까, 그 역시 곧장 다급한 목소리를 흘렸다.

〔젠장, 또 출동이다. 다시 전화할게.〕

"치해 씨!"

다급하게 불러봤지만, 전화는 이미 끊어져버렸다. 불쑥 치미는 짜증에 지우는 신경질적으로 휴대전화를 침대로 던져버렸다.

"무슨 일이야?"

지우의 목소리를 전하던 수화기를 내려놓기 무섭게, 아직 물기가 마르지도 않은 장비들을 잡아채고 뛰어간 치해는 석호를 보자마자 어떤 상황인지부터 물었다.

"아, 몰라. 귀상어 두 마리가 출몰했대. 이제는 상어까지 출몰해서 지랄이야."

대한민국에 잘 출몰하지 않는 상어까지 출현해 쉴 틈도 없이 출동해야 하는 것에 신경질이 치밀었는지 석호가 불쑥 짜증을 토했다.

해양 온난화에 따라 흔하지 않던 상어까지 종종 발견되고 있었다. 작년 3월에는 남해에서 4m가 넘는 대형 백상아리가 잇따라 출현했고, 이번 5월에도 통영 홍도 근해에서 몸길이 2m 20cm짜리 청상아리 한 마리가 저인망어선 그물에 걸려 잡혔던 적이 있어 국립수산과학원은 상어 대처요령을 발표하기도 했다.

"귀상어? 피서객들 피해는 없고?"

귀상아리라면 백상아리와 더불어 난폭한 성질을 자랑하는 놈이었다. 행여 피서객이 공격당하진 않았는지 치해는 달려 나가는 내내 인상을 펴질 못했지만, 다행히 석호의 고개는 위아래로 끄덕여졌다.

그밖에도 출동명령을 받은 구조대원들과 구조수색과 해경들이 해양경찰 전용부두에 모였다. 때아닌 상어 두 마리로 3,000톤급

235

의 경비정과 800톤급 구조정 몇 채가 함께 움직이기 시작했고, 더불어 헬기가 급파되고 순찰정 역시 속속들이 동해해역으로 모여들었다. 치해 역시 석호와 고속단정을 타고 상어 몰아내기에 힘을 쏟았다.

반나절 동안이나 백사장에서 웅성대는 피서객들의 응원을 받으며 상어를 몰아낸 결과, 해수욕장 인근과 멀리 떨어진 곳까지 도망치게 만들었지만, 한동안 해경 전체는 숨어 있는 상어가 있진 않은지 신경을 곤두세워야만 했다.

13장
구조를 바라는 그녀, 연지우.

도면을 들여다보던 지우는 좀처럼 갑갑증이 가시지 않아 주먹으로 가슴을 툭툭 쳤다. 체기가 있는 것처럼 명치끝이 돌처럼 굳어버린 것만 같았다.

그때, 자꾸만 말려드는 얄팍한 도면 한 귀퉁이에 올려둔 휴대전화가 부르르 몸을 떨며 진동했다. 지우가 휴대전화를 들어 발신자를 확인하는 사이 복잡한 구조물이 현란하게 그려져 있던 도면이 처음 꺼낼 때처럼 도르르 말려들었다.

"고모!"

[지우 너, 네 아버지가 마련해 준 결혼 안 한다고 한 게 사실이야?]

폴더를 밀어젖힌 지우가 반색을 하는 것과 달리, 오라비인 호용이 전화해 넌지시 알려준 사항에 호숙의 목소리가 찢어질 듯 날카롭게 수화기를 통과했다.

"결혼을 뭐 하러 해. 혼자서도 얼마든지……."

〔바다개발이야. 네 위치를 단박에 뒤바꿔줄 거라는 거 몰라?〕

"고모, 나 남자 있……."

〔안 그래도 효석이 전무로 승진해서 복장 터져 죽겠는데, 왜 그런 자리를 마다했는지 도무지 이해가 안 간다. 대체 무슨 생각인 거니?〕

호숙이 전한 기함할만한 소식에, 치해의 존재를 거론하려던 지우의 말이 목구멍 안으로 쏙 들어갔다.

"전무? 효석이가?"

〔그래. 어제 승진 발표 났다더라. 제 자식이 곧 회사를 물려받을 거라고 미리가 의기양양해져서 전화했더라고. 나한테 왜 전화했겠니? 너나 나나 부아 터져 죽으라는 거 아니겠어?〕

지우는 입술을 질끈 깨물었다. 계모인 미리가 직접 고모에게 전화했다면 그저 허황된 뜬소문일 리는 없었다.

〔웬일로 네 아버지가 바다개발 사람과 짝을 맺어주려고 하는지 모르겠다만, 너한테 다시없을 기회야. 행여나 이 혼사가 효주한테라도 돌아가면 어떻게 되는지 모르겠니? 장담컨대, 모두가 효석에게 손을 들어줄 거다. 알다시피 이사진과 임원진의 동의 없이는 네가 회사를 가질 수 없는 거야.〕

효주!

그녀의 또 다른 이복동생이자 효석의 동생인 효주가 거론되자,

지우의 동공이 점점 커다랗게 확장됐다.

미처 여기까지는 생각지 못했었다. 거절하기 바빠, 치해를 떠올리기 바빠, 바다개발과 사돈의 연을 맺길 바라는 부친이 그녀 대신 효주를 떠밀 거라는 생각에 등골이 오싹해졌다.

고모의 말대로 그리되면 더 이상의 승산이 없어진다. 진 거나 진배없는 결과만 낳을 뿐이었다.

다음날, 한숨도 자지 못한 지우의 눈가가 그늘로 뒤덮여 안색이 파리했다.

가슴 속 분노가 너무 거세 좀처럼 잠을 이룰 수 없었던 그녀는 오전 내내 현장에서 지시를 내리는 와중에도 일에 집중하지 못하고 물만 들이켰다. 덕분에 화장실을 수없이 들락거려야만 했지만, 자리 이동이 귀찮으면서도 그녀는 타는 속을 물로만 달랬다.

"연 실장님, 파도 설비 말입니다. 중앙에 이 구조를 이렇게 넣게 되면 다른 구조물들이 차지할 부분이 다소 협소해질 수도 있습니다. 이 부분을 좀 더 경사지게 45도 각도로……."

슬라이드 등 물놀이 시설인 '익스트림존'의 설계를 맡은 이 소장이 지우에게 다가와 파도 풀에 대한 부분을 상의했다.

설계도면을 유심히 바라보며 이 소장의 조언에 귀를 기울이던 지우는 멀찍이서 느껴지는 시선에 퍼뜩 고개를 들어 현장 입구 쪽을 바라보았다.

중절모를 쓴 노신사와 눈을 마주치자, 지우의 눈이 곧바로 가느다래졌다. 지팡이에 두 손을 포갠 채 체중을 실은 노인은 흡족한 미소까지 드리우고 마치 그녀를 만나러 온 것 같은 기운을 풍겨댔다.

이윽고 그 예감이 맞아들었다는 듯, 노인이 지팡이에서 한 손을 떼고 그녀에게 손짓했다.

"이 소장님, 잠시만요. 손님이 오신 것 같은데, 나중에 다시 의논하죠."

"알겠습니다."

이 소장이 다른 곳으로 사라지자, 지우는 곧장 입구로 걸어갔다. 누구일까? 혹 투자자인가? 아님, 기억하지 못하는 주주 중 하나?

거리를 좁혀가는 동안 그녀는 기억 한 자락을 바쁘게 들춰내며 찾아온 이를 기억하기 위해 안간힘을 썼지만, 좀처럼 노인의 정체는 떠오르질 않았다.

"어떻게 오셨습니까?"

"나? 난, 젊은 여우를 만나러 왔는데."

지우는 곧장 미간을 찌푸렸다. 노인의 괴상한 인상과 어우러지는 괴팍한 말투 때문이 아니었다. 그녀 스스로도 자신이 이 바닥에서 어떻게 불리고 있는지를 잘 알기 때문이었다.

하지만 곧 좁혔던 미간을 억지로 펴냈다. 좀 더 솔직하게 표현하라던 치해의 영향을 받아서인지, 근래 들어서는 부쩍 마음속 심상을 곧잘 나타내고 있었다. 누군가의 말을 곧이곧대로 듣는 성격도 아니었지만, 자꾸만 그로 인해 예전 모습을 잃고 변해가는 것만 같아 마음이 불편했다.

"대한해양의 젊은 여우라면 맞게 오셨습니다."

"깜찍하군."

당돌하다는 듯한 노인의 말투에 지우는 더욱 그렇게 보이도록 살짝 입꼬리를 추켜올렸다. 상대가 누구든지 간에 얕잡아 보일 필요는 없었다. 더구나 무례함을 엿보이는 자라면 더욱이나.

"저라는 얘기는 안 했습니다만."

"한눈에 봐도 알 수 있지."

불쑥 나타나 젊은 여우라고 지칭하는 노인의 존재가 궁금해진 지우는 침착한 표정으로 그를 응시했다. 젊은 여우라는 별명을 입에 담는 자라면, 적어도 기억하지 못한 주주는 아니란 것을 뜻했다.

"저라는 걸 알고 오셨다니, 이제 뉘신지 밝혀주시겠습니까?"

"나? 최규왕이라고 하면 알겠나?"

추켜올렸던 지우의 입매가 단박에 원래대로 돌아왔다. 이 바다, 그것도 대한해양에 몸을 담는 자라면 최규왕이라는 이름을 모르려야 모를 수가 없었다.

"처음 뵙겠습니다. 바다개발의 최 회장님."

덤덤하지만 예의 바르게 목례하는 지우의 행동에 규왕은 흡족한 듯 고개를 끄덕였다.

"바쁜 것 같으니 용건만 빨리 말하고 사라지겠네."

"배려, 감사합니다."

규왕은 지우의 똑 부러진 말투에 고개를 절레절레 흔들고 싶은 것을 겨우 참아냈다.

'이런, 이런. 무뚝뚝하기가 치해 놈과 버금가겠구먼. 대체 이 둘은 어떻게 연인이 된 건지 원.'

배려를 들먹이며 짧게 감사를 전했지만, 말투와 행동은 쓸데없는 말일랑 오래하지 말고 뱉어낸 말대로 용건만 간단히 전하고 가라는 뜻과도 진배없었다. 무뚝뚝한 손자 놈으로도 지겹건만, 손자며느리가 될 여자마저도 통나무만큼이나 딱딱했다.

하지만 사업을 하는 이로서는 더없이 만족스러운 태도였다. 허점을 보이지 않는 말투. 꼬투리를 잡히지 않는 행동. 군더더기 없을 만큼 깔끔하게 상대를 제압하는 모습이 오히려 애살스럽지 않아 흡족했다. 사업가가 지녀야 할 기질 세 가지 중 하나였다.

사업가로서의 기질 중 하나인 능력에 대한 면은 익히 알고 있었고, 상대를 대하는 모습까지도 만족스러우니 이제 남은 것은 단 하나였다.

"내 손자와의 혼사를 거절했다고 들었네."

"죄송합니다."

말로는 죄송하다 했지만 그녀가 조금도 그런 마음이 없는 듯 무덤덤하게 대꾸하자, 규왕은 씨익 입매를 늘였다.

"좋아하는 남자가 있는 모양이구만."

"네."

난생처음 치해의 존재를 거론한 이가 처음 만난, 그것도 잠시나마 그의 손자와 엮으려던 노인 앞이라는 점이 우스워졌지만 지우는 잠시의 망설임도 없이 대답했다. 사랑까지는 아니라 할지라도, 적어도 그를 마음에 담은 것은 사실이다. 그를 배신하고 싶지 않은 마음으로 결혼을 거절했던 것 역시도.

"정리해! 정리하고 내 손자와 인연을 맺는다면 바다개발을 젊은 여우, 네게 주겠다!"

전혀 예상치 못한 발언이 규왕에게서 흘러나오자, 지그시 눈을 내리깔았던 지우의 시선이 단박에 그를 향했다.

"무슨 뜻이십니까!"

미간에 힘을 준 지우의 눈매가 해안가를 나는 갈매기의 비상처럼이나 좁혀들었다.

"뜻은 무슨 뜻. 젊은 여우라더니 머리가 이리 아둔해서야 원. 내 집안과 손을 잡기만 하면 대한을 움켜쥠과 동시에 바다개발까지 거머쥐게 된다는 뜻이야. 만약 원한다면 합병을 해도 좋겠지. 단 합병 시엔, 바다개발의 간판을 꼭 넣어줘야 된다는 조건이 붙겠지만."

이것이 규왕이 지우를 시험하는 마지막 기질이었다. 좋아하는 마음을 접어서라도 야망을 품는 자. 원대로 흘러가기를 바라는 삶을 포기하고서라도 꿈을 쟁취하는 자.

어찌 되었든 지우는 손자인 치해와 연결될 테지만, 만일 이 시험을 통과하지 못할 시엔 그 역시 합병을 거론하면서까지 바다개발을 넘겨줄 마음이 없었다. 얼마 남지 않은 삶에, 손자며느리로 하여금 그 평생 일궈낸 회사가 어찌 돌아가는지는 보고 눈을 감고 싶었다.

"손자분이 있다고 하셨지 않습니까?"

"그러니 손자며느리로 들이려는 거겠지."

"그 손자가 가만히 있겠냐는 말입니다."

능구렁이 같은 노인네의 스무고개에 지우는 다소 신경질적인 음성을 흘렸다.

"상관없을 거야. 그놈은 제 일에만 정신이 팔려 있으니. 그래서 내겐 회사를 다스릴 손자며느리가 필요해."

지우가 쉽사리 입을 열지 못하고 얼떨떨해하는 사이, 규왕은 그녀의 머릿속에 쐐기를 박았다.

"욕심이 없는 자는 아무것도 얻지 못해. 현재 무엇이 가장 중요한지 그것만 떠올려. 사내 하나에 정신 팔려, 오랫동안 치열했던 싸움을 잊지 말란 말이야. 젊은 여우야, 무엇 때문에 고된 생활을 했더냐? 무엇 때문에 외로움 속에서 피눈물을 흘렸지? 그걸 잊는 순간 결국 남은 것은 아무것도 없어지는 거란다."

규왕의 의도대로, 마구잡이로 엉켜든 쐐기가 머리와 가슴에 파고든 지우의 얼굴이 잠을 이루지 못해 파리했던 것보다도 더욱 새하얘졌다. 백지장처럼 하얗게 뜬 그녀의 얼굴을 보면서 규왕은 고약하리만치 잔인한 기억을 꺼내 들었다.

"벌써 20년이 훌쩍 지났군그래. ⋯⋯내 나이 쉰을 바라보던 어느 날이던가? 해양청에서 주최한 연회에서 갓 결혼한 대한해양의 안주인을 본 적이 있지. 무척이나 아름다운 여인이었어. 금방이라도 쓰러질 듯 연약한 모습이, 쉰을 바라보는 나이를 잊게 할 만큼 심장을 두근거리게 만들더군. 후후후⋯⋯ 젊은 여우야, 네 어미를 똑 닮았구나."

무더운 여름 일사병을 겪는 사람처럼 지우의 몸이 끝내 휘청거렸다.

문득, 멀리서 날아온 갈매기 한 마리가 끼룩끼룩 울음을 흘렸다.

※

어두컴컴한 어둠이 내려앉은 바다는 지우의 속만큼이나 새까맸다. 넘실대는 파도마저 그녀의 가슴을 채운 흔들림처럼 오다가다를 반복했다.

"치해 씨……."

지우는 그런 바다를 쳐다보다 그를 부르듯 이름을 읊조렸다.

하지만 대답이 없다. 망망대해 펼쳐진 고요한 바다는 아무런 울림도, 산에서처럼 되돌아오는 메아리조차도 없었다.

목이 아프도록 치해의 이름을 외쳐보아도 그는 대답하지 못할 곳에 있다. 안아주기를 바라는 순간에도 그는 멀리 떨어져 있기만 한다.

〈내 손자와 인연을 맺는다면 바다개발을 젊은 여우, 네게 주겠다!〉

흔들리지 않게 해 달라고. 노인의 달콤한 유혹에 굳건히 버틸 수 있게 해 달라고. 오므라드는 손발처럼이나 조여드는 이 심장의 먹먹함을 달래달라고.

마음으로 외치고 또 외치지만, 탄탄한 가슴으로 안고 달래줄 치해는 그녀의 곁에 없었다.

벌써 그를 보지 못한 게 열흘이 넘어섰다. 공중전화로 걸려온 회신 속에서나마 목소리를 들었던 것 역시도 5일 전이었다.

그는 그녀와 먼 곳에서 인명을 구조하느라 바쁠 뿐이다. 그에게 거세게 흔들리는 이 마음을 구조해 달라고 말하고 싶은데도, 그 말조차 전할 수가 없다.

"나를 구조해 줘야죠. 다른 사람이 아닌, 나를 구해 줘야지!"

독백처럼 흘러나온 지우의 목소리에 습윤함이 함께 곁들였다.

절망이 가슴속 깊이 박혀 들었다. 그의 구조가 절실하지만 다가오는 손길은 그 어디에도 없었다.

멀리 수평선 밖으로 돌아오지 않는 이를 기다리는 백일홍의 심정처럼, 지우는 먼 허공을 응시했다.

노인은 무엇을 위해 달려왔는지를 기억하라고 했다. 무엇 때문에 이를 악물고 피눈물을 흘렸는지를 떠올리라고 했다. 오래 산자의 연륜으로, 아니 경쟁사의 속사정을 잘 알고 있었던 점을 빌어 따가운 일침을 그녀의 가슴속으로 수없이 박아버렸다.

박혀 든 일침 사이로 검붉은 피가 뿜어져 나오는 기분에 지우의 입술이 파르르 떨렸다. 꽉 움켜쥔 주먹 역시 그녀의 떨림을 고스란히 품고 부르르 떨기를 반복했다.

"엄마. 나…… 그래야 해? 그 사람한테 다시는 안녕이라고 말 안 하기로 했는데, 나 또다시 그 사람 밀어내야 해? 뭐라고 말 좀 해 봐. ……왜 그렇게 가버렸어. 왜 나한테 대한을 가지라고 했어. 곁에 있어주지도 않을 거면서 왜 나한테 그랬어."

떨리는 지우의 입술 밖으로 피처럼이나 진득한 독백이 참담하게 흘러나왔다.

금방이라도 손을 아래로 떨어뜨릴 듯 위태한 순간에 남긴 마지막 유언.

숨이 넘어가는 순간까지도 오지 않는 부친을 기다리면서도 모친이 마지막으로 힘겹게 뱉어낸 유언은 회사를 지키라는 것이었다. 한때 할아버지의 회사이자 그녀의 회사였던 대한해양을 지우가 움켜쥐라는 것이었다.

모친의 행복을 앗아간 부친의 새 여자와 자식들에게 조금도 나눠주지 말라던 모친은 마지막으로 지우의 얼굴을 쓰다듬으며 미안하다는 말로 눈을 감았다.

그땐 알지 못했다. 마지막 순간에 나직하게 토한 미안함이 그저 혼자 남겨두고 떠난 것에 대한 안쓰러움이라고만 여겼을 뿐.

그래서 잊었다.

금세 온기를 잃어버린 모친의 얼굴 위로 하얀 시트가 씌워지는 것을 보면서도 그저 떠난 것만 원망했던 나약한 소녀는, 그 유언을 잊고 엄마를 떠나보낸 49재의 마지막 날 차가운 물속으로 발을 들여놓았다.

병원에서 정신을 차린 그때야 비로소 모친의 마지막 미안함이 무엇인지 깨달았다.

여식이 물에 빠져 죽을 뻔했다는 상황 속에서도 얼굴조차 내밀지 않던 부친의 악독함. 병실 밖으로 그냥 죽었더라면 좋았을 거라고 아쉬워하던 계모와 이복동생들.

죽은 사람의 온기보다도 더 싸늘한 피를 머금은 그들을 대면하고서야, 그녀는 겨우 모친의 미안함을 깨달았다. 회사를 가지느라 고된 싸움을 해야 할 여식의 앞날에 미안했던 것이다. 그런 짐을 주고 훌쩍 가버려야 했음이 미안했던 것이다.

그때부터 지우는 그야말로 치열하게 살았다. 멸시 가득한 계모의 시선 속에 악을 품고, 모욕적인 이복동생들의 행태에 피딱지로 엉겨 붙은 심장을 얼려버렸다. 다시는 어떠한 존재도 그녀의 심장을 건드릴 수 없도록. 다시는 나약함으로 멍청한 생각조차 할 수 없도록. 그렇게 심장을 꽁꽁 냉동시켜버렸다.

얼마 전 효석의 지적대로 그렇게 미쳐서 살았다. 모친의 뜻대로 회사를 거머쥐겠다는 오로지 그 일념 하나로 인고의 세월을 살았다.

그런 나날 속에 겨우 치해를 만났다. 밀어내려 안간힘을 써도 중력처럼 끌어당기던 사람. 잠시나마 웃게 해 주던 사람. 남자를 가지고픈 욕망을 일깨워 손에 쥐고 싶었던 유일한 사람.

그런 그를 어떻게 저버릴 수 있을까. 안녕을 고하지 않겠다고 제 스스로 철석같이 약속하고서는 또다시 어찌 이별을 고할 수 있을까.

지우는 입술을 꾹 앙다물었다. 복받쳐 오르려는 오열을 터뜨릴까 봐, 그녀는 숨도 내쉬지 못하고 입을 꽉 다물었다.

그때, 그녀의 주머니 속에서 요란하게 울리는 벨소리가 파도소리를 잠재웠다.

행여나 울먹임이 새어나올세라 지우는 몇 번이나 목소리를 가다듬고 휴대전화를 귓가에 가져다 댔다.

"연지웁니다."

〔강석호입니다. 일단은 별거 아니니까 놀라지 마시고요, 치해가 사고로 병원에 있습니다.〕

14장
구조를 바라는 그, 최치해.

안정제 기운으로 잠들었다는 치해의 얼굴을 내려다보는 지우의 얼굴이 초연했다.

그녀가 올 때까지 병실을 지키던 석호는 또다시 해난현장으로 가야만 했고, 지우가 대신한 병실은 그로부터 세 시간이 지나도록 잠잠했다. 미동조차 없는 지우의 눈에서 눈물 한 방울이 툭 떨어지지만 않았더라면 그녀 역시도 잠이 들었다고 생각할 만큼 병실 안은 무거운 정적만 감돌았다.

"후후후후."

허탈함이 드리운 얼굴에 눈물 한 줄기가 흘러내리는데도 지우는 나직한 웃음소리를 냈다. 절대 웃을 수 없을 것 같은 표정인데도, 그녀는 가느다랗게 벌린 입술 새로 자조 섞인 웃음을 계속 흘렸다.

사랑했었나 보다. 뭔지도 모르는 감정이라고 치부하고, 누군가를 마음에 담을 여력도 없다고 굳게 믿었었는데, 자신도 모르게 젖어들었나 보다. 그가 열락 끝에 입에 담던 사랑을 자신 역시 하고 있었나 보다.

치해의 사고 소식을 접한 그 순간, 지우는 두려움으로 숨을 헐떡였다. 들이마신 숨을 내쉬는 것마저도 잊은 채 마주 대한 거대한 폭풍 앞에 속수무책인 사람처럼 몸을 떨어댔다.

그가 잘못됐더라면…… 어떻게 살아갈까.

그의 웃음을 더는 볼 수 없는 곳. 더는 그의 품에 안길 수 없는 곳. 그런 곳으로 훌쩍 가버린다면…… 견뎌낼 수 있을까.

치해가 병원에 있다는 다행스러움 앞에서, 멈출 수 없는 상상이 그녀를 옴짝달싹 못하도록 옭아맸다.

움직일 수가 없었다. 다리에 힘이 풀려서, 불안이 머릿속을 아프게 짓눌러서, 백사장에 무너져 그대로 죽을 것만 같았다. 꽁꽁 얼려버렸던 심장이 파삭 깨지더니 주워 담을 수도 없게 흩날리고 말았다.

겨우 몸을 추슬러 병원으로 달려오는 동안에도 그녀는 몇 번이고 서서 가슴을 움켜쥐었다. 누군가 가슴 전체를 도려내는 것만 같았다. 날카로운 칼이라면 좋을 텐데, 무딘 칼날로 서걱서걱 썰어대는 것처럼 격통이 휘몰아쳐 견딜 수가 없었다.

그렇게 겨우겨우 도착해 병실 침대에 누운 치해의 모습에서 지우는 훌쩍 떠나버린 엄마를 봤다. 그리 대수롭지 않은 일이라고 위로해 주는 석호의 다독임에도 지우는 망연자실했던 그날을 경험했다.

태어나 그리 무서웠던 적이 없었던 그날, 훌쩍 떠나버린 엄마를 원망하느라 가슴에 피가 고이던 그날, 세상에 덩그러니 혼자 남겨졌다는 독한 고독이 온몸을 아우르던 그날.

치해를 사랑하고 있었다는 사실이 충격적인 것보다도 그의 존재가 어느 순간 사라져버릴까 봐 지독한 두려움이 몸서리쳐지도록 파고들었다. 이런 게 사랑이면 무서워서 못할 것 같다. 너무 두려워서 할 수가 없을 것 같다.

미세하게 갈라진 틈을 파고들어 사랑을 심은 존재가 위험을 안고 사는 남자라니. 언제 어느 때 어떻게 될지, 불안한 앞날을 넘나드는 사람이라니.

사랑하기 싫다. 그를 결코 놓을 수 없다는 지독한 소유욕조차도 싫다. 지우는 더는 치해를 마주하기가 무서웠다. 언제 어느 순간에 사라질지도 모르는 남자와의 미래가 불안해서 견딜 수가 없었다.

"후후후."

실없는 웃음을 멈추지 못하는 지우의 얼굴이 서서히 서늘해졌다. 벌게진 눈이 결연한 빛을 낸다 싶더니, 그녀는 서서히 일어서 병실 밖으로 나가 부친에게로 전화를 걸었다.

대기음이 무척이나 길게 이어졌다. 그 순간에도 지우의 심장이 서걱서걱 썰려나갔다.

이윽고 부친이 전화를 받자, 지우는 물기 어렸던 목소리를 감추고 차가운 음색을 흘렸다.

"이복동생을 전무로 승진시키셨다고요."

〔그래.〕

"제가 동분서주한 나날보다 아버지의 곁에서 아첨이나 해대는 놈의 승진이 더 빠르다는 게 유감이네요."

〔윤 부장 딸과의 혼사로 회사 내에 더욱 자리가 굳건해진 탓이다. 효석이 역시 주위에 사람을 모으고 있다는 걸 잊지 말아야지.〕

"원대로 결혼하겠습니다. 단, 조건이 있습니다."

〔뭐냐.〕

"확실히 밀어주신다는 약속을 받고 싶습니다."

〔결혼하고 나면 자연히 그렇게 될 게다. 주가 상승과 함께 지분을 가진 이들 모두가 널 원하게 될 테지.〕

부친과의 통화를 끝낸 지우는 두 눈을 지그시 감았다. 지금의 자신에겐 힘을 실어줄 남자가 필요하다. 언제든 든든하게 곁을 지켜줄 남자가 필요하다.

"폐에 물이 조금 찬 것뿐이야. 아픈 거 아니니까 그런 표정 짓지 마. 그저 관례라 누워있는 거니까, 걱정 마."

패닉상태인 구조자 두 명이 한꺼번에 덤벼드느라 물속으로 계속 처박혀야 했던 치해는, 서늘한 기운을 흘리는 지우에게 괜한 걱정을 심어준 것 같아 미안스러운 음색을 흘렸다.

오랫동안 보지 못한 연인을 병원에서 마주하는 건 결코 달가운 일이 아닐 것이다. 그녀의 놀란 심장이 몇 날 며칠을 뛰어야 할 날보다 오늘 뛰어댄 횟수가 훨씬 많을 터였다.

"헤어져요."

"뭐?"

다짜고짜 귓가를 파고든 지우의 말에 치해는 기댔던 베개에서 등을 떼고 벌떡 상체를 일으켰다. 잘못 들었나 싶으면서도, 일순 그의 심장이 격하게 요동쳤다.

"그만 끝내자고 했어요. 당신과 나, 서로 맞질 않아요."

결코 잘못 들었음이 아님을 선명히 표현하듯 지우의 목소리와 표정이 너무도 차가웠다. 서리라도 내려앉은 듯한 모습에 치해의 얼굴이 서서히 균열을 일으켰다.

"계속 혼자 뒀다고 화가 난 모양이지만 그런 말 쉽게 하는 거 아니야! 계속 비상이었잖아. 그것도 이해 못 할 만큼……."

"내가 그렇게 단순해 보였나요? 나도 모르게 싸구려 이미지를 풍겼네요."

그의 말을 잘라버린 지우가 차갑게 입매를 비틀었다. 그 비틀린 입술 사이로 또다시 치해의 심장에 칼을 박아 넣었다.

"결혼할 사람이 생겼어요."

'미워해요. 죽이고 싶을 만큼 원망하고 증오해요. 얼마든지 감수하고 살아갈 테니까. 죽는 날까지 잊지 않고 살아갈 테니까. 지금은 그냥 이대로 보내줘.'

가슴을 채운 속내와는 달리, 지우는 여전히 싸늘한 눈동자로 그의 눈을 응시했다.

"그만해. 장난에 도가 지나쳐. 화나려고 한다."

너무도 느닷없는 상황에 치해의 눈동자 역시 서늘해졌다. 화를 내지 않으려고 억누른 목소리마저 들여다볼 수 없는 구정물처럼 탁하게 흘러나왔다.

"당신한테 말한 적 없지만, 나 대한해양의 딸이에요. 나 같은 사람들 연애 따로 결혼 따로 하는 거 몰라요? 당신은 잠시 내 흥미를 자극했던 것뿐이야."

"그만!"

기어이 참지 못할 울화에 치해는 병실이 흔들린다는 착각을 일으킬 만큼 노성을 질렀다.

피가 거세게 뿜어져 나왔다. 그녀의 손으로 직접 박은 비수가 남긴 상흔에서 지혈을 할 수도 없을 만큼 방대한 피가 공중으로 솟구쳤다.

"변하는 건 없어요. 당신이 화를 내도 난 안녕을 고할 테니까. 아, 안녕이라는 말 다시 전하게 되어서 유감이에요."

깔끔하다. 그저 유감이라고만 전하는 그녀의 잔인한 말솜씨에 치해의 심장이 이상한 소리를 냈다. 자그작거리기를 반복하고 파삭 깨지듯 균열이 이는 소리가 끊임없이 이어지는가 싶더니, 박혀 든 비수를 뽑기도 전에 벌써 심장이 서서히 죽어가고 있었다.

"나는 너한테 뭐였지?"

"회사를 물려받고 싶어서 안달하며 살았어. 내 위치가 확고해질 수 있다면 난 누구와도 결혼할 수 있어요. 최치해란 남자, 그저 결혼 전 유흥에 지나지 않아."

"회사가 그렇게 탐이 나? 나를 포기할 만큼?"

"나한테는 회사가 전부예요. 그걸 빼면 아무것도 남지 않을 만큼."

회사가 뼈대다. 회사를 갖지 못하면 뼈대를 잃은 몸뚱이는 와르르 무너지고 만다.

가져야 한다. 어머니의 꿈이지 않았던가. 외할아버지의 밑천으로 세운 회사는 어머니의 꿈까지도 섞인 곳이다. 그 누구에게도 줄 수 없다. 차라리 생판 남이라면 사회에 환원하는 셈이라도 치겠지만, 눈을 감을 때까지 모친에게서 눈물을 뽑아냈던 그 여자의 자식들에게 줄 수는 없었다.

"사랑한다."

죽어가는 심장이 정지하기 전, 치해는 진심을 전했다. 미어지는 진심이 그녀를 붙잡을 수 있기를 간절한 염원을 담았지만, 그녀는 또다시 입술을 비틀었다.

"그랬나요? 나는 아니었어요."

"가지마."

"가야 해요. 이곳은 내 자리가 아니니까."

"가지 말라고 했어!"

그녀의 차가움에 체온이 급격하게 떨어진다. 잔인함에 의식마저 가물거리는 느낌이었다. 결국은 저체온증으로 서서히 죽어가다 바다 한가운데서 물고기 밥이 되고 마는 구조자가 돼버린 기분.

말로 표현할 수 없을 만큼 더러운 기분이면서도, 문득 정말 이대로 끝일까 봐 두려웠다.

"이러지 마. 나한테 이러지 마. 나 아파. 안 아프다고 한 거 다 거짓말이다. 폐가 아프다. 그러니까 지우야, 나한테 이러지 마라."

끝내 치해는 무너졌다. 바닥에 웅크려 우는 아이처럼이나 일그러뜨린 얼굴로, 서러운 일을 겪은 이의 억하심정의 목소리를 토했다.

괜찮았었다. 눈을 뜨자마자 마주한 지우의 얼굴에 단박에 완쾌된 것처럼 몸 상태가 좋아졌다. 그런데 이제는 아프다. 너무 아파서 숨을 쉴 수가 없을 것 같았다. 폐에 찼다던 물에 바늘이라도 뒤섞였는지, 폐부에서부터 둔탁한 고통이 밀려들었다.

"징징대며 질척거리는 남자 딱 질색이야."

손만 뻗으면 닿을 곳에 있는데도, 그는 먼 사람이 돼버렸다. 지금 이 순간이 지나고 나면 영영 끝이라는 사실에 울음이 목구멍 안까지 차오른다.

그런데도 현실은 변하지 않는다. 눈앞을 채운 남자는 불안함을 낳지만, 등을 돌리면 한 번도 마주한 적 없는 남자는 그녀가 회사를 거머쥐도록 막대한 영향력을 행사해 줄 수 있다.

지우는 재차 그 현실을 곱씹었다. 무너지는 치해의 모습에도 현실만을 직시하도록 흐트러지려는 마음에 채찍질을 가했다.

"나한테 가장 중요한 건 대한해양이에요. 그걸 내 손아귀에 쥘 수 있게 바다개발이 도와준다면……."

쉴 새 없이 말하던 지우가 다급하게 입을 다물었다. 감정은 늘 정신을 흩트려 놓는다. 온갖 잔인한 말들을 찾아내며 정을 끊기에만 급급해 상대가 누군지까지 말해 버리는 실수를 저질러 버렸다.

생각지 않은 실수에 그녀는 마른침을 삼켰지만, 이내 상대가 누구인지 알고 나면 그 역시 어쩔 수 없는 포기를 삼킬 거라는 생각에 당황했던 표정을 지웠다. 상대할 수 있는 배경이 아니라는 것쯤은 알 것이다.

붙잡아 달라고. 어떤 이유를 들어서든 가지 못하도록 붙들어 매달라고. 그렇게 되레 매달리고 싶었지만, 지우는 재고의 여지도 없다는 듯 싸늘하게 등을 돌렸다.

"미안해요. 당신보다 다른 남자가 더 소중해져서."

바다개발이라는 회사명에 치해의 눈동자가 멍해진 것도 모르고 지우는 병실 문 앞까지 걸었다.

"연지우!"

치해의 부름에 지우는 가던 걸음을 멈췄다. 차마 뒤를 돌아볼 용기가 나지 않아 그대로 우두커니 그의 음성을 기다렸다.

"후회할 거다."

지금이라도 장난이었다고 해 준다면. 오랫동안 혼자 둬서 심술을 부린 거라고 해 준다면. 아무렇지 않게 웃어줄 것이다.

하지만 이대로 떠나는 순간, 지독한 현실 앞에 덩그러니 놓이게 될 수밖에 없었다. 그녀와 자신 앞에 툭 떨어지는 건, 행복했던 시간을 날려버린 빈껍데기일 뿐이다.

"그럴지도 모르죠."

후회는 이미 하고 있다. 이 순간마저도 그의 얼굴을 담고 싶어서 후회가 머리뿐만이 아닌 전신을 그러쥐었다.

"넌 내게 다시 돌아와. 반드시."

"그런 일은 없어요."

"장담하지 마. 그때, 지금의 일 두고두고 갚아주지."

악에 받친 치해의 음산한 음성에도 지우는 끝내 병실 문을 나섰다.

"쿡, 크크큭. 후후후."

그런 그녀의 모습에서 치해는 허망하게 입매를 추켜올리다 이
내 비릿한 비소를 터트렸다.

복수할 테니까, 가지 말라고. 못살게 굴어줄 테니까, 제발 그러
지 않도록 해 달라고.

지푸라기 하나라도 잡는 심정이고 싶어졌지만, 마지막 순간까
지도 그녀는 너무 가혹했다. 둥둥 떠다니던 지푸라기마저도 거둬
들이고 유유히 사라져버리는 독하디독한 여자.

병실 문을 닫고 나온 지우는 떨어지지 않는 발을 겨우 이끌며
병원 밖으로 나왔다.

격한 서러움이 혀끝까지 밀려나왔다. 못된 여자라 할 것이다.
만남 자체를 인생 최대의 악연이라 말할 것이다. 그에게 그런 존
재가 되고 말았다는 사실에 지우는 파르르 떨리는 입술을 질끈
깨물었다.

잊었던 눈물이 흘러나왔다. 너무 울어버려서 말라버렸다고 생
각했던 눈물이 이제야 존재를 알리듯 줄줄 새어나왔다.

그를 지우고 다른 남자의 아내로 살아갈 수 있을까. 눈을 감아
도 떠오르는 그를 기억 한구석으로 밀어내야만 한다는 현실에 진
저리가 쳐지고 만다.

그런데도 이제는 실수라도 그의 이름을 불러서는 안 되고 말
았다.

참 잔인한 일이다. 얼마 전까지 그를 바라보며 웃고 있는 자신

을 발견했었는데, 그에게 기대 쉴 수 있을 어깨를 빌릴 수 있을 거라 여겼는데…….

두렵다. 엄마처럼 추억에 기대 그리워하다 죽을까 봐, 오한이 서린다.

❖

"노망이라도 나신 겁니까?"

바다개발 회장실 문을 부술 듯 거칠게 연 치해는 불길이 인 심장의 아우성을 그대로 내질렀다. 규왕을 죽일 듯이 노려보았지만, 노인네는 찾아올 줄 알았다는 듯이 느긋하게 회전의자를 뱅글 돌려 손자를 마주했다.

"참으로 반가운 말본새구나."

화조차 내지 않는 규왕의 모습에 치해는 이를 악물었다. 지우가 떠나도록 만든 노인네의 암수를 당장에라도 잘라내고 싶었다.

"굳이 이렇게 하셨어야 했습니까?"

"으흠. 네놈이 순리대로 회사를 이었더라면 굳이 이렇게까지는 안 했겠지."

"그걸 지금 말이라고 하시는 겁니까!"

"사업은 말이다. 이끌어 갈 각오가 얼마나 돼 있냐에 따라 순식간에 좌우되는 거란다. 나 역시 너구리 같은 속내로 여기까지 왔어. 손자의 아픈 마음쯤은 얼마든지 개의치 않는단 말이다. 개인적으로 연지우가 탐나지 않았더라면 네놈의 짝으로 생각조차 하지 않았겠지. 난 젊은 여우에게 내 사업을 물려줄 거다. 회사를 등진 네놈 따위는 이제 필요 없어."

"지우로 인해 제가 언제라도 회사로 돌아올 거라는 계산이시겠죠."

"후후후, 부정은 않겠다. 하지만 돌아오지 않는다 해도 그리 큰 걱정이 들지 않는구나. 지우가 내 테스트를 합격했거든. 사랑을 포기할 정도로 사업 욕심이 많은 여자니, 적어도 그런 손자며느리에게 회사를 맡기게는 되겠지."

소원해진 치해와의 사이가 더 벌어질 것을 알면서도 무리수를 둔 건 다 이 때문이었다. 눈에 흙이 들어와 땅속에 파묻히는 순간까지 손자 놈이 자신을 외면할지라도 회사는 반드시 혈육에게 물려주고 싶었다. 적어도 훗날 지우의 아들, 정확히 치해의 아들놈이 잇는 날이 오기는 할 것이다. 그날을 보지 못하고 눈을 감게 될 것이 아쉽기는 했지만 저승에서나마 감상할 수는 있을 터다.

"시간은 네 생각처럼 느리게 흐르는 것이 아니다. 네놈이 뭣 때문에 이리 득달같이 쫓아온 줄은 알지만, 설사 이 결혼이 틀어진다 해도 연지우가 네게 돌아가는 일은 없을 거야. 너 역시 쉬이 그녀를 받아들일 성미는 아니지. 그렇게 되면 앞으로 일은 어떻게 될 것 같으냐?"

더는 일그러질 수도 없는 치해의 얼굴을 살피며 규왕은 한쪽 눈썹을 추켜세웠다. 추위에 떠는 이처럼 부들부들 떨어대는 손자를 보면서도 그는 늙은이의 심술처럼이나 야멸친 말을 확신처럼 이었다.

"아마도 너와 흡사한 조건의 남자를 찾겠지."

생각할 시간은 필요하지도 않았다. 할아버지의 말대로 이미 답은 나와 있는 것과 다름없었다. 그녀는 그러고도 남을 여자였다. 망할 여자. 세상에 더도 없을 못된 여자.

그런데도 놓을 수가 없다. 픽하고, 비소 한번 흘리고 등을 돌릴 수가 없다. 나쁜 여자라 치부하고 원래의 자리로 돌아가기에는 너무 멀리 와버렸다. 방향을 가늠할 수조차 없는 바다 한가운데에 떠 있는 기분이었다.

"조건이 있습니다."

"조건?"

"결혼은 하되, 제 일을 포기하지는 않겠습니다."

"후음. 마음대로 해."

일단은 여기까지라는 듯 규왕이 마지못해 고개를 끄덕이자, 치해는 두 번 다시 노인네를 보기 싫다는 듯 차갑게 등을 돌렸다.

결국은 지우가 그의 것이라는 사실도 기쁘지 않았다. 사정을 모르는 그녀는 이미 그를 버렸다. 돈과 명예에 눈이 먼 여자는 진실했던 마음을 걷어차 버리고 말았다.

폭풍처럼 휘몰아치는 차가운 목소리로 잔인한 상처를 남기고 돌아서버렸다. 복구할 수도 없게 잔인하게 마음을 휘젓고는 보란 듯이 야멸치게 등을 돌려버렸다.

할 수만 있다면 심장을 갈아버리고 싶다. 그녀로 꽉 찬 물색없는 심장 따위 말끔하게 도려내, 사랑을 몰랐던 새것으로 교체하고 싶다.

15장
구멍 난 보트.

호텔 연회장으로 들어서기 전, 지우는 잠시 파우더룸을 찾았다. 입술을 깨무느라 지워진 립글로스를 덧바르다가 문득 그녀는 자조 섞인 웃음을 흘렸다.

이딴 건 칠해서 뭐할까. 또 이리 차려입어서 뭐할까.

미끄러지듯 내려온 드레스가 종아리에서 보기 좋게 찰랑이는 것마저도 못마땅했다. 움푹 파인 가슴골에 빛나는 기다란 목걸이마저 짜증스러웠다. 누구에게 잘 보이기 위해 이토록 차려입었는지 그 사실을 망각하고 싶을 뿐이었다.

시간이 어떻게 지났는지도 모르게 흘렀다. 치해에게 매몰찬 이별을 선언하고 동해를 떠나온 지 3주일간 그녀는 본사로 출근했다. 세세하게 둘러보아야 할 문제들마저도 사무실에서 보고받고 처리했다.

그 사이 효석의 약혼식도 이뤄져 커다란 변화가 일었지만, 정작 그녀는 망망대해를 둥실둥실 떠다니는 것처럼 혼미한 나날을 보냈다. 이토록 의욕이 없었던 적이 없었다. 하루에도 수십 번씩 훌쩍 떠나고 싶은 마음을 달래는 것마저도 귀찮으리만큼, 현실에서 벗어나고 싶은 염원만 짙었다.

지우는 손에 쥔 립글로스를 쥔 채 주먹을 꽉 쥐었다.

달려가고 싶다. 장차 남편의 자리를 차지할 이를 만나러 온 이 순간에도 치해에게로 달려가고 싶었다. 미안했다고. 정말 그러고 싶었던 게 아니라고. 피를 토해낼 만큼 울부짖고 싶었다.

하지만 그를 얻는데 짊어져야 할 것은 감당할 수 있는 무게의 짐이 아니었다. 회사를 잃어야 하는 건, 엄마를 저버리는 것과 같은 것이다. 더불어 그가 침대에 누워있는 것을 두 눈으로 확인하는 순간, 앞으로 전전긍긍하며 살아야 하는 것을 뜻했다. 그를 사랑하면 할수록 혹시나 위험 속에서 잘못될까 봐 살얼음판을 거닐 듯 살아야만 한다.

"후우."

가슴에 박힌 치해를 빼내기라도 할 듯 지우는 깊은 한숨을 내쉬었다. 떨어지지 않으려는 걸음을 겨우 옮기며 파우더룸을 빠져나가려고 문을 쳐다보자 또다시 한숨이 밀려나왔다.

늘 문에 대면하는 기분이다. 그에게 안기기로 작정했던 그때에도, 문고리를 비틀어 들어서는 순간 새로운 인생으로 접어들 거라고 짐작하지 않았던가.

그런 지금 역시도 마찬가지였다. 이 문을 열고 연회장으로 발을 들이는 순간, 그녀가 겪어보지 못한 삶에 또 한 발을 내딛게 될 것이다.

바다개발의 총수인 최규왕 회장의 생신축하연으로 이곳으로 초대받았지만, 실상 목적은 축하가 아니었다. 굳이 서먹서먹한 맞선 자리를 마련하는 것보다 이곳에서 자연스럽게 만나 선을 보는 것이 낫겠다는 최 회장의 배려로 온 것이었다.

그러니 더는 치해를 볼 수도 없고, 그에 대한 마음을 간직할 수도 없다. 철저히 그를 버린 채 사랑하지도 않은 남자의 여자로 살아야만 한다. 이 문을 여는 순간부터는.

눈물이 왈칵 터질 것 같아 지우는 재빨리 문을 나섰다. 혼자 있으면 바보같이 물기를 흘릴 것 같아서다.

잰걸음으로 연회장으로 들어선 지우는 멀지 않은 곳에서 최 회장과 부친이 악수를 나누고 있는 모습을 발견했다. 고개를 끄덕이며 웃는 두 인물을 담기 위해 멀지 않은 곳에서 기자들이 사진을 찍느라 바쁘게 셔터를 눌러댔다.

그 모습에 지우의 미간이 좁혀들었다. 기자까지 초대했다는 건, 오늘의 만남을 암암리에 공론화시키겠다는 두 총수의 의지가 뻔하게 엿보여서다. 혼기가 꽉 찬 두 젊은 남녀가 손을 잡고 대화하는 모습을 찍은 기자들이 내일 아침 신문 경제면에 보란 듯이 기사를 실을 것이다. 그런 속내가 뻔히 내다보여 규왕에게 다가가는 내내 지우의 미간이 더욱 찡그려졌다.

"오, 연 실장!"

규왕이 다가오는 지우를 발견하고 기쁘게 맞아들였다. 그 옆에서 흡족하게 웃고 있는 부친의 얼굴까지 더해지자, 지우는 억지로 인상을 펴고 고개를 숙였다.

"생신 축하드립니다. 최 회장님."

"허허허. 축하는 무슨. 갈 날만 더 가까워진 게지."

"이런, 정정하신데 무슨 소리십니까."

규왕의 농담에 호용 역시 너스레로 응수했다. 같은 사업에 종사하면서도 얼굴 붉히기만 급급했던 이들이 난생처음 마주하고 웃고 있는 모습에 기자들의 손가락만 바쁘게 움직였다.

"이놈 아직도 안 온 게야?"

나직한 규왕의 물음에 곁에 있던 비서가 비스듬히 허리를 숙였다.

"아닙니다. 당도하셨다는 전갈이 왔습니다. 어, 저기 오십니다!"

지우의 어깨 너머로 입구를 힐끗거리던 비서가 격앙된 음성을 흘리자 규왕의 얼굴도 환해졌다.

외국에서 공부 중이라던 손자가 나타나 기분이 좋은 모양이었지만, 그와는 달리 지우는 지그시 어금니를 깨물었다. 나타나지 말았으면 했던 미련한 기대마저 싹 사라져, 더는 그녀가 물러설 곳이 없어졌기 때문이었다.

"지우 양. 저기 내 손자를 소개하지."

손자를 향한 자부심이 잔뜩 묻어난 규왕의 음색에 지우는 서서히 몸을 돌려 입구를 응시했다.

그 순간, 모든 것이 아득해졌다.

누군가 망치로 셀 수도 없을 만큼 머리를 내려치고 있는 기분이었다. 한 걸음씩 내딛는 걸음이 가까워질수록, 충격을 받은 두 개골이 깨져 피가 흐르는 것만 같았다.

최치해! 그가 왜 이곳에!

지우의 동공을 뚫어버릴 것처럼 시선을 박고 다가오는 남자는 분명 치해였다. 한 번도 보지 못했던 말끔한 정장으로 내딛는 걸음마다 반짝거리는 대리석 바닥이 쩍쩍 갈라질 것처럼 잔인한 존재감을 드리운 남자는 분명, 그녀가 3주 전 이별을 선언하고 돌아섰던 치해였다.

"의젓한 손자를 두셔서 흡족하시겠습니다."

"의젓한 만큼 한 고집하는 놈이라오. 치해 저 녀석만이 내 아집을 이겨 먹는 유일한 놈이지."

호용의 칭찬에 응수하는 규왕에 말을 들은 지우의 얼굴이 백지장처럼 새하얘졌다. 규왕의 입에서 나온 그의 이름…… 그것은 분명, 최 회장의 손자임을 뜻하는 것이었다.

운명이 장난을 친다.

바늘 하나가 머릿속을 관통하고 지나간 것처럼 일순 관자놀이가 격심한 통증을 호소했다. 입 안의 침마저도 순식간에 바짝 말라 목구멍이 타들어갈 것처럼 갈증이 일었다.

바들바들 떠는 손에 힘이 없다고 여기던 찰나, 결국 지우는 들고 있던 클러치 백을 바닥으로 떨어뜨렸다. 곧이어 두 다리마저 지탱하기 어려울 만큼 전신이 떨려자 그녀의 몸이 크게 휘청거렸다. 맥이 풀린 그녀가 바닥으로 주저앉기 전, 재빨리 다가온 치해가 단단히 그녀의 허리와 팔을 붙잡고 끌어당겼다.

연회장을 채운 이목이 지우와 치해에게로 집중되었다. 총수들 곁에 섰던 여자가 금방이라도 쓰러질 듯 휘청거리고, 더불어 남자가 재빨리 허리를 낚아챈 것이 그들의 흥미를 자극한 모양이었다.

지우가 천천히 고개를 올려 치해를 쳐다보던 순간, 직감이 뛰어난 기자들이 플래시를 터뜨렸다. 이내 뒤질세라 초대받은 기자들 모두가 셔터를 누르느라 밝은 빛을 내뿜었다.

찰칵찰칵. 펑펑.

소음과 섬광 빛이 가득한 곳에서 치해는 곧장 입술을 내려 지우에게 키스했다. 한입에 집어삼킬 만큼 강렬한 키스가 이어지자, 여기저기에서 웅성거리는 소리가 흘러나왔다.

곁에 있던 두 총수마저 당황의 신음을 토했지만, 지우는 정작 파르르 떨리는 몸을 겨우 그에게 지탱할 뿐이었다. 뜨거운 입술의 해후 때문이 아닌, 치해가 입술을 삼키기 전 그녀에게 내보인 비틀린 미소 때문이었다. 타액이 뒤섞인 입술 사이로 한기가 스며들어 지우는 계속 몸을 떨었다.

※

밤인데도 커다란 선글라스를 끼고 호텔로 들어선 지우는 막상 1301라는 호수를 쳐다보며 망설였다.

〈나눠야 할 얘기가 있겠지? 이 호텔 1301호야. 언제든 찾아와. 아, 물론 내가 동해로 내려가는 건 내일이야. 그러려면 오늘 밤밖에 시간이 없다는 뜻이다. 기다리지.〉

입술을 비틀었다. 결혼할 사이라는 말로 규왕이 소란을 잠재우고 한참이나 지난 시점에서, 여전히 충격으로 몸을 떠는 지우에게 치해는 그렇게 말을 내뱉고 입술을 비틀었다. 한 번도 보지 못했던 무섭고도 야비한 표정을 내보였으면서도 그는 여유롭게 그녀와 멀어졌다.

그 이후로 어떻게 집에 돌아왔는지는 기억나는 게 없었다. 부친의 물음에 대답조차 하지 못할 만큼, 그녀는 얼이 나가 있었다.

조금씩 정신이 들기 시작했을 땐 이미 창문 밖으로 잿빛이 드리워진 후였다. 새벽이 밝아오는 순간까지도 멍하니 침대에 앉아 있었다는 사실에 화가 치민 지우가 몸을 움직여 치해가 머물고 있는 호텔을 찾았을 때도 출근준비를 해야 할 시점이 지나있었다.

단 한 번도 출근을 미뤄본 적이 없었지만, 그녀는 무엇보다도 치해와의 만남이 우선이라는 결론으로 이곳에 섰다. 하지만 그의 어떤 얼굴을 대면하게 될지 두려워졌다.

망설이는 지우의 고운 이마에 볼썽사납도록 굵은 힘줄 하나가 도드라졌다. 그때, 차마 두드리지 못했던 방문이 벌컥 열렸다.

"생각보다 늦었군."

예상 밖이라는 듯 눈썹을 꿈틀거린 치해의 모습은 그녀와 달리 말끔했다. 동해로 가려던 참이었는지 손에는 작은 여행 가방이 들려 있었다.

"들어와."

떠날 시간을 늦춘 치해가 안으로 들어오기를 권하자 지우는 천천히 방 안으로 들어섰다. 선글라스를 벗는 손끝이 떨리고 있었지만, 지우는 크게 숨을 들이마시고 초조함을 잠재웠다. 그의 말대로 나눠야 할 대화가 있다.

"묻고 싶은 게 많을 것 같은데, 앉지?"

"당신과 나……."

목소리를 겨우 끌어모았지만 길게 흘러나오지는 않았다. 물어야 할 게 많은데도 목구멍이 꽉 막힌 것처럼 좀처럼 소리를 내기 힘겨웠다.

"인연이 깊은 모양이지."

그의 지적대로 지독한 인연이다. 목숨을 구해 주고, 욕정으로 열망을 일깨우고, 그것도 모자라 사랑을 품게 한 남자. 그런 남자인데도 매몰차게 버려 결국 이런 혼돈 속에 스스로 걸려들게 만든 모진 인연.

지우는 그 인연에 돌을 던지고 싶은 악다구니로 겨우 제 목소리를 찾아 입술을 열었다.

"원하는 게 뭔가요?"

되묻는 지우의 물음에 동공의 차가움이 서서히 치해의 얼굴 전면으로 퍼져 들었다.

어쩌다 이런 상황이 됐는지 묻지도 않는다. 불과 몇 시간 만에 정신을 차리고는 당황해 하지도 않는다. 그런 그녀에게 자신은 대체 어떤 존재였을까.

"뭐일 것 같아?"

"잔인하게 버리고 떠난 여자에 대한 복수, 뭐 그런 건가요?"

"잘 알고 있어서 그나마 다행이군. 굳이 설명해야 할 시간은 벌었어. 역시 똑똑해."

비아냥거리는 치해의 음성에 두 다리를 지탱할 수 없는 충격이 지우의 내부 속으로 휘몰아쳤다. 이내 발목이 시큰거리도록 부들부들 떨려오기 시작해 그녀는 그의 뜻대로 천천히 의자로 걸터앉았다. 생각보다 잔인해졌다. 비아냥거림으로 상대를 어떻게 다뤄야 하는지 그새 깨우친 사람 같다.

어떻게 된 일인지 낱낱이 파헤치고 싶은 마음이 굴뚝같았지만 그런 질문조차도 머릿속에서 지워버렸다. 새벽녘까지 침대에 앉아 수많은 의문과 싸워 결론을 내는 동안, 절대로 변하지 않는 사실은 그가 최 회장의 손자라는 점이었다.

그런 그를 버렸다. 사랑한다는 애절함에도, 가지 말라는 절규에도 그를 버렸다. 그러니 그가 원하는 것은 당연히 복수일 테다.

"결혼을 없던 일로 만들 수도 있어요."

"아니. 그러지 않을 거다. 넌 연지우니까."

그가 내뱉은 이름 석 자에 많은 뜻이 내포되어 있었다. 독한 여자. 나쁜 여자. 원하는 것을 얻기 위해 사람의 감정까지도 갖고 노는 이기적인 여자.

"회사를 가질 수 있도록 만들어줄 남자가 필요하다고 했지? 물론 굳이 내가 아니라도 네 손을 잡아줄 남자는 꽤 있을 것 같아. 속내만 잘 숨기면 연지우란 여자는 꽤나 남자의 성욕을 자극하니까 말이야."

균열이 일기 시작한 지우의 얼굴이 그가 말을 더할수록 잔인하게 일그러졌다. 그런 그녀의 표정을 놓치지 않던 치해가 침대 위에 올려놓았던 신문을 그녀에게 툭 던졌다. 지우의 발목 밑으로 떨어진 신문의 일면이 그와 그녀의 키스 장면으로 장식되어 있었다.

"네 생각처럼 세상은 녹록지 않아. 소위 있는 것들은 지독히도 세간의 이목을 중시하지. 넌 최치해 말고는 선택권이 없어. 이미 구석으로 내몰렸으니까."

그의 의도대로 그녀는 구석까지 내몰렸다. 조간신문에 대문짝만 하게 실린 사진과 기사가 그것을 증명했다. 이제 이 바닥에서 그녀를 받아줄 집안은 공공연하게 없어지고 말았다. 파혼을, 그것도 세간의 이목을 집중시킨 사진까지 나도는 지금 그녀와 짝을 이루고픈 집안은 없을 것이다.

"치졸하네요."

"배경만 보고 남자를 고르는 너보다 더할까. 따라잡으려면 멀었지."

경멸이 실린 치해의 딱딱한 말투에 지우는 굳혔던 안면을 느슨하게 풀었다. 이제라도 떠나야 했던 이유를 털어놓으려던 진실은 이미 말할 필요가 없어졌다. 무엇을 말하든 그저 변명에 지나지 않을 것이다. 모든 것이 오물을 닦아낸 휴지조각처럼 변해 버렸다.

가슴에 몰아닥친 서늘함에 그녀의 입매가 시니컬하게 비틀렸다.

"복수? 좋아요. 원한다면 해야겠죠."

비웃듯 입꼬리를 틀어 올린 지우의 태도에 치해는 차가움이 뚝뚝 묻어나는 비소를 흘리며 그녀에게 바짝 다가섰다. 얼굴로 손을 뻗는가 싶더니, 곧장 그녀의 턱을 단단히 틀어쥐고 허리를 숙였다.

"이러지 마!"

가까스로 고개를 돌려 치해의 입술을 피한 지우가 사납게 외쳤지만, 턱을 움켜쥔 그는 억지로 그녀의 고개를 돌려 눈을 마주보게 했다.

"내 약혼녀의 맛이 어떤지 보고 싶거든. 그것도 지금 당장."

그의 말뜻이 어떤 것을 내포하고 있는지 알아챈 지우의 입술이 파르르 떨렸다. 치해의 동공에 스민 열기가 예전과 달랐다. 순하게 웃던 입매조차도 남자의 야비함만을 머금었다.

"내 몸에 손끝 하나 대지 마."

"훗. 약혼녀답게 굴어. 내 마음이 변하면 넌 결코 원하는 걸 가질 수 없을 테니."

보란 듯이 입술 끝을 올린 치해의 얼굴에 소름이 돋을 만큼 무자비한 비열함이 곁들어졌다.

"당장이라도 내가 두 손을 들어버리면 어떻게 될까? 회사는 당연히 네 몫이 될 수가 없겠지. 그러니 흥미를 갖도록 만들어 줘야지, 안 그래? 난 너를 갖고, 넌 회사를 갖는 거야. 내가 너를 괴롭히는 대신 넌 평생 대한을 거머쥐는 거라고. 설명이 부족해?"

이런 남자가 아닌데……. 이렇게 잔인하고 비열했던 사람이 아닌데…….

낙담이 드러난 지우의 얼굴에 미세한 떨림이 수반됐다. 그를 이런 괴물로 만들어 놓은 것이 다름 아닌 자신이라는 것에 고통이 밀려들었다. 그녀는 가슴을 쥐어뜯는 고통을 밀어내고 서서히 몸을 일으켰다.

그래, 밑바닥까지 가보는 거다. 그에게 자신을 내던져주는 대신으로 가질 수 있는 게 '대한해양'이라면, 끝을 알 수 없는 낭떠러지로 기꺼이 몸을 던져버릴 것이다. 이미 그를 떠났던 순간부터 예정되어 있던 나락이니 새삼스러울 것도 없었다.

"구미가 당기는 제안이라는 건 인정해야겠네요."

일어선 그녀가 셔츠 맨 위 단추를 풀자, 그의 조소가 더욱 짙어졌다. 거세게 반항할 거라는 예측과는 달리, 순순히 단추마저도 풀어내는 지우의 모습에 치해의 화가 머리끝까지 치솟았다.

"가진 게 많은 자에겐 원래 이렇게 얌전한가?"

치해의 싸늘한 말에 단추를 풀어내던 지우는 손을 멈추고 잠시 그를 응시했다.

햇빛처럼 맑았던 갈색 눈동자는 시리도록 차가움을 머금었다. 미소가 설경처럼 예쁘던 입매는 뒤틀릴 대로 뒤틀어져 얼음처럼 굳었다. 냉정한 치해의 얼굴이 변해 버린 마음을 보여주는 듯해 속이 쓰렸다.

"마저 벗지 않고 뭐해? 내 도움이 필요해?"

움직임을 멈추고 물끄러미 응시하는 시선마저 기분 나쁜 듯,

자리에서 일어선 치해가 악문 잇새로 서늘한 바람 같은 음색을 토했다.

"아니요. 내가 해요."

냉정해 보이도록 차분하게 뻗어 나온 목소리에 지우는 감사했다. 희미하게나마 떨림을 머금었더라면 이 자리에서 그대로 주저앉았을지도 몰랐다.

그녀의 손이 다시 움직였다. 억지로 풀어낸 셔츠를 서서히 옆으로 젖히자 새하얀 어깨가 창백하게 드러났다.

벗겨진 옷이 바닥으로 스르륵 흘러내리자, 치해는 스스로 옷을 벗고 있는 그녀를 볼수록 심기가 더욱 뒤틀렸다.

누구에게라도 쉽게 벗을 수 있었을까? 약혼자를 지칭하고 나타난, 자신이 아닌 다른 남자에게도 이처럼 쉽게 몸을 허락했을까?

조금이라도, 한순간이라도 자신을 진심으로 대한 적이 있었나 싶은 생각에 치해의 갈색 동공이 불길에 휩싸인 채 타들어갔다. 가녀린 목을 조르고 싶은 충동이 격하게 일었다. 누구라도 괜찮았던 거냐고 고통스럽게 목을 조르며 추궁하고 싶었다.

지우에게 다가간 치해가 거칠게 가녀린 팔을 낚아챘다. 완력을 써 그녀를 침대 위로 쓰러트리고는 짐승처럼 몸을 덮치고 나머지 옷가지들을 찢듯이 벗겨 냈다.

찌지지직. 찢겨나가는 소성이 소름끼치게 방 안을 메우는 동안, 지우는 반항 한 자락 없이 가만히 눈을 감은 채 그의 손길을 받아냈다.

혀끝을 맴도는 항변조차 삼켰다. 말을 섞고 싶지도 않았다. 섞어서 남는 건 여태껏 그에게 들어보지 못한 잔인함뿐이었다. 그의 말대로 구석으로 내몰린 건 자신이었다. 그를 거부한다고 해서 남는 것도, 다시 되돌아올 것도 없었다.

눈이 부실 정도로 뽀얀 피부와 나른한 숨을 자아내던 여체가 드러나자 치해는 노골적인 시선으로 지우를 훑어보고는 거추장스럽게 달라붙어 있던 옷들을 허겁지겁 벗어 던졌다.

그녀의 알몸 위로 묵직한 몸을 겹치며 치해는 가랑이 사이로 손을 밀어 넣었다. 보송보송한 음모가 손끝에 닿자 그 사이를 파고들어 여린 속살들을 길게 끌어올렸다. 이를 악무는 지우의 얼굴에 그는 더욱 잔인하게 속을 파고들었다.

"읍!"

단단한 손이 미처 젖어들지 않은 메마른 속살들을 쓸어대자 지우가 악문 잇새로 아릿한 통증을 호소했다.

다리를 옹그리지도 못하게 치해는 왼손으로 그녀의 오른 허벅지를 꽉 움켜쥐고는 서서히 오른 다리를 이동해 지우의 왼쪽 허벅지마저 지그시 짓눌렀다.

"어딜 만져야 내 불꽃같은 연인이 만족스러울까."

서리가 내린다. 그의 틀어진 속내를 품은 말 한 마디, 한 마디가 차가운 서리처럼 지우에게 내려앉았다.

"말해. 어디를 만져주길 바라?"

그윽하게 묻는 물음 뒤에 감춰진 조소에 지우는 입술을 꽉 깨물었다. 그런 그녀를 내려다보며 치해는 가랑이 안쪽을 더듬거렸다.

"이곳? 아니면 여기?"

"후웃."

놀리듯 툭툭 건드리며 음모를 헤치던 그가 불거진 정점 하나를 손으로 튕겨내자, 지우는 그 자극을 참지 못하고 거친 숨을 몰아 내쉬었다.

"이곳이군."

몰랐던 것도 아니면서 일부러 그녀의 반응을 살피던 치해는 마침내 목적지를 찾아냈다는 듯 눈썹을 활처럼 휘고 조소를 물었다.

숨을 뜨겁게 내쉬던 그녀가 또다시 입술을 앙다물자 그는 정점을 쥐고 짓이기듯 문질러댔다.

"읍."

신음을 참는 지우의 목소리가 재차 탁하게 흘렀다. 몸을 뒤틀면서도 그녀는 깨문 입술을 피가 고이도록 꽉 깨물었다.

그런데도 모든 감각은 그가 집어낸 아래로 몰려들었다. 긴장과 조소가 뒤섞인 공간에서 전혀 느낄 수 없을 자극이 억제하지 못하고 짙은 흥분을 심었다.

그 울렁거리는 감각을 참아내지 못하고 지우는 시트를 움켜쥐었다. 새하얀 마디마디에 새파란 핏줄이 도드라질 때까지 부르르 떨어대는데도 단단해진 뱃속 어딘가부터 스민 물기가 기다란 통로를 훑어 밑으로 고여 들었다.

지우의 짙은 속눈썹이 경련하듯 떠는 것을 지켜보면서 치해는 손가락을 집요하게 움직였다. 빨래집게에 집혀든 옷가지처럼 정점을 꽉 짓눌러 터트릴 듯 세게 비벼댔다. 팽팽해진 돌기에 아픔이 서릴 만큼 격렬한 화를 심었다.

그의 손가락이 작은 성기를 건드릴 때마다 반들거렸던 속살들에 물기가 스몄다. 그 스민 물기가 방울져 결국 질구 밖으로까지 촉촉이 흘러나오자, 지우는 삼킬 수 없는 신음을 터트리며 허리를 들썩였다.

"아으으으."

앓듯 흘러나온 신음에 치해는 꽃잎을 벌리느라 쥐고 있던 살점에서 손을 떼고 애액이 흐르기 시작한 질 속으로 손가락 두 개를 붙여 밀어 넣었다. 내벽을 훑고 거슬러 올라가는 그 자극에 지우의 얼굴이 한껏 일그러졌다.

치해는 손가락을 굽혀 이곳저곳을 눌러대며 움직이기 시작했다. 손끝이 빠져나올 정도가 되면 다시 밀어 넣고 돌리기를 반복했다. 그는 기술적으로 그녀의 몸을 다뤘다. 파고든 손가락을 움직이면서도 여전히 엄지로는 발기한 돌기를 눌러댔다.

그가 괴롭히던 돌기에서 손을 뗀다 싶더니 그녀의 아랫배를 압박하듯 지그시 눌렀다. 커다란 손에 눌린 배가 쏘옥 들어가기 무섭게 질 속을 침입한 손가락이 속살을 긁어댔다.

"아흑."

배 안쪽을 긁어대고 짓누르는 자극에 지우는 머리를 거칠게 흔들었다. 하얀 시트에 부채처럼 펼쳐진 머리카락이 타닥거렸다. 시트와의 마찰로 정전기가 일더니 이내 그녀의 정수리를 거쳐 머릿속 전체로 불꽃이 스며들었다. 주름진 내벽에 멍이 들도록 격하게 긁혀대는 느낌에 피가 역류하는 것만 같았다.

"하읏!"

지우의 고운 얼굴이 순식간에 형체를 잃고 못나게 일그러진다 싶더니 치해의 손으로 그녀의 애액이 쏟아져 나왔다.

"너무 많이 쏟아내는 것 아니야?"

치해는 농도 짙은 말로 그녀를 무안하게 만들고는 바들바들 떠는 지우의 허벅지를 잡아 자신의 곁으로 바짝 끌어당겼다. 시트와 함께 절정을 맞이한 그녀의 몸이 힘없이 주욱 끌려들었다.

여전히 두 눈을 꼭 감은 채 자신을 바라보지 않으려는 지우를 비웃으며 치해는 이미 붉게 충혈된 제 분신을 젖은 속살 속으로 밀어 넣었다.

"아아아!"

희열로 부풀어 오른 내벽들이 그를 반기며 아우성을 쳐댔다. 욕정의 끝이 어딘지 알 수 없는 살점들이 하나같이 그의 페니스로 달려들었다. 치해가 들어선 쾌감에 지우는 신음을 내지르며 부르르 떠는 두 팔을 잠시 허공으로 휘저었다. 그러다 이내 잡을 수 없는 사람임을 깨닫고 조금 전처럼 시트를 그러쥐었다.

치해는 그녀의 자궁 속 깊은 곳으로 유영했다. 여실한 속살을 빈틈없이 꽉 채우고 뿌리 끝까지 깊숙이 밀어 넣었으면서도 더 깊이, 더 깊숙이 들어가기를 갈망했다.

부러질 듯 가녀린 몸을 타고 허기가 든 사람처럼 그녀의 몸을 채우고 또 채웠다. 강렬한 움직임이 반복적으로 이어질수록 그녀의 속을 전부 헤집을 것처럼 거칠게 허리와 엉덩이를 들썩였다.

"내가 느껴져? 네 안을 채운 최치해! 내가 느껴져!"

물음인지 확답인지 모를 모호한 포효와 함께 그는 낙인을 찍었다. 그의 것이라는 낙인. 그녀의 내부를 채운 건 자신뿐이라는 뜨거운 낙인을 격렬하게 남겼다.

"하, 하앗!"

　여린 속살이 이대로 찢어질지도 모른다는 착각이 들 만큼 그의 몸짓은 너무도 거셌다. 격렬한 정사를 치른 적은 많았어도 이토록 광포한 적은 없었다. 광포한 몸짓. 그가 채운 곳뿐만이 아닌, 몸 전체가 얼얼할 만큼 큰 충격이 계속해서 밀려들었다.

　치해의 숨소리가 더욱 거칠어진다 싶더니 짓누르는 압박감도, 들락거리는 가속도 점차 빨라졌다. 그녀 안의 거대한 댐이 또다시 찰박거렸다. 쾌락과 황홀감을 담고 거센 물줄기가 되어 방류를 시작할 듯 위태하게 넘실거렸다.

"하웃!"

"웃!"

　지우가 또다시 절정을 맞아들일 준비로 경련하자 치해의 얼굴이 일그러졌다.

　그녀에 대한 갈망이 사그라지지 않는다. 미친 듯이 속을 헤집기를 반복하는데도 해갈이 일지 않았다. 목구멍이 타는 듯한 갈증만이 목울대를 바짝 조이자, 그는 어금니를 악물고 그녀 안을 깊숙이 채웠다.

　사랑의 달콤함으로 행복에 젖어 한창 미치게 만들고는 아무렇지 않게 배신을 입에 담은 여자. 지우는 처음부터 그런 여자였다. 뜨겁게 안겼으면서도, 자신이 전해 준 희열에 수차례 몸을 떨고 전율로 얼굴을 일그러뜨렸으면서도 가볍게 안녕을 선언한 여자.

그런 그녀를 재차 받아준 자신의 실수였다. 그래, 그 실수 때문에 더욱 화가 나는 거였다.

빌어먹을 여자. 끝없이 그녀를 채워도, 정작 그 자신은 빈껍데기만 남은 기분이었다. 그녀가 남겨놓은 빈껍데기를 부여잡고서는 그녀의 알맹이를 찾아 헤맨다. 애초에 있었는지도 모를 그 감정을.

자궁 끝까지 도달할 듯 쿵쿵 찍어대기를 반복하면서 치해는 상체를 엎드려 지우의 귓가에 속삭였다.

"결혼이라. 그 구멍 난 보트에 기꺼이 함께 타 주지. 함께 침몰해 보자고."

둥둥둥, 몸 전체가 울려대는 이명 속에서도 그의 목소리만은 또렷하게 지우의 귓속을 채웠다.

※

"결국 너도 생각해낸 게 이거야? 난 너한테 안 져. 안 질 테니까, 두고 봐! 길거리에 나앉게 되는 건 너일 테니까!"

들고 온 신문을 패대기치며 온갖 악다구니로 악담을 퍼부어대던 효석이 들어올 때와 마찬가지로 거칠게 문을 닫고 나갔다.

시뻘게진 얼굴로 발악하는 효석을 보면서 지우는 재차 치해와의 결혼이 가져올 영향력만을 상기했다.

잘한 짓이다. 조금은 힘들겠지만, 순조로운 결혼생활이 될 수는 없겠지만, 그래도 잘한 짓일 것이다.

지우는 울고 싶은 심정을 그렇게 다독였다.

※

"개놈 시키."

순찰정으로 바다를 한 바퀴 돌고 동해경찰서로 돌아오던 길이던 치해는 부아가 잔뜩 섞인 석호의 욕설에 슬쩍 웃음으로 넘겼다.

"매정한 시키."

"그만해. 정 가고 싶으면 다른 대원들과 가면 되잖아."

"누구 때문에 총각파티를 여는데! 당사자인 널 빼고 하리?"

"해 달라는 말 안 했어."

"그래. 넌 그런 놈이지. 나쁜 놈의 시키."

누구보다 가까운 버디인데도 결혼 사실을 신문으로 접했다는 사실에 충격을 받은 석호는 한동안 삐쳐 그를 본체만체했다. 그런 석호가 다시 말을 걸어온 지 며칠밖에 되지 않아 웬만하면 들어주고 싶었지만, 여자들과 뒤엉켜 놀 총각파티를 계획했다는 말에 치해는 계속 고개를 흔들고만 있었다.

여자와 시시덕거리는 것을 즐기는 성격도 아니었지만, 무엇보다도 외로움에 몸부림치는 한 마리의 늑대의 사심이 뻔히 엿보여 치해는 단호하게 거절 중이었다. 아무리 친구를 한 여자의 남자로 보내야 하는 축복과 위안이란 허울 좋은 말로 설득하더라도 석호의 희생양이 되고픈 마음이 없었다.

"그러지 말고 연락해 봐."

"연락? 누구한테?"

"이 경위님한테."

"네놈이 아주 미쳤냐? 내가 그 여자한테 연락을 왜 해!"

끓는 가마솥 위에 앉아 있기라도 한 것처럼 석호가 펄쩍 뛰어 댔다.

"부쩍 외로워하는 게 그 탓 아니야?"

"미친놈. 어디가 근질근질하냐? 병원에 입원이라도 시켜주 리?"

"그러다 다른 남자랑 결혼하면 그땐 어쩔래?"

"눈이 삐지 않고서야 누가 그 여잘 데려가!"

가슴에서 우러나온 진심 담긴 치해의 충고에도 석호는 벌게진 얼굴로 더욱 난리를 쳐댔다.

그 눈이 삔 남자가 차마 '너'라고 말하지 못한 치해는 아니라 고 심히 부정 중인 석호를 향해 그저 고개를 절레절레 흔들었다. 구조대 사무실로 들어설 때까지도 석호는 계속 긍정을 뜻한다는 '강한 부정'을 흘리고 있었지만, 당사자가 깨닫지 못하는 것을 어 쩌겠는가.

※

"결혼을 하지 않겠다는 말이냐?"

밤늦은 시각, 서재로 찾아온 지우의 말을 듣던 호용이 아연실

283

색한 음성을 흘렸다.

최규왕 회장의 재촉과 더불어 효석보다 지우의 결혼이 먼저라
는 생각으로 서둘러 진행한 결과로, 그녀의 결혼식이 불과 2주밖
에 남지 않은 시점이었다. 더구나 벌써 언론에 공개까지 했다. 이
제 와 번복한다면 세간의 비웃음을 사는 것은 물론이고 곧바로
주가하락과 연계되기까지 할 것이다.

"지분을 넘겨주신다면 원래대로 진행할 겁니다."

"무슨 소리를 하는 게냐."

호용의 가늘어진 눈매가 지우를 향했다. 다짜고짜 찾아와 결혼
을 미루겠다는 말로 머리를 지끈거리게 만들더니, 결국은 이것이
목적이었나 싶어 한편으로는 제 여식인 지우가 섬뜩해졌다.

"들으신 그대롭니다."

"주식을 네게 양도하라는 건…… 이제 그만 물러나라?"

"그럴 때가 되셨지요."

눈빛과 마찬가지로 흘러나오는 지우의 목소리 또한 우뚝 선 가
등처럼 견고했다. 호용은 그런 딸을 쳐다보다 나직한 웃음을 흘
렸다.

"후후후."

퇴진이라. 하긴 그럴 나이가 되긴 했다. 아니, 벌써 넘어서긴
했다. 후계 싸움으로 갈팡질팡하던 마음 없이 오로지 지우만을
고집했더라면 진즉에 딸에게 자리를 물려줬을 테다.

호랑이 새끼인 줄만 알았더니, 어느덧 딸은 훌쩍 자라 산을 호
령하는 범이 되었다. 아비가 무엇을 절실히 원하는지를 간파하고

흥정을 할 정도니 말이다.

　늙어 힘이 빠진 총수에게 무엇보다 중요한 것이 명예로운 퇴진이었다. 결혼을 종용하며 설득했던 그대로, 딸은 자신이 무엇을 두려워하는지를 깨닫고 밀어붙이고 있었다. 더불어 세간의 이목을 이용해 기다리지 않고 단시간에 해결하겠다는 승부수까지 띠웠다. 이제 그만 지겨운 싸움을 끝내고 싶다는 뜻일 것이다. 제 어미의 복수를 대신 품었던 원오에 마침표를 찍겠다는 뜻.

　"좋다. 네가 식을 올리고 혼인신고를 하는 날. 정식으로 바다개발의 한 일원이 되는 날. 그때 양도해 주마. 내게 최씨 집안에 호적을 올린 서류를 가져와. 그날 즉시 내 지분이 네 손에 떨어질 거다."

　"양도 먼저 해 주십시오. 결혼 후에 바로 취임할 수 있도록."

　과연 결혼식 날까지 기다릴까? 지분을 양도하는 즉시 지우는 아마도 임시총회를 소집할 것이다. 호용은 지우의 그런 생각을 읽고 조용히 다독였다.

　"너무 일러. 서두르지 말거라."

　"여름 결산기 정기총회가 다음 주입니다. 밀어붙일 수 있을 때, 최대한 바짝 쪼여야 하는 법이죠. 누군가가 머리를 쓰기 전에 제 위치를 확고히 다지고 싶습니다."

　그 누군가가 이복동생인 효석을 뜻하는 것일 테다. 문제를 일으킬 시간 따위는 주지 않겠다는 지우의 의지에 호용은 씁쓸하게 입술을 열었다.

　"너무 많은 양보를 바라는구나."

"아버지가 원하는 것을 요구할 때는 저 역시 그 요구에 응할만한 것을 손에 쥐어야 한다고 생각합니다. 결혼으로 얻어야 했던 대가라면, 결혼 즉시 거머쥘 수 있도록 해 주셔야죠. 결혼날짜가 발표되면서 주가가 계속 상승세입니다. 이때를 놓치기 싫습니다."

정기총회가 사업의 손익을 따진다면 임시총회야말로 사업의 양도와 이사진의 해임권의 역할을 띤다.

지우는 정기총회에서 주주들의 배를 불린 사업배당금이 누구 때문에 많아졌는지를 일깨워줄 심산이었다. 그녀가 바쁘게 뛰어다닌 것보다 '바다개발'의 인연이 불러올 결과가 더욱 부각된다는 사실이 속을 쓰리게 만들지만, 주주들의 표결은 그녀가 맺을 인연을 무시할 수 없을 것이다.

주주들의 표결을 이끌어내기 위해 많은 것을 희생했다. 오랜 시간을 동분서주 뛰어다녔고, 한 번도 누려보지 못한 자유마저도 포기했다. 더불어 유일하게 그녀의 온전한 모습 그대로를 사랑해 주던 치해의 사랑까지도 무너뜨렸다.

그에게 남은 거라곤 매몰차게 등을 돌린 여자에 대한 앙갚음이라는 것을 잘 알고 있다. 더는 따스한 눈길을 받을 수 없다는 것도.

치해와의 결혼준비를 하면서 지우는 하루하루가 바늘 위를 걷는 기분이었다. 날이 저물어 태양이 밝아오는 횟수가 점차 많아질수록, 그의 잔인했던 눈빛과 차가웠던 음성이 그녀의 머릿속을 빈틈없이 메워나갔다. 호텔에서의 마지막 만남 이후로 2주의 시간이 지났는데도 그때의 일이 마치 어제인 듯 생생하기만 했다.

결혼 후, 그가 어떤 행동을 하던 무관심으로 일관하면 될 거라 여기면서도 한편으로는 그러지 못하고 상처를 받을까 봐 두려웠다. 치해로 인해 사는 게 더욱 건조해질까 봐, 마주 대하는 매 순간이 고통스러울까 봐 무서웠다.

그렇게 깊어진 한숨을 내뱉던 날들 중 어제, 지우는 머릿속을 스치는 번득임으로 결론 하나는 내렸다.

부친의 지분을 받아 임시총회를 소집할 수 있다면…… 어쩌면 결혼을 하지 않아도 될 것이다. 임시총회의 결과에서 그녀가 진정한 주인이 된다면, 어떻게든 결혼을 보류하다 취임식까지 치르고 나면 백지화시키면 될 것이다. 주가하락쯤이야 오션블루가 개장하면 다시 치솟을 것이 아닌가.

그런 마음으로 지우는 호용을 찾았다. 하루 종일 설득할 말과 해결책을 머릿속으로 새기고는 부친의 서재 문을 두드렸다.

하지만 호용은 그런 지우의 속내를 꿰뚫었다. 그 역시 오랜 세월을 흥정으로 다져진 사람이었다.

"정기총회에서 너를 후계로 지목하겠다. 하지만 양도는 안 돼. 나 역시 사업가다. 네가 임시총회를 열어 총수가 되고 나면 넌 결혼을 백지화할 방법을 모색하겠지. 명예로운 퇴진만이 내 목적이라고 생각했다면 오산이다. 난 대한해양이 더욱 발전하기를 바란다. 내가 몸담았던 회사, 내 젊은 열정이 고스란히 담겨 있는 회사, 그 사업체가 더욱 번창하길 바란다. 결혼해. 혼인 신고서를 가지고 오는 즉시 양도해 주마."

단호한 호용의 거부에 지우는 미간을 찌푸리다 이내 입술을 깨물었다. 피해가고 싶었던 태풍을 고스란히 맞는 방법밖에 없다는 사실에 그녀의 두 눈마저 지그시 감겼다.

※

바람이 제법 서늘해진 초가을의 문턱. 시간이 어떻게 흘렀는지도 모를 무미건조한 날이 계속되던 어느 날 거행된 결혼식장은 보기 드물게 화려했다.

초대받은 사람만 입장할 수 있도록 비공식적으로 이루어졌음에도 불구하고, 인천에 위치한 바다개발의 리조트지에서 올리게 된 결혼식은 대한민국 해양개발 두 사업체의 만남으로 인산인해를 이루었다.

북적이는 사람들 속에서 신부는 청아한 백합처럼 고아하고 아름다웠고, 신랑은 두툼한 고목처럼 늠름하니 듬직했다.

하객들이 선남선녀라 입을 모아 칭찬하며 어울리는 한 쌍을 축복했지만, 정작 결혼하는 치해와 지우는 시종일관 굳은 얼굴로 일관했다. 한 달 동안 전화 한 통화 없다가 만난 이들의 서먹함을 알 리 없고, 속에 들어찬 분노를 짐작할 수 없는 하객들만이 식장에서 웃을 뿐이었다.

16장
심장에 바람이 분다.

　거울 앞에 선 지우는 공들여 화장한 얼굴을 찬찬히 훑어보았다. 오늘따라 유독 다른 때보다 더 많은 시간을 거울 앞에서 할애했지만, 침착하려 애쓸수록 얼굴은 더욱 창백해 보여 성에 차지 않았다. 볼터치를 할까 싶어 솔을 들었다가 그녀는 다시 내려놓았다. 짙은 화장보다는 자신감 넘치는 모습이 중요하다는 것을 상기해서다.

　드디어 오늘! 임시총회가 열리는 11시면, 모든 것이 그녀의 손아귀로 들어온다.

　여름결산기에 이뤄졌던 정기총회에서 호용이 지우를 차기 후계로 지목했다. 더불어 지분 양도까지 입에 담자, 당황해 하는 효석의 측근들 몇몇을 제외하고는 이사진들 모두가 흡족하게 고개를 끄덕였다.

그때를 떠올리자 지우의 차가웠던 표정에 편안한 미소가 걸렸다. 그녀는 경직된 근육을 이완시키기 위해 천천히 목을 돌렸다. 뻐근한 목덜미가 몇 바퀴를 돌리자 조금은 느슨해진 느낌이었다.

비로소 그녀가 회사의 주인으로 결론이 나는 날인만큼 지우는 허리를 꼿꼿이 세웠다. 물론 취임식 때까지는 기다려야 할 테지만, 총회에서 결정 난 사항은 천지가 개벽 날 만큼 큰일이 아니고서야 번복될 수가 없다. 노후 목적을 제외한 부친의 지분이 이미 그녀의 몫으로 쥐어졌다. 이제 그녀를 막을 것은 아무것도 없다.

지우가 거울을 훑어보던 그때, 서울로 가야 할 그녀가 일찍 일어난 탓에 잠이 깬 치해가 욕실을 다 사용했는지 방 안으로 들어섰다. 무표정한 눈길로 지우를 힐끗 쳐다보더니 이내 다른 곳으로 고개를 돌려 물기 맺힌 머리를 수건으로 툭툭 털어냈다.

관심 한 자락도 없다는 듯 무심해진 그의 행동에 지우는 씁쓸해졌다. 예전 같았더라면…… 이렇게 뒤엉키기 전이었더라면…… 예쁘다는 말로 귀를 즐겁게 해줬을 것이다.

어쩌면 달려들어 열정의 덩어리를 몸속 깊숙이 심었을 것이다. 아니, 그보다…… 새벽 4시부터 일어나 움직이는 이유를 물었을 테다.

"오늘 일찍 끝나요?"

"……"

몹쓸 기대감. 오늘의 기쁨을 그와 만끽하고 싶다는 생각으로 슬며시 물었지만, 불쑥 자리한 쓸모없는 기대라는 걸 일깨워주듯 치해는 말이 없었다. 기다려도 돌아오지 않는 대답에 지우의 목소리가 어느새 가늘게 흘러나왔다.

"당직인가요."

"음."

짤막하게 대답한 치해가 귀찮다는 듯 셔츠를 들고 방 안을 나가버렸다.

일순 한기가 들어 지우는 두 팔로 몸을 감쌌다. 시기적으로 이르지만 보일러를 켜야 할지도 모르겠다. 왠지 춥다. 가을인데……. 아직 겨울은 멀었는데…….

"강원도라 벌써 추운가보네."

중얼거리는 지우의 음성에 쳇소리가 묻어났다.

치해의 근무지인 동해경찰서와 멀지 않은 곳에 신접살림을 차린 지, 한 달이 되어간다. 신혼여행조차 없이 시작된 결혼생활이 벌써 그만큼이나 흘렀다. 지우 역시 오션블루 현장이 이곳에 있는지라 강원도에서의 생활을 거부하지 않았지만, 요즘 들어 부쩍 서울에서의 생활을 고집하지 못한 것이 후회스러웠다. 주말부부처럼 떨어져 살 수도 있었을 것을.

Rrrrr.

울리는 휴대전화 소리에 놀라 흠칫거린 지우는 후회 속에서 빠져나왔다. 발신자를 보자 언제 우울했나 싶게 피식 웃음이 새어나왔다. 늙은 노인네는 정말 잠이 없는 모양이다.

"지웁니다."

〔여우야, 축하한다.〕

새아기란 말 대신 규왕은 여전히 지우를 여우라고 불렀다. 처음에는 깐깐한 노인네의 주책이라고만 치부했지만, 어느새 그녀 역시 그런 호칭에 익숙해져 버렸다.

"벌써요?"

규왕이 무엇을 축하하는지 단박에 알아챈 지우의 음색이 환하게 흘러나왔다. 치해와의 돌이킬 수 없는 사이로 접어들게 만든 제공자나 다름없었지만, 지우는 솔직하고 스스럼없는 규왕이 좋았다.

죽도록 원망했던 것도 사실이다. 치해와의 사이를 짐작하고 그런 시험을 했을 거란 생각에 무척이나 미워했었다.

하지만 어찌됐든 결론의 몫은 그녀의 것이었다. 달콤한 유혹에, 그토록 갈망하던 회사를 가질 수 있다는 뿌리칠 수 없는 유혹으로 규왕의 손을 잡고 치해를 버린 건 변하지 않는 현실이었다.

더구나 그 어렵다는 시할아버지인데도 규왕은 수십 년을 같이 산 부친보다도 그녀에게 더 많은 공을 쏟아내는 유일한 사람이었다. 서울에서 이곳까지 하루가 멀다 하게 맛있는 음식을 보내고, 이틀이 멀다 하고 지나가다 예쁜 옷을 보았다면서 곱게 포장된 값비싼 옷을 선물해왔다.

덕분에 그의 비서실장만 죽어나고 있었다. 미웠지만 미워할 수 없는 분. 피 한 방울 섞이지 않았는데도 세세한 면을 신경 써주는 사람이다.

〔벌써는 무슨. 이미 결판난 거나 다름없는 것을.〕

"훗. 감사합니다."

〔오후에 들릴 것이지?〕

들려주기를 기대하는 규왕의 기대 섞인 음성에 지우는 바로 대답하지 못하고 잠시 망설였다. 오늘 같은 날, 누구보다 치해와 함께이고 싶다. 하지만 곧 당직이란 말을 기억하고는 씁쓸하게 입술을 벌렸다.

"네. 그럴게요."

〔그나저나 아직 소식은 없는 게야?〕

"지금 새벽 5시거든요? 이 시간에 전화하시고는 손자를 바라세요?"

매일같이 물어오는 질문에 지우는 이골이 난 듯 쌜쭉거렸다. 결혼한 지 한 달도 안 됐는데 우물가에서 숭늉 찾는 질문을 왜 하는지 알 수가 없었다.

〔에잉, 치해 놈은 대체 뭐하누! 그놈, 부실하드나?〕

"할아버님!"

솔직해도 너무 솔직한 규왕의 물음에 지우가 팩하니 소리를 질렀다. 그러자 껄껄거리던 노인네가 다소 민망했는지 오후에 만나자며 재빨리 전화를 끊었다.

끊어진 휴대전화를 쳐다보며 지우는 고개를 절레절레 흔들었지만, 노인네의 주책으로 잠시나마 벌어졌던 입매가 곧 스르르 다물어졌다.

손자를 보고파 하는 규왕의 바람은 아마도 이뤄지지 않을 것이다. 지우나 치해나, 둘 다 아이를 원하지 않기 때문이다.

치해는 그녀와의 잠자리에서 좀처럼 황홀경에 이르도록 해 주

지 않았다. 매일같이 뜨겁게 안으면서도 정작 절정에 오를 때면
헤집던 속을 빠져나가 버렸다.

〈영원히 미워할 거라고 했어. 네가 날 가지고 노느라 내 속이
아팠던 만큼, 자근자근 괴롭혀 줄 거다. 그래도 넌 행복할 테지.
그토록 원하던 회사를 얻게 될 테니. 그것으로 된 거 아닌가?〉

기대하지 말라는 뜻이었다. 아무것도. 첫날밤 절정의 끝을 보
여줄 듯 몰아치던 그가 쑥 빠져나간 이후 내뱉은 말이었다.
그런 남자의 아이, 가질 수 없다. 그러니 차라리 잘된 일이지
않던가. 그의 말대로 그토록 원하던 회사만 가지면 되는 것뿐.
울컥. 가슴속에 들어찬 무언가가 토해져 나올 것 같아 지우는
가방을 들고 방을 나섰다. 답답해하지 않을 것이다. 속상해하지
도, 울지도, 화내지도 않을 것이다.
그런 바람대로 정확히 몇 시간 뒤, 지우는 활짝 웃었다.
효석의 절규 섞인 울부짖음이 전무실을 쩌렁쩌렁 울리는 동안
에도 지우의 얼굴은 승자의 빛으로 환하게 빛났다. 이사진들의
손을 마주 잡고 회사의 운영방침을 의논하는 내내 자신감에 찬
지우의 모습은 전장에 우뚝 선 여신의 모습과도 같았다.

✳

오후 5시쯤, 추암해수욕장 해안가 갯바위에서 낚시를 즐기던

4명이 갑작스럽게 몰아치는 파도로 고립되었다는 신고를 접수한 구조대는 시속 45(81km)노트 고속단정을 타고 물살을 갈랐다.

치해를 더불어 석호와 장춘호 대장 세 명이 신속하게 사고현장에 도착했지만 구조는 순조롭게 이뤄질 수가 없는 난항에 봉착했다. 높이가 5미터나 높게 이는 파도인지라 단정을 갯바위 근처로 댈 수가 없었던 것이다.

더불어 구명줄로 끌어당길 수도, 구조하는 이들이 물살을 갈라 갯바위로 오를 수도 없을 만큼 파도가 거칠었다. 자칫하다간 일반인도 구조대원도 거세게 인 파도에 휩쓸려 딱딱하고도 날카로운 바위에 몸이 찢혀 죽을 수도 있는 위급한 상황이었다.

"대장님, 구조헬기 요청해야겠습니다."

상황이 긴박해지자 구조대장인 장춘호에게 크게 외친 치해가 곧장 무전기를 손에 쥐었다. 춘호가 고개를 끄덕이자 그는 곧바로 사고현장으로 구조헬기 급파를 요청했다.

헬기가 오기를 기다리면서 치해는 계속 조난자들을 향해 목청을 높였다. 멀리서도 안절부절못하는 이들의 불안이 역력하게 그의 시야를 채웠기 때문이다.

이윽고 멀리서 헬기의 프로펠러 돌아가는 소리가 들려오자 치해는 내려올 로프를 기다리며 재빨리 레펠 고리를 착용했다.

그때, 석호가 그의 등을 툭 쳤다.

"내가 갈게."

"됐어. 내가 간다."

"어제도 네가 했어. 내 차례라는 거 몰라? 너 요즘 왜 그래?"

석호는 인상을 잔뜩 쓴 채 치해에게 버럭 성을 냈다. 모른 척 넘어가는 것도 한두 번이었다.

인명을 다루는 급박한 상황을 얼마든 감안하더라도, 치해는 모든 일을 혼자서 해결하려는 듯 나서지 않아도 될 일까지 먼저 나서 도맡았다. 구조라는 것이 찰나의 순간 많은 체력을 요하는 일인지라 되도록 일에 순번을 정해 고르게 체력소모를 분산해야 하는데도, 그는 마치 단정에 혼자서만 존재하는 듯 독불장군처럼 움직였다.

더구나 이틀이 멀다 하고 당직을 자청했다. 대원들의 편의를 봐주며 대신 당직을 서주고 그대로 구조까지 하는 요즘, 곁에서 보기 아슬아슬할 만큼 너무 많은 무리를 하고 있었다.

"둘이 뭐하나!"

노려보는 석호에게 치해가 반박을 토하기도 전에 장 대장이 벼락같은 노성을 흘렸다. 신속하게 움직여도 시원찮은 상황에 둘이서 레펠 고리를 부여잡고 눈을 부라리고 있으니 당연한 처사였다.

"석호가 간다."

춘호의 명령이 석호를 향했다. 그 역시 근래 들어 무리를 자청하는 치해를 모를 리 없었다.

"아, 가을은 남자의 계절이라더니."

순찰을 끝내고 구조대실로 들어선 석호가 심란한 한숨을 흘렸다.

그래도 수천이 있을 때는 심심할 틈이 없었는데……. 잘 시간조차 없던 혹독했던 여름이 지나고 나니 부쩍 수천의 부재가 아쉬워졌다.

그런 석호의 눈이 치해를 향했다. 며칠 전의 언쟁 이후로 치해는 더욱 말이 없어졌다. 남자들 간의 그깟 언쟁쯤 옹졸하게 마음에 담아둘 녀석이 아니라는 것을 알면서도 석호는 물끄러미 치해를 응시했다. 신혼의 단꿈에 젖어 있어야 할 녀석의 문제가 무엇인지 심히 궁금했다.

"난 솔로라 외로워서 그런다 치지만, 넌 왜 그러냐?"

"뭘?"

"신혼 맞아? 어째서인지 깨 볶는 냄새가 안 난단 말이지."

치해는 입술 끝을 올렸을 뿐, 석호의 말에 어느 장단도 맞추지 않았다.

"너 휴가도 물렀다며? 바쁘다는 핑계로 신혼여행도 안 갔는데, 휴가도 안 간다라……? 확실히 뭔가 냄새가 나. 뭐냐? 기꺼이 너를 위해 상담할 시간을 내주마."

말 많은 석호가 눈썹을 움직거리며 뭔가를 캐물으려고 각오를 다지려는 순간, 때마침 장춘호 대장이 치해에게 다가와 구원의 목소리를 뻗쳤다.

"최 경사, 순찰 끝내고 오는 건가?"

"네."

"그럼 잠깐 나 좀 보지."

치해가 몸을 일으킨 순간, 춘호가 그를 지나쳐 사무실 밖으로 나갔다. 대원들의 눈과 귀를 피해 밖으로 나가는 행동이 조용히 할 말이 있다는 뜻인지라 그 역시 묵묵히 대장의 뒤를 따랐다.

2층에 위치한 구조대실을 나서 복도 끝까지 걸어갈 동안 춘호는 아무런 말이 없었다. 잠시 창문 밖을 내다보며 생각에 잠긴 듯했던 그는 몇 분이 지나서야 조용히 입을 열었다.

"내 이번 연도까지만 구조대에 있고 은퇴할 생각이야."

"무슨 일이 있으십니까?"

춘호가 뜬금없이 은퇴를 입에 담자 치해의 동공이 일순 확장됐다. 함께한 지 2년이다. 122구조대가 발족한 이래, 대장은 치해를 포함한 대원들에게 정신적인 지주였다. 그런 대장이 몇 달 남지 않은 이번 연도만 함께 하기로 했다는 결정에 치해는 지탱하던 기둥을 잃은 것처럼 허탈했다.

"일은 무슨 일. 헤엄치기에 너무 늙었으니 알아서 그만두는 거지."

"대장님!"

"우리는 일반 해경과는 다른 122구조대원이다. 무슨 뜻인지 몰라?"

거친 물살을 가르고 위험천만하게 몸을 덮쳐오는 파도를 뚫기에 무리라는 뜻이리라. 구조의 최전선에서 남들보다 더 많은 체력을 요구하는 자긍심 높은 구조대원이기에, 그는 세월 앞에 노쇠해지는 육체에 손을 든 것이다. 그의 나이 벌써 50세이니 그런 생각을 할 수도 있겠지만, 대원들을 통솔하는 능력은 흐르는 세월만큼이나 빛을 발하는 것이었다.

"다시 생각하십시오. 바다를 떠나시기에 아직 정정하십니다. 대장님은 말 그대로 대장입니다. 연륜으로 이끌어 주시면 그 뒤를 든든하게 받쳐줄 대원들이 있습니다."

"대원들 개인 능력이 나보다 모자랄까? 처음부터 122구조대원들 전원을 난놈들로만 데려왔어. 너만 해도 SSU에서 왔잖아. 거기가 쉬이 들어갈 수 있는 곳이야? 능력 면으로만 보자면 나보다 뒤처지는 놈들이 없다."

"대원들을 이끌 통솔력은 별개의 문젭니다."

"네가 이제껏 보여준 능력이면 충분해."

장 대장의 말이 무슨 뜻인가 싶어 치해의 눈매가 가늘어졌다.

"아직 이르긴 하지만, 내 뒤를 이을 차기 대장으로 너를 추천했다. 다른 곳에서 차출되어 와봤자 또다시 합을 맞추려면 오랜 시간이 걸리니까."

치해가 거절의 말을 토하려고 입술을 달싹이자, 춘호가 황급히 말을 이었다.

"토 달지 마. 결정은 번복하지 않는다. 그러니 몸을 아껴라. 요즘의 넌 너무 아슬아슬해. 괴롭히는 것을 떨쳐. 죽기 살기로 몸을 혹사시키지 말고."

근래 들어 치해가 제 몸을 부스기라도 할 듯 혹사시키고 있다는 것을 꼬집은 춘호는 부하의 어깨를 툭 치고 기다란 복도를 걸어 나갔다.

※

　　지우는 가방에서 소화제를 꺼내 물과 함께 넘겼다. 미련스럽게 먹었나보다. 힘을 내자고 꾸역꾸역 밀어 넣었더니, 결국 체하고 말았다.

　　한동안은 괜찮았었는데 또 이 모양이었다. 잔뜩 예민해진 신경들로 소화력이 떨어진 위장이 튼튼했던 건, 몇 달 전 치해와 좋은 시간을 보냈던 그때뿐이었다.

　　불현듯 소화제를 복용하지 않았던 적이 언제였는지를 떠올린 지우는 지그시 입술을 말았다. 명치가 더 아픈 것 같다. 단단히 체했는지 아니면 체하게 만든 원인의 제공자를 떠올려서인지, 배 전체에 둔통이 일었다.

　　"홋."

　　지우의 입술 사이로 야트막한 조소가 흘러나왔다. 고질적인 병세를 치료해 줬던 그로 인해 체해버린 스스로 우스웠다.

　　신경질적인 손놀림으로 자그마한 약상자를 다시 가방 속에 밀어 넣던 그녀는 결국 인상을 찌푸리며 몸을 구부렸다. 답답하던 속이 점차 더 깊은 통증을 호소했다. 갈비뼈 사이를 쿡쿡 찔러오는 아픔에 숨조차 내쉬기 어렵고, 이마와 등줄기에 식은땀이 맺혔다.

　　지우는 비틀거리며 침실로 향했다. 각 부서별에서 보낸 사업계획서를 검토할 일이 남아있지만, 잠시라도 휴식을 취해야 할 듯 했다.

그녀가 방문을 열고 침대 위로 털썩 주저앉자 이마에 맺힌 땀방울이 뺨을 타고 흘러내렸다. 후덥지근한 열기와 갑갑함에 못이겨 옷을 하나씩 벗어던지는 손길이 말라버린 잎사귀처럼 힘없이 바르작거렸다. 한참 만에 겨우 알몸이 된 몸을 침대에 눕혔지만 반드시 누울 수도 없게 통증이 거세지자 지우는 모로 누워 새우처럼 몸을 구부렸다.

잠이 들기를 기다리면서 그녀는 입술을 꽉 깨물었다. 한두 번 겪었던 통증도 아닌데 미치도록 아팠다. 체했을 뿐인데 머리부터 발끝까지 온몸이 쑤셨다.

새삼스레 서러움이 밀려들었다. 곁에 아무도 없이 홀로 아파야 하는 설움이 오늘따라 못나게도 여린 가슴 한구석을 자극한다. 몸의 통증보다도 가슴이 더 아파서 자꾸만 초라해진다.

"치해 씨……."

잠의 나락으로 막 빠져들기 전 지우의 입술 사이로 그의 이름이 나지막하게 흘러나왔다. 그녀 스스로도 자각하지 못한 심장의 외침이었다.

딸깍. 딸깍.

문이 열리는 소리들이 조용한 집에 연거푸 울렸다.

얼마쯤 잤을까.

현관문이 열리는 소리에 눈을 뜬 지우는 멍한 정신으로 시간을 가늠하다 답답한 가슴을 툭툭 쳤다. 그나마 뼈까지도 찔러 대는 것 같던 통증은 사라진 듯했지만, 아직 체기가 가시지 않았는지 여전히 속이 더부룩하고 갑갑했다.

딸깍.

침실이 열리는 소리에 지우는 가늘게 떴던 눈을 재빨리 감았다. 치해가 들어서는 기척을 느끼면서도 그녀는 자는 척, 미미한 미동조차 일으키지 않았다. 마주 대하는 즉시 불가피하게 일어날 감정소모로 심신을 괴롭게 할 여력이 없었다.

그런 지우를 치해는 한참 동안 내려다보았다. 거실에서부터 흘러들어오는 아스라한 빛으로 흐드러지듯 펼쳐진 꽃 한 송이를 느긋하게 감상했다. 그러다 알몸으로 잠든 그녀의 의도를 유추하려는 듯 미간을 좁혔다.

정열적인 여자였지만 이런 식으로 대놓고 유혹할 만큼 자존심이 없는 여자는 아니었다. 대체 무슨 생각으로 알몸으로 누워있는 건지 알 수가 없었다.

치해는 며칠 전 할아버지와의 간단한 통화로 지우가 원하던 것을 손에 쥐었음을 전해 들었다. 그 소식에 기쁜 마음이 들기보다는 서운함이 불쑥 치솟았다. 그토록 갈망하던 것을 거머쥐었는데도 말 한마디 없었다. 또다시 그녀에게 무시당한 더러운 기분이었다.

그녀에게 최치해란 남자는 무엇일까. 남편의 자리를 차지하고 있는 자신의 존재는 대체 무엇일까.

잠이 든 지우를 내려다보는 치해의 입술에 씁쓸함이 걸쳤다. 바닥을 향해 있던 손을 들어 올려 천천히 옷을 벗어 내던지는 동안에도 씁싸래한 맛이 입 안을 채웠다.

툭. 옷가지들이 바닥으로 떨어지는 마찰음에 지우는 어금니를 꽉 깨물었다.

그가 한참 동안 내려다보는 기운에 서늘함이 느껴진다 싶었던 것이 이내 알몸으로 잠들었던 탓임을 깨닫고 나자, 지우는 소스라치게 놀라 벌떡 몸을 일으키고만 싶었다. 잠든 척했던 터라 일어서지도 못하고 겨우 그 충동을 억제하는 사이 그가 옷을 벗어던지기 시작하자 일순 파고든 긴장감에 소름이 돋았다.

오늘만큼은 싫다. 몸이 아픈 탓보다도, 서러움이 가슴 한 자락을 자극했던 오늘만큼은 부디 그가 무시하고 넘어가 줬으면 좋겠다. 끝없이 파고들다가 한순간에 빠져나가 버리는 싸늘함…… 오늘만큼은 느끼고 싶지 않았다.

그런 간절한 바람과는 달리 치해가 매트리스 한 면을 채우자 그녀의 몸이 살짝 흔들렸다. 흔들리는 스프링마저도 다가올 아픔에 전초를 예고하는 듯 부르르 진동을 머금었다.

치해가 그녀의 등에 바짝 가슴을 붙이며 비스듬히 눕자 딱딱하게 팽창한 남성이 그녀의 꼬리뼈를 아프게 짓눌렀다. 그의 손이 곧장 둥그런 지우의 둔부를 쓸었다. 그의 손에 가시들이 돋아난 것처럼 피부 표면이 따가워 그녀는 결국 흠칫 몸을 떨었다.

"하지 말아요."

그나마 깨 있었다는 것을 들키지 않게끔 잠긴 목소리가 흘러나온 것이 다행이었다.

"거부는 네 몫이 아니라고 했을 텐데?"

"그러지 말아요. 나…… 아파요."

더 아프고 약해질까 봐, 그 누구에게도 아프다는 말을 해본 적 없었다. 그런데도 지우는 오늘만큼은 사실을 토했다. 그가 배려로 물러나 주기를 바랐지만, 귓속을 파고든 말은 차디찬 겨울바람처럼 가슴을 후볐다.

"설마. 아픔도 널 비켜갈 거다."

엉덩이 골 사이로 손을 밀어 넣으면서 치해는 비아냥거렸다.

너란 여자가 아프기도 할까? 아픔을 느낄 심장을 가지고 있기는 할까? 아픔이 뭔지 모르는 여자다. 지독한 통증이 심장을 쥐어짜는 그 혹한 고통을 네가 어찌 알아!

"이제 원하는 걸 얻었으니 거부하겠다는 거야? 핑계는 그쯤해둬."

포악하게 흘린 말투만큼이나 치해가 지우의 허리를 바짝 끌어안으며 그대로 분신을 찔러 넣었다.

"훗!"

전희조차 없이 엉덩이 골을 미끄러지듯 훑으며 들어선 남성에 지우는 고통의 신음을 삼키지 못하고 토해냈다. 새우처럼 구부러졌던 그녀의 몸이 점차 공처럼 말려들자, 팔 하나로 매트리스를 지탱한 치해가 지우의 귓가에 입술을 가져다 대고 낮게 으르렁거렸다.

"화나게 하지 마. 거칠게 다뤄주길 바라는 게 아니라면."

"내가 당신을 자극하든 말든 마음대로 할 거잖아. 결국 원대로, 악!"

뒷덜미에서 들려오는 협박에 지우가 고개를 돌려 소리를 지르자 치해는 한껏 허리를 빼들었다가 다시 그녀의 안으로 돌진했다.

"내 아내는 남편의 화를 돋우는데 재주가 있어. 아님, 거칠게 해 주기를 바라는 건가?"

건드리지 마라. 몽글몽글 솟아나 딴딴하게 굳어 있는 너를 향한 분노, 그걸 건드리지 말란 말이다. 비소가 섞인 차가운 말투와 달리 치해의 속이 울부짖었다.

그녀만 보면 괴롭히고 싶어진다. 죽일 듯이 덤벼들어 헐떡대기를 바라면서도 막상 그녀가 숨조차도 가누지 못할 지경이 되면 그 희열을 느끼는 것조차도 못마땅해졌다.

느끼라고, 죽어라 자신의 존재감을 수없이 박아대면서도 정작 절정에 치달아가는 지우의 모습에 고작 자신의 존재는 이것밖에 지나지 않는가 싶어 부아가 치밀었다.

그래서 치졸하게 군다. 힘없는 개미 한 마리를 가지고 놀아대는 악동처럼 그녀를 괴롭히는데 혈안이 되어 절정에 이를 순간까지만 머물다 환희를 보여주지 않은 채 빼내고 만다.

졸렬하기 그지없다는 것을 알면서도 아쉬움에 허탈해하는 그녀의 얼굴로 조금이나마 위안을 삼았다. 사람을 가지고 노는 일은 그녀만 할 수 있는 게 아니라는 듯, 유치하게 굴었다.

"쪼여대지 마. 힘 풀어."

지우가 꽉 웅크린 채 힘을 풀지 않자 치해는 가느다란 허벅지 사이로 손을 밀어 넣었다. 그런데도 허벅지를 열지 않으려고 그녀가 바둥거리며 들어선 손을 쳐내자 그는 팔꿈치로 지탱했던 상체를 일으켜 서서히 무릎을 꿇고 앉았다.

지우의 엉덩이가 그의 가랑이 사이에 묻혀들 때까지 질 속을 뱅글 돌아 틀어지는 남성에 치해가 쾌감으로 미간을 좁혔다. 살을 맞물고 비트는 굵직한 그것에 지우 역시 끅, 소리를 냈다. 그녀의 허벅지와 등 한가운데 그의 무릎이 닿는 동안 남성은 여전히 질 속의 여린 살점들을 비틀었다.

"반항하지 말라고. 그냥 받아들이라고. 몇 번이나 말했다."

경고처럼 말을 남긴 치해가 그대로 허리를 탁탁 끊어대며 지우의 엉덩이 사이로 모습을 감춘 남성을 빠르게 튕겨댔다.

"흐, 아아아아."

뒤에서부터 침입한 남성이 내벽을 갈고리처럼 긁어댔다. 그녀가 몸을 구부릴수록 더 깊이 박혀 들기를 반복했다. 짧고도 빠르게 끊어 내리는데도 페니스는 그녀의 깊고 여린 곳에 상흔을 새길 듯 그의 존재감을 각인시켰다. 허리와 엉덩이를 움켜쥔 그의 손이 맨살을 더욱 억세게 파고들수록 단단한 그의 남성 역시 격하게 내부를 점령했다.

"으흐흑."

지우의 앙다문 입술 새로 교성이 흐느낌처럼 흘러나왔다. 자극적인 몸짓에 참았던 욕망이 끝내 터져버렸다. 능숙하다 못해 현란하게 몸을 흔드는 그의 요동에 그녀는 손을 뻗어 손톱으로 벽을 긁어내렸다.

치해는 부드러운 여체를 움켜잡았던 손을 앞으로 내려 매트리스에 손바닥을 짚었다. 그녀의 날씬한 배와 허벅지가 팔뚝에 닿자 서서히 엉덩이를 들어 올려 또다시 강렬한 피스톤 운동에 박차를 가했다.

"하욱, 하, 하, 하!"

이리저리 흔들리던 그녀의 몸이 단단한 팔뚝에 눌려 앞으로 튕겨지지도 못하고 한곳에 머물자 치해의 팔을 찾아가는 지우의 손이 공포에 짓눌린 것처럼 파들거렸다.

"으으읏."

날카로운 손톱이 힘줄이 불거진 팔뚝에 박혀 드는 것과 동시에 거친 신음이 치해에게서도 흘러나왔다. 파고든 손톱이 기다란 줄을 그리며 수없이 긁어내리자 그 고통을 전해 줄 듯, 그는 더욱 그녀의 속을 깊숙하고도 세차게 들락거렸다.

요란하게 흔들어대는 치해의 난폭함을 말리려는 듯, 젖은 살점들이 피가 몰려 빨개진 페니스에 착착 감겨들었다. 들러붙고 뿌리치기를 반복하는 싸움이 힘겨운 듯, 질 속에 애액이 고여 흐르고 페니스는 찔끔거리며 쿠퍼액을 흘렸다.

"치, 치해 씨!"

마침내 헤집던 질이 수축을 시작했는지 바짝 조여들었다. 그의 이름을 비명처럼 흘린 지우의 얼굴에 희열이 서렸다. 일그러진 미간에 쾌감이, 한껏 벌어져 교성을 흘리는 입술에 절정이 드리워졌다.

그녀의 황홀한 표정은 더 이상 남자의 자부심을 높이 치켜세워주지 않았다. 슬프게도 상처 입은 야수의 본능을 건드린다. 열띤 욕정을 마음껏 풀어놓던 그녀의 욕망을 다시 바라보는 것 같아 상처가 자리한 가슴이 쓰라리다. 절정이 드리워진 지우의 얼굴을 대면할수록 심장에 소금을 뿌려대고 있는 듯 견딜 수 없는 통증이 몰려든다.

치해의 음낭이 퉁퉁하게 부풀더니 이내 터지듯 뿜어낼 것을 대비해 좌악 조여들었다. 몸서리치는 그 짜릿한 감각에 그는 입술에 조소를 걸었다.

어리석은 추억에 갇혀 살고 있는 기분이다. 추억은 말 그대로 지나간 일을 좇는 것에 지나지 않는다. 어렴풋이 머릿속으로만 떠올리고 말아야 할 기억. 언제까지 지우와 즐거웠던 한때를 그리워하며 기대 있을지 스스로에게도 짜증이 났다.

치해는 갈고리로 훑듯 질 속을 긁어대던 분신을 확 빼들었다. 그녀의 허벅지에 귀두를 붙이고는 움켜잡은 살가죽의 표피를 위아래로 빠르게 흔들어댔다.

절정은 그녀의 몫이 아니다. 더는. 함께임에 행복으로 희열이 넘치던 환희 역시 그녀의 것이 아니다. 자위를 할망정 그녀에게 남겨줄 것은 아무것도 없다.

꽉 메우던 곳이 단번에 허전해진 느낌으로 지우는 또다시 싸늘해졌다. 몸을 활활 태울 것 같던 열락이 그의 잔인한 몸짓 한 번에 순식간에 얼어버렸다.

"크읏."

반복적인 제 손짓으로 정액을 분출시킨 치해가 격한 신음을 토하며 지우의 허벅지에 진득한 액을 토해냈다.

지우는 가만히 눈을 감았다. 이래서 싫었는데……. 오늘은 더 서러울까 봐 싫었는데.

속상하다. 치해 때문에 자꾸만 속이 상한다. 왜 이래야 하는지 알 수가 없다. 자신도 사람이다. 사랑받고픈 욕구가 있고, 행복할 권리가 있는 인격이란 말이다. 왜 이다지도 인생이 고달픈지 모르겠다.

"언제까지 이럴 건가요. 평생을 이렇게 살까요, 미워하고 원망하면서?"

마른침을 고통처럼 삼킨 지우의 목소리가 무거운 것에 억눌린 것처럼 흘러나왔다. 천천히 상체를 일으켜 세우며 그를 응시했지만, 아주 잠깐 어깨를 움찔거렸을 뿐 풀썩 드러눕는 치해의 몸짓이 심드렁했다.

"이미 각오했던 일이었잖아."

새삼스럽다는 말투에 터질 듯한 감정을 겨우 억눌렀던 지우가 칼칼하고도 격한 음성을 토했다.

"이제 당신만 바라보잖아요. 당신 여자잖아!"

"그럴 수밖에 없는 처지니까."

"이해해 줄 수는 없나요? 그냥 좀……."

"이해?"

한쪽 눈썹이 우스꽝스럽게 치켜 올라간 것만큼이나 그의 말투에 비웃음이 서렸다.

"연지우, 끝내 너밖에 모르지. 상대방의 마음을 짓이기는 것만 할 줄 알아. 넌 미안하다는 말 한마디 없었어. 잔인하게 상처를 주고도 웃는 여자가 너야. 그런 너를 이해해 달라고? 대체 무슨 이해를 바라는 거냐?"

퍼부어지는 질타에 그녀의 입술이 비틀렸다.

맞다. 그래 그런 여자가 자신이었다. 새삼스레 그에게 뭘 바랐을까.

지우는 흔들리는 몸을 일으켜 열린 방문을 향해 걸었다. 당황스럽게도 눈에 물기가 맺혔는지 시야가 불분명해 몸이 흐느적거렸다.

"마지막이었어. 당신한테 나를 봐달라고, 나를 이해해 달라고 마음을 전한 건."

누군가를 마음에 담아본 적이 없다. 사람을 가슴에 담는다는 것 자체가 스스로 약점을 만드는 것과도 같기 때문이었다.

그러니 생각지도 않게 담아버린 그로 인해 힘들어하는 건 그만하고 싶다. 그를 담은 가슴이 그 어떠한 고통을 호소하더라도 더는 흔들리지 않을 테다.

눈을 감는 순간까지도 배신한 부친을 잊지 못한 어머니처럼 바보 같은 사랑 따위는 하지 않을 것이다. 한 사람을 그리는 해바라기처럼 남자 하나에 목을 매고 눈물로 삶을 허비하지는 않을 것이다.

그의 말처럼 상대방의 마음을 짓이기는 것만 할 줄 아는 여자가 아니던가.

"다시는 이런 대화 따위 없도록 하죠."

거실로 막 발을 들이민 지우는 조용하지만 단호하게 말을 끝내고 방문을 닫아 치해의 모습조차 마음에서 가려버렸다.

그가 허벅지에 토해 놓은 진득한 정액마저 닦고 나면 정말 말끔해지리라.

17장
나침반.

정기적인 보고차 잠시 본사에 들렸던 지우는 날씨가 제법 쌀쌀해진 탓에 미처 챙기지 못한 두꺼운 옷을 챙기기 위해 본가를 들렸다.

비서를 시켜 보내 달라 할 수도 있었지만 그녀는 일부러 시간을 내 직접 집을 찾았다. 결혼하면서부터 오지 못한 집이니 행여나 굴러들어온 돌멩이들이 그녀가 떠난 집을 제집처럼 생각하고 있을까라는 염려 때문이었다.

엄마의 손때가 곳곳에 묻은 집이다. 그녀가 취임식을 치르고 온전히 대한해양의 대표가 되는 날, 이곳에서 발을 붙이고 사는 이들을 제일 먼저 밖으로 내몰 것이었다. 그러니 틈틈이 각인을 시켜줘야 할 것이다.

열쇠로 대문부터 현관문까지 열고 들어선 지우는 거실에서 술을 홀짝이던 미리와 마주쳤다. 양주 한 병을 통째로 마셨는지 그녀의 눈이 게슴츠레하게 풀려 있었다.

"그래, 어떻게 할 심산인 거냐?"

취기에 젖어 어눌하게 흘러나오는 미리의 음성이 2층으로 올라서려던 지우의 발목을 붙잡았다.

"나, 효석이, 효주. 우리를 어떻게 할 셈이야! 설마 모른 척하지는 않겠지?"

막 오르려던 계단에서 발을 내린 지우가 천천히 미리를 향해 몸을 돌렸다.

"조용히 나가세요. 예정된 수순이니까."

"나, 나가? 여긴 내 집이야. 엄연히 내 남편 집이라고!"

조용조용 나긋했지만 그 어느 때보다도 차가운 지우의 말투에 술잔을 움켜쥔 미리의 손이 바들바들 떨렸다. 커다랗게 뜨여진 눈은 피눈물이라도 흐를 것처럼 시뻘겠다.

"키워준 은공도 모르는 배은망덕한 년 같으니라고! 어디다 대고 나가라 말라……."

"생색을 내기엔 지난날을 좀 돌이켜보고 말하는 게 낫지 않을까 싶네요. 아버지 개인 재산으로 지금까지 누려온 삶을 유지하기엔 좀 부족할 듯싶으니, 집값은 많이 쳐드릴게요."

되사버리면 그만이다. 집 명의가 아버지 이름으로 돼 있든 말든, 되사면 그만이지 않던가. 설사 부친이 늙은 노후를 이곳에서 보내겠다고 고집할지언정, 어떻게든 빌미를 만들어 쫓아내버릴 것이다.

쾅!

언제 들어왔는지 현관 앞에 우뚝 선 효석이 문을 내리쳤다. 살기가 짙게 드리운 효석의 눈길이 지우에게 박혀 든 것을 본 미리가 엉엉 울기 시작했다.

"효석아, 내 못살겠다. 글쎄, 저년이 우리보고 나가란다. 키워줬더니 나 몰라라 해버리는 악독한 계집이었구나. 옛말 틀린 거하나 없어. 이래서 머리 검은 짐승은 거두는 게 아닌데, 흐흐흑. 어쩌자고 네 아버지는 저런 년한테 회사를 넘겨줬단 말이야!"

미리의 울부짖음이 더해질수록 효석이 위험스럽게 지우를 향해 다가섰다. 이내 코앞까지 다가선 그가 금방이라도 손을 뻗어그녀의 멱살을 쥘 것처럼 손을 달싹였지만, 지우는 물러서거나고개를 돌리지 않았다. 오히려 승냥이 떼들을 무시하는 사자처럼덤덤하게 마주했다.

"이겼다고 으스대지 마. 취임식까지 시간은 얼마든 있으니까."

밖에서 술을 마셨는지 효석에게서는 역겨운 술 냄새가 풍겼다. 모자가 술에 취한 주정뱅이와도 다를 바 없어 비소가 비실비실흘러나왔다.

"그래서 그나마 너희 식구들이 아직까지 이곳에 있는 거야. 그러니 볼썽사나운 꼴 보이지 말고 조용히 나가. 아버지 노후자금이 있으니 어디 가서 굶지는 않겠지. 내 눈앞에 띄지 않게 될 수있으면 멀리 가서 살아. 그나마 네가 가진 전부를 부숴버리고 싶을지 모르니까."

달싹이던 효석의 주먹이 서서히 접혀들었다. 균열이 인 얼굴이 금방이라도 깨질 도자기처럼 쩍쩍 갈라지고, 벌름거리는 콧구멍 사이로 부아가 씩씩 뿜어져 나왔다. 도드라진 눈동자가 금방이라도 거실 바닥을 굴러다닐 것처럼 툭 튀어나와 괴기스럽기까지 했다.

지우는 주먹을 움켜쥐고 떠는 효석의 어깨를 일부러 몸으로 툭 부딪치며 거실을 가로질렀다. 옷은 그냥 사야겠다. 아니 사지 않아도 될 것 같다. 처참하게 일그러진 모자의 모습에 더 이상 추위가 느껴지지 않았다. 그저 기분 좋을 만큼 시원한 바람이 불 것 같았다.

※

야근으로 환했던 사무실조차 불빛이 사그라졌다. 캄캄한 어둠만이 뒤덮인 깊은 밤, 불꽃을 드리운 남자의 눈빛이 복도에서 번득였다. 비틀비틀. 벽에 몸을 지탱하고 복도를 가로지르는 남자는 어딘가 아픈 것처럼, 혹은 술독에 빠졌다 나온 것처럼 연신 몸을 비척거렸다.

이제 막 걸음마를 배우기 시작한 어린아이처럼 제대로 걷지도 못하던 남자가 이내 사무실 문 하나를 빼꼼히 열어젖혔다. 잠시 두리번거리더니 곧이어 재빨리 안으로 들어서 문을 닫았다.

달깍. 벽면에 위치한 스위치를 누르자 형광등이 깜박이다 밝은 불빛을 쏟아놓았다. 환해진 공간에 드러난 모습은 다름 아닌 효석이었다.

지우의 사무실에 들어선 그는 풀린 동공으로 사방을 훑었다.

비서의 업무공간인 책상이 눈에 들어오자 꼬이는 걸음으로 겨우 그 앞에 당도해 수첩이든 메모지든 마구 뒤져대기 시작했다.

그렇게 한참 동안 바쁘게 손과 눈을 움직였지만 별 의미 없이 끼적인 글귀들만이 시야를 채우자 효석은 비서의 의자에 털썩 주저앉았다. 동해에 있는 지우는 서울 본사에 있는 비서와 하루에도 수십 번씩 통화를 나누고 일을 진행시켰다. 워낙 꼼꼼한 성격인지라 디테일한 모든 일을 비서를 통해 해결하고 있었다. 그러니 이 상황을 뒤집을 만한 뭔가를 찾아야 하는데도 아무것도 없었다.

지우가 도도하게 나간 이후 효석은 제 방에 틀어박혀 집 안에 있는 술을 모조리 입 안으로 쏟아 부었다. 멀쩡한 정신으로 살 수가 없을 것 같아서였다.

일이 이렇게 진행되기까지 그는 손을 놓은 채 아무것도 할 수가 없었다. 씩씩대며 호용을 찾아갔지만, 부친은 되레 그가 손대기 시작한 회사자금 횡령으로 입막음을 시켜버렸다. 그래도 부친을 믿었다. 어릴 적부터 보여줬던 자신을 향한 무한한 신뢰, 그걸 믿었지만 어이없게도 아버지는 끝내 지우 년의 손을 들어주고 말았다.

모든 게 끝났다. 하나 둘 끌어모았던 사람들도 모두 그녀의 편으로 돌아섰고, 부친의 지분마저 넘어간 상태다. 남은 것이라고는 부친의 개인 재산뿐. 그것을 제외한 모든 것이 지우 년의 것이 되었다.

그렇게 죽어라 술을 목구멍 안으로 들이붓던 효석은 문득, 털어서 먼지 안 나는 인간은 없다는 말을 떠올렸다. 자신만 해도 만에 하나 일이 틀어질 때를 대비해 위험한 줄 알면서도 회사 돈에 손을 댔다. 결국은 그 아둔한 판단으로 부친의 신뢰를 잃는 결정적인 실수를 저질렀지만, 이대로 있을 수는 없었다. 무슨 꼬투리를 잡아서라도 지우를 다시 끌어내려야만 했다.

그런 마음으로 찾아온 회사였다. 제집처럼 드나들던 회사를 도둑고양이처럼 몰래 숨어들었지만, 나오는 거라고는 그가 알고 있는 서류와 고작 비서가 끼적이다 실수한 일정표뿐이었다.

어릴 적부터 죽이고 싶도록 미운 년이었다, 지우는.

저 혼자 고귀한 존재처럼, 그를 비롯한 식구들에게 경멸의 눈빛을 보내고 끊임없이 비웃었다. 서슴지 않고 드러내는 적의로 한시도 식구들을 편하게 지내도록 만들지 않았다. 차라리 그때 죽어버렸더라면. 13년 전 바다에 빠졌던 그때, 조용히 죽어줬더라면 얼마나 좋았을까.

매 순간 머릿속을 헤집던 염원이 오늘따라 더욱 진하게 효석을 지배했다. 해가 뒤바뀌어 자신보다 우월해지는 지우를 볼 때마다, 부친의 신뢰로 얻은 자리를 그녀가 무섭게 위협할 때마다, 죽지 않고 살아온 그날이 그토록 안타까울 수가 없었다.

꿈에서조차도 지우의 목을 조르는 꿈을 꾼다. 어느 날은 칼로 난도질하는 상상까지도 했다. 그만큼 싫은 존재였다. 진저리가 쳐질 만큼 죽도록 밉다.

오늘 역시도 마주한 지우의 목을 졸라버리고 싶었다. 모친의 눈에서 눈물을 쏟아내게 만든 악독한 년의 목을 숨이 끊어질 때까지 조르고 싶었다.

불현듯, 입매를 틀어 올리던 지우가 떠올라 효석은 손에 쥔 메모지를 그러쥐었다. 종잇조각이 그녀의 목인 듯, 억세게 구겨버리다 이내 책상 위로 내팽개쳤다. 그년만 없었더라면 회사는 자신의 것이 되었을 것을.

효석의 거친 완력으로 책상 위로 튕겨 오르다 잠잠해진 구겨진 메모지가 서서히 귀퉁이를 펴들었다. 그마저도 오뚝이처럼 일어서던 지우를 닮은 것 같아 그의 얼굴이 더욱더 험상궂게 일그러졌다.

힘없는 종이마저 자신의 힘을 무시하는 것만 같아 갈기갈기 찢어버리려고 손을 뻗던 그때, 효석의 눈이 일순 번득였다. 집어낸 종이를 펴들고 내용을 읽던 그의 눈매가 점차 가늘어졌다. 비서가 실수하다 찢어낸 것 같은 종이는 지우의 일정표가 들어 있었다.

"일정표……."

취기에 찌들어 몸조차 휘청거리는 효석의 입술 사이로 음산한 목소리가 새어나왔다. 곧이어 지우만 없으면. 그년만 세상에서 사라진다면 모든 것이 원래대로 돌아올 거라는 속삭임이 머릿속을 커다랗게 울렸다.

�֎

"출근하자마자 현장 사무실로 곧바로 팩스 보내. 내가 돌아오는 즉시 볼 수 있도록."

이른 아침부터 비서에게 지시를 내리는 지우의 목소리가 치해의 귓속으로 스며들었다. 베개에서 고개를 뗀 그는 침대 옆 작은 협탁 위에 오른 시계를 쳐다보았다.

아침 7시. 벌써 말끔하게 차려입고 부산하게 움직이는 걸 보니 그녀의 오늘 일정이 빡빡한 모양이었다.

"아니야, 오전 나절에만 둘러볼 거니까 도지사와의 점심약속은 취소하지 마."

가방을 어깨에 멘 지우가 방을 나서기 전 치해를 힐끗 쳐다보더니, 다시 비서와 일정을 논의하며 그대로 방을 나섰다. 이내 현관문까지 닫히는 소리가 들리자 치해는 침대에서 몸을 일으켜 짧은 머리카락을 손으로 쓸었다.

〈언제까지 이럴 건데요? 평생을 이렇게 살건 가요, 미워하고 원망하면서?〉

며칠 전 있었던 설전이 떠올라 머리카락을 쓸어내는 치해의 손길이 점차 사나워졌다. 울 것 같았다. 격앙된 지우의 목소리 속에 물기가 배어 있었다.

이렇게 살고 싶은 사람이 몇이나 될까. 하지만 평생을 이렇게 살 것이다. 그녀의 물음대로 평생을 미워하고 원망하면서, 사랑의 배신을 매 순간 일깨워줄 것이다. 사랑하는 여자와의 행복한 삶을 원하던 남자의 심장을 부순 죄는 응당 그녀의 몫이다.

그런데도 가슴이 아우성친다. 이래서 달라지는 게 뭐냐고. 옹졸한 속내를 버리는 게 남자다운 거라고 슬슬 달래려 한다.

사랑했던 여자를 울려서 남는 게 뭐냐고. 여전히 놓지 못하는 여자를 매 순간 고통스럽게 괴롭혀서 무슨 달콤함을 맛보겠느냐고. 나무라기까지 한다.

정곡을 찌르듯 쿡쿡 찔러 대는 가슴의 울림에 치해는 벌떡 일어서 침대에서 빠져나왔다. 생각하기 싫다. 생각은 이미 그녀가 돌아서던 그날 쓰레기통으로 처박아버렸다. 복잡하게 밀려드는 상념 따위, 심란하게 만드는 양심 따위도 더는 떠올리기 싫다.

출근준비를 위해 욕실로 향하는 그의 걸음에 짜증이 뒤섞였다.

도지사와의 점심약속을 위해 대나무섬 공사현장을 둘러보고 돌아오던 지우는 문득 이상한 기분에 신경을 곤두세웠다. 역시나 좀 불편하다. 조타실에서 키를 조정하는 오전보다도 더 무거운 느낌이었다.

여느 때와 달리 오늘따라 느껴지는 묵직함에 지우는 머리를 갸웃거렸다. 그러자 마치 한쪽으로 기우는 느낌마저 들었다.

머리를 기울인 기분 탓일까. 수평이 맞지 않는 듯한 묘한 느낌에 지우는 신고 있던 하이힐을 벗었다. 그런데도 기울어진 느낌이 가시질 않았다. 요트 뒤쪽 어딘가를 누군가 붙잡고 있는 것만 같았다.

끼기기긱. 이상한 소리와 함께 형광등이 깜박거렸다. 요트에 무슨 문제가 생긴 것 같은 불안감이 엄습하던 그때, 지우의 몸이 한순간 휘청거렸다. 선체가 급격하게 흔들린 탓이었다.

간신히 레이더와 GPS 등이 있는 계기판에 손을 짚어 넘어지지 않은 지우는 전류나침판인 자이로컴퍼스를 쳐다보며 조타륜을 돌렸다. 그 순간, 조금 전보다 더 커다란 굉음이 그녀의 귀를 날카롭게 뚫었다.

팔뚝에 소름이 오도독 돋을 찰나, 위이잉 소리를 내며 잘 돌아가던 조타실의 기계 몇 개가 움직임을 멈췄다. 지우는 재빨리 방향탐지기를 쳐다보며 조타기를 흔들었다. 역시나 제자리. 추진기인 스크류가 제대로 돌지 않고 있었다.

입술을 질끈 깨문 지우는 곧바로 열쇠를 손에 쥐고 조타실을 나섰다. 선체를 움직이는 데 필요한 모든 기계들이 위치한 기관실로 가기 위해서였지만, 5개의 계단을 단숨에 뛰어내린 그녀는 잠시 아래로 향하던 걸음을 멈추고 갑판을 훑었다. 육안상으로도 확인할 수 있을 만큼 요트 뒷부분이 조금 기울어져 있었다.

지우의 가슴을 채웠던 불안감이 한순간에 눈덩이처럼 불어나 두려움으로 자리했다. 마른침이 저절로 꿀꺽 삼켜질 만큼 갑판 너머로 펼쳐진 사방은 온통 푸른 물결이었고, 바람이 오전보다 세차졌다는 것을 느낄 수 있을 만큼 그녀의 머리카락이 사납게 그녀의 시야를 가리고 뺨을 때렸다.

선착장에 도착하려면 아직 20분 이상을 더 가야 한다. 제발 고칠 수 있는 작은 문제이기를 바라며 지우는 아래로 이어지는 계단을 밟았다. 객실 옆 내부에 위치한 기관실로 황급히 걸음을 옮기던 그녀는 문득 차가운 물기가 발을 적시자 걸음을 멈추고 바닥으로 고개를 내렸다.

물! 어딘가로 흘러들어온 물이 이미 내부 바닥을 흥건하게 적시고 있었다.

당황으로 머릿속이 아득해진 지우의 눈동자가 물이 흘러들어온 출처를 찾아 바쁘게 굴러다녔다. 이리저리 정신없이 훑어보는 그녀의 눈길이 갈팡질팡 흔들리는 사이, 바닥은 조금 전보다 더한 물기로 이내 찰박찰박해졌다.

후우, 후우. 두려움으로 거칠어진 숨이 도톰한 입술 사이로 쉼 없이 흘러나왔다. 어찌 된 상황인지 가늠할 수가 없을 만큼 혼란스러웠다.

그러다 지우는 객실과 기관실, 두 개의 문을 번갈아 쳐다보았다. 문이 두 개뿐이니 분명 물의 출처는 둘 중 한 곳일 것이다. 이미 발등을 적시기 시작한 물을 헤친 그녀는 객실 문고리에 초점을 맞추고 구멍으로 열쇠를 박았다.

그러나 제 몸을 밀어 넣기도 전에 열쇠는 뭔가에 걸린 것처럼 탁한 소리와 함께 들어가기를 거부했다. 몇 번이나 넣다 뺐다를 반복하며 힘껏 밀어 넣었지만 어쩐 일인지 열쇠는 그녀의 힘과 바람을 계속 거절했다.

다급함으로 짜증이 정수리까지 치밀어 오른 지우가 상체를 숙여 열쇠구멍을 쳐다봤다. 잠시 눈이 가늘어진다 싶더니, 이내 동공이 더는 커질 수도 없을 만큼 커다랗게 확장됐다. 자그마한 구멍에 핀인지 철심인지 모를 정체불명의 뭔가가 구멍 사이로 박혀 있었던 것이다.

이내 둔기로 뭔가를 얻어맞은 기분에 지우의 머릿속이 멍해졌다. 누군가가 일부러 막아놓았다는 추측을 떨쳐낼 수가 없었다.

그 사이 불어난 물이 그녀의 매끄러운 종아리를 적셨다. 그 차가움에 간신히 멍한 상태에서 빠져나온 지우는 또다시 계단을 뛰어올라갔다. 일단은 구조요청부터 할 생각이었다. 잠긴 객실에서 흘러나온 물로 인해 어쩌면 요트가 침몰할지도 몰랐다.

조타실까지 단숨에 올라간 지우는 일곱 평 남짓한 공간을 재빨리 가로질러 무선장치로 손을 뻗었다. 막 무전기를 손에 쥐자 어디선가 굉음이 무섭게 울려 퍼지더니 선체가 흔들리고 열어두었던 조타실 문마저 쾅 닫혔다.

Rrrrr. Rrrrr.

균형을 잃은 그녀의 입에서 신음이 새어나오던 찰나, 조타륜 옆에 놓아두었던 가방에서 휴대전화가 울렸다. 흔들리는 선체로 가방이 이리저리 굴러다녔지만, 구르는 가방도 울리는 휴대전화도 신경 쓸 겨를이 없었다.

지우가 무전기 스위치를 켜고 꾹 누르던 그때. 선체가 급격하게 뒤로 기울었다.

"악!"

커다란 비명소리와 함께 미처 손쓸 틈도 없이 그녀의 몸이 허공으로 솟구쳤다. 선체가 사선으로 기운 탓에 경사도를 이기지 못한 지우는 계기판에서부터 조타실 문 옆 벽으로까지 그대로 떨어졌다.

머리의 통증을 느낄 새도 없이 스르르 정신을 놓던 그때마저도 통신장비를 비롯한 묵직한 기계들이 그녀의 몸 위로 와르르 쏟아졌다.

"젠장! 왜 이리 전화를 안 받아!"

폴더를 접은 휴대전화를 던져버릴 듯 치해의 입술 사이로 거친 음성이 흘러나왔다. 헤아릴 수도 없을 만큼 수십 통의 통화를 시도해 보았지만 지우는 전화를 받지 않았다. 꽉 쥔 그의 주먹이 부르르 떨렸다. 이제 곧 해류가 급격하게 세질 텐데도 대나무섬에 갔다던 지우의 도착 여부는 불투명한 상태였다.

모처럼 구조출동이 없어 해경전용항구에서 단정을 손보느라 진땀을 흘리는 정비사를 돕던 치해는 물속에 치어들이 없는 것을 보고 살짝 미간을 구겼었다. 커다란 물고기들은 없을망정 항구 근처에는 늘 치어들이 바글거렸다. 재빨리 수경을 쓰고 호흡정지로 물속을 살펴본 그는 이내 물고기 양이 현저하게 줄어든 것을 알고는 지방청과 연락을 시도했다.

있던 물고기가 없다는 것은 즉, 저기압으로 해수 온도가 상승해 다른 곳으로 이동했다는 것을 뜻했다. 폭풍까지는 아니라 할지라도 곧 해류가 사나워진다는 의미였기에, 그의 보고를 받은 상부에서는 순찰정마저 거두어들이고 모든 해경들에게 대기명령을 내렸다.

만일에 벌어질 해난사고에 준비태세를 갖추던 치해는 그때 불현듯 지우가 떠올랐다. 아침 일찍 비서와의 통화에서 그녀는 어딘가를 다녀올 것처럼 말했다. 서울은 이미 어제 다녀왔다. 더구나 도지사와의 점심약속을 미루지 말라고 했다. 그런 그녀가 다녀올 것이 대나무섬뿐이라는 걸 알아챈 치해는 곧장 오션블루 공사현장으로 전화를 걸었다.

이미 그녀가 도착해 있었으면 하는 바람을 산산이 부수듯, 전화를 받은 여자는 아직 지우가 오지 않았다는 말을 남겼다. 대나무섬 현장을 떠난 지 30분 정도라 도착할 시간이 됐다는 말에 일순이나 안도했지만, 10분이 지나고 20분이 지나도록 그녀의 도착여부를 확인하는 치해에게 여자는 번번이 부정을 토했다.

벌써 도착하고도 남아야 할 시간이 지났다. 더구나 전화조차 받지 않고 있었다. 화난 그녀가 일부러 자신의 전화를 피하는 거라면 상관없겠지만, 만일 그런 게 아니라면…… 행여 무슨 일이라도 생긴 거라면…….

치해는 거칠게 이마를 문질렀다. 지끈거리던 두통이 해파리촉수에 머리를 쏘인 것처럼 욱신거렸다. 정체모를 불안감이 내부를 휘저어 견딜 수가 없었다. 대기명령만 아니었다면 그는 벌써 단정에 올라탔을 것이었다.

찰싹, 찰싹. 항구로 조금 전보다 거세게 부딪쳐오는 물살이 신경을 곤두세운 그의 귓속을 자극했다. 치해의 추측대로 해류가 급물살을 타기 시작하자, 졸아들었던 오장육부가 급기야 타들어가는 느낌에 그는 고속단정으로 올라탔다. 대기명령이든 뭐든 그것을 지킬 생각조차 들지 않았다.

그가 막 단정에 시동을 걸려던 때, 항구사무실에 대원들이 우르르 뛰어나왔다. 사고접수가 있는 모양이었지만 치해는 대원들이 뛰어가는 경비정으로 갈 수가 없었다.

부릉. 타타타타, 부르르릉.

시동이 걸리자 버디인 치해를 찾느라 두리번거리던 석호가 그를 발견하고 헐레벌떡 뛰어왔다.

"치해야, 구조수색과에서 지원요청이야. 어선 두 척이 암초에…… 뭐해? 경비정으로 빨리 이동해."

"난 갈 수 없어. 다른 곳으로 가야 해."

해난사고를 접하고도 치해가 단호하게 거부하자 석호의 얼굴이 당황으로 물들었다.

"뭐? 미친놈, 뭔 소리야. 빨리 와, 지원요청이라고!"

"지우가 연락이 되지 않는다. 요트를 몰고 나갔다는데 연락이 되질 않아!"

이내 곤혹스러움으로 얼굴을 일그러뜨린 치해의 울부짖음에 석호는 금방이라도 물살을 가르고 나갈 것 같은 친구를 붙잡기 위해 단정 안으로 뛰어들었다.

"사정이 있겠지. 무슨 일이 있었다면 벌써 무전이 들어왔을 거야."

"그럴 수 없는 상황도 있다는 거 알잖아. 빨리 내려. 가봐야 해."

"너 이거 무단이탈이야. 명령을 어기겠다는 말이야?"

"내려!"

걱정을 담은 석호의 으르렁거림에도 아랑곳없이 치해는 단정의 방향키를 잡고 소리쳤다. 그런 치해의 손을 석호가 다급하게 붙들었다.

"걱정하는 마음은 알지만 이건 판단 미스야. 너 지금 제정신 아니라고!"

"그래. 네 말대로 제정신일 수가 없다. 혹시라도 지우한테 무슨 일이 생겼을까 봐, 사고에 처해 있을까 봐, 벌써 잘못됐을까 봐, 두려워서 제정신이 아니라고!"

지우가 위험에 처해 있을지도 모른다는 생각만으로도 숨이 헐떡였다. 목구멍까지 차오른 불안이 일 초에도 몇 번씩 심장을 바닥으로 곤두박질치게 만들었다.

그녀가 보고 싶다. 그녀의 목소리를 듣고 싶다.

"가라. 난 너 못 봤어."

말한 그대로 처절한 두려움이 얼굴에 드리워진 그의 얼굴을 대면한 석호는 힘 있게 붙잡았던 손에서 스르륵 힘을 빼냈다. 공포가 잔뜩 드러난 치해의 표정은 한 번도 보지 못한 것이었다. 수년간 수많은 해난현장을 함께 헤쳐 나갔던 친구의 두 눈에 맺힌 물기마저 처음이었다.

"미안하다."

"난 네 버디야."

그 말을 마지막으로 석호가 이미 출발해 버린 경비정을 따라잡기 위해 다른 고속단정으로 향하자, 치해를 태운 단정은 로켓만큼이나 빠른 속도로 해경전용항구를 벗어났다.

항구를 나선 지 벌써 10분.

고속단정의 시속을 최대로 높이고 대나무섬으로 향하는 항로를 따라 거칠어진 물살을 가르는 동안, 치해는 제정신이 아니었다. 레이더를 훑는 눈에 핏발이 서고 방향키를 힘껏 움켜잡은 두 손이 경직된 지 한참이라 저릿하기까지 했지만, 무엇보다 견디기 어려운 건 심장에서부터 느껴지는 격통이었다.

항구에서 단정을 이끌고 나온 시간이 1분씩 지날 때마다 심장의 크기가 줄어들었다. 행여나 그녀가 잘못됐을까 싶은 불안에 싹둑싹둑 잘려나가는 심장은 이미 사람이 견딜 수 없을 만큼의 통증을 호소하고 있었다.

수많았던 해난현장 속에서 차마 구하지 못해 차가운 주검이 되어버린 사람들. 그렇게 싸늘하게 뭍으로 돌아온 사람을 부둥켜안고 울부짖던 유가족들의 오열. 처참했던 모든 것들이 그의 머릿속을 주마등처럼 훑고 지나갔다.

소중한 이를 잃은 사람들의 오열 속엔 항상 후회가 담겨 있었다. 잘해 주지 못했던 것, 더 소중히 아껴주지 못했던 것, 부질없는 것에 연연해 하며 괴롭혔던 것. 아무리 불러도 더는 대답할 수 없는 상태로 돌아온 이를 안고 그들은 미안과 용서를 수없이 입에 담았다.

치해는 비로소 깨달았다. 그녀가 다른 남자의 사람이 되어 있는 것보다 더 견딜 수 없는 것은, 바로 이 세상에 존재치 않는 것이라는 것을.

미움도, 원망도, 부질없는 복수보다도 더 슬픈 건, 더는 사랑하지 못한다는 거였다. 사랑한다는 고백을 전할 수 없도록 같은 하늘 아래 숨 쉬지 못하는 것이야말로 남은 인생 전체가 지옥인 것이다.

그런 모습이 곧 자신에게 닥쳐올 상황이 될까 봐, 치해는 두렵다는 말로도 심정을 대변할 수가 없었다. 그 역시 지우를 괴롭히려고 무던히 노력하던 스스로를 용서할 수 없었다. 그녀 없이는 살 수가 없다. 그녀 없이 어찌 살아야 하는지 방법조차 떠오르지 않았다.

그의 갈색 동공조차도 핏빛으로 물들어가려던 그때, 뚫어지게 쳐다보던 레이더에 점 하나가 깜박였다. 미간을 급격하게 조인 치해는 방향키를 왼쪽으로 돌려 레이더에 포착된 점을 향해 단정을 몰았다.

"지우!"

레이더 중앙을 향해 점이 가까워지던 그때, 치해의 입술 사이로 지우의 이름이 다급하게 흘러나왔다. 눈앞에 펼쳐진 상황에 그의 눈이 화등잔만 하게 커지고, 몸은 밀려드는 공포로 부르르 떨기를 반복했다.

몇 번이나 뜨겁게 사랑을 나누었던 추억이 고스란히 밴 지우의 요트는 거의 일직선으로 기울어져 이미 반 이상이 물속에 가라앉아 있었다. 단정을 가까이 대는 동안, 치해는 온몸의 피가 한꺼번에 빠져나가는 것만 같았다.

타임 리미트. 한여름도 아닌 가을, 차가운 물에 사람이 견딜 수 있는 시간은 얼마 되지 않는다. 차가운 물일수록 생명의 제한시간이 더욱 단축되는 것이다.

한겨울 타임 리미트는 겨우 600초. 그 10분 남짓한 시간 안에 아무리 의지가 강한 사람이라 할지라도 신체 말단까지 피가 통하지 않아 몸을 움직일 수 없고, 호흡까지 얕아져 죽게 된다. 겨울이 아니라 할지라도 충분히 체온이 쉽게 바닥날 수 있는 쌀쌀한 가을날의 물속에서 지우가 얼마나 저 상태로 있었는지 가늠할 수가 없었다.

재빨리 에어탱크를 어깨에 걸친 그는 수경을 쓰며 상황을 체크했다. 요트 앞쪽에 있는 조타실까지 반쯤 잠겨 있는 상황. 선체가 뒤부터 기울었다는 것에 치해는 레귤레이터를 입에 물며 잠시 요트를 집어삼킨 바다 근처를 응시했다.

역방향. 파도의 출렁임을 눈여겨보던 그는 침몰의 원인이 침수로 인한 것임을 곧바로 알아챘다. 선내에 물이 차면, 조수의 흐름과 선체 내에 담긴 물이 서로 역방향으로 흐르기 때문이었다. 더구나 뒤쪽부터 가라앉았으니 기관실이나 객실 둘 중 한 곳에 침수가 생겼다는 것을 뜻했다.

짧은 시간 안에 파악을 마친 치해는 거침없이 바다 속으로 풍덩 뛰어들었다.

"하아, 하아."

치해가 그녀를 향해 물살을 가르는 사이, 숨을 쉬기가 점차 어려워진 지우의 입술 사이로 미약한 숨결이 흘러나왔다.

몸 뒷부분 전체를 적실 만큼 흘러들어온 차가운 물기로 잃었던 정신을 차렸을 때, 지우의 몸은 이미 그녀의 것이 아니었다. 난생처음 경험한 생경한 고통으로 연신 신음을 흘려대기 바빴지만, 그 끔찍한 통증 속에서도 몸은 반사적으로도 움직이지 않았다.

정확히 어디가 아픈지도 모를 만큼 머리에서부터 발끝까지 온통 아픔 투성이었다. 몸을 짓누르는 무거운 기계들을 치워보려 해도 몸을 일으킬 수도 팔과 다리를 움직일 수도 없었다. 이내 허공으로 뜬 몸이 떨어진 충격과 함께 기계들마저 몸 위로 쏟아져 두 다리와 팔이 부러졌다는 것을 알고서는 지우는 낙담했다. 스며들어온 물이 귓속으로 들어오고 가슴 위마저 덮으려 하자, 이대로 누워 산 채로 수장될 거란 생각이 그녀를 공포 속으로 몰아넣었다.

이대로 죽는 걸까 싶은 마음에 울음이 솟구치던 그때, 치해가 떠올랐다. 단 한 번도 사랑한다는 말을 전해 주지 못했다. 진심으로 미안하다는 말도, 왜 그래야 했는지에 대한 진실도 말하지 못했다. 이대로 눈을 감으면 그에겐 평생 자신은 못된 여자일 뿐.

아니, 나쁜 여자건 뭐든 상관없었다. 그녀 역시도 그를 사랑했었노라고. 비록 괴롭히려는 목적이라 할지라도 다른 남자가 아닌 그에게 안기게 해 줘서 고마웠노라고. 그 말을 전하지 못하는 것이 억울했다.

더불어 인생의 허무함이 뇌리를 짓눌렀다. 무엇 때문에 이리 고단한 길을 걸었을까. 사랑조차 마음대로 하지 못할 삶에 남은 게 무엇이었을까. 행복해지고 싶었을 뿐이다. 세상사는 누구나가 갈망하듯, 그녀 역시도 행복을 열망했을 뿐이다. 원하는 것을 움켜쥐고 사람답게 살고 싶었을 뿐.

억울함과 허무함이 묵직하게 교차하자, 지우는 이를 악물었다. 이대로 죽을 수 없었다. 이대로 죽기 싫다. 그에게 해야 할 말이 남아있고, 행복해지고 싶은 사람으로서의 욕구가 남아있지 않는가.

이대로 포기할 수 없다는 집념으로 그녀는 두 팔을 움직이려고 안간힘을 썼다. 기계에 완벽히 깔려있는 오른팔은 옴짝달싹할 수 없었지만, 작은 통신장비 하나가 떨어진 왼쪽 팔은 그나마 부러지진 않았는지 미약하게나 움직여졌다. 통증은 여전했지만 지우는 왼팔을 열심히 움직였다. 부들부들 떨리는 손으로 바닥을 짚어 겨우 상체를 일으킨 그녀는 어디서 그런 괴력이 나왔는지 알 수도 없을 만큼 무거운 기계들을 하나씩 치웠다.

가까스로 짓눌리던 몸이 자유로워졌지만 문제는 다음부터였다. 흘러들어온 물이 벌써 바닥에 주저앉은 그녀의 가슴을 채운 것이다. 일어설 수 있다면 무릎 위치밖에 안 되겠지만 부러진 다리로 일으킬 수 없는 그녀의 몸은 차오르는 물로 체온이 떨어지기 시작했다.

그래도 살겠다는 의지로 왼팔로 몸을 지탱하고 겨우 문까지 기어가는 데는 성공했지만 조타실을 채운 물의 압력으로 문이 열리지 않았다.

또다시 망연한 갈림길에 섰지만 그녀는 일 년 전 수상인명구조 자격증을 따느라 받았던 이론수업을 떠올렸다.

내용을 찬찬히 더듬던 그녀는 이내 차가운 물속에 잠기게 되면 어찌해야 하는지에 대한 이론을 기억해 냈다. 자동차가 물에 빠지면 수압으로 문이 열리지 않는다. 그럴 때는 물이 실내의 70% 이상을 채울 때까지 기다렸다가 다시 문을 열면, 그토록 열리지 않던 문이 거짓말처럼 열리게 된다.

아마도 자동차와 별반 다르지 않을 거란 생각에 지우는 물이 차기를 기다렸다. 몸 안의 부력을 이용해 물에 둥둥 뜨기를 기다리는 몇 분이 지옥 같았다.

마침내 몸을 띄우기 위해 왼손으로 노를 젓듯 수없이 물속에서 휘저어대던 그녀는 튕기듯 올린 왼손으로 겨우 조타륜을 움켜쥐었다. 그녀의 손등 위로 드러난 푸른 힘줄이 금방이라도 터질 것처럼 굵직하게 도드라졌지만, 조금씩 시간이 갈수록 그보다 더 위태해 보이는 것은 그녀의 얼굴이었다. 체온이 급격하게 떨어진 탓에 안 그래도 하얗던 얼굴이 새하얀 분칠을 해 놓은 듯 창백해졌다. 퍼레진 입술 안으로 이가 딱딱 부딪치고 이윽고 괴력을 뿜어내던 힘이 소진됐는지, 시간이 갈수록 그녀의 왼팔이 부들부들 떨어대기 시작했다.

지금이라도 구조대로 무전을 보내면 좋을 텐데, 그곳까지 갈 힘이 없었다. 불과 1미터도 안 되는 거리인데도 물을 박차고 올라설 수가 없었다.

서서히 빠져나가는 팔 힘에 지우는 손쓸 방법이 없음을 깨달았다. 살려고 발버둥쳤는데도, 대면한 현실은 막연하기만 했다. 물이 더 차오른다고 해서 잡을 것이 없었다. 계기판까지 떠오른다 해도 평평한 곳은 그녀의 몸을 지탱해 줄만한 것이 없었고, 제아무리 숨을 참는다 해도 수압이 동일해지기까지 기다리는 건 그대로 죽는 것과도 같았다.

더구나 손에 힘이 빠져 문을 연다 해도 바다 속을 뚫고 수면까지 헤엄칠 수 없을 것 같았다. 부러진 다리를 놀릴 수도 없는 상황에 남은 건 그저 죽음뿐. 가슴을 넘어선 물이 언제 목 위로 올라올지 몰라 몰려든 공포의 끝이 보이지 않았다.

그 순간, 서서히 목을 향해 올라서던 물이 갑자기 훅 몰아쳤다.

"푸우, 풉."

입과 코로 들이닥친 물기를 뱉어내던 그녀는 일순 요트가 빠른 속도로 가라앉고 있다는 것을 느꼈다.

정말 끝이다. 정말 이대로 끝인 거다.

두 눈을 질끈 감은 지우는 몰아친 물살에 생명줄처럼 움켜쥐었던 조타륜마저 놓치고 말았다. 통증으로 가누기조차 힘겨웠던 몸이 물속으로 가라앉는다 싶었던 그때, 누군가 그녀의 허리를 감싸더니 곧장 위로 솟구쳤다.

"괜찮아?"

"치해 씨."

일그러진 치해의 얼굴을 발견한 지우의 목소리가 가늘게 흘러나왔다. 거짓말 같았다. 장소도 상황도 변한 게 없는데도 그가 이곳에 있다는 사실에 지우는 꿈을 꾸는 것만 같았다.

실낱처럼 가느다란 지우의 목소리에 치해는 목구멍이 꽉 막혀버린 것만 같았다. 흘러나온 호흡이 너무 약하다. 체온도 급격히 떨어졌는지 그녀의 얼굴엔 핏기라곤 존재치 않았다.

"내가 꿈꾸고 있는 건 아니겠죠? 할 말이 있었는데, 이렇게 와줘서 얼마나 다행인지……."

눈에 물기가 맺힌 지우가 스르륵 의식을 놓으려 하자 치해는 그런 그녀의 턱을 움켜쥐고 눈을 마주 보게 했다. 그 사이 불어난 물은 치해가 맨 위로 솟구친 곳마저 덮을 기세로 몰아쳐댔다.

"힘들 거라는 거 알아. 하지만 곧장 나가야 해. 지금부터 내 말 잘 들어. 이곳으로 들어오느라 조타실 문 유리를 깼어. 덕분에 요트는 완전히 침몰했을 테고 이곳 역시 곧 물이 완전하게 차오를 거야. 에어탱크가 하나뿐이니 번갈아 호흡해야 해. 버디 블리딩, 기억하지? 내가 리드하는 대로 따라오면 되는 거야."

"아! 으……."

치해가 에어탱크를 벗으려고 그녀의 두 팔로 목을 감싸게 만들려던 찰나, 지우가 급격하게 통증을 호소했다. 그 바람에 떠나려던 의식이 조금이나마 그녀의 곁에 머물렀다.

"왜 그래?"

"팔이 부러졌어요. 다리도 부러져서……."

사색이 되어가는 치해의 얼굴을 보면서 지우는 말끝을 흐렸다. 수상인명구조를 공부하던 당시, 구조원이 위험해지는 어쩔 수 없는 순간에는 과감히 인명을 포기해야 한다고 배웠다. 자칫 잘못하면 구하러 들어갔다가 해난자도 구조자도 모두 목숨을 잃을 수 있기 때문이었다.

지우는 지금이 그런 상황이라는 것을 깨달았다. 의식을 잃었다면 모를까, 한 대의 에어탱크로 사지를 움직일 수 없는 사람을 안고 헤엄칠 수는 없는 것이었다. 레귤레이터를 넘겨줘야 하는 순간에도 서로가 끊임없이 두 발을 놀려야만 수중에서 정지할 수가 있는지라, 그 혼자서 유영과 버디 블리딩을 감당할 수 없을 터였다. 더구나 겨우 끝자락을 붙잡고 있는 의식을 언제 놓을지 그것마저도 불투명했다.

살고 싶지만, 살아서 그와 행복해지고 싶지만…… 그마저 위험하게 할 수는 없었다.

"가요. 곧 완전히 물이 찰 텐데, 둘 다 위험해질 수는 없어요."

"멍청한 소리 하려면 그냥 조용히 있어! 어느 때이던, 널 포기하는 일은 없으니까!"

치해의 단호한 일갈에 지우의 눈에서 다른 염기가 섞인 물이 흘러나왔다.

"사랑해요."

그토록 듣고 싶던 지우의 말이 만일에 대비한 고백임을 알아챈 치해의 턱 근처가 꿈틀거렸다.

"네 몸을 안고 헤엄칠 거야. 반드시 빠져나갈 거다. 그러니까, 그러니까…… 다시 말해 줘. 이런 상황이 아닌, 여느 날과 다름없는 날 그때 다시 말해 줘."

지우의 끄덕임을 끝으로 치해는 한 손으로 단단히 그녀의 허리를 받치고 다른 한 손으로는 에어탱크를 벗었다. 그녀와 자신의 몸 사이로 에어탱크를 짓누르듯 끼고는 레귤레이터마저 지우의 입에 물려주었다.

산소가 흘러들어가는 소리가 쉭쉭대고 들려오자, 치해는 쉬지 않고 놀리던 두 다리를 멈추고 서서히 물속으로 가라앉았다.

※

"그래도 피붙이인데 어떻게 이럴 수가 있어? 네년이 이러고도 사람이니? 이럴 수는 없는 법이다. 이럴 수는 없어!"

지우가 사고를 당한 지 정확히 사흘째 되던 날, 제 자식이 저지른 죄는 생각지도 않은 채 미리는 병실이 떠나갈 듯 악을 질러댔다. 효주가 단단히 붙잡고 있지 않았다면 그녀는 온몸을 붕대로 감다시피 한 지우에게 달려들었을 것이다.

"피붙이? 허, 이때껏 들어본 말 중 가장 어이없는 말이네요."

어처구니가 없어 지우의 입술 사이로 냉소 섞인 말이 흘러나왔다. 사람으로 태어난 값도 못하는 아들의 죄조차도 분간 못 할 만큼 미친 걸까. 미리의 양심을 덮은 뻔뻔함이 어느 정도인지, 그녀로선 짐작조차 가지 않았다.

"웃어? 감히 내 앞에서 웃어? 두고두고 잊지 않을 거다. 내가 죽는 날까지 네년이 어떻게 사는지 두고 볼 거야! 이 천하의 나쁜 년, 뒤질 때도 편하게 죽지 못하도록 내 빌고 또 빌 테다."

지우의 비틀린 입술에 미리가 악담을 퍼부으며 더욱 발악했다. 허공으로 발길질을 해대며 패악을 부렸다.

"이게 뭐 하는 짓입니까!"

그때, 의사를 만나러 갔던 치해가 병실 안으로 들어서 벼락같은 노성을 내질렀다. 미리의 악담이 고스란히 두 귀에 박힌 그의 눈이 섬뜩한 빛을 뿜어냈다.

"오, 그래. 네놈도 잘 만났다. 이 죽일 연놈들, 내 금쪽같은 아들 모함해서 감옥에 보내고서는 너희들은 잠이 편히 오더냐! 살을 발라내도 시원찮을 것들!"

미리는 이제 치해에게까지 눈을 까뒤집었다. 그녀의 하얀 눈자

위가 섬뜩하게 드러났지만, 치해는 늙은 마녀 같은 여자의 눈을 파내는 것으로도 모자라 목까지 졸라버리고 싶었다. 누군가의 살을 발라내도 속이 풀리지 않을 사람은 오히려 그였다.

자신이 고도의 훈련을 받은 사람이 아니었다면 지우는 꼼짝없이 죽었을 것이다. 움직이지 못하는 그녀를 안고 헤엄치느라 그는 몇 차례나 다시 가라앉기를 반복했다. 레귤레이터를 잘 물지 못할 만큼 지우의 의식이 가물가물해져 가는 것을 쳐다보면서도 쉽사리 물 위로 나가지 못하는 스스로가 그토록 한심할 수가 없었다. 폐가 터질 것 같은 숨 막히는 고통보다도, 그녀가 완전히 의식을 잃어 더는 산소를 들이마시지 못할까 봐 그는 어두운 심해 속에서 끔찍한 지옥을 경험했다.

겨우겨우 사력을 다한 끝에 심해를 거슬러 올랐을 때는 이미 지우는 의식을 잃어 호흡을 정지한 상태였다. 심폐소생술과 인공호흡을 실시하면서 치해는 울었다. 피눈물처럼 흐르는 눈물을 멈출 수도 없을 만큼 두려움이 그를 아울렀다.

때마침 단정에 연결해 놓은 GPS를 추적한 석호가 응급설비가 실린 경비정을 이끌고 오지 않았더라면, 그는 지독히도 혹독했던 지옥 속에서 빠져나오지 못했을지도 몰랐다.

곧바로 지우를 병원으로 후송해 부러진 두 다리와 오른팔에 부목을 댔다. 이뇨제를 투입해 짠물을 삼킨 것을 배출하게 만들고, 몸 구석구석 인대가 늘어져 거의 온몸을 붕대로 감아야만 했다.

그렇게 겨우 얻은 그녀였다. 그에게 있어 지우는 가까스로 얻은 안도의 생이었다.

할 말이 많다던 지우가 안정제 기운으로 잠들기 전 사고정황을 물던 그에게 대강의 상황을 설명하고 잠이 들자, 치해는 곧바로 석호에게 전화를 걸어 망상해수욕장의 위치한 선착장의 CCTV를 확인해 달라고 부탁했다.

혼미한 정신 탓에 지우가 방향을 잃은 사람처럼 헤매듯 말한 것을 감안하더라도, 객실의 열쇠구멍이 막혀 있었다는 것은 그저 선체부품 중 하나가 고장을 일으켜 일어난 사고가 아님을 뜻했다.

꽉 쥔 주먹이 떨린 지 두어 시간이 지났을 때쯤, 지우의 요트에 남자 하나가 드나든 것이 찍혔다는 전갈에 달려간 치해는 결혼식 내내 똥 씹은 표정으로 얼굴을 일그러뜨렸던 처남, 효석이 영상에 찍힌 것을 발견하고 몸을 떨었다.

내부 사정까지는 속속들이 알 수 없었지만, 그래도 피가 반이나 섞인 사이였다. 사람을, 그것도 누나인 지우를 죽일 생각까지 했다는 것에 치해는 치가 떨렸다. 도저히 용서할 수가 없었다.

그 길로 어떻게 서울까지 달려갔는지는 떠오르지 않았다. 그가 잠시나마 정신을 차렸을 땐, 효석은 이미 제 사무실에서 죽을 만큼 두들겨 맞은 후였다. 당장에 죽여도 분이 풀리지 않을 것 같았지만, 죗값은 단숨에 목을 끊는 것으로 치르고 싶지 않았다. 치해는 정신을 잃어 피를 흘리는 효석을 바닥에 질질 끌고 그대로 경찰서로 직행했다.

정신을 차린 효석은 선착장에 설치되어 있던 CCTV로 지우의 요트에 들어섰던 것을 시인하면서도 범행은 완강히 부인했다. 그러나 치해가 직접 심도잠수로 가라앉은 요트의 객실에서 증거물을 들고 나오자 그는 꼼짝없이 쇠고랑을 차는 신세로 전락했다.

객실에 딸린 욕실에서 나온 것은 다름 아닌 그의 손수건이었다. 세면대 파이프를 모래사장에 펼쳐진 모래들로 메운 것도 모자라 손수건까지 구겨 넣고 물을 틀어놓았던 효석은 드러난 물증 앞에 더는 부정을 토하지 못했다. 객실 열쇠구멍을 막았던 것마저 그의 넥타이핀의 부러진 일부였으니 더 볼 것도 없었다.

그러니 살을 발라내 뼈마저도 우둑우둑 씹어 먹어도 시원찮은 건 미리가 아닌, 치해였다.

"당장 나가! 자식이 저지른 죄에 머리 숙이기는커녕 뭐? 누구의 살을 발라내? 그런 자식을 낳은 당신의 목까지도 졸라버리고 싶어. 이곳이 어디라고 행패야!"

진심이 아니라 할지라도, 그저 어쩔 수 없이 마지못해 고개를 숙였더라면 장모의 대우는 해 줄 수 있었다. 하지만 사람의 도리조차도 잃은 여자에게 치해는 한때나마 지우의 계모였다는 사실조차도 상기하고 싶지 않았다.

이런 여자 곁에서 긴 세월을 지내야 했던 지우가 몹시 안타까웠다. 대체 어떻게 견디고 살았던 것일까. 죽이고 싶어 안달 난 효석을 더불어 고개를 숙이기는커녕 제 아들의 안위만 생각하는 여자 곁에서, 지우는 고통스러운 나날을 어떻게 참았던 것일까.

"이 악독한 년. 그래, 넌 그때 죽었어야 했어! 네 어미 따라서 죽었어야 했다고!"

희번덕거리는 그의 동공을 피해 미리의 시선이 또다시 지우를 향했다. 치해가 위험스럽게 거리를 좁히며 다가설 때마다 몸을 움찔거리면서도 그녀는 퍼붓는 악담을 중단하지 않았다.

"차라리 뒈지지 왜 살아나! 질긴 년이 뒈지지 않고 살아서 내
속을 이토록 문드러…… 악!"

치해가 정말 목을 졸라버리고 싶은 충동으로 미리에게 다가서
던 그때, 재빠르게 그 사이를 파고들어선 이가 대신 그녀의 뺨으
로 가차 없이 손을 뻗었다. 찰싹이는 소리와 함께 날카로운 비명
을 흘리게 만든 이는 다름 아닌 호용이었다. 입술이 터질 만큼 세
차게 때린 탓에 미리의 입술 사이로 빨간 피가 흘러나왔다.

"당신이 어떻게 나한테 이럴 수가 있어요? 저년한테 고스란히
회사 쥐어준 것으로도 모자라 내 새끼 차가운 철창 안으로 몰아
넣고, 어떻게 나한테……."

"효주야, 데리고 나가거라."

둘째 여식을 향해 흘러나온 호용의 음색에 후회와 괴로움이 한
데 뒤섞여 나왔다. 사실 쓰러지지 않고 두 다리로 버티고 있는 것
만으로도 기적이었다. 아들놈이 딸을 죽이려고 그런 짓까지 저지
른 마당에 힘이 남아있을 턱이 없었다.

거기다 누이를 죽이려 했던 천륜을 범한 효석으로 인해 연일
언론에 '대한해양'의 가족사가 오르내렸다. 그나마 여론의 동정
이 지우에게 쏠려 주가하락은 일어나지 않았지만 이제껏 그가 쌓
은 명예는 하루아침에 바닥난 것이다. 늘그막에 이 무슨 꼴이란
말인가.

효주가 분을 못 이겨 엉엉 울어대는 미리를 억지로 끌고 나가
자 병실에 정적이 흘렀다. 초침이 흐를 때마다 침묵이 쌓은 둑도

높아졌다.

"다시는 찾아오지 않도록 해 주십시오. 저도 지우도 불편합니다."

불편한 침묵을 먼저 깬 이는 치해였다. 다시는 미리가 찾아오지 않도록 부탁했지만 목소리만큼은 경고가 숨어 있었다.

"그럼세."

사위 앞에서 권위조차 세우지 못할 상황에 호용은 쓸쓸하게 입매를 늘였다.

"빨리 쾌차해 일어나거라. 퇴원하는 즉시 취임식이 있을 것이다."

호용은 지우가 빨리 일어나기를 누구보다 간절히 바랐다. 딸의 빠른 쾌유를 비는 것이 당연하기도 했지만 이사진들이 하루가 멀다 하고 그를 압박하고 있는 실정인지라 버틸 재간이 없었다. 결국은 명예롭지 못한 퇴진이 되고 만 것이다. 아들 하나 잘못 둔 죄로 그토록 갈망하던 것도, 딸에게조차도 부끄러운 사람이 되고 말았다.

잠시 머뭇거린다 싶었던 호용이 그대로 몸을 돌렸다. 그러자 날이 선 지우의 목소리가 그의 등을 매섭게 뚫었다.

"그것뿐이신가요?"

힐난이 박혀 들었다. 극히 단조로운 말에 질책과 원망이 뒤엉켰다.

"아버지가 밖에서 낳아 온 자식이 저를 죽이려고 했는데, 전할 말이 그게 다 인가요?"

지우의 물음에 호용은 입을 열 수가 없었다. 이제 와 무슨 말을 할까. 수수한 꽃이던 조강지처를 외면하고 화려한 꽃인 미리와 외도한 것도 사실, 아들에 미쳐 모녀를 나 몰라라 방치했던 것도 사실이다. 지난날 자신이 저지른 과오 값을 지우가 대신 받을 뻔했다는 사실에 이곳에 서 있는 것조차 힘겨웠다. 너무 미안해서 얼굴을 들 수가 없었다. 뚫린 입이라 해서 미안하다는 말조차도 내뱉기 어려웠다.

"서울 본집 주세요."

"……."

"엄마와 제 집이에요. 아버지가 스스로 걸어 나간 곳, 엄마가 눈을 감는 순간까지도 들어서지 않던 집. 아버지에겐 그저 머무는 곳에 불과할 테지만, 제게는 엄마의 추억이 묻어 있는 곳이에요. 아버지에겐 미련조차 없는 곳이지만, 제게는 더없이 소중한 곳이라고요. 그러니 주세요. 제가 퇴원했을 땐 예전 그대로 엄마의 향취만 맡게 해 주세요."

미리가 엄마의 흔적을 하나씩 지워나갔을 때 미친 듯 악을 지르며 싸운 날이 하루 이틀이 아니었다. 이제 온전히 엄마의 추억을 담고 싶다. 굴러온 돌들이 구르고 굴러 멀리 떨어져 나갔으면 싶다.

"그러마."

집에서마저 나가라는 지우의 요구에 침묵하던 호용은 겨우 마른 입술을 뗐다. 쫓겨나는 신세로 전락해 버린 게 서글펐지만, 제어미의 한을 대신 품은 딸에게 이제 그만 무릎을 꿇어야 할 때가

온 모양이다.

"지우, 잘 부탁하네."

치해의 얼굴조차 마주 대하지 못한 채 호용이 나지막하게 부탁만을 전하고 병실을 나갔다.

침묵이 자리한 가운데 열어둔 창문 새로 바람이 불어 지우의 머리를 매만지자 그녀는 시선을 돌려 창밖을 응시했다. 빨갛게 물든 단풍잎이 그녀에게 손을 흔들었다.

"다 끝났어. 이제 겨우 다 끝난 거야. 나 잘했지…… 정말 잘했지, 엄마?"

습윤한 물기 서린 목소리가 힘없이 흘러나온다 싶더니 끝내 그녀의 손등 위로 눈물방울이 툭 떨어졌다.

"외로웠어. 너무 고되 힘겨웠어. 죽을 만큼 아팠어."

이내 그녀는 어깨를 흔들며 이제껏 참아왔던 오열을 터트렸다. 정말 오래 걸렸다. 울고 싶던 심정을 꾹꾹 억누르며 이를 악물며 참아온 세월이 꽤나 길었다.

다가선 치해는 끅끅거리며 우는 지우를 품 안으로 끌어당겼다. 머리를 쓰다듬으면서 다른 한 손으로는 들썩이는 그녀의 등을 부드럽게 토닥여주었다. 오열이 잦아들 때까지 그는 가슴으로 그녀의 설움을 함께 나눴다.

지우의 어깨가 너무도 가냘파 안쓰러웠다. 눈물로 옷이 축축하게 젖어 가슴 부근을 적실수록 속상해 미칠 것 같았다. 일말의 양심조차도 없는 사람들 때문에 지우가 눈물을 흘리고 있다는 사실마저도 안타깝고, 자신 역시 괴롭히는데 혈안이 되어 그녀의 아품을 외면했다는 사실에 심장이 조여들었다.

"네가 이토록 힘들게 살았으리라고는 생각지 못했어. 어떻게 용서를 빌어야 할지 모르겠다. 욕심 때문에 나를 버렸다고, 그저 날 또다시 가지고 놀았다고 여긴 채, 이렇게 작은 어깨를 안아주지 못했어. 따뜻하게 안아줄걸. 부드럽게 쓰다듬어 줄걸. 그러지 못하고 옹졸하게 굴었던 게 너무 후회스럽다."

품에 안겨 있던 지우의 고개가 그를 향했다. 눈물이 걸린 눈가를 부드럽게 어루만져 물기를 없애준 치해가 그녀의 이마에 부드럽게 입맞춤했다.

"염치없지만 용서해 줘. 고된 짐도, 아픔도 모두 다 내가 대신 짊어져 줄게. 다시는 외롭게 하지 않을 거다."

"미안하다는 말도, 용서해 달라는 말도 내 몫이잖아. 왜 당신이 사과해요."

"감싸주지 못했으니까. 널 알아주지 못했으니까."

악랄한 사람들 곁에서 지내온 그녀가 얼마나 힘들었을지 알지 못했다. 할아버지에게 짧게나마 들었던 언질만으로도 이해해 줬어야 했던 것을, 야비한 사내의 심정만 각인시킨 채 감싸주질 않았다.

모친이 죽는 순간까지도 외면했던 부친과 가족을 가장한 이들의 잔인한 횡포 속에서 그녀가 할 일이라고는 그저 마음을 독하게 다잡는 것밖에 없었을 것이다. 지우가 왜 그토록 이를 깨물어야 했는지, 그 이유를 비로소 오늘에서야 완벽하게 깨달은 치해는 그녀를 외면했던 날들이 뼈에 사무치게 후회스러웠다.

"이제부터는 웃자. 악물었던 이도 풀고 힘겨웠던 짐도 내려놓자. 원했던 모든 게 다 네 곁에 있어. 회사도, 집도."

"당신도."

지우가 오랜 세월 품고 싶던 열망에 그를 포함시키자 치해의 입가가 스르르 벌어졌다.

"그래, 나도 있다. 살아온 날보다 남은 날들이 얼마나 행복한지 알게 해 줄 내가 있어."

"고마워요. 당신 덕분에 이런 날이 왔어."

"아니. 네 노력으로 얻은 거야."

"17살이었어요."

지우가 손을 뻗어 치해의 뺨을 어루만졌다. 웃음이 서린 입매까지 쓰다듬는 것을 느끼며 치해는 그녀가 하고자 하는 말에 귀를 기울였다. 누구나 그렇듯이 17살이라면 자신의 정체성만으로도 한참 혼란을 겪을 시기였다. 그런 시기에 겪었을 아픔을 함께 나누고 싶었다.

"엄마의 49재가 끝난 날 속이 너무 답답해서 무작정 바다로 향했는데, 넘실대는 바다를 보자니 문득 모든 걸 끝내고 싶었어. 아무것도 남아있지 않다는 공허함과 지독히 따라붙는 외로움이 끝날 수도 있다는 생각에 엄마의 유언조차도 잊고 그대로 바다로 걸어 들어갔죠. 몸을 집어삼킨 파도에 휩쓸려 의식을 잃어가면서도 무섭지 않았어. 허탈함과 혼자뿐이라는 외로움이 더 두려웠으니까. 그걸 견디면서 엄마의 자리를 차지한 이들과 한 지붕 아래에서 살아야 한다는 게 더 끔찍했으니까."

지우가 자살기도를 했다는 말에 치해의 입가가 단박에 굳어
졌다.

"그런 내 손을 잡고 물 밖으로 꺼내준 남자가 미치도록 미웠어.
그런데 말이죠. 살아있는 게 참 다행이란 생각이 들었던 건, 우습
게도 병원에서 정신이 든 다음이었어요. 살아난 걸 아쉬워하는
계모와 이복동생들이 속삭이는 말에 왜 죽으려고 했는지 스스로
가 미치도록 밉더라고요. 그전까지만 해도 날 물속에서 꺼내준
당신이 원망스러웠는데, 단 몇 분 만에 오히려 당신한테 고마워
지더라고요."

"무슨 말을 하는…… 설마?"

당신……. 정확히 그를 지칭하는 단어에 굳었던 치해의 얼굴이
점차 경악으로 번져들었다.

"그래서 고마워요. 당신이 날 살려준 덕분에 이런 날이 온 거
니까."

〈아마 그 소녀는 고마워하고 있을 거예요. 어리석은 치기에 저
지른 섣부른 행동이었을 테니까. 지금쯤 목적을 이루기 위해 맹
렬히 달려가고 있을 거예요.〉

불현듯 일 년 전 그녀가 했던 말이 그의 머릿속을 훑고 지나갔
다. 이상하리만치 경직됐던 그날, 지우는 진심을 전한 거였다. 그
런데도 그녀가 그때의 소녀였다는 사실이 믿기지 않았다.

"당신이 날 기억하지 못하듯, 왜 구조대원이 됐는지 얘기하기
전까지 나 역시 당신을 기억하지 못했어요. 흔하지 않은 이름이
왠지 낯익었는데도 그때의 일을 일부러 기억하지 않으려고 노력

했거든요. 그래서 도망치듯 떠났어. 자살을 하려고 했던 내 나약함을 알고 있는 당신을 참을 수가 없었거든. 당신이 그랬죠? 우린 인연이 깊은 모양이라고. 그러니까 나도 용서해 줄래요? 이기적인 마음으로 늘 당신한테 상처만 남기고 훌쩍 가버리려고 했던 나를 용서해 줄래요? 용서해 주면 나 역시 당신의 남은 인생이 얼마나 행복한지, 못된 여자 연지우와 함께 하는 즐거움이 어떤 건지 일깨워 줄게요."

지우의 물음에 치해는 한동안 얼이 빠져 입을 벙긋거렸다. 하지만 이내 그녀로 인해 자신이 어떠한 길을 걷게 됐는지, 지우를 구한 이가 다름 아닌 자신이라는 믿기지 않는 사실에 덥석 가녀린 몸을 껴안았다.

"고등학교를 졸업하던 날 부모님이 자동차 사고로 돌아가셨어. 할아버지가 맡기신 일로 늘 바쁘신 분들이었는데, 졸업식조차도 참석하지 않는다고 그날따라 내가 투정을 부렸다. 그 나이 때에 부모님이 졸업식장에 들어서는 걸 좋아하지도 않는데 말이야. 아침부터 왠지 서운하고 불안해서 견딜 수가 없었거든. 결국 안 좋은 모습을 마지막으로 보여드린 거지. 그 탓을 모조리 할아버지한테 돌렸다. 부모님을 빼앗아갔다고 소리치고 정해진 수순대로 물려받아야 할 회사마저 외면했어. 어렸을 적엔 곧잘 할아버지의 손을 잡고 리조트 사업장을 돌아다니곤 했는데, 부모님의 죽음을 겪고 나자 회사가 끔찍이도 싫더군. 자식에게 제대로 된 추억조차 남기지 못한 부모님이 미웠어. 몸이 두 개라도 모자란 바쁜 사업 따위를 물려받아서 나 역시 그런 부모가 되기 싫더라고. 결국 반발 심리로 해상병으로 입대해 집을 떠나버렸다. 그 이후로 할아버지와의 사이는 더욱 소원해지고 여전히 무엇을 해야 하는지 갈피를 잡을 수 없었지만……."

몸을 뗀 치해가 곧장 지우의 얼굴로 고개를 숙였다. 부드럽게 포개지는 입술 사이로 가슴을 적실 만큼 따스한 훈기를 불어넣고는 그대로 진심을 전했다.

"너로 인해 자리를 찾게 된 거야. 네가 내 나침반이었나 보다. 내가 가야 할 방향."

그의 말이 지우의 입속을 잔잔하게 울렸다. 온몸에 붕대를 감았어도 더없이 아름답고 사랑스러운 그만의 사랑을 껴안고, 치해는 혀로 그녀의 입 안을 헤집었다.

멀리 돌고 돌기를 반복했어도…… 이토록 깊은 인연으로 안을 수 있게 해 준 것이 고마웠다.

"붕대 풀면 신혼여행 다녀오자. 달콤할 허니문조차 가지 않아서 미안해."

입술을 비벼대며 말하는 통에 치해가 전하는 울림이 또다시 지우의 입속으로 흘러들었다.

"대신 길게 다녀오자. 세계 곳곳을 누비면서 아, 이름난 호텔이란 호텔은 다 들러보는 건 어때?"

"푸훗, 좋은 생각이긴 하지만 공무원 휴가가 얼마나 길까요?"

이번엔 지우가 터트린 웃음이 치해의 입속을 울렸다.

"3개월이면 충분하겠지."

"혹시……."

화들짝 입술을 떼고도 뒷말을 잇지 못하는 지우의 표정이 다소 어두워졌다. 그런 그녀의 이마를 치해가 아프게 콩 박았다.

"쉿. 널 얻었잖아. 널 구했잖아."

명령 불복종에 무단이탈로 3개월 정직이라는 징계처분을 받고 후임대장으로 거론되던 인사고과에서도 제외됐지만, 치해는 행복한 표정을 지었다. 대신 무엇으로도 바꿀 수 없는 그녀를 얻지 않았는가. 청장의 자리를 준다고 해도 아니, 바다를 통째로 준다고 해도 지우 없이는 그 무엇도 의미가 없었다.

조금도 실망한 기색 없이 새하얀 치아를 드러낸 치해의 미소에, 지우는 이내 얼굴에 서렸던 그늘을 말끔히 지워버렸다.

그가 위험한 일을 한다는데 불안한 건 사실이었다. 바다의 무서움 앞에 손쓸 방법도 없이 무능력하게 죽음만을 기다려야 한다는 사실을 몸소 겪었던 그녀로서는 푸른 물결이 얼마나 잔인한지 새삼 깨달았다. 그 잔혹한 바다를 하루에도 수십 번씩 가로지르는 치해가 행여 잘못될까 봐 여전히 두려웠다.

하지만…… 언젠가 했던 말 그대로, 그는 그런 두려움 속에서 손을 내미는 사람이었다. 생과 사의 경계에서, 짙은 안개만이 펼쳐진 듯 막연한 공포에서 유일하게 손을 뻗는 사람. 살아있음이 얼마나 행복한지 깨닫게 해 주는 사람. 그가 구조해 주는 이들 역시, 그녀처럼 두 번째 삶을 살게 될 것이다.

그래서 차마 지우는 고개를 흔들 수가 없었다. 싫다고 말할 수 없을 만큼 그는 값진 삶을 선사해 주는 사람이었다.

지우 역시 활짝 웃으며 그의 이마에 콩, 머리를 박았다.

"월급이 얼마나 된다고 징계를 받아? 3개월간 뭐 먹고 살란 말이에요?"

"헉. 바가지 긁는 거야?"

"이번만 봐줄 거야. 매달 꼬박꼬박 생활비 안 챙겨주기만 해 봐요, 무능력한 남편 쫓아내버릴 테니까."

"네, 네. 이번만 봐줘요, 마나님."

킥킥대는 몸짓에 마주 댄 그들의 이마가 흔들렸다.

지우는 가슴 안에서 박동치는 울림에 가만히 귀를 기울였다. 심장이 자리하고 있음을 그로 인해 느낀다. 치해로 인해 심장이 쿵쿵, 설렘을 머금고 행복하다고 즐겁게 뛰어대고 있었다.

에필로그.1

"이게 뭐지?"

샤워를 마치고 침실로 들어선 지우가 얼굴을 붉히며 작은 상자 하나를 내밀었다.

"크리스마스 선물."

"사흘이나 남았는데?"

지우가 선물을 미리 내민 의미를 간파한 치해가 눈을 가늘게 떴다. 여름철 해경만큼이나 사계절 내내 바쁜 여자는 처음이다.

"미안해요. 봐줘, 응?"

크리스마스를 같이 보내겠다고 약속해 놓고도 어겨야 하는 것이 미안스러워 지우는 콧잔등을 찡그리며 애교를 부렸다. 몰디브 리조트를 방문해야 하는 것 말고도, 해경의 날 행사로 인한 시간마저 빼려면 아마도 내일부터는 야근을 해야 할 것이었다.

"후우. 예쁘지만 않았어도 안 봐줬다. 이번엔 어디로 가는데?"

"몰디브. 크리스마스 행사로 처음 시행해 보는 이벤트라 직접 봐야 해. 그래……."

"그래야 직성이 풀리니까."

지우가 대신할 말을 치해가 먼저 해버렸다.

"홋, 레퍼토리 바꿔야겠다."

지우가 해맑게 웃자 그것마저도 얄밉도록 예뻐 치해는 살짝 그녀의 볼을 꼬집었다. 이 미소와 애교에 넘어가지 않는 날이 과연 올지 의문이다.

"안 열어볼래요?"

지우가 턱짓으로 건네준 상자를 가리켰다. 벨벳상자를 가만히 내려다보던 치해가 피식 웃음을 흘리자, 그가 기뻐할 기대로 눈을 빛내던 지우의 눈동자가 단박에 김샌 듯 탁해졌다.

"왜 웃어?"

"마누라가 어찌나 돈이 많으신지 보석을 선물로 주나 싶어서."

"칫. 바다개발이 당신 거지 내 건가."

"엄연히 네 거야. 이번 정기총회에 할아버지가 합병 건을 거론했다며. 합병하면 바다개발도 젊은 여우 것이지."

"이씨! 그 별명 부르지 말라니까!"

지우가 당장이라도 달려들 것처럼 손톱을 세우자 치해가 번쩍 두 손을 높이 들었다. 잘못했다는 자진납세다.

그런 치해를 이번만 봐준다는 듯 샐쭉거린 지우가 또다시 상자를 가리키며 재촉했다.

"얼른 열어봐요."

성화에 못이긴 척 벨벳 뚜껑을 연 치해는 번쩍이는 화려한 광채에 눈을 똥그랗게 떴다. 동그랗게 둘러쳐진 검은 테두리가 흑요석처럼 빛나고 있는 건, 다이버들의 필수품인 다이버워치였다.

"크리미라고 하는 건데요."

"100개밖에 나오지 않은 한정판이라지?"

"어떻게 알았어요?"

"석호가 갖고 싶다고 한동안 징징댔던 거였거든."

석호가 귀에 못이 박히도록 울부짖던 제품이었다.

어두운 물속 깊숙한 곳에서도 잘 보이도록 발광성을 지닌 바늘 세 개가 시간을 가리켜주는 워치는 화려한 외장에만 신경을 쓴 제품이 아니었다. 엄격한 공정을 통해 500미터 방수를 자랑하는, 다이버라면 누구나 갖고픈 워치였다. 석호가 시계를 보면 꽤나 배 아파할 것 같다.

"고마워."

치해가 그녀의 이마에 쪽 소리가 나도록 입술을 붙였다 뗐다.

"다이버워치를 왜 선물했는지 알죠?"

길을 잃지 말라는 거다. 어두운 심해에서도 작게 달린 나침반으로 길을 찾고 몇 미터 심도인지를 정확히 파악해 긴장을 놓치지 말라는 의미다.

지우가 사실 그의 일로 불안했다고 고백했을 때, 그는 다소 놀랐다. 병원에 있던 모습에 돌아가신 엄마와 겹쳐 보였다는 말에도 가슴이 먹먹했다. 그런 마음이었으리라고는 생각지 못했던 까닭이었다.

"난 항상 지우 너한테 돌아올 거다. 널 두고 깊은 곳에 있기엔 내 몸이 너무 뜨겁거든."

"피, 그러니까 항상 조심하라고요. 근데, 내 선물은 없어?"

"음? 어."

웃던 지우의 눈매가 단박에 싸늘해졌다. 째려보는 눈길에 가속도가 붙자 치해는 손을 올려 머리를 긁적였다.

"사실은 포장을 못 했어. 크리스마스에 줄 생각이었거든."

그럼 그렇지. 지우가 또다시 슬며시 웃었다.

"감안할 테니까 얼른 내놔 봐요."

치해가 침대 옆에 있던 협탁에서 목걸이를 꺼내 손에 쥐어주자 지우는 울퉁불퉁한 진주를 신기한 듯 쳐다보았다.

"직접 잠수해서 찾아낸 거야. 덕분에 조가비 꽤나 열었다. 마음에 들었으면 좋겠네."

"마음에 들어요."

"세공도 못 해서 예쁘지 않아."

"그래도 하나밖에 없는 거잖아. 세팅된 모양이 아닌 천연 그대로 내 남편이 직접 따다준."

진심으로 마음에 들었는지 지우가 희미하게 울먹였다.

"직접 차줄래요?"

지우가 손바닥을 내밀자 이내 치해가 목걸이를 들어 그녀의 목에 고리를 채워주었다.

"나 이런 거 처음 받아봐. 진짜 예뻐. 너무 마음에 들어."

울퉁불퉁한 모양새가 볼품이 없는데도, 마냥 좋아해 주는 지우가 고마워 치해는 그녀의 머리를 부드럽게 쓰다듬었다. 그녀 때문에 가슴이 너무 벅차서 가끔씩 뻐근하기까지 하다.

"선물이 이게 전부는 아니지?"

다른 기대가 섞인 치해의 물음에 진주를 만지작거리던 지우가 퍼뜩 고개를 들었다.

"뭐…… 다른 것 받고 싶은 것 있었어요?"

"왜 그래. 다 알면서."

치해가 눈썹을 음흉하게 파닥거리더니 지우의 몸을 바짝 끌어안았다. 허벅지 위로 감기듯 폭 안겨오는 그녀의 몸에 채 마르지 않은 물기가 촉촉하게 그의 맨살을 적셨다. 샤워 후 말리지 않은 머리카락 한 가닥을 귓등으로 넘기며 치해가 낮게 속삭였다.

"정말 몰라?"

그의 나직한 음성과 숨결이 귓속을 간질이자 지우의 몸에 소름이 돋아났다. 욕정이 배인 그의 숨결은 전희를 시작하기도 전에 전율을 먼저 퍼트렸다. 지우가 귓가를 간질이는 더운 열기를 피해 보려고 이리저리 고개를 흔들자 뜨거운 혀가 귓속을 파고들었다.

"핫!"

외마디 짧은 신음과 함께 지우가 허리를 뒤로 젖히며 그의 어깨로 손을 얹었다.

"속옷 안 입었지?"

얇은 슬립을 매만지던 치해가 그 속으로 쑤욱 손을 밀어 넣었다.

"역시."

매일 저녁 아무것도 걸치지 않고 맨살을 맞대며 자기를 원하는 그의 바람대로 지우가 슬립 안에 아무것도 걸치지 않았다는 것을 안 치해의 입술이 만족스럽게 벌어졌다.

치해는 젖혀졌던 지우의 상체를 다시 끌어당겨 봉긋하게 솟아 있는 한쪽 가슴을 움켜잡았다. 귓불을 빨고 가녀린 목선을 따라 혀끝으로 이곳저곳 핥고는 도톰한 입술을 입 안 가득 담았다.

말캉거리는 젤리를 입에 담은 듯 그녀의 입술을 잘근잘근 씹으며 가슴을 주무르던 치해는 손을 내려 탄력적인 엉덩이를 움켜잡았다. 그리고는 최종 목적을 달성하기 위해 실크 소재의 슬립을 서서히 걷어 올렸다.

슬립 밑단이 엉덩이를 타고 허리선을 지나 가슴 위까지 거침없이 올라오자 지우는 양손을 들어 올려 그의 움직임을 도왔다. 매일 밤 열정적인 그가 좋았다. 자신을 원하는 치해의 굶주림이 좋고, 뜨겁게 몰아치는 그의 격정적인 몸짓도 황홀했다.

야트막하게 가로막던 장애물이 머리와 손끝을 빠져나가자 실오라기 하나 걸치지 않은 지우의 몸 구석구석에 그의 시선이 강하게 박혀 들었다. 수없이 맛보고 눈에 담는데도, 그녀의 몸은 질리지가 않았다. 풍만한 가슴을 비롯해 도드라진 선홍색의 두 개의 정점은 여전히 심장을 뛰게 만들었고, 무성한 숲을 이루고 있는 음모는 보는 것만으로도 그의 몸을 활활 타오르게 만들었다.

그녀의 몸은 아름다운 절경과도 같다. 눈을 다른 곳으로 돌릴 수도 없고, 잠시의 깜빡임조차 아까우리만큼 매혹적인 풍경이다.

거칠게 울려대는 심장에 치해는 빠르게 옷가지들을 벗어 던졌다. 그의 허벅지에 올라앉았던 지우의 몸이 몇 차례 들썩인 끝에 균형 잡힌 단단한 몸이 태고의 모습 그대로 밖으로 드러났다. 분신 역시 이미 팽팽하게 부풀어 당당하게 솟아있었다.

"하아."

굵게 팽창한 남성을 그윽하게 내려다보던 지우가 뜨거운 숨을 내쉬었다. 이윽고 몰려들 환희에 몸서리치듯 가슴을 들썩이며 달뜬 숨을 토하자, 흥분이 극에 치달은 치해의 남성이 씰룩거렸다.

"훗. 거봐, 씰룩거린다니까."

"네 속살을 먹고 싶어서 그래."

성애의 속삭임을 노골적으로 풀어놓은 치해가 하얀 백지 같은 그녀의 가슴에 혀끝을 가져다 댔다. 꼿꼿하게 솟아오른 정점 주위가 타액으로 번들거리자 그는 젖어 있는 가슴을 닦아내듯 혓바닥을 길게 내밀어 핥아댔다. 넓게 펴든 혀에 두툼한 살이 흔들리고 유륜에 퍼진 돌기와 유두마저 휩쓸려 오르내렸다.

"아아!"

짜릿한 감각이 가슴 전면으로 퍼져 들자 지우는 허리를 한껏 뒤로 제치고 손바닥으로 침대를 지탱했다. 그로 인해 늘 비상하는 기분이었다. 집요하게 공략하는 재주로 잠자던 감각들을 깨운다. 그와 몸을 섞을 때면 어김없이 내면에 숨어 있던 또 다른 자신을 발견하곤 한다. 욕정으로 가득한 쾌락의 늪에 빠져 허우적대는 자신. 빠져나오려 해도 점점 더 빨려 들어가는 쾌락의 늪이 오늘도 어김없이 그녀를 잠식해갔다.

지우의 몸이 뒤로 젖혀져 무성하게 자란 검은 숲과 고운 빛깔의 붉은 꽃잎들이 그의 눈앞에 무방비한 상태로 드러났다. 한 팔로 그녀의 잘록한 허리를 감싼 치해는 손을 내려 아무런 방비 없이 얼굴을 들이민 클리토리스를 희롱했다.

"아, 흐으."

간지러운 듯, 야릇함이 좌악 쪼여들 듯 그녀의 단전으로 몰려들었다. 솟아오른 몽우리를 점령해 튕겨대는 그의 손길이 미치게 좋았다. 그가 매끄러운 계곡의 반질반질한 살점들 사이로 손가락을 끼워 길게 훑어대는 느낌은 말로 표현할 수 없는 쾌감으로 엉덩이를 들썩이게 만들었다.

벌써부터 말간 물기가 서려 주룩 흘러내리자 지우는 급격하게 허리를 튕겨 올리며 벌려진 다리를 오므렸다.

"흐웃. 아, 안 돼!"

절정의 단계를 밟고 싶지 않아서가 아니다. 물기가 서리기 시작하면서부터는 전율이 고통처럼 밀려들게 만드는 그의 집요한 손길 때문이었다.

"안 돼? 그럼 그만 할까?"

"못됐어, 정말."

"못된 건 너지. 이렇게 젖었으면서……."

그녀의 허벅지를 억지로 벌린 치해가 손끝에 힘을 줘 흥건하게 젖어 있는 꽃잎들을 길게 끌어올렸다.

"하학."

날쌘 감각이 빠르게 한곳으로 집중되자 지우가 몸서리치듯 움찔거렸다.

"거짓말만 하고 말이지."

치해는 그녀의 거짓말을 꾸짖듯, 벌을 주는 것처럼 격렬하게 여린 꽃잎들을 주물러댔다.

"치, 치해 씨. 살살해 줘. 오래 느끼고 싶은데, 못 견딘단 말이야!"

속셈은 따로 있었다. 오래도록 그를 느끼고 싶은.

격한 손길에 언제나 그를 먼저 갈구해 잡아당기고 만다. 애원으로 그의 남성을 집어삼키고 만다.

우악스러우리만치 거친 손동작이 이어질 때마다 지우는 바르작거렸다. 꽃잎을 쳐대듯 격하게 흔들 때마다 또다시 고통 같은 전율이 척척 들러붙었다.

"하아! 그, 그냥 들어와요. 미칠 것 같아."

그가 손으로 빠르게 돌기를 비벼대는 자극에 결국 지우는 참지 못하고 애원을 토했다.

"기다렸다. 각오해."

치해가 묵직한 분신을 입구에 붙여대자 그녀의 여성이 벙긋거리며 먼저 반응을 보였다. 마치 야금야금 물어뜯을 듯 굵은 기둥을 유혹했다.

그녀가 다리를 벌린 채 뒤로 상체를 기울인 탓에 젖어 있는 여성과 잔뜩 흥분한 분신이 하나 되는 장면을 지켜보며 치해는 귀두부터 뿌리 끝까지 깊숙이 밀어 넣었다.

"하악!"

그의 분신이 뿌리까지 여성 안으로 박혀 들자 지우는 거친 탄성을 내뱉었다. 서서히 그의 분신이 여성을 채우고 들어오는가 싶더니 끝도 없이 밀고 들어왔다. 몸 안을 가득 채운 충만감에 저절로 고개가 젖혀졌다. 곧이어 끝을 알 수 없는 아득함에 정신이 흐릿해졌다.

"아아."

충족감으로 들러붙는 살점들이 옥죄어들자 치해 역시 나른한 신음을 토했다. 내벽의 자잘한 주름들까지 살살이 달려들었는지 분신이 막혀오는 숨을 토로하고, 귀두는 맞이한 샘물이 뜨겁다고 난리를 쳐댔다. 흐르는 애액만큼이나 그의 이마로 땀이 송골송골 맺혀들었다.

"웃, 지우야!"

숨을 고르던 치해가 미간을 찌푸리며 그녀의 허리를 움켜잡았다. 페니스를 삼킨 지우가 엉덩이를 들어 올리고 내려앉기를 반복하고 있었다. 쉴 틈을 주지 않는다고 나무라면서도 그녀 역시 정작 정염의 불길 앞에 몸을 불태우기를 서슴지 않았다.

혈액이 팽팽하게 몰린 그의 둥그런 귀두 부분까지 엉덩이를 치켜든 지우가 교성을 흘리면서 다시 주저앉았다. 농익게 흘린 탄성만큼 그녀의 질 속이 꽉 여물어 페니스를 오롯이 옭아맸다.

빨려 나가고 빨려 들어가기를 반복하는 남성에 치해 역시 그녀의 골반을 벌리듯 우악스럽게 움켜쥐고 허리를 튕겨댔다. 그녀가 치솟을 때 매트리스를 짓눌러 한껏 물러섰다가, 내려앉는 타이밍에 맞춰 탁탁 강하게 끊어댔다.

"아아, 아아, 아아."

색스런 교성이 고양이 울음처럼 흘러나왔다. 젖은 살점이 격하게 맞물려 철퍽거리는 소성과 박자를 이루더니, 치해의 낮은 바리톤 신음이 간간이 하모니처럼 곁들여졌다.

몸속 곳곳에 서리는 지독한 쾌감. 그의 남성에 들러붙는 여린 속살들을 이끌고 올라가기를 반복할수록, 지우는 따라붙는 희열에 허리마저 요란하게 흔들었다. 아랫배가 딴딴하게 전율을 머금었다. 그의 굵직한 표피를 옭아맬수록 격한 만족감이 절정에 손짓했다.

치해가 그녀의 유두를 물어뜯듯 이로 깨물었다. 흔들리는 반동에 물린 유두로부터 찌릿한 진동이 일었다. 지우는 그의 머리를 부둥켜안고 연신 교성을 흘려댔다. 그의 남성을 빨아들이는 내부가 온통 쾌감 투성이었다. 그의 입속에 담겨든 가슴에 아찔한 감각이 머물렀다.

"하아, 치해 씨!"

"지우야, 웃."

예민한 귀두가 벌름거렸다. 긁혀든 내벽이 딴딴해졌다. 절정을 향해 치달아가는 그들의 은밀한 곳이 씰룩이고 경직을 새기자, 홍분으로 일그러진 치해와 지우는 서로의 이름을 불러대며 연신 몸을 흔들었다.

맞부딪친 음모가 엉키듯 서로의 음부를 까슬까슬하게 자극하고 흘러내린 애액이 그의 고환을 적셨다. 쏟아지는 형광등 불빛이 별처럼 서로의 머릿속에 박혀 들자 마지막 절정을 향해 나아가는 그들의 몸짓이 더욱 격렬해졌다.

박차를 가하듯 서로를 향해 치받는 격정의 몸짓이 한없이 고조되던 그때, 지우가 일순 경련하며 움직임을 멈췄다.

"하아아아앗!"

어딘지 모를 곳으로 떨어지는 아찔한 오르가즘으로 그녀의 내부가 남성을 옥죄자, 치해 역시 거친 신음을 토하며 절정을 맞이했다. 그녀의 골반을 지탱하듯 붙잡은 치해는 몸을 떨어대며 미간을 잔뜩 좁혔다.

툭.

누가 먼저라 할 것도 없이 그들은 함께 침대 위로 쓰러졌다. 거친 숨을 내쉬기를 반복하다, 절정의 나락에 떨어진 지우가 고르게 숨을 내쉬며 잠들었다.

그녀의 머리를 쓰다듬던 치해가 막 몽롱한 상태로 접어들던 그때, 달콤한 순간을 방해하는 소리가 집 안을 울렸다.

딩동.

초인종 소리에 치해가 나른한 몸을 일으켰다. 벽시계로 시간을 확인한 치해가 인상을 찌푸렸다. 밤 9시에 신혼집을 찾아들 염치없는 짓거리를 할 사람은 석호밖에 없을 거란 생각 때문이었다.

새벽녘에 지우를 한 번 더 가져야 할 텐데, 아마도 술을 사들고 찾아오지 않을까 싶다.

"누구세요?"

가운을 걸친 치해가 거실로 나가 퉁퉁거리며 방문객을 확인했다.

"나다."

염치없는 사람은 다름 아닌 규왕이었다. 잠도 없는 노인네가 급기야 손자며느리를 보기 위해 동해로 찾아들자 치해의 입술이 경련을 일으켰다. 또 얼마나 머물다 가실는지.

"이놈, 문 안 열어!"

매일 밤, 늦게까지 지우를 뺏겨야 하는 인물의 방문이 달가울 리 없는 치해는 진심으로 문을 열기가 싫었다.

※

"하나, 우리는 해양치안의 주역으로서 어떠한 고난에도 굴하지 않고 헌신하는 충성스런 해양경찰이다. 둘, 우리는 법과 정의의 상징으로서 오직 양심에 따라⋯⋯."

"목소리 봐라. 피죽도 못 먹었지?"

석호는 갓 들어온 새내기 대원 한 명을 괴롭히는 재미를 만끽하고 있었다.

이번에 들어온 신입은 제법 질기다. 작년에 들어온 윤진태 대원이 강령과 헌장을 되풀이한 지 정확히 두 시간 만에 울먹인 반면, 이번 놈은 절대 만만치 않다는 것을 몸소 보여줄 듯 네 시간이 넘어가는데도 흐트러짐이 없었다.

"후우, 또 시작이군."

여객선 스크류를 봐달라는 신청에 묵호항을 다녀온 치해는 전용항구 입구에서 퇴근시간이 되어가도록 새 대원을 괴롭히고 있는 석호를 쳐다보다 나직하게 한숨을 내쉬었다. 저 녀석이 상사가 아닌 게 정말 다행스럽다.

"강석호."

"어, 왔어?"

괴롭히는 맛이 쏠쏠한지, 석호는 다가와 어깨를 툭 치는 치해마저 시큰둥하게 쳐다보았다.

"퇴근 안 해?"

"안 해."

단칼에 끊어버리는 석호의 말은 즉, 새 대원과 더 많은 시간을 나누고 싶다는 뜻이었다. 흐트러짐 없이 헌장을 읽던 새내기가 살포시 미간을 찌푸렸다.

"가자. 기분 좋은 기념으로 내가 술 한 잔 사마."

술이라면 사족을 못 쓰는 석호가 그제야 눈을 빛냈다.

"돼지껍데기?"

반색하는 걸 보니 이미 넘어왔다. 치해가 고개를 끄덕이자 석호는 새 대원을 쳐다보지도 않은 채 그만 가보라는 듯 손을 휘저었다. 비로소 풀려나게 된 이가 뒤도 돌아보지 않고 줄행랑을 쳤다.

"왜 또 괴롭혀? 많지도 않은 대원을."

"괴롭히긴 누가. 그나저나 좋아하지도 않는 술을 사줄 만큼 기분이 왜 좋으실까?"

석호가 눈썹 두 개를 끊임없이 위아래로 흔들어대며 궁금해하자, 치해가 스윽 팔목을 들어 보였다.

"헉."

예상했던 반응보다 더했다. 시계를 향해 한곳으로 몰린 석호의 동공이 그야말로 뛰용, 튀어나올 것처럼 도드라지고 커다랗게 벌린 입으로는 치해의 팔을 집어삼킬 것처럼 커다랗게 벌어졌다.

"지우 씨가 해 준 거냐?"

"물론이지."

"너!"

벌컥 화를 낼 것처럼 석호가 손가락 하나를 치해의 코앞으로 들이밀었다.

"장가 잘 갔구나!"

그 이후로 치해의 팔뚝을 움켜잡은 석호는 내내 떨어질 줄을 몰랐다. 껍데기를 굽는 중간 중간에도 황홀하게 쳐다보더니 술을 턱으로 마시는지 계속 흘려대기까지 했다.

지우가 사준 거라며 더럽게 흘려대지 좀 말라는 치해의 구박에 치사할 법도 하건만, 석호는 부러움으로 계속 침과 뒤섞인 소주를 흘려댔다.

※

12월 23일 해양경찰의 날.

동해지방청 대강당에서 열린 행사에 참석한 석호는 짜증이 한 껏 서린 표정으로 치해를 노려보는 중이었다. 지우와 한 몸인 듯 그녀의 등에 손을 올린 치해의 손에 꼭 본드를 칠해 놓은 듯한 착각마저 들었다.

썩을 놈. 솔로로 외로워하는 친구를 옆에 두고 꼭 저렇게 티를 내야만 할까. 아, 외롭다. 가을을 지나 겨울도 남자의 계절인가 보다.

"우리 치해 씨 얼굴에 구멍 날 것 같거든요? 그만 좀 째려보세요."

샴페인 한 모금을 마신 지우가 보다 못해 석호를 타박했다. 그러자 킥킥대는 치해의 웃음 사이로 기가 막힌다는 듯 석호가 희한한 헛숨을 터트렸다.

"허헛. 구멍이 나더라도 째려볼 겁니다. 또 모르죠, 여자를 소개시켜주면 중단할지."

"어머, 제가 왜요?"

석호의 새치름한 반응에 지우는 깜짝 놀랐다는 듯 가슴에 손을 얹고 물었다.

"그 반응은 뭡니까? 왠지 표정이 좀 떨떠름합니다?"

"당연하죠. 솔직히 강 경사님을 어떻게 소개시켜줘요? 우리 치해 씨처럼 얼굴이 잘생긴 것도 아니죠. 해경치고는 몸도 좀…… 거기다 성격도 안 좋잖아요."

그를 향한 지우의 해석에 석호가 할 말을 잃은 듯 입술을 떡 벌렸다. 어처구니가 없어 콧김이 새어나오려는데, 여전히 지우의 등에 손을 댄 치해가 살짝 콧등을 찡그렸다.

"우리 지우가 좀 솔직해."

염병 맞을. 저놈이 더 밉다.

"그지같은 시키."

"저것 봐. 입도 걸쭉하시다."

"좀 그래."

석호의 애교스런 욕설에 지우와 치해가 서로를 쳐다보며 저들이 이해하자는 듯 고개를 끄덕이며 쑥덕거렸다.

아, 혈압! 석호는 더는 이곳에 머물 수가 없을 것 같았다. 아니, 저들과 좀 떨어져 있어야겠다.

석호가 그들과 떨어지기 위해 막 한 발을 내디딜 때, 앞을 향했던 시선에 박혀 든 인물로 그의 입술이 일순 멍하게 벌어졌다.

몸에 착 달라붙은 드레스를 입고 걸어오는 여자는 다름 아닌 수천이었다. 무릎 위를 살짝 덮은 드레스 끝자락이 복숭아 속살처럼 먹음직스럽고, 종아리부터 흐르듯 이어진 굽 높은 힐이 매끄러운 선과 일체감을 줘 주위 남자들의 시선을 힐끗힐끗 받아내고 있었다.

오랜만에 봐서 그런가. 무척이나 예뻐진 느낌이다. 아니, 도도해서 그렇지 예쁘기는 예전부터 예뻤다.

해경의 날이라 아름답게 치장한 수천의 등장에 석호의 입술은 다물어질 기미를 보이지 않았다.

"결혼식에 못 가서 미안해요. 전출 근무만 아니라면 꼭 가고 싶었는데. 그래도 신문에서 보고 축하는 했답니다."

다가온 수천이 활짝 웃으며 치해와 지우에게 차례로 손을 내밀었다. 굳은 듯 선 석호를 잠시 곁눈질로 보더니 또다시 부부를 응시하며 입술을 늘였다.

"감사합니다. 돌아오신 겁니까?"

치해의 물음에 수천이 고개를 끄덕였다.

"그렇게 됐네요. 어지간하면 동해 말고 다른 곳으로 가려고 했는데."

"덕분에 누구는 좋겠습니다."

수천이 무슨 뜻이냐는 듯 치해를 쳐다볼 때, 남자 하나가 조용히 그들 곁으로 다가와 그녀에게 음료수가 든 잔을 내밀었다.

"아, 고마워요."

잔을 받아든 수천의 늘어진 입술 끝에 어색함이 걸렸다.

"고맙긴요, 아리따운 여자에게 음료를 건네는 건 선택된 남자의 특권이죠."

청량감으로 통통거렸던 공간이 남자의 말에 단숨에 느끼해져버렸다. 단 한 사람, 석호만이 불현듯 나타난 남자를 죽일 듯이 응시했다.

한참 동안 이리저리 기웃거리며 돌아온 인사를 전하던 수천은 휴게실에서 구두를 벗고 부은 발을 주물렀다. 새로 산 구두라서 그런지 늘어나지 않은 가죽의 압박감으로 통통 부은 발에선 열이 났다.

"후우."

수천의 입술을 뚫고 한숨이 새어나왔다. 함께 온 이를 생각해서라도 나가봐야 할 텐데 도통 나가기가 싫었다.

삐걱.

빠끔히 열리는 문소리에 수천은 재빨리 주물러대던 발을 내려놓고 고개를 치켜들었다. 석호가 주위를 두리번거리더니 후다닥 안으로 들어섰다.

볼썽사나운 모습을 보인 것 같아 수천은 황급히 구두를 신었다. 창피함으로 발의 열기가 얼굴로 밀려든 듯 후끈거렸다.

"아!"

구두에 대충 발을 구겨 넣고 일어서려던 수천이 발바닥을 찌르는 통증으로 몸을 휘청거렸다. 석호가 재빨리 다가가 그녀의 허리를 껴안고 넘어지는 것을 막아주었다.

"그러게 왜 어울리지도 않은 차림으로 나타나서 이럽니까!"

세상에. 6개월 만에 만나 나누는 첫 대화가 타박이라니.

내심 은근슬쩍 기대했던 반가움조차 없는 모양이었다. 석호의 신경질적인 말투에 수천의 미간이 확 구겨졌다.

"어울리든 안 어울리든, 경사가 왜 신경 쓰나!"

"앉으십시오."

"비켜."

"앉아요!"

목청을 높인 석호의 위압감에 눌려 수천의 어깨가 일순 움찔거렸다. 짜증이 섞인 것도, 날카로운 신경질이 배인 것도 아니다. 여태껏 한 번도 들어보지 못한 음색이었지만 그 속에 요상한 기운이 섞여 있었다.

수천이 조용해지자 석호는 그녀의 어깨를 눌러 소파에 앉히고는 구두에서 발을 빼내 주물렀다.

"뭐, 뭐하는!"

"구조 중입니다. 무거운 몸무게에 짓눌려 압사 직전인 발을."

정말 얄밉게 말하는 남자다. 생긴 것만큼이나 얍삽하다.

그런데도 발을 빼지 못하는 건…… 흠, 시원해서다. 그저 시원해서이지 그가 누르는 압력이 좋다거나 좀 더 손길을 느끼고 싶다거나 그런 게 절대 아니었다. 아니…… 아닐 것이다.

수천이 가슴속에 모락거리는 감정을 애써 부인하던 차에 석호가 고개를 들고 그녀를 마주했다.

"같이 온 남자, 누굽니까."

"알려줘야 하나?"

"남자친구입니까?"

"관심 꺼."

"남자친구입니까?"

석호는 재차 물으며 수천의 발을 꽉 움켜쥐었다.

"아!"

수천이 얼굴을 찡그리며 그에게 발을 빼내려 바동거렸다. 그럴수록 석호가 더욱 세게 힘을 가하자, 할 수 없이 버둥대던 몸짓을 멈추고 체념 섞인 목소리를 토했다.

"선 본 남자야."

"선?"

"남해지방청에서 근무해. 아버지의 소개로 만났어. 결혼을 종용 중이시거든."

수천의 설명에 석호의 미간이 급격하게 구겨졌다.

"그래서 할 겁니까?"

"뭐?"

"그 남자랑 결혼할 거냔 말입니다."

"해야겠지. 결혼 안 하면 일을 그만두라고 협박 중이시니까. 아마도 일 때문에 남자에 관심이 없다고 생각하시나 봐."

해야겠지? 화딱지가 가슴속에서 불끈불끈 솟아올라 석호는 시선을 내리고 그녀의 발을 욱신거리도록 주물러댔다.

"그 남자가 좋아서는 아니고요?"

"이번이 두 번째 만남이야. 좋네, 싫네 할 만한 감정을 나눌 시간도 없었어."

그나마 감정이 없다는 것에 안도가 석호의 가슴으로 박혀 들었다. 수천에게 남자가 생길 거라고는 생각해 본 적이 없었다. 괴물 같은 성격을 받아줄 남자가 있을까 싶었지만, 함께 온 남자는 수천을 당장에라도 먹어치울 듯 황홀하게 쳐다보고 있었다.

사내의 욕정이 담긴 그 시선에 석호는 그녀를 아무에게도 주기 싫다는 감정을 마주했다. 황당한 감정이었지만 그녀 곁에 자신이 아닌 다른 사내가 선다는 것을 상상하기도 싫었다.

"결혼 안 하면 일 못합니까?"

"아마도."

낙담으로 내뱉은 수천의 한숨이 그의 머리에 스며들었다. 머리카락을 한 올, 한 올 제치고 스며든 열기에 석호가 발을 내려놓고 벌떡 일어섰다.

"그럼 나랑 합시다. 그 결혼."

"뭐?"

수천의 경악한 시선이 석호의 눈을 응시했다. 점차 째려보는 시선으로 바뀌자 그는 재빨리 상체를 숙여 그녀의 입술에 쪽, 입맞춤하고 입술을 떼어 냈다.

"남 주기 싫거든요."

화르르르. 짧은 입맞춤과 석호가 내뱉은 낯 뜨거운 말에 수천의 얼굴이 새빨갛게 달아올랐다. 저런 말을 할 줄 아는 남자였나? 아니, 그보다 뭐? 남 주기 싫어? 결혼하자고?

여심을 뒤흔드는 설렘과 흥분이 심장 표피를 뚫어, 지기 싫어하던 수천이 말을 토하지 못하고 입을 벙긋거렸다.

"직급 운운하지 말 것. 무조건 '네'만 할 것. 그리고 정책 사업이라고 이상한 일 물어오지 말 것. 또 뭐가 있더라······?"

진심으로 골똘히 생각하는 석호의 말에 수천은 벌떡 일어서 석호의 정강이를 걷어찼다.

"컥!"

석호가 정강이를 부여잡고 휴게실을 뛰어다니자, 수천은 한순간이라도 설레었던 자신의 가슴을 후벼 파버리고 싶었다.

"아씨, 때리지 말 것!"

조항 하나를 더 가져다 붙이는 석호를 향해 수천은 달려들었다. 저 자식과 결혼을 하느니 차라리 일을 그만두는 것을 선택할 것이다.

그때, 밖으로 흘러나오는 소음에 문고리를 비틀려던 치해와 지우는 함께 어깨를 흔들며 키득거렸다.

"큭큭큭."

"석호 씨는 너무 여심을 모르는데요? 당신이 좀 가르쳐주지 그래요?"

겨우 웃음을 멈춘 지우가 안에서 투덕거리는 소리에 치해의 어깨를 슬쩍 찔렀다.

"내가? 아직까지도 연지우 마음을 모르는데?"

"날 단단히 잡았잖아. 그것만으로도 충분한 거 아닌가?"

"연지우가 누군데. 평생 날 긴장시키면 살걸?"

지우의 눈이 점차 가늘어져 고개마저 옆으로 돌아가자 치해는 재빨리 가녀린 허리를 잡아채고 아랫도리를 비벼댔다.

사실 마주치는 눈길 속에 스며드는 열기를 외면하지 못하고 서로를 갈구하는 욕구를 해결하기 위해 휴게실을 찾은 참이었다. 지우의 눈길이 매서워지기 전에 치해는 얼른 화제를 돌렸다.

"아마도 이곳은 안 되겠다. 식기 전에 얼른 다른 곳 가자."

"어머. 이젠 식기도 해?"

"아니. 나 말고 너."

그때, 휴게실 문이 벌컥 열렸다. 흠칫거린 수천의 어깨너머로 머리가 쥐어뜯긴 듯 볼썽사납게 흐트러진 석호가 울상을 짓고 있었다.

"저것들은 왜 또 저렇게 붙어 있어!"

지우와 치해의 엉켜 있는 모습에 석호의 울부짖음이 휴게실을 가득 메웠다.

그런데도 그들은 떨어지지 않았다. 깊은 인연이 가져다준 영원을 한 몸으로 누렸다.

에필로그. 2

"6주? 축하해."

지우가 마시려던 찻잔을 내려놓고 수천의 손을 맞잡았다.

"축하는. 창피해 죽겠어. 아이 가질 때마다 이렇게 민망한 사람은 나밖에 없을걸?"

수천이 얼굴을 붉혔다. 지우의 입술이 피식 벌어졌다. 결혼도 하기 전에 속도위반으로 뱃속에 아이부터 생겨 결혼식을 올렸던 그녀는 아들이 생후 7개월째로 접어든 지금 또다시 임신을 했다는 사실이 민망한 모양이었다.

"확실히 빠르긴 하네. 그래도 사랑스럽잖아."

지우는 바닥에 침을 질질 흘리고 있는 아들, 재원을 흐뭇하게 응시했다. 치해가 전해 준 또 하나의 행복과 기쁨. 그녀의 모든 것을 내놓아도 아깝지 않은 보물.

그 곁으로 수천과 석호의 사이에서 태어난 중인이 침을 길게 늘어뜨리며 뻘뻘 기어오고 있었다. 재원보다 한 달 먼저 태어난 중인이 역시 행동이 빠르고 다부졌다.

"그렇게 사랑스러우면 또 하나 가져. 그래, 그럼 되겠다. 이번에도 산부인과에 같이 다니면 정말 좋겠네!"

얼굴을 붉히던 수천이 손바닥까지 짝짝 마주치면서 물귀신처럼 지우를 물고 늘어졌다. 건강한 출산을 위해 산부인과를 비롯해 산모 요가와 수영을 함께했던 터라 수천은 2세 계획을 대신 세워주기라도 할 듯 눈을 빛냈다.

"난 일 년 후쯤에. 연년생은 아무래도 힘들 것 같아."

지우는 슬그머니 발을 빼냈다. 그녀는 재원을 가졌을 때부터 잠시 일도 중단한 상태였다. 주로 외국 기업체를 맡아왔던 CEO에게 회사 일을 맡기고 중요한 결정 사항만 그녀가 결정을 내리고 있었다.

아들에게 세심한 정성을 쏟아내느라 일을 병행하기 힘들어져 그런 결정을 내렸지만 지우는 한 번도 후회하지 않았다. 도우미 아줌마의 손길 없이도 유아식을 척척 준비할 정도로 가족에 충실하고 있는 삶이 행복했다.

아이의 웃는 얼굴이 그녀를 매 순간 행복하게 만들었다. 치해의 판박이 같은 얼굴로 방실방실 웃어대는 모습이 가슴을 저리게 할 정도였고 가끔 아빠의 품에 늘어져 자는 재원을 보고 있노라면 눈시울까지 붉어졌다.

하지만 투정부리는 아들 앞에선 언제나 속수무책이었다. 재원이 세상 무엇과도 비교할 수 없는 소중하고 아름다운 보물임에는 틀림없었지만, 사실 육아의 길은 멀고도 험했다. 부족한 잠은 둘째치더라도 아이가 이유 없이 울고 보챌 땐 정말 미쳐서 펄쩍펄쩍 뛰고 싶을 때가 한두 번이 아니었다.

"그러지 말고 생각해 봐. 힘들어도 한꺼번에 키워내는 게 훨씬 낫다더라."

"꼬시지 마."

수천이 계속 달콤한 유혹을 토했지만 지우는 생각이 없다는 듯 찻잔을 다시 들어 입가로 가져갔다.

"치해 씨한테 넌지시 얘기해 보라고 해야겠다."

"어머, 야!"

남편인 석호를 종용해 치해의 심리를 건드리겠다는 계획. 생각보다 집요한 수천에게 지우는 꽥 소리를 질렀다. 찻잔 속의 국화가 창문만 열면 내다보이는 바다처럼 일렁거렸다.

"어쩜 벌써 듣고 달려오는 중일지도?"

수천이 새침하게 고개를 틀어 올렸다. 눈이 동그래진 지우의 입술이 멍하니 벌어졌다. 생각해 보니 파트너인 석호에게 둘째 소식을 들었을 테니, 오늘 밤 잠은 다 자지 않을까 싶은 염려가 머릿속을 압도적으로 채웠다.

안 그래도 병원에서 부부관계에 대한 허락이 떨어지게 무섭게 덤벼들었던 그였다. 아이 때문에 잠이 모자라 죽겠는데 치해는 이틀이 멀다 하고 그녀를 괴롭히고 있었다. 녹초가 되어 쓰러져 일어나지도 못할 정도로 지우를 무겁게 가라앉히고는 잠에서 깬 재원을 하늘 높이 비행기 태우고 놀아주기까지 했다. 지친 그녀를 위해서라는 것을 알지만 어쩔 땐 무쇠 같은 그의 체력이 무서울 정도다.

"재원이 우리 집에서 재울까? 불타는 밤을 위해서라면 며칠이고 봐줄게."

지우의 미간이 점점 좁아지자 킥킥거리던 수천이 한술 더 떴다. 동해에서의 유일한 친구를 향해 지우의 눈초리가 무섭게 날아들었다.

"됐어!"

"그, 그만."

말아 쥔 지우의 주먹이 치해의 등을 두드렸다. 입 안을 가득 채웠던 치해의 혀가 빠져나가자 지우는 숨을 몰아쉬었다.

"나도 가지고 싶어."

치해의 단단한 팔이 지우의 등과 허리를 꽉 감쌌다. 높이 치솟은 남성으로 그녀의 아랫배를 위협적으로 압박하더니 허리를 슬슬 돌리며 노골적으로 문질러댔다.

넓은 어깨와 단단하게 굴곡진 근육들이 드리워진 팔. 지우는 남성적인 체취가 묻어나는 그의 상체를 달래듯 부드럽게 쓸었다.

"나중에. 재원이가 걸어 다닐 때쯤 생각해 보자고요."

예상대로 석호에게 둘째가 생겼다는 것을 전해 듣고 온 치해는 재원이 일찍 잠이 들어버린 것을 확인하자마자 무섭게 덤벼들었다. 지우가 단호하게 고개를 저었는데도 그는 계속 둘째 타령이었다. 옷을 벗기고 진한 키스로 입속을 헤집는 동안에도 그는 설득과 애원을 반복했다.

"널 닮은 딸을 낳자."

"두 살 터울이 더 좋대. 조금만 더 있다가 가지면, 웃."

채 마치지 못한 지우의 말끝이 탄성으로 마무리 지어졌다. 하체를 들썩인 치해가 장대하게 부푼 페니스로 수풀이 우거진 그녀의 작은 둔덕을 찔렀기 때문이었다.

맞붙은 알몸에서 열이 났다. 사각사각, 수풀이 비벼지는 자잘한 소성이 귓전을 맴돌자 지우는 탄탄한 그의 등을 꽉 껴안았다.

"난 가져야겠어."

토해낸 말을 곧장 현실화시킬 듯, 등을 감싸고 어루만졌던 치해의 손이 가슴으로 내려앉았다. 유륜을 느끼듯 손가락으로 유두 주위를 뱅뱅 돌자 지우의 입술 새로 신음이 흘러나왔다.

"하아……."

선홍색 유두가 팽팽하게 일어섰다. 그가 전하는 쾌락의 시발점에서 젖꼭지가 꼿꼿하게 발기해 짜릿함으로 부르르 떨렸다. 그가 고개를 내려 젖가슴을 혀로 길게 핥았다. 빨아내고 쪽쪽 입을 맞추더니 흥분이 몰린 유두를 혀로 튕겨 올렸다.

"아!"

곤두선 유두가 튕겨지는 속도에 맞춰 지우의 탄성이 방 안 천장을 맴돌았다. 그가 혀로 정점을 휘감고 건드리면서 아래로는 계속 페니스로 여성을 위협하듯 질구를 지분거렸다.

빽빽하게 당겨오는 아랫배에서 무언가가 몽글거렸다. 허벅지 사이 중심부에선 벌써 물방울이 맺힌 듯 그가 허리를 움직여 질구를 야트막하게 찔러댈수록 잘박거리는 젖은 소성이 새어나왔다.

가슴을 덥석 문 치해가 유두를 이로 자근자근 깨물었다. 어느새 딱딱하게 일어선 정점이 그의 치아 사이에서 요리조리 흔들렸다. 미끈하게 빠져나가는 정점을 또 물고 혀로는 작게 돋은 유륜을 훑자 지우가 허리를 비틀었다.

"흐읏. 치해 씨!"

열기 섞인 부름에 화답하듯 그의 다른 한 손이 지우의 남은 가슴 한쪽마저 덮었다. 손바닥의 온기가 스며들기도 전에 치해가 손가락 사이에 유두를 끼고 흔들어댔다. 지우의 가슴이 파도처럼 출렁거렸다. 혀에 사로잡힌 그녀의 다른 한쪽에선 철썩철썩 파도가 부서져 내리는 소리가 울려 퍼졌다.

지우의 상체가 더욱 비틀렸다. 탄성이 점차 격앙지게 토해져 나올수록 흥분이 빠른 속도로 그녀의 몸 구석구석을 타고 돌아다녔다.

저릿저릿한 전율로 달궈진 유두와 가슴이 터질 듯 부풀자 치해는 그제야 지우의 가슴에서 손을 떼어 냈다. 숨을 돌릴 틈도 없이 그는 그녀의 배를 쓰다듬으며 손을 밑으로 내렸다. 까슬까슬한 숲을 지나 매끄럽게 굽이진 계곡을 어루만졌다.

"하! 흐, 훗."

탄성과 가쁜 숨이 뒤엉켜 지우의 입술 사이를 비집고 흘러나왔다. 치해의 뜨거운 체온이 중심부로 스며들수록 그녀의 신음소리가 깊어졌다.

치해의 손가락이 민감한 정점을 놀리듯 건드렸다. 꾹 눌렀다가 툭툭 건드리고는 손끝으로 살살 긁어댔다. 중심부에서 피어오르는 아찔한 전율에 지우는 온통 멍멍한 감각에 사로잡혔다.

검지에 눌렸다가 몸을 일으킨 클리토리스가 팽팽하게 솟아올랐다. 지우의 정수리까지 전율이 뻗친 그때, 그가 손가락으로 정점을 집어내 붙잡고 돌렸다. 지우의 내부 역시 뱅뱅 돌았다. 머리가 어지럽게 돌고 뜨거워진 피가 마구 뒤엉켜 혈관까지 뒤틀린 느낌이었다.

뱃속이 아플 정도로 뻐근하게 당기는 것만 같았다. 짜릿한 감각으로 온몸이 떨려 오한까지 드는 기분.

그 기분이 점차 짙어지는데도 치해는 그녀를 숨도 쉬지 못하게 만들어 버릴 생각인지 손가락 사이에 끼운 채 주위의 살점들과 함께 강하게 문질러댔다. 쾌감이 몰려 돋아난 그 정점을 치해가 엄지와 검지로 비벼대자 지우의 허리가 활처럼 휘었다.

"하악!"

지우의 비명을 시작으로 그는 더욱 짙은 향락의 세계로 그녀를 이끌었다. 손가락으로 정점을 감싸듯 쥐고는 위에서 아래로 길게 훑어 내렸다. 그녀의 허리가 시트로 닿을 새도 없이 치해의 손가락은 또다시 아래에서 위로 계속 훑기를 반복하며 완급을 조절했다.

그녀의 작은 성기가 그의 손가락 안에서 춤을 췄다. 그때마다 지우는 흐느낌 섞인 신음을 흘리며 그의 손동작과 함께 허리와 엉덩이를 들썩였다.

손바닥으로 침대를 지탱한 지우의 손등에 힘줄이 돋았다. 온몸의 털이 곤두서버린 것 같았다. 팽팽하게 부푼 신경이 조각나 버린 것처럼 온몸이 저릿한 전율로 물들어 숨을 쉬는 것조차 벅찼다.

진한 쾌감을 견디지 못한 몸에 소름이 돋았다. 지우의 뜨거워진 몸에 땀방울이 맺히자 치해는 지독한 열기가 고인 그녀의 질속으로 손가락을 밀어 넣었다. 울음을 터트릴 것 같은 지우의 날카로운 신음과 함께 질속을 뱅글뱅글 돌리던 그의 손가락 사이를 비집고 애액이 흘러나와 시트를 적셨다.

"아흑!"

흐르는 샘물을 매끄럽게 휘저어대며 그녀의 질속을 유영하던 치해의 손가락이 하나에서 두 개가 되어 왕복했다. 질 내벽을 훑고 지나가는 감각에 지우의 몸이 경직된 채 부들부들 떨림이 찾아들었다.

"벌써 가버리면 안 돼."

낮게 속삭이는 치해의 목소리가 허스키하게 흘러나왔다. 두껍게 팽창한 분신의 그녀의 무릎을 찌르고 검지와 중지가 합쳐진 그의 손가락은 질속에 감춰진 야들야들한 속살을 날카롭게 자극했다.

"하아, 하아, 하아."

지우는 숨을 헐떡였다. 그가 전하는 강렬한 쾌감에 미칠 것만 같았다. 멍멍했던 머리가 지끈거릴 정도로 아팠다. 열기가 똘똘 뭉친 뱃속은 불편할 정도로 꿈틀거리고 그가 찾아든 중심부는 손가락의 움직임을 따라 계속 수축하고 이완하며 맑은 물기를 흘렸다.

"들어와. 그만 하고 채워줘요!"

애써 짜낸 지우의 목소리가 동물의 포효처럼 흘러나왔다. 전율이 곳곳에 서린 몸은 지독한 병에라도 걸린 것처럼 아렸다.

지우의 갈증 어린 음성에 화답하듯 그가 몸을 겹쳤다. 속을 채웠던 손가락을 쑤욱 빼내고는 단 한 번의 몸짓으로 그녀 안으로 파고들었다.

"하으으, 하악……."

고통 같은 쾌감으로 지우는 몸을 떨었다. 그가 깊숙하게 들어와 뱃속까지 채우는 자극에 숨을 내쉬어야 할지 들이마셔야, 본능적인 것조차 잊어버렸다.

"느껴져?"

"훗."

허리를 뱅글뱅글 돌리던 치해가 몸을 길게 뒤로 빼내고 또다시 깊숙이 찾아들자 지우는 숨을 멈췄다. 그가 짓궂게 입술을 늘이며 질구까지 페니스를 빼냈다. 강렬하게 내벽을 뒤흔들며 또 한 번 들어서자 그녀의 얼굴이 쾌감으로 일그러졌다.

"나를 느끼는 네 얼굴. 미칠 것 같다."

지우의 속살이 엉키듯 그의 남성을 감쌌다.

"내가 전해 주는 자극에 인상을 쓸 때마다……."

말을 이어가며 허리 짓을 하던 치해가 잠시 호흡을 멈췄다. 지우의 속살이 밀치듯 물러난 그가 내벽의 살점을 가르며 들어서 곧장 그녀의 귓가에 속삭였다.

"가버릴 것 같아."

그윽하고 색스럽게 귓속을 채웠던 음성과는 달리 치해는 절정으로 향해 허리와 엉덩이를 무서운 속도로 흔들었다.

지우는 간당거리는 숨을 힘겹게 내뱉으며 신음했다. 그가 몸 안을 꽉 채우고 관통할수록 전율을 이기지 못하는 몸이 간헐적으로 흠칫흠칫 퍼덕였다.

좁은 통로를 가르며 깊숙하게 파고드는 치해의 몸짓에 침대가 덜컹거렸다. 그의 몸에 눌린 지우의 뽀얀 살이 열기에 물들어 발갛게 물들었다. 절정이 가까워질수록 그녀의 몸은 노을처럼 물들었다.

맞물린 중심에서 결합의 소리가 세차게 흘러나왔다. 그가 완급을 조절하지 못할 정도로 짙은 쾌감에 사로잡혀 몸을 움직일수록 젖은 속살들이 따라 움직이며 철벅철벅 소리를 냈다. 지우의 교성이 깊어지고 치해의 헐떡이는 숨소리가 거칠어졌다. 꿰뚫는 그의 몸짓이 매트리스를 요동치게 할수록 지우의 허리는 이리저리 비틀려 강렬한 희열에 몸부림을 쳤다.

"하으으읏, 치해 씨. 그, 그만. 나 이제, 흐으읏."

하늘로 붕 뜬 것 같은 몸이 어느 순간 땅으로 곤두박질치는 것 같다. 정수리까지 쭈뼛거리는 쾌감을 이기지 못해 지우는 흐느끼며 머리를 가로저었다.

그녀의 머리카락이 사납게 흐트러지는 것을 보면서 치해는 그녀의 안을 마음껏 유영하고 자극했다. 그녀의 내벽이 올올이 일어서 경련을 일으킬 때까지 속살의 살점들을 빠르게 치고 갈랐다.

"학! 아아악!"

지우의 내부가 폭발했다. 중심부에서 시작된 전율이 끝내 온몸을 터트려 그녀를 절정 속으로 밀어 넣었다.

"크읏."

질 안 내벽이 수축하고 지우의 몸이 경직되자 치해 역시 거친 신음을 토하며 몸을 굳혔다. 더는 안으로 들어설 수 없을 정도로 지우의 속 깊은 곳까지 몸을 들이민 그는 이내 몸을 부르르 떨었다.

아찔한 절정이 그들을 아울렀다. 쉼 없이 움찔거리고 경련하는 몸짓 속에 환희가 스몄다.

지우는 파르르 몸을 떨었다. 세상의 날카로운 모든 것들이 그녀의 몸 위로 와르르 쏟아져버린 것 같은 느낌이었다. 손가락과 발가락이 꽉 오므라들고 몸은 그녀의 의지와는 상관없이 움찔움찔 떨렸다. 그 움찔거림에 맞춰 치해가 남겨놓은 정액과 그녀의 애액이 한데 뒤섞여 밑으로 흘러내렸다.

세게 움켜잡아 구깃구깃해진 시트가 지우의 손에서 자유롭게 풀려났다. 손가락 하나도 까딱할 수 없는 절정에 그녀는 간간이 몸을 경련하듯 떨었다. 치해 역시 그녀의 몸에 체중을 싣고 털썩 쓰러졌다.

가느다란 그녀의 목덜미에 얼굴을 파묻은 치해가 떨림이 잦아들도록 지우의 어깨를 부드럽게 쓸어내렸다.

"둘째가 생겼을라나."

"기대하지 마요. 생기지 않을 안전한 날이니까."

치해가 획 고개를 들어 지우가 앙큼하다는 듯 눈을 가늘게 떴다.

"실속만 차렸다?"

"묻지도 않고 덤빈 게 누군데."

무턱대고 덤벼놓고서는 누구에게 원망이냐는 듯 지우가 코를 찡긋거렸다.

"그럼 언제가 가능한 날인데?"

"그때까지 참지도 않을 거면서."

지우의 샐쭉거림에 치해가 턱과 어깨를 동시에 으쓱거렸다. 그역시 잘 알고 있는 점이었다. 매력적인 아내만 보면 눈이 번쩍이고 아랫도리에 열기부터 서리는데 어쩔 도리가 없었다.

"언제가 가능한 날인지 말 안 해 줄 거야? 뭐, 매일 밤 시달리고 싶다면야 별수 없지. 사실 그걸 노리고 있는지도 모르지만."

지우가 얄밉다는 듯 치해의 등을 찰싹 때렸다. 그가 아프다는 듯 과장된 너스레를 떨며 그녀의 몸을 묵직하게 눌렀던 상체를 일으켰다.

"의사한테 부부관계 가능한 날만 물어보지 말고 언제가 배란기인지 물어볼걸 그랬어."

한 달하고도 보름 전, 의사의 허락이 떨어졌던 때를 상기하는 듯 치해가 머리를 흔들었다. 지우는 아이처럼 절레절레 흔드는 그의 모습에 피식 웃음을 흘렸다. 허락이 떨어지지 무섭게 하루 종일 방 안에 가둬놓았으면서 이젠 다른 목적을 위해 새침하게 굴고 있었다.

"남자가 그런 거나 물어보면 참 좋아 보이겠네요. 아내를 무슨 애 낳는…… 어맛!"

치해를 흘겨보던 지우는 말을 끝내기도 전에 머릿속을 스치고 지나가는 생각 하나에 비명에 가까운 소리를 질렀다.

그러고 보니 있어야 할 월경이 없었다. 의사는 분명 여성의 호르몬이 원래대로 돌아왔다는 소리를 했는데 말이다.

"왜 그래?"

치해의 물음을 귓등으로 제치고 지우는 얼른 몸을 일으켜 티브이 위에 올려놓은 탁상 달력을 집어 들었다. 아들을 돌보느라 정신이 없기도 했지만 의사가 말해 준 월경 예정일이 확실히 일주일이나 지나있었다.

늦어질 수 있다고 생각할 수도 있겠지만 수천의 케이스를 빌어 보자면 얼마든 임신할 가능성이 있었다. 이틀이 멀다 하고 덤벼 들었던 남편의 팔팔한 정액이 벌써 그녀를 다시 임산부로 만들어 놓았을지도.

지우의 얼굴이 울상이 됐다. 연년생은 정말 꿈에도 생각해 보지 않았는데. 그녀는 곧장 화장대 서랍을 뒤져 재원을 가질 계획 당시에 사다 놓았던 임신테스트기를 손에 쥐었다.

"임신테스트?"

몸을 일으켜 침대에서 빠져나온 치해가 등 뒤에서 흥분으로 목소리를 높였다. 지우가 휙 째려보자 그는 한 손으로 입을 가려 새어나오려는 웃음을 막았다.

"얼른 해 보자. 얼른."

치해의 재촉에 밀려 지우는 가운을 걸치고 욕실로 들어섰다.

그리고 정확히 3분 후, 그녀는 선명한 두 줄을 발견하고 피식 웃고 말았다. 남편의 소원이 이미 이뤄져 있었던 것이다.

지우는 아랫배로 손을 가져다 댔다. 연년생은 절대 싫다고 했으면서도 어느새 그녀는 아내보다 엄마의 자세로 돌아와 아이를 어루만지듯 배를 살살 쓰다듬었다. 그때, 노크소리와 함께 치해의 애타는 목소리가 흘러들어왔다.

"지우, 임신인 거야?"

지우처럼 가운을 걸치고 아예 욕실 앞에서 발 하나를 까딱거리고 있는 치해는 자근자근 입술을 깨물었다. 아내의 손에 쥔 임신 테스트기에 줄이 두 개가 되기를 바라는 그의 간절한 바람으로 무릎 부분을 가린 가운이 공중에서 나풀거렸다.

달칵, 욕실 문이 열리고 지우가 뾰루퉁한 표정으로 모습을 드러냈다.

"임신이야?"

"몰라. 책임져."

치해의 입술이 귀에 걸릴 것처럼 커다랗게 벌어졌다. 지우의 손에 쥔 테스트기를 두 눈으로 몇 번이나 확인하고는 아내를 덥석 껴안았다. 꽉 안아주는 그의 완력이 좋아서 지우는 괜스레 투정을 부렸다.

"연년생을 키우게 될 줄은 몰랐는데. 키우고 나면 미라처럼 빼짝 말라있을 거야."

"내가 있잖아. 우리 연지우 마마께선 편안하게 관찰만 하십시오. 아이들은 제가 키우겠습니다."

자신만 믿으라는 듯 듬직한 목소리를 내던 치해가 거수경례까지 덧붙였다. 지우는 끝내 웃고 말았다.

"수천이 좋아하겠다. 아무래도 석호 씨랑 당신은 정말 인연인가 봐. 재원이랑 중인이도 친구가 되겠더니, 우리 둘째들도 그렇게 되겠네. 손잡고 유치원 가고 학교 다니겠어. 이렇게 맞춰서 낳기도 힘들겠다."

"내 인연은 연지우야. 내 나침반."

지우의 정수리로 치해가 코를 묻었다. 그녀에게서 뿜어져 나오는 체취를 콧속 깊이 들이마시고는 곧장 입술을 내리눌렀다.

"행복하다."

머리에 그의 온기가 스며들었다. 두피에 닿은 치해의 얇은 표피를 느끼며 지우는 더욱 깊숙이 그의 품으로 파고들었다.

"나도."

으애앵. 아이의 방과 연결된 스피커에서 울음소리가 났다. 일찍 잠들었던 재원이 깬 모양이었다. 지우를 감쌌던 치해의 팔이 풀어졌다.

"녀석, 깼네."

지우가 재원의 방으로 가려고 몸을 돌리자 치해가 그녀를 붙잡았다.

"내가 갈게. 가서 쉬어. 절대 무리하지 말고 푹 쉬기만 하면 되는 거야."

"됐네요, 최치해 경위님. 인명을 다루시는 분이 애 보느라 잠도 못 자면 어떡하나요."

지우가 혀를 쏙 내밀었다. 얼마 전 승진까지 한 치해는 늘 그렇듯 눈코 뜰 새 없이 바빴다. 겨울이 지나고 따스한 봄날이 되자 바다를 찾는 낚시꾼들이 많은 탓이었다. 여름이 되기 전 보약이라도 지어다 먹여야겠다고 생각하며 지우는 아들에게로 달려갔다.

몸을 뒤집은 재원이 방울진 눈물을 흘리며 턱을 들었다. 우는 모습조차 사랑스러운 아들을 안아들고 어르자, 엄마의 품을 기억한 재원이 점차 울음을 그쳤다.

"노인네한테 이 기쁜 소식을 전해 줘야겠지?"

아이의 보드라운 이마에 입술을 찍어 내리는 지우에게 어느새 뒤따라온 치해가 여전히 설레는 목소리를 토했다. 지우는 벽에 걸린 시계를 확인하고 고개를 흔들었다.

"안 돼, 반찬도 없는데. 아침에 장 봐오면 그때 전화 드리자고요."

규왕은 전화를 받는 즉시 이곳으로 날아오고도 남을 분이었다. 그렇지 않아도 증손주가 눈에 밟혀 아무것도 못하겠다고 하셨던 분이니, 둘째의 소식을 들으면 아예 몇 달치 눌러앉을 짐까지 싸들고 오실지도 몰랐다.

유별난 할아버지를 떠올린 치해가 지우의 말을 알아듣고 어깨를 들썩이며 웃었다.

"하긴, 지금 출발하시면 새벽 4시쯤엔 도착하시겠군."

그는 한 발을 성큼 앞으로 내디디며 긴 두 팔로 사랑하는 아내와 아들을 한꺼번에 감쌌다. 울음을 멈춘 재원이 아빠인 치해를 뚫어지게 쳐다보다 활짝 웃었다. 아이의 자그마한 치아 두 개가 앙

증맞게 드러나 치해와 지우는 다시 웃음을 터뜨렸다.

✳

푸르른 5월. 쏴아아아, 파도가 모래사장 안으로 깊숙이 밀려들었다. 하얀 포말이 아직 적시지 않았던 모래를 적시더니 이내 방울진 기포가 내리쬐는 햇볕을 견디지 못하고 터졌다.

"모래가 더 필요해."

양 갈래로 머리를 땋아 내린 여자 아이에게서 안타까운 목소리가 토해져 나왔다. 곁에 있던 사내 녀석이 귀찮다는 듯 인상을 찌푸렸다. 그제 아빠가 보여줬던 함정을 멋지게 만들어야 하는데 동생이 자꾸만 모래를 더 가져다 달라고 하는 것이 못마땅했다.

"오빠, 모래."

재촉하는 목소리에 인상을 썼던 재원이 기어이 자리에서 일어나 손에 묻은 흙을 털어냈다.

"얼마나 더 있어야 하는데?"

"음…… 파도 풀도 만들어야 하니까 한, 이만큼?"

얼굴에 모래를 묻힌 서영이 공중으로 팔을 뻗었다. 아쿠아파크인 '오션블루'를 똑같이 흉내 내는 중인 여동생의 모래조형물을 쳐다보다 재원은 한숨을 푹 쉬었다. 제 몸보다 몇 배의 크기로 만들고 있는 형태를 보자니 앞으로도 얼마나 모래를 퍼다 날라야 할지 눈앞이 깜깜해졌다.

"좀 작게 만들지, 왜 크게 만들어서 그래?"

"오션블루는 크니까."

당연한 걸 묻는다는 듯 서영이 입술을 삐쭉였다. 그러다 재원이 만들고 있는 커다란 배를 쳐다보다 피식 입술을 비틀었다.

"그러는 오빠도 크게 만들었네 뭐."

"원래 함정은 큰 거야. 너도 봤잖아."

"오션블루가 더 커."

"함정이 더 커. 아빠가 우리나라에서 제일 큰 함정은 그제 봤던 것보다 훨씬 크다고……."

"됐어. 가져다줄 거야, 말거야?"

서영이 더 듣기 싫다는 듯 재원의 말을 대뜸 잘랐다.

재원은 얄밉게 제 욕심만 채우려는 심보 못된 서영을 째려보다 획 몸을 돌렸다. 마음 같아서는 모래를 가져다주기는커녕 동생이 만들어놓은 오션블루를 뭉개버리고 싶었지만, 그랬다간 엄마와 아빠한테 하루 종일 꾸지람을 들어야 할 것 같아 억지로 플라스틱 용기에 젖은 모래를 담았다.

한 살 어린 동생 서영은 고집쟁이에 욕심꾸러기다. 거기다 오빠 알기를 우습게 아는 심보조차 고약했다. 어릴 적부터 자신의 장난감을 뺏어대던 것이 다반사더니 이젠 당당하게 학용품을 탐내는 것으로도 모자라 동생이라는 이유 하나만으로 오빠인 자신을 부려먹고 있었다.

"중인이 말이 딱 맞아."

세숫대야 크기의 플라스틱 용기로 모래를 퍼 담으면서 재원은 고개를 절레절레 흔들었다.

올해 같은 초등학교에 입학한 중인은 아빠의 친구인 석호 아저씨의 아들이었다. 어린이집을 함께 전전할 때부터 마음이 잘 맞는 친구기도 했지만, 사실 서영처럼 못된 여동생을 둔 동지애가 진한 우정을 싹 틔우게 만드는 계기가 되었다.

중인 역시 서영과 견주어도 절대 뒤지지 않을 여동생 채인이 때문에 골치를 썩고 있었다. 어제 학교를 파하고 우유를 쪽쪽 빨면서 나눴던 대화 중, 중인은 여동생이란 존재는 풀기 어려운 수학문제 같다고 했다.

그 말에 재원은 전적으로 동감했다. 하루에도 수십 번씩 징징거리는 여동생의 비위를 맞추기는 이마에 땀방울이 맺힐 정도로 어려웠다. 조회시간 학교 TV로 설교하시는 교장선생님의 말씀보다 더 지루하고 복잡했다.

고작 유치원이나 다니느라 아직 '바른생활'을 배우지 못했으니 그러려니 하지만, 언제까지 한 살 일찍 태어난 죄로 여동생의 눈치를 보며 살아야 하는 것일까?

재원이 속으로 툴툴거리는 그때, 서영이 환호에 가까운 목소리를 질렀다.

"중인 오빠!"

재원이 뒤를 돌아보자 중인과 함께 언제 보아도 새침한 표정의 채인이 다가와 있었다. 볼이 발그레한 채인이 입술을 벌리며 웃었지만 재원은 곧장 친구에게만 인사를 건넸다.

"왔어?"

모래를 퍼 담은 용기를 질질 끌고 오던 재원이 애처롭다는 듯 중인이 살짝 고개를 흔들었다. 재원은 어쩌겠냐는 듯, 어깨를 으쓱거렸다.

"오빠, 왜 이제 와?"

서영이 손을 툭툭 털고 자리에서 일어났다. 중인이 바지에 손을 찔러 넣은 채 서영을 물끄러미 쳐다보았다.

"나랑 여기에서 만나기로 했잖아. 계속 기다렸단 말이야."

"난 약속한 적 없는데?"

"했어. 어제 저녁에 내가 전화했잖아."

"아. 내가 대답하기도 전에 전화를 끊었잖아."

일방적인 약속을 이행해야 할 의무는 없다는 듯 중인이 시큰둥한 목소리를 냈다. 서영의 눈이 가느다랗게 찢어져가자 그제야 중인이 어색하게 웃었다.

"바빴어."

"뭐하느라?"

"처리해야 할 숙제가 있었거든. 더 이상 유치원생이 아니잖아."

중인이 더는 코흘리개가 아니라는 듯 의젓한 목소리를 냈다. 모래사장을 지나가는 젊은 연인 한 쌍이 그 소리를 들으며 황당한 표정을 지었지만, 서영은 이해한다는 듯 고개를 끄덕였다.

"학교 들어가서 시간이 많지 않다는 건 알아. 그래도 너무 바쁜 거 아니야?"

중인이 점점 궁지로 몰려가자 도움의 눈길을 재원에게 보냈다. 서영이 제 오빠보다 중인을 더 따르고 있다는 것이 못내 서운하긴 했지만 재원은 친구를 모른 척할 수가 없어서 끌고 왔던 모래를 바닥으로 확 쏟아 부었다.

"악! 내 오션블루!"

공들여 만들었던 모래건물 하나가 와르르 무너졌다. 서영이 경악 섞인 비명을 지르며 자리로 주저앉았다.

"앗, 미안!"

"오빠 때문에 못살아! 어떡할 거야, 으어엉헝!"

재원이 재빨리 사과했지만 서영은 기어이 울음을 터트렸다. 친구를 도와주려다가 동생을 울리고만 재원의 얼굴에 당황이 깃들었다.

"일부러 그런 건 아니야. 모래를 좀 걷어내면 될······."

"됐어. 필요 없어!"

몸을 숙인 재원이 젖은 모래를 손으로 걷어내자 서영이 오빠의 손을 툭 쳐내고 또다시 서러운 울음소리를 흘렸다. 그때, 중인의 뒤에 빠끔히 얼굴을 내밀고 있던 채인이 다가와 고사리 같은 작은 손으로 서영의 머리를 쥐어박았다.

"재원 오빠가 일부러 그런 게 아니라잖아."

"채인아!"

중인이 동생의 손을 얼른 감싸 쥐고 나무라는 목소리를 냈다. 채인이 바락바락 대들었다.

"저게 재원 오빠 손을 먼저 쳤잖아!"

서영은 더욱 서럽게 엉엉 울어댔다. 유치원 친구도 필요 없었다. 같이 손잡고 다닌 지가 얼마인데 채인은 친구의 편을 들어주는 것보다 훗날 결혼하고 싶다고 졸라대던 재원의 편을 들기에 바빴다.

"다시 만들면 돼. 도와줄게."

서운함이 밀려든 서영의 눈물방울이 모래사장으로 뚝뚝 떨어지자 중인이 바짝 다가왔다. 멀리 보이는 지우 아줌마의 오션블루를 힐끗거리며 중인은 모래사장으로 웅크려 앉았다.

"정말?"

서영이 거짓말처럼 눈물을 멈추고 중인을 쳐다보았다. 고개를 끄덕인 중인이 자상하게 서영의 뺨에 묻은 물줄기까지 닦아주었다.

빙긋 웃는 서영의 미소를 보면서 중인은 뭉툭하게 쏟아진 모래를 조심스럽게 걷어냈다. 모래성의 높은 지붕 부분을 다시 쌓아올리고 놀이터의 미끄럼틀 보자 몇 배는 긴 슬라이드를 손보았다.

"치. 울었다가 금방 웃고."

채인이 새침하게 서영을 놀리다 멀뚱멀뚱 선 재원과 눈을 마주쳤다. 중인이 동생의 눈물을 그치게 해 준 것에 안도하던 재원은 채인의 눈동자가 집요하게 따라붙자 얼른 고개를 돌렸다.

"오빠는 배를 만들었네?"

중인이 혼자 왔더라면 좋았을 것이란 생각을 하던 재원에게 채인이 슬금슬금 다가왔다. 만들다가 중단한 함정을 내려다보더니 바로 앞에서 중인과 서영이 알콩달콩 모래 장난을 하는 것을 힐끗거리다 씨익 웃었다.

"우리도 같이 만들어."

재원은 멀리 바다 너머의 수평선을 바라보았다. 채인의 말은 듣지 못했다는 듯 눈을 그곳에만 박아두었다.

하지만 곧 채인에게서 흘러나온 말에 재원은 화들짝 놀라 재빨리 자리에 앉아 배 주위를 양팔로 감쌌다.

"배에 꽃도 심자."

꽃을 심다니! 함정에 절대 어울릴 수 없는 부조화였다. 막무가내 서영의 고집과 견주어도 뒤지지 않을 채인이 행여 사고라도 칠까 봐서 재원은 눈에 힘을 주었다.

"절대 안 돼!"

"왜?"

"꽃을 심는 함정은 없으니까."

"심고 싶으면 심는 거지."

"안 된다고!"

재원이 완강히 거부했다. 모래를 한가득 손에 쥔 채인이 입술을 오물거리다 마주앉은 서영을 턱짓했다.

"나도 울어?"

서영처럼 울면 재원이 중인처럼 행동할 것이라고 생각했는지 약삭빠른 채인이 턱을 치켜들고 빤하게 쳐다보았다.

재원은 몸을 부르르 떨었다. 울면 뭐든 다 해결되는 줄 아는 철없는 것들!

"어떻게 해. 심어?"

의견을 물어보고 있다고 생각 들지 않는 반 협박. 채인의 물음이 너무 얄미워 재원의 손가락이 꿈틀거렸다.

마음 같아서는 새치름하게 씰룩이는 두 뺨을 있는 힘껏 꼬집어주고 싶었지만, 그랬다간 아빠한테 하루 종일 남자의 도리에 대해 설명을 들어야 할 것 같아 가까스로 손가락에 힘을 풀었다.

"마음대로 해."

한 살 먼저 태어난 억울함. 남자로 태어난 서러움. 두 감정이 북받쳐 올랐지만 재원은 자그마한 한숨으로 분을 삭였다.

마주 앉은 중인은 포기했는지 서영의 장단을 잘 맞춰주고 있었다. 모래사장 끝에 보이는 오션블루를 손으로 가리키며 부서진 부분을 다시 고쳐가는 모습이 꽤나 자상해 보였다. 가끔은 친구의 빠른 포기가 부러웠다. 배워야 할 장점이었다.

"오빠."

"왜."

꽃이라고 볼 수 없는 둥그런 물체가 함정의 선체 위로 올라가는 것을 지켜보던 재원은 채인의 부드러운 부름에 시큰둥하게 대꾸했다.

"생각해 봤어?"

"뭘?"

"나랑 결혼하는 거."

채인의 말똥말똥한 눈빛과 달리 재원의 눈은 급격하게 작아졌다. 떠올리기도 싫은 단어였다.

이놈의 인기는 식을 줄을 모른다. 유치원을 다닐 때부터 크면 결혼하자고 하던 여자애들이 어찌나 많았는지 '결혼'이란 단어가 지겨울 정도였다.

그나마 좀 신선하자면 학교에 입학해 짝이 된 선영이었다. 남자

친구가 되어달라고 하더니 얼마 전 커서는 '약혼'을 하자고 했다.

약혼이라는 뜻이 뭔지 몰라 대꾸도 하지 않았던 재원은 집에 돌아오자마자 엄마인 지우에게 그 뜻을 물었다. 간식으로 과자와 우유를 내어주면서 엄마는 언제나 그렇듯 아름다운 미소를 지었다.

아빠는 엄마의 미소만 보면 입술을 가져다 대고 쪽 뽀뽀를 한다. 재원 역시 엄마의 미소가 예쁘다는 것을 알고 있었지만 그날따라 웃는 엄마의 입술에서 나온 말은 소름이 돋게 만들기에 충분했다. 약혼이 즉 결혼을 약속하는 것이라는 사실에 하마터면 마시던 우유조차 엎지를 뻔했다.

여자들은 왜 이렇게 귀찮게 하는 걸까?

물론 자신이 생각하기에도 잘생겼다는 것쯤은 알고 있었다. 매일 아침 세수를 하고 거울을 들여다보면서 여자애들이 좋아하는 이유를 깨닫곤 한다. 엄마의 피부를 이어받은 하얀 얼굴과 아빠에게 물려받은 연한 갈색 눈동자가 꽤나 멋있기 때문이었다.

보름에 한 번씩 만나는 할아버지는 코와 입술을 쭉 잡아당기며 아빠를 판박이처럼 박아놓았다고 하지만 재원은 자신이 훨씬 낫다고 생각한다. 아빠는 늘 햇볕 아래 있느라고 자신처럼 하얀 피부를 가질 수 없어서다.

거기다 공부까지 잘하고 집도 잘산다. 어디서 소문을 들었는지 여자애들은 오션블루가 정말 엄마 것이냐고 물었고, 남자애들은 122구조대의 대장이 아빠가 맞느냐고 묻는다. 재원이 생각하기에도 다른 친구들과 비교해 뭐 하나 빠지는 게 없었다.

"왜 대답 안 해?"

채인이 입술을 내밀며 재촉했다. 싫다고 거절하면 울 것 같아 재원의 얼굴이 심각하게 일그러졌다. 그때, 구원의 목소리가 들렸다.

"재원아, 서영아."

멀리 보이는 오션블루로 엄마를 마중 나갔던 아빠가 부르는 목소리에 재원은 채인에게서 벗어날 기회를 반갑게 맞았다.

"엄마!"

"아빠!"

재원이 벌떡 일어서 지우에게로 달려가자 서영 역시 손을 털고 일어나 치해에게로 달려들었다.

"욘석들 같이 있었구나."

"안녕하세요."

딸을 가볍게 안아든 치해가 내려다보자 중인과 채인이 배꼽에 두 손을 모으고 공손하게 허리를 숙였다. 지우가 아이들과 눈높이를 맞추느라 허리를 숙였다.

"너희 혼자 온 거니? 아빠랑 엄마는?"

"억지로 쫓겨났어요. 나가서 좀 놀고 오라고 했는데 제가 보기엔 아빠는 엄마랑 둘만 있고 싶은 것 같아요."

중인이 어깨를 으쓱거렸다. 지우가 웃음을 참느라 고개를 돌려 남편을 쳐다보았다. 부부들만의 좋은 시간을 위해 아이들을 내쫓아버린 석호가 머릿속에 둥둥 떠다녀 치해 역시 고개를 절레절레 흔들었다.

"아줌마 집으로 가자. 떡볶이 만들어줄게."

지우가 높이 솟은 아파트 단지를 힐끗거리다 중인의 머리를 쓸었다. 아파트에서부터 이곳까지 한 정거장이나 되는데 아이들이 어떤 마음으로 둘이서 걸어왔을지 안쓰러웠다.

떡볶이를 좋아하는 중인이 배시시 웃었다. 서영이 빙긋 따라 웃으며 함께 집으로 가는 것이 기뻤는지 아빠의 품에서 벗어나 중인의 손을 맞잡았다. 그러자 곁에서 멀뚱멀뚱 쳐다보던 채인이 고개를 꺾어 치해를 올려다봤다.

"아저씨."

"음?"

"나중에 재원 오빠랑 결혼해도 되요?"

재원이 급격하게 숨을 들이마시는 가운데 치해가 아들을 흘끗 쳐다보다 씨익 웃었다.

"채인인 우리 재원이가 좋으니?"

"네."

"대답 한번 씩씩해서 좋네. 좋아, 그렇게 해."

"아빠!"

재원은 무섭게 아빠를 노려보았다. 결혼은 중요한 것이라고 했다. 엄마는 죽을 때까지 사랑하는 단 한 사람과 함께 사는 것이 결혼이라고 했고, 아빠를 만난 것이 최고의 행복이라고 했다.

조금은 이해하기 어려운 말이었지만 재원은 그렇게 중요한 일을 자신의 의견과는 상관없이 마음대로 결정해 버린 아빠가 원망스러워졌다.

"눈 돌린다. 실시."

치해가 엄한 목소리를 흘렸다. 씩씩대는 재원이 억지로 눈을 내리까는 것을 쳐다보며 지우는 남편의 손을 지그시 잡았다.

"녀석이 가끔 저러잖아."

부드럽게 대하라는 아내의 지시에 치해는 변명하듯 말하면서도 여전히 재원에게 박힌 눈에 힘을 풀지 않았다.

"최재원! 한 번만 더 아빠한테 반항하면 모래사장에 처박아 버릴 거야."

"아빠, 미워요!"

재원은 무거운 모래사장을 달려 밉고 원망스러운 치해에게서 멀어져갔다.

그 뒤를 맹렬한 속도로 치해가 따라 뛰었다. 얼마 안 가 붙잡힌 아들의 비명소리를 들으며 지우는 피식 웃었다.

노을이 지기 시작한 수평선이 붉게 물들었다.

작가후기

작년 이맘때쯤 '가시독'의 작가후기를 썼는데 시간이 참 빠릅니다.

안녕하세요, 공호입니다.

그간 평안하셨는지요.

공호는 독자님들의 관심어린 애정을 받으며 무럭무럭(?) 옆으로 살을 찌우고 있습니다. 하하하.

작가후기란 언제나 막연합니다. 제가 작가라는 사실을 실감할 수 없어서인지도 모르겠습니다. 근래 들어선 글 쓰는 게 무척이나 자신이 없습니다. 시놉구상에서부터 마지막 마침표를 찍을 때까지 걱정이 끊이질 않아서일까요?

재미는 있을까. 독자님들이 읽으실 때 문장이 껄끄럽진 않을까. 주인공들의 감정 표현은 제대로 된 걸까.

늘 이런 반복되는 물음들로 씨름합니다. 그래서 제 머리털이 자꾸 빠지는 모양입니다. 이러다 조만간 골룸이 되는 건 아닐런 지요. 하하.

글에는 '블루 씨'라고 했지만 실제 해양경찰청의 브랜드는 '블루가드'입니다.

행여나 절대 그런 일이 일어나서는 안 되지만, 바다에서 곤란한 일이 생기면 '122'을 기억해주세요.

시놉을 정한 이후로 40권이 넘는 관련 만화를 읽고 두터운 페이지를 자랑하는 도서를 읽으면서, 과연 내가 잘 풀어낼 수 있을까하는 두려움으로 마음이 점점 무거워졌습니다. 못하겠다 싶어서 살짝 덮어두었다가는 다음날 또 내용을 수정하고 써내려가기를 반복했지요.

이 글에 나오는 해난사고는 실제 우리나라에서 일어났던 사고를 토대로 했습니다. 픽션과 논픽션을 애써 버무렸지만, 맛깔스런 맛이 났는지는 솔직히 자신이 없습니다.

글을 쓰면서 수정에 수정을 거듭했습니다. 자료조사가 틀려 써놓았던 파일들을 울면서 저 멀리 날려버린 게 하루 이틀이 아니었지요. 구조대원들의 출신이 특수대원인지 몰라서 수정하고, 지도에 없어서 해양경찰전용항구가 있는지도 몰라서 또 수정하고, 거리계산을 못해서 수정하고…….

그런 오션을 쓰면서 정말 감사드려야 할 분이 계십니다. 어느

해양청 소속인지는 정확히 모르겠지만, 경장 이성범님께 무한한 감사를 드립니다.

자료조사를 하면서 궁금한 게 많아, 어느 날 저는 무작정 해양청에 전화를 걸었습니다. 인터넷으로 알아보는 것에 한계를 느껴서였지요.

But,

"저…… 문의 좀 하려고 하는데요. 인명구조 아카데미는 언제, 어디에서 하나요?"

공호는 다소 억눌린 음성을 흘리며 그녀의 두툼한 손보다도 두 배는 작은 핸드폰을 두 손으로 꼭 쥐었다. 호기 좋게 알아보자고 무턱대고 건 전화였지만, 시도 때도 없이 재발하는 소심증이 불쑥 고개를 들이밀었기 때문이다.

"영종도에서 3주간 이뤄지는데요, 실례지만 누구십니까?"

허걱. 상대의 물음에, 일순 콩알만 한 공호의 간이 바닥으로 쿵 내려앉았다.

행여 뭐라고 하시려나? 일반인이 무슨 자격으로 이런 걸 알아보느냐 묻는다면 뭐라고 대답하지?

그런 심상에 젖은 공호의 눈동자가 몇 초 남짓한 찰나의 순간 바쁘게 움직였다.

"저는…… 그, 그냥…… 일반 시민인데요……."

어색하기 그지없는 그녀의 정체성이란!

속으로는 당당하게 세금 잘 내는 대한민국 국민이라 떳떳이 말하라고 부르짖었지만, 소심 중에서도 극 소심한 공호는 자그마한 간 크기의 절정을 유감없이 드러냈다.

하지만 그분은 참으로 친절하셨습니다. 더는 묻지도, 불쾌해하지도 않고 해양청 인명구조아카데미는 공무원들에게만 개방된다고 설명해주셨죠. 그 밖에도 여러 가지 자문을 구하는데도 조금도 귀찮아하지 않으시고, 되레 좀 더 알아보고 연락을 주겠다며 제 연락처를 물어보셨습니다. 오히려 그 투철한 직업의식에 제가 많이 놀랐지요.

10분 남짓 기다리니 정말 이성범 경장님은 제게 다시 전화를 주시고는 정말 궁금했던 여러 사항을 속속들이 알려주셨습니다. 얼마나 감사했는지 그분은 아마 모르실 겁니다. 이렇게나마 감사를 드려야 함이 죄송스럽습니다.

하지만 또 여기서 but,

대한민국 경찰이 정말 친절하다는 것을 새삼 느낀 공호는, 배경인 동해지방청을 보고자 남편을 졸라 주말 동해로 출발했다. 바다를 눈에 담고 배경을 디지털카메라로 찍어대면서 여유롭게 콧노래를 흥얼거렸지만, 막상 동해지방청에 당도한 그녀는 또다시 어물거리며 그 주위를 기웃거렸다.

불어대는 바람결에 쓸려 이리저리 방황하는 한 떨기 꽃처럼(실은, 이랬으면 싶은 그녀의 커다란 소망이다.) 공호는 그 안으로 발을 내딛지 못한 채, 몇 시간 동안 그 주위만을 배회했다.

그런 그녀의 모습에 남편이 절레절레 고개를 흔들자, 공호는 애써 태연한 척 웃었다.

"하하하, 그래도 배경은 찍을 수 있네! 푸하하하!"

이 죽일 놈의 소심증, 정녕 치료가 불가능하더란 말이냐!

서울에서 장장 4시간을 달려온 여정. 소심함으로 물든 안타까움을 달래보고자, 그녀는 셔터만 주구장창 눌러댔다. 더는 용량이 부족해 사진을 찍을 수 없을 때쯤이 지나서야, 보다 못한 그녀의 남편이 경찰서를 찾아들었다.

비록 구조대원을 만날 수도, 절차를 밟아야만 볼 수 있다는 경비정을 멀리서나마 힐끗거렸지만, 너무도 친절한 이름 모를 경장님의 도움으로 큰 실수를 저지를 뻔한 귀중한 자료를 얻었다.

전용항구가 있는지도 몰랐던 그녀는 하마터면 동해항을 무대로 삼을 뻔했던 것이다.

동해서와 10분 남짓하게 떨어진 항구를 찾아 단정과 경비정을 멀리서 바라보고, 또다시 4시간을 달려 서울로 찾아온 그녀는 행복한 표정으로 컴퓨터 앞에 앉았다.

하지만 정작 우울한 글 솜씨로 인해, 탁 트여 시원하고 아름다웠던 동해의 배경을 잘 그려내지 못했다. 그날 밤, 그녀는 저주스런 실력을 통탄해하며 맥주로 배만 불렸다.

글을 쓰면서 나름 처음으로 나간 현장조사(?)였습니다. 아, 애오락 때 뮤지컬을 봤으니 이번이 두 번째가 되는군요. 다음에는 소심을 집에다 두고 가야겠습니다. 누가 이놈을 좀 죽여주기를 바라지만, 이것 역시도 저인지라 어쩔 수가 없겠지요? 다만, 가끔은 정말 두고 다녀야겠습니다. 하하하하.

사람에게는 노력하는 만큼의 결과가 따른다고 합니다. 설사, 제 노력이 기대에 못 미쳐 독자님들의 미간을 찌푸리게 만들더라도, 하루만 우울해하고 일어서 지난 실수를 거듭하지 않는 공호이길 바라는 마음으로 살겠습니다.

제 글을 읽는 분들 독자님들 모두가 잠시나마 행복해지신다면 더할 나위 없는 인생이겠지만, 취향이 맞지 않으시거나 제 미려한 글 솜씨에 몇 시간의 소중한 시간이 헛됐다고 느낀다면 그 역시 제 탓입니다.

그러지 않도록 정말 노력하겠습니다. 수면을 취한다면 피곤을 달래줄 수도 있었던 시간, 혹은 제 글이 아닌 다른 분의 글을 읽었더라면 찌든 일상에 좀 더 유쾌하실 수도 있었던 시간.

그 귀한 시간을 괜한 시간으로 만들지 않도록 더욱 정진하는 공호가 되도록 땀을 흘리겠습니다.

열심히 달리는 사람이고 싶습니다. 조금은 느긋한 마음으로 뒤를 돌아보더라도, 결코 천천히 걷지는 않는 이로 살고 싶습니다.

무더운 날씨가 계속되는 요즘, 독자님들의 건강을 기원합니다. 더불어 진정으로 행복하시길 바랍니다. 독자님들께서 보내주시는 사랑으로 하루하루를 즐겁게 사는 제 행복을 조금 나눠드릴 수 있기를 소망합니다.

장마철이 시작되려는 문턱에서, 공호 올림.

GOOD WORLD ROMANCE NOVEL

좋은 아내

민 정 장편소설

주어진 현실에서 벗어나기 위해
결혼을 선택한 그 여자, 아내 **서희수**

사랑하는 여자를 지키기 위해
결혼이 필요했던 그 남자, 남편 **권승재**

자신의 남자인 줄 알지만 그렇지 않은 현실.
그 무거운 마음을 가슴에 올려놓은 그녀는
이제 때가 왔다고 말했다.

**"더 이상 당신 아내로 살기 싫어요.
이혼해 줘요, 제발."**

그런데 남편은 이제와 다른 얘기를 했다.

"당신한테 자꾸 마음이 쓰여. 사랑한다고 말하면 믿어 줄래?"

또 다른 불행일까,
설마 진정한 행복이 이제야 그녀에게 찾아와준 것일까.

처음부터 존재하지 않았던 사랑.
그러나 3년이라는 시간 동안 생겨난 은밀한 끌림.
부부는 진정한 사랑을 찾을 수 있을까.

(주)조은세상